KATHRIN LANGE

Gotteslüge

Buch

Ermittler Faris Iskander muss seinen nächsten Einsatz in Berlin überleben: Eine rätselhafte Botschaft, überbracht von einem Selbstmordattentäter, ist der Beginn von Faris' größtem Albtraum. Ein Unbekannter will den SERV-Ermittler dazu bringen, selbst auf den Auslöser einer Bombe zu drücken. Unvorstellbar für Faris, der erst kürzlich seinen Partner bei einer Explosion verloren hat. Doch der Erpresser weiß mit unheimlicher Sicherheit, genau jene Hebel umzulegen, die Faris seinen Willen aufzwingen. Und als Faris im Begriff ist, mit einem Bombengürtel bewaffnet, zahlreiche Unschuldige in den Tod zu reißen, muss er eine schreckliche Wahl treffen …

Autorin

Kathrin Lange wurde 1969 in Goslar am Harz geboren. Obwohl sie sich beruflich der Hundestaffel der Polizei anschließen wollte, siegte am Ende ihre Liebe zu Büchern, und sie wurde zuerst Buchhändlerin und dann Schriftstellerin. Heute ist sie Mitglied bei den International Thriller Writers und schreibt sehr erfolgreich Romane für Erwachsene und Jugendliche. Sie lebt mit ihrem Mann und zwei Söhnen in einem kleinen Dorf bei Hildesheim in Niedersachsen.

Bei Blanvalet von Kathrin Lange bereits erschienen:

40 Stunden (38129)

Kathrin Lange

Gotteslüge

Thriller

blanvalet

MIX
Papier aus verantwortungsvollen Quellen
FSC® C014496

Verlagsgruppe Random House FSC® N001967
Das FSC®-zertifizierte Papier *Holmen Book Cream*
für dieses Buch liefert Holmen Paper, Hallstavik, Schweden.

1. Auflage

Umschlaggestaltung: © Johannes Wiebel | punchdesign,
unter Verwendung eines Motivs von Shutterstock.com
Redaktion: Regina Jooß
Herstellung: sam
Satz: Buch-Werkstatt GmbH, Bad Aibling
Druck und Einband: GGP Media GmbH, Pößneck
Printed in Germany
ISBN: 978-3-442-38346-7

www.blanvalet.de

Für Nils.
Wird ein langer Trip. (Robert B. Parker)

Und für Elyas.
Du hast Faris ein Gesicht gegeben,
noch bevor wir beide davon wussten.

Wer mit Ungeheuern kämpft,
mag zusehn, dass er nicht dabei
zum Ungeheuer wird.
Und wenn du lange in einen Abgrund blickst,
blickt der Abgrund auch in dich hinein.
(F. Nietzsche)

Gahannam.
(Arabisch für Hölle)

Prolog

Mitte Februar. Berlin.

Der Bombengürtel um seine Hüften schien Tonnen zu wiegen. Faris krampfte die Finger um den Auslöser. Sein Herz weigerte sich, weiterzuschlagen. Kalt lag es in seiner Brust.

»Lassen Sie fallen, was Sie da in der Hand haben!«, donnerte eine elektronisch verstärkte Stimme.

Die Worte erreichten ihn nur noch durch einen Schleier. Er sah die roten Leuchtpunkte zweier Sturmgewehre über seinen Körper tanzen und hochwandern bis zu seiner Stirn. Einer der beiden Laserstrahlen blendete ihn, und er musste die Augen schließen.

Ein Lächeln trat auf sein Gesicht.

Seine Schulter schmerzte jetzt überhaupt nicht mehr. Auf einmal fühlte er sich leicht.

Er zog den Reißverschluss seiner Jacke nach unten, sodass der Bombengürtel sichtbar wurde.

Nur eine Sekunde später schlug eine Kugel in seinen Körper ein.

1. Kapitel

Einen Tag zuvor.

Bei jedem Atemzug klebten Faris Iskanders Nasenflügel vor Kälte zusammen. Sein Herz schlug kräftig. Ein gleichmäßiger Rhythmus, genau wie der, den seine Füße auf den von leichtem Nieselregen glänzenden Asphalt trommelten.

Nicht nachdenken.

Mit jedem Schritt hämmerte er sich diese beiden Worte in den Schädel.

Nicht.

Nachdenken.

Es funktionierte. Wenigstens solange er lief. Sein Kopf leerte sich dann. Seine Gedanken, die dazu neigten, einen nie enden wollenden Tanz aufzuführen, kamen wenigstens für eine Weile zur Ruhe.

Ein scharfer Februarwind wehte von schräg vorn, zerrte an Faris' Haaren und nahm ihm den Atem. Er rannte dagegen an wie gegen die Gedanken in seinem Hirn. Der Himmel über der Stadt hatte eine typisch gelblich-graue Färbung. Lichtsmog, der die Umgebung niemals wirklich dunkel werden ließ.

Es war kurz nach halb sieben morgens. Die Sonne würde

erst in einer Stunde aufgehen, allerdings ohne dass es jemand mitbekäme. Schon seit Tagen lagen dicke Wolken über Berlin, und immer wieder fiel für kurze Zeit feiner Nieselregen.

»Warum nochmal haben wir uns dafür entschieden, nicht im Tiergarten zu laufen?« Marc Sommer, Faris' Kollege bei der SERV, der Sondereinheit für die Ermittlung bei religiös motivierten Verbrechen, warf ihm einen Seitenblick zu. Marc war durchtrainiert und sportlich. Die Zeiten, die er auf der Vierhundertmeterbahn lief, standen denen von Faris kaum nach. Dementsprechend machte es ihm nichts aus, Faris' hohes Tempo einzuhalten.

Faris ließ den Blick über das vollkommen leere ehemalige Rollfeld des Tempelhofer Flughafens schweifen. »Weil uns hier keiner von diesen Schickimickitypen begegnet?« Seit einigen Wochen wurden die Tore, die rings um das riesige Gelände angebracht waren, nachts nicht mehr geschlossen. In der nächsten Zeit würden das mehr und mehr Berliner mitbekommen, und dann würde es hier sehr bald schon voller werden. Aber noch waren sie auf dem weiten Gelände nahezu allein.

Marc schnaubte. »Da waren wenigstens Laternen!« Er trug Laufklamotten von Ralph Lauren, gegen die Faris' einfacher schwarzer Jogginganzug billig wirkte.

Faris grinste schwach. »Wieso? Ist doch hell genug.« Er beschleunigte. Der Wind wehte einen alten Pappkarton quer über das Rollfeld und Faris direkt vor die Füße. Kurzerhand sprang er darüber. Als er wieder aufsetzte, fuhr ein dumpfer Schmerz in seine Seite. Unwillkürlich kam er aus dem Rhythmus und presste die linke Hand gegen den Brustkorb.

»Was ist?« Marc verkürzte seine Schritte. »Alles in Ordnung mit dir?« Nebeneinander blieben sie stehen.

Faris nahm die Hand fort. Er strich sich die schweißnassen Haare aus der Stirn. »Klar.«

Zweifelnd sah Marc ihn an. Mit dem Kinn wies er auf Faris' rechte Seite. »Die Narbe? Sie tut immer noch weh, oder?«

Faris antwortete nicht sofort. Im Hintergrund ragten die alten Flughafengebäude empor. Ein Scherenschnitt, den jemand aus dem helleren Himmel gestanzt hatte. Faris schaute woanders hin, weil der Anblick ungute Erinnerungen heraufbeschwor.

»Nur ab und zu«, sagte er und dehnte die Nackenmuskeln, die sich bei diesem Thema fast reflexartig verkrampften. Um Marc von weiteren Nachfragen abzuhalten, starrte er ihn warnend an.

Marc grinste. »Schon gut! Schon gut!«

Der Pappkarton holperte voran bis zum Rand des Rollfeldes und blieb dort liegen. Der feine Nieselregen würde ihn bald in einen formlosen Klumpen verwandelt haben. Faris machte Anstalten weiterzulaufen, aber Marc packte ihn am Arm und hielt ihn davon ab. »He!«

Das gleichmäßige Summen der nahen Stadtautobahn klang wie Brandungsrauschen.

Faris wandte sich um.

Marcs extrem hellblaue Augen waren auf ihn gerichtet, und er kam sich vor wie unter einem Seziermesser. »Du hast schon wieder beschissen geschlafen, oder?« Es war eine Feststellung, keine Frage.

Faris unterdrückte ein Seufzen. Er hatte gehofft, man würde es ihm nicht so deutlich ansehen. Er schlief seit Monaten schlecht, manche Nacht auch gar nicht. Und wenn er einmal Ruhe fand, schreckte er oft aus den immer selben Träumen auf.

»Wieder Albträume von Pauls Tod?«, wollte Marc wissen.

Paul.

Faris' ehemaliger Partner bei der SERV war gleichzeitig sein bester Freund gewesen. Es war mehr als fünf Monate her, dass er bei einem Bombenanschlag ums Leben gekommen war.

Faris kämpfte den Reflex nieder, Marc anzuschnauzen, um diesem Gespräch auszuweichen. »Ja«, sagte er stattdessen. Obwohl er keinen Bock darauf hatte, wusste er, dass er Marc noch etwas liefern musste. »Aber es wird besser.«

Von wegen!

Er spürte, wie sich bei dieser Lüge seine Gesichtszüge verhärteten. Er dachte an den Albtraum, der ihn vergangene Nacht gequält hatte. Pauls Lächeln. Dann die immer gleichen Worte aus dem Mund seines Partners, kurz bevor sein Gesicht in Flammen aufging und sein Fleisch zu schwarzer Asche verkohlte.

Mach dir keine Vorwurfe ...

Wie ein Stachel bohrte sich die Erinnerung tief in Faris' Gehirn.

»Gehst du noch zu dieser Therapeutin? Dr. Roth?«, fragte Marc.

Das geht dich gar nichts an!

Faris wischte sich den Unmut vom Gesicht. Er hatte ein schlechtes Gewissen, denn Marc gab sich wirklich alle Mühe, ihm Paul als Partner zu ersetzen. Doch Faris war einfach noch nicht bereit dazu, jemand anderen an seiner

Seite zu akzeptieren. Er arbeitete mit Marc zusammen, weil er es musste, aber das war auch schon alles.

Faris fröstelte.

Inzwischen war er in der kalten Februarluft ausgekühlt, darum lief er mit verschärftem Tempo weiter. Diesmal hängte er Marc ab.

DER ANDERE

»Ich hatte letzte Nacht wieder diesen Traum.« Faris Iskanders Stimme drang aus dem kleinen Lautsprecher des silbernen Laptops und füllte das modern eingerichtete Büro mit ihrem Klang.

»Welchen Traum?«, fragte eine zweite Stimme auf der Aufnahme. Die Stimme einer Frau. Der Mann, der Vergeltung wollte, beugte sich vor, um noch besser zuhören zu können. Vor Anspannung und Zorn bohrten sich seine Fingernägel in die Handflächen.

»Paul und ich gehen nebeneinander her eine dunkle Gasse entlang auf eine Tür zu.« Iskander sprach tonlos und flach, durch zusammengebissene Zähne. Es war ihm anzuhören, dass er sich zu den Worten zwingen musste. »Ich weiß, dass hinter dieser Tür eine tödliche Gefahr lauert, aber ich kann nicht anders, ich muss weitergehen. Dann kommen wir an. Feine Ornamente bedecken die Tür. Ich strecke die Hand danach aus, und in dem Moment, in dem ich sie berühre, zerfällt sie zu Asche. Ich mache einen Schritt vorwärts, durch die nun leere Türöffnung hindurch. Eine Frau in einem roten Kleid steht vor mir. Sie sieht mich anklagend an, dann stößt sie ihren rechten Zeigefinger in meine Richtung. Der Finger hat keinen Nagel, sondern endet in einem zerfetzten, blutigen Stumpf.« Iskander unterbrach sich. Es dauerte mehrere Sekunden, bis er weitersprach. »Paul ist zurückgeblieben, und jetzt fängt er plötzlich an zu lachen. Ich drehe mich zu ihm um. ›Mach dir keine Vorwürfe‹, sagt er. ›Du hast nicht auf den Auslöser gedrückt.‹ Ich schreie, denn ich weiß, was nun kommt.« Die nächsten Worte stieß Iskander wie unter Mühen hervor. »Paul öffnet den Mund. Er will noch etwas hinzufügen, aber er kann es nicht mehr. Sein Gesicht geht in Flammen auf, und sein Fleisch verkohlt. Das ist jedes Mal die Stelle, an der ich aufwache.«

Eine Pause folgte. Der Mann, der Vergeltung wollte, lehnte sich zurück. Er löste die Fingernägel aus seinen Daumenballen und betrachtete die halbmondförmigen dunkelroten Male.

»Du weißt, dass dein Unterbewusstsein mit diesen Träumen versucht zu verarbeiten, was dir geschehen ist«, sagte die Frau. Der Mann, der Vergeltung wollte, wunderte sich, als er hörte, dass sie Iskander duzte.

»Schon klar. Ich ...« Iskanders Stimme kippte weg.

»Der abgerissene Finger und die Tür mit den Ornamenten«, sagte die Frau behutsam. »Das war im Klersch-Museum, nicht wahr?« Ihr Tonfall war sachlich. Professionell. Der Tonfall einer Polizeipsychiaterin.

Der Mann, der Vergeltung wollte, ließ seinen Blick durch den Raum schweifen, streifte die Gemälde von Segelbooten und die medizinischen Diplome an der Wand. Der Schreibtisch war übersät mit Akten und Papieren: Briefe, Zeitungsausschnitte, Kopien lagen unordentlich durcheinander.

Der Mann nahm den obersten Zeitungsausschnitt von

einem der Stapel. Er enthielt einen Bericht über eine Bombenexplosion in einem kleinen Museum in Berlin Charlottenburg. »Beamter des LKA bei Bombenattentat lebensgefährlich verletzt«, lautete die reißerische Schlagzeile. Darunter das Bild eines arabisch aussehenden Mannes mit etwas zu langen schwarzen Haaren und brennend-intensiven Augen. Der Mann, der Vergeltung wollte, hatte das Bild mit einem roten Stift eingekreist und den Namen »Iskander« daneben geschrieben.

Er legte den Zeitungsartikel zurück, genau auf einen Briefumschlag mit einem blauen Logo in Form eines Reagenzglases.

»Ja«, sagte Iskander auf der Aufnahme.

»Aber dein Partner ist nicht bei dieser Explosion gestorben, sondern später«, sagte die Psychiaterin.

Iskander stieß ein Ächzen aus. »Scheiße, das hier bringt doch …«

»Wie ist dein Partner gestorben, Faris? Ich kann dir nur helfen, wenn du dich darauf einlässt, dich der Sache stellst. Wir haben das doch schon hundertmal besprochen.«

Schweigen.

»Faris?«

Iskander schnaubte böse. »Der Kruzifix-Bomber hat ihn in die Luft gesprengt, Dr. Roth, und das wissen Sie so gut wie ich!«

Die Polizeipsychiaterin ignorierte seinen provozierenden Tonfall. »Und du gibst dir die Schuld an seinem Tod. Genau wie an dem der Menschen, die in dem Museum gestorben sind. Darum sagt Paul in deinen Träumen, dass nicht du auf den Auslöser gedrückt hast.«

Ein Geräusch ertönte, das klang, als schrammten Stuhlbeine über den Fußboden. Schritte entfernten sich vom Mikrofon.

»Es wäre mir lieber, wenn du sitzen bleiben würdest«, sagte die Polizeipsychiaterin.

Offenbar ging Iskander nicht darauf ein. Für mehrere Minuten war es sehr still, dann erklang seine Stimme aus größerer Entfernung. »Nach der Explosion im Museum hat er genau das oft zu mir gesagt: ›Mach dir keine Vorwürfe. Du hast nicht auf den Auslöser gedrückt.‹«

»Und? Hatte er recht?«

Iskander seufzte tief. »Vom Verstand her weiß ich, dass er recht hatte, aber …«

»Aber?«, hakte die Polizeipsychiaterin nach.

»Aber trotzdem werde ich diese Schuldgefühle nicht los«, fuhr Iskander fort. »Ich werde das Gefühl nicht los, dass ich sie alle hätte retten können.«

»Sie alle.«

»Die Leute im Museum. Oder die in der U-Bahn letzten September. Und … Paul.«

Der Mann, der Vergeltung wollte, starrte auf die wertvollen Perserteppiche, die trotz des nieseligen Februarwetters draußen eine warme, freundliche Atmosphäre schufen.

Ein leises Lächeln verzog seine Lippen, und er kratzte sich an seinem etwas zu langen blonden Vollbart.

Er klappte den Computer zu und stoppte so die Aufnahme, bevor sie ganz zu Ende war. Er griff nach einem Handy, das neben dem Rechner lag, dann wählte er eine Nummer. Es läutete mehrfach, bevor abgehoben wurde.

»Ja?«, fragte ein junger Mann am anderen Ende der Leitung.

»Önur?« Der Mann, der Vergeltung wollte, ließ seine Stimme so sanft klingen wie möglich.

»Ja!« Wieder nur die eine Silbe, hastig hervorgestoßen diesmal, misstrauisch und erschrocken zugleich.

»Es ist so weit«, sagte der Mann.

»Wirklich?« Ein Wimmern nur. »Sie haben gesagt, in ein paar Wochen. Warum schon heute?« Ein Schluchzen entwich dem Jungen.

»Es ist so entschieden worden. Heute ist der Tag. Heute kannst du allen zeigen, dass dein Gott sie bestrafen wird für ihren Unglauben.«

»Ich bin bereit«, flüsterte der Junge, dann schluchzte er erneut auf. »Allāhu Akbar!«

»Genau. Du weißt, was du zu tun hast?« Der Mann bückte sich nach einer Tüte zu seinen Füßen. Er nahm ein Päckchen heraus, ungefähr so groß wie ein halbes Pfund Kaffee, aber um einiges schwerer. Eingepackt war es in hellbraunes Ölpapier. Er drehte es in der Hand hin und her, während er auf Önurs Antwort wartete.

»Ich weiß es«, hauchte der Junge am anderen Ende der Leitung.

Der Mann nickte zufrieden und legte das Päckchen auf den Schreibtisch neben den Laptop. »Wir treffen uns an dem Bratwurststand bei der Gedächtniskirche. Da werde ich dir geben, was du für deine Mission brauchst. Sei in einer Viertelstunde dort!«

»So bald schon?« Önur atmete hörbar. Er murmelte ein arabisches Stoßgebet. Seine Stimme versagte dabei in einem kindlich anmutenden Kiekser.

Mit den Fingerspitzen trommelte der Mann einen schnellen Rhythmus auf das Päckchen.

»Allāhu Akbar«, wiederholte Önur.

»In einer Viertelstunde! Verspäte dich nicht.« Der Mann unterbrach die Verbindung und warf das Handy auf die Papiere auf dem Schreibtisch. Dann nahm er ein Bündel Kabel aus der Tüte, eine Zündkapsel sowie eine Batterie und etwas, das aussah, wie ein Teil einer Handgranate. Innerhalb weniger Minuten hatte er alles zu einer funktionstüchtigen Bombe zusammengebaut. Als er fertig war, klappte er den Laptop wieder auf. Er nahm die Maus und zog den Regler nach links, sodass ein Stück der Aufnahme zum zweiten Mal abgespielt wurde.

»... fängt er plötzlich an zu lachen«, ertönte Iskander erneut. »Ich drehe mich zu ihm um. ›Mach dir keine Vorwürfe‹, sagt er. ›Du hast nicht auf den Auslöser gedrückt.‹ Ich schreie, denn ich weiß, was nun kommt.«

Der Mann, der Vergeltung wollte, packte die einsatzbereite Bombe zurück in die Plastiktüte zu seinen Füßen. Die Tüte knisterte leise, als er sie hochhob, und das Geräusch vermischte sich mit dem Rest des Albtraums, den Iskander nun erzählte.

»Manchmal träume ich noch etwas anderes. Manchmal träume ich, dass irgendein Drecksack da draußen von meinen innersten Ängsten weiß.« Er holte tief Luft. »Und dass er einen Weg findet, mich tatsächlich dazu zu bringen, auf den Auslöser zu drücken.«

* * *

Gegen sieben Uhr liefen Faris und Marc am Garnisonsfriedhof vorbei. Hinter den kahlen Bäumen war in der zunehmenden Dämmerung die ausladende Kuppel der Sehitlik-

Moschee zu erahnen. Inzwischen begegneten ihnen immer mehr Menschen, Jogger die meisten wie sie selbst. Männer und Frauen, die keine Lust hatten, zwischen anderen Joggern Slalom zu laufen. Hundebesitzer, die die Köpfe eingezogen hatten und frierend abwarteten, dass ihr bester Freund fertig wurde mit den Dingen, mit denen er beschäftigt war.

Faris lief auf eine junge Frau zu, deren Jagdhund an einem Gebüsch schnupperte. Hund und Frauchen wurden fast gleichzeitig auf ihn aufmerksam. Während der Hund sich sofort wieder seinem Busch zuwendete, folgte die junge Frau Faris mit dem Blick. Er beachtete sie gerade lange genug, um zu bemerken, dass ein Lächeln über ihre Lippen huschte.

Er schenkte ihr ein knappes Nicken.

Der Jagdhund nieste. In der kalten Stille des frühen Morgens klang das Geräusch irgendwie menschlich.

Der Barkeeper gestern Abend hat genauso geniest …

Der Gedanke war da, bevor Faris ihn abwehren konnte, und zog weitere nach sich. *Gestern Abend. Die Bar im Gaislinger Hotel.*

Laura.

Faris bog in einen Weg ein, der direkt an dem Flugfeldzaun entlang führte. Die Straßenlaternen jenseits davon warfen die Schatten der Zaunpfähle wie Gefängnisgitter vor ihm auf den Asphalt. Seine Nasenflügel hatten inzwischen aufgehört, bei jedem Atemzug zu verkleben. Ruhig und gleichmäßig strömte die Luft in seine Lungen, aber die Erinnerungen an gestern Abend ließen sich jetzt nicht mehr zurückdrängen.

Eine Weile nach der Tagesschau war es gewesen, als sein

Smartphone geklingelt hatte. Er hatte irgendeinen amerikanischen Actionfilm geschaut, der ihn nicht im Geringsten interessierte. Als er die unbekannte Festnetznummer auf dem Display sah, spielte er mit dem Gedanken, einfach nicht ranzugehen. Doch dann siegte das mulmige Gefühl in seiner Bauchgegend.

»Iskander«, meldete er sich.

»Faris? Ich bin's.« Die Stimme von Laura, seiner Ex-Verlobten, riss ihn aus seinem Sitz hoch. Er brauchte nur diese drei Worte, um zu wissen, dass sie geweint hatte.

»Was ist passiert?«, fragte er.

Laura holte tief Luft, bevor sie antwortete. Er konnte die Tränen hören, die ihr die Kehle verstopften, schlagartig befand sich sein gesamter Körper in Alarmzustand. *Leg auf!*, warnte ihn sein Verstand. *Leg sofort auf!*

Natürlich hatte er nicht aufgelegt.

Verdammt, Faris!, beschimpfte er sich jetzt und lief an einer alten Dame und einem fetten Mops vorbei, die beide so missmutig aussahen, als seien sie mit Gewalt aus dem warmen Bett gezerrt worden.

Er erreichte das Tor am Columbiadamm, und in diesem Moment klingelte sein Smartphone. Sein Herz machte einen Salto. Er blieb stehen. Ein rascher Blick auf das Display jedoch ließ ihn erkennen, dass es nicht seine Ex-Verlobte war. Die Nummer, die angezeigt wurde, gehörte Kriminaloberrat Robert Tromsdorff, Faris' Vorgesetztem bei der SERV.

Marc hielt neben ihm an und schaute fragend. Faris zuckte die Achseln, dann ging er ran. »Robert? Was gibt's?«

»Faris?« In Tromsdorffs Stimme vibrierte etwas Dunkles.

Faris Kopf ruckte hoch. »Was ist passiert?«

Tromsdorff räusperte sich. »Wir haben eine Leiche.« Die

Art, wie er das sagte – nicht neutral und professionell, sondern so, als sei dies hier extrem persönlich – entzündete einen Funken in Faris. Er wollte etwas erwidern, aber Tromsdorff kam ihm zuvor. »Du musst kommen. Sofort!«

Faris fuhr mit der Zungenspitze über die Lippen, bevor er die Frage stellen konnte. »Wohin?«

Und als Tromsdorff die Antwort ausspuckte, brannte sich der Funke schmerzhaft in Faris' Magen: »In das Gaislinger Hotel.«

Eine knappe halbe Stunde später waren er und Marc in seinem Wagen auf dem Weg nach Charlottenburg.

»Wie lange ist es noch mal her, dass diese Laura dir den Laufpass gegeben hat?«, fragte Marc. Er krallte sich an dem Griff in der Beifahrertür fest, als Faris in einem waghalsigen Manöver einen klapprigen Käfer überholte.

Faris hatte ihm auf dem Weg zum Auto von der Leiche im Gaislinger Hotel erzählt und auch davon, dass seine Ex-Verlobte dort gestern eingecheckt hatte. Marc wusste von Faris' früherer Beziehung zu Laura Zöller. Und er wusste auch, dass Laura mit einem anderen Mann ein Kind bekommen hatte, nachdem sie Faris verlassen hatte.

»Im Juli werden es drei Jahre.«

»Aber du liebst sie noch«, murmelte Marc. »Zumindest der Art nach zu schließen, wie du durch Berlin rast!«

Faris machte sich nicht die Mühe, ihm darauf eine Antwort zu geben. Er brauchte all seine Aufmerksamkeit, um keinen Unfall zu bauen.

»Es muss doch gar nicht Lauras Leiche sein«, sagte Marc.

Faris fror in seinen verschwitzten Laufklamotten. Er scherte zurück auf die rechte Fahrspur und hielt an, weil vor ihnen eine Ampel auf Rot sprang. Ungeduldig schlug er auf das Lenkrad. »Fuck!«

Sein Smartphone klingelte. »Ja?«, meldete er sich.

»Faris, ich bin's.« Sein Schwager Samir. »Hör mal …«

»Samir, das ist jetzt wirklich kein guter Zeitpunkt«, unterbrach Faris ihn.

Aber Samir ließ sich nicht so leicht bremsen. »Önur war gestern bei mir, und ich mache mir Sorgen …«

»Samir!« Faris quetschte den Namen zwischen den Zähnen hervor. »Ich kann jetzt nicht!«

»Aber Önur hat …«

Ohne eine Antwort abzuwarten, legte Faris auf. Die Ampel schaltete auf Grün, er gab Gas.

Marc sah ihn eine Sekunde lang an, dann kam er auf Laura zurück: »Woher weißt du überhaupt, dass sie in dem Hotel war?«

»Weil sie mich angerufen und es mir erzählt hat.« Faris dachte wieder an den vergangenen Abend.

Natürlich hatte er nicht aufgelegt. Stattdessen hatte er sanft nachgehakt: »Laura? Was ist passiert?« Mit der freien Hand hatte er nach der Fernbedienung geangelt und den Fernsehapparat auf stumm gestellt.

»Ich …« Laura schniefte. Faris' Herz zog sich zusammen. »Ich werde Christian verlassen«, stieß sie hervor.

Im Fernsehen verfolgte der Held einen Bösewicht und sprang dabei über eine Häuserschlucht von zwanzig Metern Breite.

»Hast du gehört, was ich gesagt habe?« Lauras Frage machte Faris klar, dass er mehrere Sekunden geschwiegen haben musste. Er blinzelte.

»Natürlich. Warum rufst du mich an?« *Verdammt!* Klang

er so widerstrebend, wie er sich fühlte? Innere Unruhe erfasste ihn, und er stand vom Sofa auf. Der Filmheld holte seinen Gegner ein und brachte ihn zu Fall. Faris nahm die Fernbedienung und schaltete den Apparat ganz aus.

Laura unterdrückte einen weiteren Schluchzer. »Entschuldige. Ich dachte mir, du könntest hierher … Ich bin im Gaislinger Hotel.«

Er blieb mitten im Raum stehen und rieb sich das Gesicht. »Warum sagst du mir das?« Die mahnende Stimme seines Verstandes begann, ihm Vorwürfe zu machen, dass er den Anruf überhaupt angenommen hatte.

»Ich …« Laura klang nun nicht mehr so verweint. »Ehrlich gesagt, ich weiß es nicht so genau. Ich wollte eben …« Sie sprach nicht zu Ende.

Faris schloss die Augen. »Was willst du, Laura?«, hörte er sich sagen. Draußen war es ziemlich windig. Die Fensterscheibe erzitterte unter einer Böe. Er öffnete die Augen wieder.

»Wenn ich ehrlich bin, Faris«, hatte Laura geflüstert, »fände ich es sehr schön, wenn du herkommen würdest.«

Jetzt, in seinem Wagen, umklammerte Faris das Steuer mit beiden Händen. Der schwarze Plastikbezug des Lenkrades fühlte sich eiskalt an.

»Scheiße, Laura!«, murmelte er und gab noch ein bisschen mehr Gas.

Marc neben ihm ächzte leise.

2. Kapitel

Als Faris beim Gaislinger Hotel ankam, stand bereits eine Ansammlung von Polizeiwagen vor dem Gebäude. Bei einem war das Blaulicht eingeschaltet. Der Schein ließ den vom Nieselregen nassen Asphalt schimmern, und jedes Mal, wenn er Faris traf, zuckte gleich darauf ein greller Punkt über dessen Netzhaut.

Er hielt in zweiter Reihe, wollte aussteigen. Doch er konnte es nicht. Seine Hände krampften sich um das Steuer, und er brauchte mehrere Sekunden, bis er die Kraft fand, sich wieder zu bewegen. Durch das Seitenfenster des Wagens wanderte sein Blick an der Fassade des Hotels nach oben. Hinter welchem dieser Fenster befand sich die Leiche? Er versuchte zu schlucken. Sein Mund war staubtrocken.

»Hey!« Marcs Hand berührte ihn am Ellenbogen. »Geh du rein, ich kümmere mich um den Wagen.«

Faris nickte. Vielleicht sorgte er sich ja ganz umsonst. Vielleicht war es ein reiner Zufall, dass in diesem Hotel eine Leiche gefunden worden war, genau einen Tag, nachdem er und Laura sich hier getroffen hatten. Das musste es sein. Ein Zufall. Ein perverser Zufall.

Er ließ die Zündung an und stieg aus. Auf dem Bürgersteig blieb er stehen, während Marc auf den Fahrersitz rutschte, den Gang einlegte und davonfuhr, um einen Parkplatz zu suchen.

Nur ein Zufall!

Er hatte sich schon fast selbst davon überzeugt, als ihm Tromsdorffs gedämpfte Stimme in den Sinn kam. Sein Chef hatte eindeutig tief betroffen geklungen.

Nur ein Zufall! – Wem wollte er hier eigentlich was vormachen?

Er gab sich einen Ruck und betrat die Lobby des Hotels. Gestern Abend hatte er sie mit ihren goldenen Verzierungen und den Spiegeln als elegant empfunden, aber jetzt, bei Tageslicht, sah sie eher schäbig aus. Am Empfang saß eine junge Frau in einem geschäftsmäßigen blauen Kostüm und mit zu einem strengen Knoten hochgesteckten Haaren. Sie machte einen leicht benommenen Eindruck. Er gab sich ihr gegenüber als Polizist zu erkennen. Sie warf einen verwunderten Blick auf seine Laufklamotten, fragte jedoch nicht nach einem Ausweis. Mit einer mechanischen Handbewegung deutete sie in Richtung Fahrstuhl. »Zweiter Stock. Zimmer 21«, sagte sie, und die Zahl katapultierte Faris zurück zu dem gestrigen Abend.

21.

Die Zahl war in den Messinganhänger eingraviert, den Laura zwischen sich und ihn auf das Bartischchen gelegt hatte.

Am Nachbartisch saß eine Gruppe Geschäftsmänner mit gelockerten Krawatten und feierte lautstark den Abschluss eines hochwichtigen Auftrags.

»Man könnte denken, ihnen gehört das ganze Hotel, oder?« Demonstrativ drehte Laura sich zu dem anderen Tisch um, aber die Männer beachteten sie nicht einmal.

Faris grinste betont finster. »Ich könnte sie erschießen«, sagte er und ärgerte sich gleich darauf über den dämlichen Spruch. Laura wandte sich wieder ihm zu. Zwischen ihren Augenbrauen hatte sich eine Falte gebildet. Faris ließ sein Grinsen verblassen. »War nur ein Scherz!« Er kam sich vor wie ein Idiot.

»Klar.« Laura trank irgendeinen farblosen Drink, der mit zwei Oliven verziert war. Faris fiel ihr Lederarmband auf, in das in arabischer Schrift ihr und sein Name eingraviert waren. Unwillkürlich fasste er sich ans eigene Handgelenk. Er besaß das gleiche Armband. Laura hatte beide vor Jahren einmal in einem Ägyptenurlaub für sie gekauft. Faris hatte seines lange getragen – auch noch, nachdem Laura ihn längst verlassen hatte. Jetzt jedoch lag es schon seit einiger Zeit in einer Schublade in seinem Schlafzimmer. Er sah, wie Laura seiner Handbewegung mit dem Blick folgte. Er erwartete, dass sie etwas sagen würde, aber sie schluckte nur. Dann meinte sie: »Ich habe gehört, dass dein Disziplinarverfahren eingestellt wurde.«

Faris war froh, dass sie ihn nicht fragte, warum er sein Armband nicht trug. »Hast du dich etwa über mich auf dem Laufenden gehalten?«

Sie errötete. »Es stand in allen Zeitungen«, verteidigte sie sich ziemlich lahm.

Er nickte. *Stimmt.* Nachdem er den sogenannten Kruzifix-Bomber zur Strecke gebracht hatte, hatten die Journalisten der Hauptstadt ihn bejubelt. Aber der Ruhm war nur von kurzer Dauer gewesen. Aus irgendeinem Grund war die Stimmung recht schnell ins Gegenteil gekippt. Ende des Jahres dann waren die Schmierfinken von der Presse darüber hergefallen, dass sein Disziplinarverfahren mit einem Freispruch ausgegangen war. Das Gerücht, er und seine Abteilung, die SERV, seien von oberster Stelle protegiert worden, hatte die Runde gemacht. Das LKA hatte zu den Vorwürfen geschwiegen, nur Faris selbst, Tromsdorff und der Polizeivizepräsident wussten, dass die Vorwürfe nicht ganz aus der Luft gegriffen waren. Manchmal fragte Faris sich, von wie weit oben diese Protektion eigentlich kam und vor allem, was der Grund dafür war.

Jetzt lächelte er. »Sagen wir, es hat geholfen, dass ich beinahe draufgegangen wäre. Ich arbeite wieder. Seit Januar.«

Der Barkeeper hinter dem Tresen nieste zweimal und schaute sich um, ob es jemand mitbekommen hatte. Faris' Blick streifte ihn kurz.

»Ist Andrea dir eine Hilfe?«, erkundigte Laura sich behutsam. Sie und ihr Mann Christian waren Ärzte. Sie kannten seine Therapeutin Dr. Roth persönlich.

Faris hatte nicht die geringste Lust, mit seiner Ex über seine Psychomacke zu reden – und über seine Therapeutin schon gar nicht. »Du hast mich doch nicht hergebeten, um mit mir über Dr. Roth zu sprechen«, brummte er.

Sie schüttelte den Kopf. Rang um Worte.

»Warum hast du vor, Christian zu verlassen?«, fragte er geradeheraus.

Lauras Lippen wurden schmal. »Es passt nicht mehr zusammen.«

Er musste ein Lächeln unterdrücken. *Du kannst sie auch nicht halten, Arschloch!,* dachte er, doch dann wurde ihm bewusst, dass sie genau das Gleiche zu ihm gesagt hatte – damals, als sie ihn wegen Christian verlassen hatte.

Er kannte Christian Zöller nicht persönlich, aber nachdem Laura damals einfach gegangen war, hatte er monatelang einen tiefen Groll gegen den Mann gehegt. Es überraschte ihn zu spüren, wie heftig seine Gefühle Achterbahn fuhren. Eigentlich hatte er gedacht, Laura hinter sich gelassen zu haben.

Er musterte sie. Einige winzige Fältchen um ihre Augen waren hinzugekommen, seit sie kein Paar mehr waren. Sie standen ihr gut.

Weniger gut allerdings standen ihr die Tränen, die ihr jetzt in die Augen schossen.

»Ach, verflixt«, murmelte sie und senkte rasch den Blick. »Und dabei hatte ich mir vorgenommen, dass genau das nicht passieren wird!« Sie nestelte ein Taschentuch aus ihrer Handtasche und tupfte sich damit die Lider ab. »Tut mir leid!« Unter Tränen lächelte sie. Sie hatte ihre Mascara auf der linken Seite ein wenig verschmiert.

Die Geschäftsleute am Nachbartisch grölten einen Trinkspruch, und kurz verspürte Faris den Wunsch, tatsächlich seine Waffe zu ziehen und eine Kugel, wenn schon nicht in einen dieser Quadratschädel, dann doch wenigstens in die Decke zu jagen. Er machte sich nicht die Mühe, dieses Bedürfnis zu unterdrücken. Er hatte seine Pistole nicht mit. Er war nicht im Dienst. Da er nicht wusste, was er sagen sollte, schwieg er.

»Christian ist für ein paar Tage weggefahren«, sagte Laura. »Ich glaube, er brauchte auch Abstand.«

Und du hast die Gelegenheit genutzt, deine Koffer zu packen, dachte Faris. Er wollte eigentlich nicht über sie urteilen.

Er nickte, als würde er verstehen.

»Ich würde jetzt gern auf mein Zimmer gehen«, murmelte Laura. Sie legte die Hand auf den Zimmerschlüssel. Ihr Nagellack war dunkelrot. Faris bemühte sich, den Blick woandershin zu richten.

»Bringst du mich hoch?« Mit dem Kopf deutete Laura über die Schulter zu den Geschäftsmännern. »Nur für den Fall, dass es hier im Hotel noch mehr von denen gibt?« Sie nahm den Schlüssel an sich. Der Messinganhänger an seiner kurzen Kette klirrte leise.

Als sie aufstand, erhob sich auch Faris. »Natürlich«, sagte er und fragte sich, ob er nicht gerade einen Fehler machte.

Er brachte sie zum Aufzug, und tatsächlich hielten sie auf der ersten Etage. Ein Kerl stieg zu, der ganz offensichtlich zu den Typen in der Bar gehörte. »Fahren Sie hoch?«, fragte er. Er war untersetzt und sein Gesicht rot vom Alkohol.

Faris nickte nur.

»In den zweiten Stock«, sagte Laura, und der Typ schenkte ihr ein breites Lächeln.

»Habe Sie vorhin schon unten in der Bar gesehen, bevor er gekommen ist.« Der Mann deutete mit dem Kinn auf Faris.

Laura erwiderte sein Lächeln, aber Faris kannte sie gut genug, um zu sehen, wie verkrampft es in ihren Mundwinkeln klebte.

»Na dann!«, sagte der Kerl, als der Aufzug auf der zweiten Etage hielt. »Viel Spaß miteinander!«

Die Türen hatten sich bereits wieder hinter ihnen geschlossen, als Faris bemerkte, dass Lauras Kopf rot angelaufen war.

»Bin ich wirklich so leicht zu durchschauen?«, fragte sie und warf ihm einen unsicheren Blick zu.

»Ich offenbar nicht«, sagte er und überlegte angestrengt, wie er ihr beibringen sollte, dass er nicht mit ihr aufs Zimmer gehen würde.

Laura runzelte verständnislos die Stirn. »Was meinst du?«

Er winkte ab. »Schon gut!«

Der schwere Schlüsselanhänger baumelte von Lauras Fingern. »Tja«, murmelte sie, nachdem sie aufgeschlossen hatte und die Tür nach innen aufgeschwungen war.

Faris atmete einmal tief durch. »Wie geht es jetzt weiter?« *Was für eine bescheuerte Frage!* »Mit dir und Christian, meine ich.«

Betroffenheit erschien in ihren Augen und verriet ihm, dass sie wusste, warum er den Namen ihres Ehemannes erwähnt hatte.

»Keine Ahnung.« Ihre Augen glänzten nun wieder. Faris konnte sich nicht gegen das Gefühl wehren, manipuliert zu werden. Sie schüttelte den Kopf, sodass ihr die blonden Haare ins Gesicht gerieten. Mit einer bedächtigen Geste strich sie sie fort. Sehr genau achtete sie dabei darauf, dass er das Lederarmband an ihrem Handgelenk sah. »Ich habe viel nachgedacht in der letzten Zeit. Und ich glaube, dass ich dich immer noch …« Sie bemerkte den warnenden Ausdruck in seinen Augen und unterbrach sich. Hilflos zuckte sie mit den Schultern. »Tut mir leid!«

Er deutete ins Zimmer. »Du solltest jetzt besser reingehen.«

Sie schluckte. »Verstehe.«

Er fühlte sich gleichzeitig wie ein Versager und wie ein Schuft, weil er ihr wehgetan hatte. Laura stellte sich auf die Zehenspitzen und gab ihm einen sanften Kuss auf die Lippen. Er schmeckte den Cocktail, den sie getrunken hatte. Er rührte sich nicht, und es beschämte ihn, dass sein Körper auf den Kuss reagierte.

»Gibt es eine andere?«, fragte sie kaum hörbar.

Er wusste nicht, was er antworten sollte. Er wollte ihr nicht noch mehr wehtun, aber er wollte sie auch nicht anlügen. Also schwieg er.

Sie küsste ihn erneut, und als ihre Lippen sich jetzt von seinen lösten und sie sich an ihn klammerte, als habe sie die vergangenen drei Jahre nach ihm gehungert, fürchtete er, dass er verloren hatte.

Jetzt nickte Faris der Rezeptionistin zu und machte sich mit hölzernen Schritten auf den Weg zum Aufzug. Seine Hand zitterte, als er sie nach dem Knopf ausstreckte. Der Aufzug kam, die Tür öffnete sich mit einem leisen Glockenton – und heraus traten zwei Männer in den weißen Ganzkörperanzügen der Beweismittelsicherung. Faris kannte sie nicht, und er war froh darüber, denn so musste er kein Wort mit ihnen wechseln. Er wartete, bis die beiden ihre Ausrüstung aus der Kabine geschafft hatten. Bevor sie damit fertig waren, kam Marc und gesellte sich zu ihm. Er schien nicht zu wissen, wohin mit seinen Händen, schlenkerte mit den Armen vor und zurück. Als sie den Aufzug betraten, wich er Faris aus. Inzwischen zitterten auch Faris' Knie, und er musste sich an der Fahrstuhlwand abstützen. Genau an dieser Stelle hatte er gestern Abend gestanden …

Ein Ton kam aus seiner Kehle, der halb Lachen, halb Schrei war. Woher nur sollte er die Kraft nehmen, diesen verdammten Fahrstuhl wieder zu verlassen? Er hatte keine Ahnung.

Marc sah aus, als friere nun auch er.

Die Fahrt in den zweiten Stock dauerte nur wenige Sekunden, doch die kamen Faris vor wie eine Ewigkeit. Als die Kabinentür sich öffnete, fiel sein Blick auf den mit weinrotem Teppich ausgelegten Gang. Zwei Kollegen in Uniform standen herum. Die Tür von Zimmer 21 war offen, Stimmen drangen heraus. Eine davon war die von Robert Tromsdorff, der nun den Kopf aus der Tür streckte. Als er Faris entdeckte, wurde sein Gesicht starr. »Faris«, murmelte er.

Mehr brauchte Faris nicht. Nun Gewissheit zu haben gab ihm die Kraft, die er benötigte. Er straffte die Schultern und trat aus dem Aufzug. In seiner Brust saß kein Herz mehr, sondern ein Felsbrocken, der so kalt war, dass er ihm die Luft abschnürte. Direkt vor der Zimmertür blieb er stehen. Marc war dicht bei ihm.

»Laura.« Faris sagte es nicht als Frage.

Tromsdorff biss sich auf die Lippe. »Ich bin gleich hergekommen, als ich davon gehört habe. Ich wollte mich vergewissern, bevor ich dich …« Er unterbrach sich mit einer hilflosen Geste. Wie es seine Gewohnheit war, waren die Ärmel seines Sakkos bis zu den Ellenbogen hochgeschoben, aber jetzt zog er sie über die Handgelenke nach unten.

Faris nickte langsam. Laura war tot.

Laura.

War.

Tot.

Es fühlte sich surreal an. Mechanisch sagte er sich die drei Worte vor, wieder und wieder. Ein Mantra, das ihm half weiterzumachen, weil es den Schmerz so sehr übersteigerte, dass er bald unfähig sein würde, ihn noch zu erfassen. Plötzlich kam er sich leicht vor, so leicht, dass ihn ein kleiner Windhauch davongeweht hätte.

Die Fenster des Hotelzimmers standen offen – das war das Erste, was er wahrnahm. Er betrat die Diele, die Zimmer und Hotelflur miteinander verband und von der auch das winzige Badezimmer abging. Von der Straße herauf drangen die Geräusche des Verkehrs. Es klang wie das Rauschen eines sehr weit entfernten Flusses. Eines Flusses, der in einem bodenlosen Abgrund dahinfloss. Ein Auto hupte.

Faris legte die Hand gegen den Rahmen der Badezimmertür.

Das Zimmer war voller Menschen. Zwei weitere Kollegen von der Beweismittelsicherung hatten sich über das Bett gebeugt und verdeckten den Körper, der darauf lag. In dem Durchgang zwischen Diele und Zimmer stand eine ältliche Frau von der Gerichtsmedizin. Sie machte sich Notizen auf einem Tablet.

Bei ihr befanden sich zwei Männer, die unterschiedlicher nicht hätten sein können. Der eine war hochgewachsen, schlank, geradezu mager, sodass der Anzug, den er trug, zu groß aussah. Er hatte dünnes graues Haar, das dringend geschnitten werden musste, und seine Gesichtsfarbe war ebenfalls grau. Faris wusste, dass das von einem schmerzhaften Rückenleiden herrührte, unter dem Kriminalkommissar Alfons Rühmann schon seit Jahren litt.

Der zweite Mann war fast anderthalb Kopf kleiner als Rühmann, aber er wog das Doppelte, obwohl kein Gramm Fett an ihm war. Seine Gestalt wirkte quadratisch, extrem muskulös und durchtrainiert. Er hatte rotblondes, raspelkurz geschorenes Haar und wie zum Ausgleich dafür einen sorgsam gepflegten Dreitagebart. Gerade stellte er der Gerichtsmedizinerin eine Frage zum Zustand von Lauras Leiche, da bemerkte er Faris. Er unterbrach sich mitten im Satz. »Oh«, rutschte es ihm heraus.

Faris nickte ihm schweigend zu. Er und Kommissar Jens Meyer waren nicht die besten Freunde, seit Meyer sich für die SERV beworben und Tromsdorff ihn nach Absprache mit Faris und dem Rest des Teams abgelehnt hatte. In Faris' Augen war Meyer ein wenig zu sehr darauf bedacht, die Menschen, mit denen er zu tun hatte, in Schubladen zu stecken. Seit Kurzem gehörte Meyer – wie auch Alfons Rühmann – der Abteilung 112 an, einer der acht anderen Mordkommissionen, die neben der SERV dem LKA 1 untergeordnet waren.

»Es tut mir so leid!« Rühmann wandte sich Faris zu und wollte ihm die Hand geben, aber Faris wehrte ab. Sein Blick huschte zu dem Teil des Bettes, den er sehen konnte. Der Zipfel einer Daunendecke. Ein paar rote Flecken auf der weißen Bettwäsche. Und ein fast ebenso weißer menschlicher Fuß. Lauras Fuß. Unwillkürlich ging er einen Schritt vorwärts, doch Meyer versperrte ihm mit ausgestrecktem Arm den Weg.

Faris hatte nicht die Kraft, sich zur Wehr zu setzen.

»Es ist besser, wir gehen nach draußen«, sagte Rühmann. »Die Kollegen sind noch nicht fertig mit ihrer Arbeit. Jens, bleib du hier und kümmere dich um … sie.« Mit dem Kopf deutete er auf die Leiche und machte Anstalten, Faris aus dem Zimmer zu schieben.

Faris ließ sich zu Tromsdorff und Marc führen, die auf dem Gang standen.

»Wann kann ich zu ihr?«, fragte er. Das Rot des Teppichs kam ihm heute viel dunkler vor als gestern Abend.

Tromsdorff wich einer direkten Antwort auf seine Frage

aus. »Es ist nicht nötig, dass du sie identifizierst. Das habe ich bereits getan.«

Mechanisch nickte Faris. »Ich möchte sie trotzdem sehen.«

»Warum willst du dir das an…«, begann Rühmann, aber Faris fuhr ihm mitten ins Wort:

»Was soll der Scheiß? Ist sie …« Ihm versagte die Stimme, und er senkte den Kopf. Bilder geisterten durch sein Hirn, Bilder von verstümmelten, missbrauchten Körpern. Leiser fügte er hinzu: »Ich habe schon eine ganze Reihe Leichen gesehen, vergesst das nicht!«

Rühmann schaute Tromsdorff hilflos an.

»Das ist uns klar, Faris«, sagte der. »Aber keine davon war deine …« Er suchte nach dem richtigen Ausdruck. Er wusste nicht, wie er Laura bezeichnen sollte.

Ja, dachte Faris. Was war sie? Seine Freundin? Seine Ex-Verlobte? Die Frau, die ihn wegen eines anderen verlassen hatte? *Die Frau, die ich möglicherweise noch immer liebe …*

»Es ist kein schöner Anblick«, sagte Tromsdorff ruhig. Diesmal griff er nach Faris' Ellenbogen. Ihn ließ Faris gewähren.

»Ich will sie sehen«, sagte er.

Tromsdorff warf einen Blick ins Zimmer. Dann seufzte er. »Also gut. Die Jungs sind gerade fertig.«

Tatsächlich gab das Spurensicherungsteam den Tatort in diesem Moment frei. Faris sah zu, wie die Männer ihre Utensilien einpackten und gingen. Erst als sie fort waren, schaffte er es, das Zimmer erneut zu betreten.

»Lassen wir ihn einen Moment allein, Jens!«, hörte er Rühmann sagen und war froh, als die Kollegen den Raum verließen.

Er trat zum Bett und blieb am Fußende stehen.

Da war Blut, das war das Erste, was ihm ins Auge sprang. Ein Fleck dunklen Bluts, das aus einer Wunde an Lauras Hinterkopf getreten war. Blut befand sich außerdem an der Kante des Nachtschränkchens und auf dem Teppich davor. Faris schloss die Augen, aber das Rot leuchtete hinter seinen Lidern umso greller. Lauras Augen waren weit aufgerissen, ihr Gesicht verzerrt im Todeskampf. Eine fremdartige, furchtbare Grimasse. Faris versuchte, einen Rest von ihrem Wesen darin zu erkennen, doch vergeblich. Ihr Tod war langsam und qualvoll gewesen, dieser entsetzliche Ausdruck alles, was von ihr übrig war. An ihrem Hals waren deutlich die Abdrücke von Händen zu sehen, große violette Stellen, die sich hart gegen die helle Haut abhoben. Offenbar war ihr Kehlkopf zerquetscht worden.

Faris' Verstand registrierte die Einzelheiten, aber er war unfähig, sie zu verarbeiten.

Der Ausschnitt von Lauras weißer Bluse war verrutscht und enthüllte ein Stück ihres teuren Spitzen-BHs. *Sie hat sich wieder angezogen, nachdem ich weg war.* Der Gedanke verschaffte ihm den Bruchteil einer Sekunde Zeit, bevor er auch den schrecklichen Rest der Details wahrnahm.

Lauras Rock war nach oben gerutscht und entblößte ihre Schenkel und einen Teil ihrer rechten Pobacke. Ihr Slip – der Slip, den sie selbst sich in der Nacht ausgezogen hatte – lag auf dem Hotelteppich. Er war zerrissen.

Sie hat sich wieder angezogen, und dann …

Die Gedanken in seinem Kopf vollführten einen Säbeltanz.

Er spürte, dass jemand hinter ihn getreten war, drehte sich aber nicht um. »Ist sie vergewaltigt worden?«, flüsterte er.

Der Mann hinter ihm machte ein unbestimmtes Geräusch. »Das werden wir bald erfahren.« Tromsdorff. Faris fühlte sich in seinem Entsetzen sonderbar gestört.

Er wies auf den zerrissenen Slip. »Es sieht aus, als ...« Die Stimme versagte ihm. Er musste sich zusammenreißen, musste sich einreden, dass dies hier eine normale Mordermittlung war. Dass sie nichts, rein gar nichts, mit ihm zu tun hatte. Er kannte die Vorgehensweise in einem solchen Fall in- und auswendig. Er würde sich darauf konzentrieren, das Notwendige zu tun, würde den Schmerz in Schach halten, der tief unten in seiner Brust lauerte.

Um rauszufinden, wer Laura das angetan hatte.

Er wusste, dass Tromsdorff ihn sehr genau beobachtete.

»Die Obduktion muss erweisen, was passiert ist«, sagte er. »Wir müssen rausfinden, ob sie vergewaltigt wurde. An ihrem Hals müssen Fingerabdrücke genommen werden, und Spermaspuren müssen gesichert werden. Wenn sie vergewaltigt wurde, müssen wir ...«

Tromsdorff legte ihm eine Hand auf die Schulter und holte ihn damit aus der Dauerschleife, in der seine Gedanken rotierten.

Faris starrte auf Lauras Handgelenke. Auch an ihnen waren die Hämatome grell und deutlich zu sehen. Das Lederarmband jedoch, das sie gestern Abend noch getragen hatte, war weg. Suchend sah er sich um. Vielleicht hatte sie es im Bad abgelegt, nachdem er fortgegangen war.

»Warum hat sie hier im Hotel übernachtet?«, hörte er Tromsdorff fragen.

Er dachte an den vergangenen Abend. »Sie hatte vor, Christian zu verlassen.« Als hätten diese wenigen Worte die Mauer, die er um seine Gefühle zu errichten versuchte, zum Einsturz gebracht, begann sich alles um ihn zu drehen. Ihm wurde übel. »Entschuldige!«, stieß er hervor, dann stürzte er aus dem Zimmer.

Er eilte an Rühmann und Meyer vorbei in Richtung Treppenhaus, erst an einer ledernen Sitzgruppe, die dort stand, hielt er an. Ein furchtbarer Gedanke schoss ihm durch den Kopf: Wäre sie noch am Leben, wenn er gestern Abend nicht gegangen wäre?

Eine geisterhafte Stimme wehte durch seine Erinnerung. *Mach dir keine Vorwürfe.*

Paul.

Ein irres Lachen stieg in Faris' Kehle auf und erstickte ihn beinahe.

»La elah ela Alah!«, flüsterte er. *Oh, Gott!*

Er sank auf einen der Sessel und vergrub das Gesicht in den Händen.

3. Kapitel

Alfons Rühmann schaute Iskander hinterher, als der an ihm und Meyer vorbeistürzte und um eine Ecke des Ganges verschwand. Sein Ischiasnerv meldete sich mit einem Brennen, und automatisch tastete Rühmann in der Anzugtasche nach dem Röhrchen mit seinen Tabletten. Er fand es zwischen zerknüllten Papiertaschentüchern, einem alten Schlüsselring, den er längst schon einmal hatte wegwerfen wollen, und einem zerrissenen Gummiband. Seine Frau schüttelte oft den Kopf über seine Angewohnheit, die Taschen jedes Kleidungsstückes mit Krimskrams vollzustopfen wie ein Achtjähriger. Erst gestern hatte sie ihm Vorwürfe gemacht, weil er seine Jacketts auf diese Weise mit schöner Regelmäßigkeit ruinierte. »Du siehst aus wie eine Vogelscheuche mit diesen ausgebeulten Taschen!«, hatte sie ihn angemault.

Er wäre froh gewesen, hätte er ihre Probleme gehabt.

Er zog das Medizinröhrchen heraus, öffnete es mit dem Daumen und warf sich eine der Tabletten in den Rachen. »Armer Teufel«, murmelte er.

»Iskander?« Meyer stand mit leicht gespreizten Beinen und sehr gerade durchgedrücktem Rücken da. Seine übliche Haltung, wenn sich andere Alphamännchen in der Nähe befanden. Meyer war gerade einmal Anfang dreißig, und seine Sichtweise der Welt war – jedenfalls noch – eher simpel.

Wir: die Guten. Der Rest der Welt: die anderen – wahlweise eingeteilt in Opfer und Drecksäcke.

»Die Tote ist seine ehemalige Verlobte«, erklärte Rühmann.

»Ich weiß.« Meyer schaute in die Richtung, in der Iskander verschwunden war. »Sehen wir mal, was er uns zu sagen hat.« Er machte Anstalten, hinter Iskander herzugehen, aber Rühmann hielt ihn zurück.

»Lassen wir ihm noch ein bisschen Zeit.«

DER ANDERE

Um diese Tageszeit war es voll auf dem Platz vor der Gedächtniskirche. All diese Menschen, die von A nach B eilten, auf dem Weg zur Arbeit oder zur Schule. Getrieben von ihren Pflichten und Notwendigkeiten. Von ihren Träumen, wenn sie Glück hatten.

Keiner von ihnen ahnte auch nur, wie flüchtig sein armseliges Leben war, dachte der Mann, der Vergeltung wollte. Wie schnell es vorbei sein konnte, wenn das Böse über sie hereinbrach.

Der Lärm der Großstadt vereinigte sich mit den Stimmen und Bildern in seinem Kopf zu einem Horrorfilm, gegen den er sich nur mit Mühe wehren konnte.

Das Flehen der Frau, das er jede Nacht im Schlaf hörte, erklang auch jetzt wieder.

Nein! Bitte nicht!

Er versuchte, es abzuwehren, aber das Wimmern war zu durchdringend, zu allgegenwärtig. Er krampfte die Faust um den Hals der Plastiktüte, wie um den eines Menschen. Langsam wich er bis an das Baugerüst zurück, das die Gedächtniskirche umgab.

»Geht es Ihnen nicht gut?«

Eine unbekannte Stimme. Dem Mann, der Vergeltung wollte, wurde bewusst, dass er die Augen zugekniffen und die Hände auf die Ohren gepresst hatte. Eilig riss er die Augen wieder auf. Vor ihm stand eine Frau. Sie war alt, bestimmt über achtzig, klein und vertrocknet wie eine Dattel, und auf ihren runzeligen Zügen lag ein besorgter Ausdruck.

Der Mann ließ die Arme sinken. Du liebe Güte, wie musste er auf die Alte wirken? »Doch, doch«, sagte er und lächelte das Lächeln, das seinem anderen Ich gehörte. Jenem Ich, das die Leute kannten und mochten. »Ich probe nur ein bisschen. Theateraufführung. Sie wissen schon. Mein Regisseur verlangt Method Acting.«

Er sah der Frau an, dass sie keine Ahnung hatte, wovon er sprach, genau das war auch der Sinn seiner Worte gewesen.

Sie nickte leicht verwirrt. »Na dann«, sagte sie und warf noch einen letzten Blick auf seinen etwas zu langen Bart. Schließlich wandte sie sich ab und wackelte davon. *Sie humpelt auf dem rechten Bein,* dachte der Mann.

Sein Blick fiel auf einen schlaksigen Jungen mit hochgegelten Haaren und einem getriebenen Gesichtsausdruck.

Önur war gekommen.

* * *

Faris wusste nicht, wie viel Zeit vergangen war, als jemand neben ihn trat. »Du wusstest bereits, dass es Laura ist, als ich dich informiert habe, oder?« Es war Tromsdorff.

Jetzt hob Faris den Kopf, sah seinen Chef an. Er nickte. Dann stieß er Luft durch die Nase und fuhr sich mit beiden Händen in die Haare. »Sie hat mich gestern Abend angerufen und mir erzählt, dass sie hier ist.« Er begegnete Tromsdorffs Blick. »Sie wollte sich scheiden lassen, Robert.«

Tromsdorffs Lippen wurden schmal. »Es tut mir leid, Junge«, murmelte er. Obwohl er nur zwölf Jahre älter war als Faris, war er so etwas wie ein väterlicher Freund für ihn. Er hatte diese Rolle erst kürzlich übernommen, nachdem Paul gestorben war.

Faris verschränkte die Finger im Nacken, presste die Arme gegen die Ohren. In seinem Kopf schrillte es, als habe er plötzlich einen Tinnitus. »Lass uns rausfinden, wer das getan hat!«

»Das werden wir. Rühmann und Meyer warten da hinten drauf, dass sie mit dir sprechen können.«

Faris' Blick huschte den Gang entlang. »Klar«, krächzte er.

Da wandte Tromsdorff sich ab und holte die beiden Kommissare hinzu. Während Rühmann sich in den anderen Sessel setzte, blieb Meyer neben Faris stehen.

Faris verspürte die leichte Irritation des körperlich Unterlegenen, und er wusste, dass Meyer genau diesen Effekt erzielen wollte. Er konzentrierte sich auf Rühmann.

»Woher wusstest du, dass Laura hier im Hotel ist?«, war die erste Frage, die der ältere Kollege ihm stellte.

Faris gab ihm dieselbe Antwort wie Tromsdorff. Er wollte etwas hinzufügen, aber da klingelte sein Smartphone. Er zog es hervor und warf einen Blick auf das Display. Es war die Nummer von Kriminaloberkommissar Friedrich Gerlach von der Abteilung 5. Polizeilicher Staatsschutz. Wenn Gerlach anrief, war es normalerweise etwas Dringendes.

»Entschuldige«, sagte Faris zu Rühmann und nahm den Anruf an. »Ja?«

Gerlach sparte sich jede Begrüßung. »Faris«, stieß er hervor. »Du musst sofort zur Gedächtniskirche kommen. Wir haben hier eine Geiselnahme.«

Faris blickte den Hotelgang entlang. Zimmer Nummer 21 war von hier aus nicht zu sehen, da es hinter einer Biegung lag. »Warum kommst du damit zu mir?« Bei Geiselnahmen sprang gewöhnlich der Apparat der Abteilung 5 an.

Auf Tromsdorffs und Rühmanns Gesicht erschien ein fragender Ausdruck. Faris bedeutete ihnen, still zu sein, und lauschte den Worten, die Gerlach jetzt hervorpresste.

»Der Typ hier scheint zu wollen, dass du kommst.«

Faris' Arm fiel nach unten. »Sag das noch mal!«

»Du hast mich schon verstanden. Wir haben eine Geiselnahme auf dem Ku'damm. Und der Geiselnehmer hat deinen Namen ins Spiel gebracht.«

»Faris! Gut, dass du da bist!« Gerlach steuerte auf ihn zu, kaum dass Faris aus Richtung Ku'damm auf den Breitscheidplatz einbog, an dem die Gedächtniskirche lag. Noch über die Absperrungen hinweg, die überall errichtet worden waren, gab Gerlach ihm die Hand. Dann wedelte er den Beamten beiseite, der Faris den Zutritt zum Tatort verwehrt hatte. »Lassen Sie den Mann durch, das ist der, auf den wir warten!«

Der Uniformierte öffnete Faris eine Lücke in der Absperrung, und Gerlach führte Faris quer über den Platz zu einer Gruppe von Kollegen, die im Schatten der alten, mit einem Gerüst versehenen Kirchenruine standen. Gerlach war ein ruhiger grauhaariger Typ, der, ähnlich wie Rühmann, kurz vor der Pensionierung stand. Anders als dieser jedoch hatte Gerlach nichts Schludriges oder Großväterliches an sich, im Gegenteil. Er wirkte stets korrekt und steif, sein Lächeln immer schmal. Als Faris und er sich kennengelernt hatten, hatten sie eine Weile gebraucht, bis sie warm miteinander geworden waren.

Als sie bei der Truppe ankamen, nickte eine athletische Frau in der schwarzen Kleidung des SEK Faris zu. Sie war gerade dabei gewesen, sich etwas auf einem Laptop anzusehen, der auf dem Dach eines Streifenwagens stand. Jetzt musterte sie seine Joggingklamotten, ließ diese jedoch unkommentiert. Sie alle kannten Situationen, in denen sie aus privaten Tätigkeiten gerissen und in einen unvorhergesehenen Einsatz gerufen wurden.

»Hauptkommissarin Julia Lautenschläger«, stellte Gerlach vor. »Julia, das ist Faris Iskander.«

»Iskander.« Auch Lautenschläger gab Faris die Hand. Sie hatte einen festen Griff. Mit wachen, leicht argwöhnischen Augen taxierte sie ihn von Kopf bis Fuß. Aus irgendeinem Grund hatte er das Gefühl, dass er ihren Vorstellungen nicht gerecht wurde. »Du bist kleiner, als ich dich mir vorgestellt habe«, sagte sie.

Er hielt ihrem forschenden Blick stand. »Du auch.«

Sie lachte. Es war ein kurzes, trockenes Geräusch, fast ein Bellen. »Das ist gut!«

Julia Lautenschläger war nicht nur die einzige Frau bundesweit, die es geschafft hatte, die ultraharten Aufnahmeprüfungen für das SEK zu bestehen – sie hatte sich darüber hinaus in den letzten zwei Jahren innerhalb der Abteilung beständig hochgearbeitet und leitete heute ein Team als Kommandoführerin. Bisher hatte Faris noch keine Gelegenheit gehabt, sie persönlich kennenzulernen, aber natürlich hatte er von ihr gehört. Sie war einen ganzen Kopf kleiner als er, ihre kurzen blonden Haare wirkten ungekämmt und verschwitzt wie seine. Er vermutete, dass sie trainiert hatte, als ihr Team hierher gerufen worden war.

»Also«, übernahm Gerlach das Briefing und wies auf den Glockenturm, der neben der eingerüsteten Kirchenruine stand. »Um sieben Uhr drei ging ein ziemlich seltsamer Anruf in der Notrufzentrale ein. Vor knapp einer Stunde hatten wir dann zwei Zeugen, die uns eine Geiselnahme meldeten. Der Täter hat mindestens zwei Menschen in seiner Gewalt. Und er hat sich mit ihnen in dem Fairtrade-Laden verschanzt, der sich in diesem Turm befindet.«

»Ein Täter oder mehrere?« Faris musterte den Turm. Wie ein zu dick geratener Bleistift ragte das Gebäude neben der Kaiser-Wilhelm-Gedächtniskirche in die Höhe. Die wabenartige Betonstruktur der Außenwände wirkte abweisend und hässlich.

»Soweit wir bisher wissen, ein Einzeltäter«, antwortete Gerlach. »Und offenbar hat er einen Bombengürtel um.«

In Faris verkrampften sich alle Muskeln. »Zwei Geiseln?«

»Von zweien wissen wir sicher: Die Inhaberin des Fairtrade-Ladens und ihre kleine Tochter.«

»Ein Kind.« Ohne dass er etwas dagegen tun konnte, blitzte Lauras Leiche vor Faris' geistigem Auge auf. Dann hörte er das Weinen des Kindes, das damals im Klersch-Museum gestorben war. Laura hatte eine Tochter gehabt. *Lilly.* Wo sie jetzt wohl war? Wer kümmerte sich um sie? Lauras Mann vermutlich. Er …

Mit Gewalt unterbrach Faris den Strom seiner Gedanken, und ihm wurde bewusst, dass sowohl Gerlach als auch Lautenschläger ihn musterten. In Lautenschlägers Miene konnte er Skepsis erkennen. Skepsis, ob er dem hier gewachsen sein würde. Wieder begegneten sich ihre Blicke, wieder hielt er dem ihren stand. Diesmal fiel es ihm schwerer als eben.

Sie schnaubte höhnisch, und er fragte sich, wie viel Gerlach ihr über seine Vorgeschichte erzählt hatte. Er bewegte den rechten Arm. Die Brandnarbe auf seinem Bizeps spannte. »Hattet ihr Kontakt mit dem Geiselnehmer?«, fragte er.

Der Platz vor der Kirche lag menschenleer da, doch hinter den Absperrungen drängten sich Schaulustige in mehreren Reihen. Die Menschen nutzten die willkommene Abwechslung, um zu gaffen und sich den Nervenkitzel zu holen, den Film und Fernsehen ihnen schon lange nicht mehr bieten konnten. Ein Mann mit einem zerzausten blonden Vollbart und dunklen Augen kreuzte Faris' Blick kurz, wurde aber gleich darauf von der Menschenmenge verdeckt. Faris vergaß ihn wieder.

»Nur bei seinem Anruf vor Beginn der Geiselnahme«, antwortete Gerlach auf seine Frage. »Als er die Tat angekündigt und verlangt hat, dass wir dich informieren sollen.«

»Das Kind ist vermutlich sechs, sieben Jahre alt«, warf Lautenschläger ein. »Wir wissen das von der Augenzeugin, die uns über die Geiselnahme informiert hat.« Sie wies auf eine vielleicht fünfzigjährige Frau, die zusammen mit zwei Beamten in Uniform in sicherem Abstand bei einem Einsatzwagen stand und mit ängstlicher Miene zu ihnen herüberblickte.

»Von ihr haben wir auch die wenigen Details, über die wir im Moment verfügen«, sagte nun wieder Gerlach. »Weder haben wir einen Hinweis darauf, was der Geiselnehmer von dir will, noch wissen wir, wer er ist. Unsere Leute haben den

Apparat gecheckt, von dem aus er angerufen hat, aber es ist ein Prepaid-Handy. Und es wurde offenbar mit einem illegal erworbenen Personalausweis gekauft. Der Name jedenfalls, der beim Kauf angegeben wurde, gehört einem Dreiundneunzigjährigen, der vor ein paar Wochen verstorben ist. Das Handy gibt uns also keine Hinweise auf die Identität des Geiselnehmers.«

Faris unterdrückte ein Seufzen. In Zeiten des Internets konnte man wirklich alles erwerben, dachte er. Sogar eine falsche Identität. Vielleicht sollte er mal überprüfen, ob es dort auch ein neues Leben für ihn gab. Eines, in dem Laura ihn niemals verlassen hätte, eines, in dem er ... Wieder musste er seine unkonzentriert schweifenden Gedanken zur Ruhe zwingen.

Gerlach winkte einem der beiden Uniformierten, die bei der Zeugin standen, und der führte die Frau herbei. »Margarete Brunner«, stellte Gerlach vor. »Frau Brunner, das ist Kommissar Iskander, der Kollege, nach dem der Geiselnehmer verlangt hat.«

Frau Brunners Augen wurden groß. »Oookay«, murmelte sie. Faris konnte sich denken, was ihr durch den Kopf ging.

Nicht zum ersten Mal in seinem Leben verfluchte er sein arabisches Aussehen.

Gerlach lächelte Frau Brunner ermutigend zu. »Bitte berichten Sie dem Kollegen noch einmal, was Sie beobachtet haben!«

Frau Brunner zog die Unterlippe zwischen die Eckzähne und biss darauf. »Ich ... selbstverständlich!« Sie hatte die Haare blond gefärbt. Die Farbe war am Ansatz mindestens fünf Zentimeter herausgewachsen, was nicht so recht zu ihrer akkuraten Frisur passen wollte und erst recht nicht zu dem eleganten Trenchcoat, den sie trug. »Ich war auf dem Weg zur Arbeit. Ich arbeite in einer Versicherung, müssen Sie wissen, wir …« Sie begriff, dass das nichts zur Sache tat, und kehrte zum eigentlichen Thema zurück. »Egal! Jedenfalls bin ich, wie jeden Morgen, den Ku'damm lang, als mir der Junge aufgefallen ist.« Unter ihrem rechten Auge begann ein Muskel zu zucken. Nervös schob sie eine etwas überdimensionierte Handtasche höher auf ihre Schulter. »Er kam gerade aus dem McDonald's, und ich hatte irgendwie gleich ein mulmiges Gefühl.« Ihr Blick huschte zu Faris und von dort aus auf ihre Füße.

»Woran lag das?«, fragte Faris. Er ahnte bereits, was jetzt kommen würde.

»Naja, weil er doch … so …« Hilflos lächelte sie ihn an. Einer ihrer Schneidezähne war dunkel, wie nach einer lange zurückliegenden Wurzelbehandlung. Zusammen mit dem nicht nachgefärbten Haaransatz gab ihr das eine leicht einfältige Erscheinung. »… arabisch ausgesehen hat.« Sie hob die Hände, machte Anstalten, etwas hinzuzufügen, aber bevor sie sich bei ihm entschuldigen konnte, sagte Faris:

»Schon gut! Erzählen Sie am besten einfach, was dann geschah.« Er war es gewohnt, dass die Leute glaubten, ihn wegen seines Aussehens einschätzen zu können.

»Man will ja nicht jedem von den … jedem mit Vorurteilen begegnen, darum habe ich mir verboten, so was zu denken, aber irgendwie …« Jetzt lächelte Frau Brunner schüchtern. »Weil er doch so nervös wirkte. Als hätte er was vor.«

»Wie äußerte sich diese Nervosität?«, fragte Gerlach.

»Geschwitzt hat er! Erst hab ich noch gedacht, dass das kein Wunder ist, wo er so 'ne dicke Jacke anhat. Sah aus wie für eine Polarexpedition, obwohl es doch so kalt gar nicht is. Er hatte den Reißverschluss bis unter's Kinn hochgezogen.«

»Wir haben das inzwischen gecheckt«, sagte Gerlach. »Offenbar hat der Geiselnehmer sich auf der Toilette des Schnellrestaurants den Bombengürtel umgeschnallt. Die Kamera des Ladens zeigt, wie er mit einer Plastiktüte in der Hand und offener Jacke reingeht. Raus kommt er dann ohne Tüte und mit geschlossener Jacke. Wir haben einen Spürhund kommen lassen. In der Tüte war definitiv Sprengstoff.« Während er redete, öffnete er auf dem Laptop, den er auf dem Autodach stehen hatte, eine Datei. »Blöderweise wusste der Kerl von der Kamera. Er hält seinen Kopf so, dass sein Gesicht nicht zu sehen ist.« Er drehte den Computer um und präsentierte Faris die Aufnahme. Der Geiselnehmer trug eine Baseballmütze, die seine Züge verdeckte.

»Ich habe sein Gesicht gesehen«, sagte Frau Brunner. »Diese Augen! Irgendwie ...« Sie schauderte. »... unheimlich!«

»Unheimlich«, wiederholte Lautenschläger. Sie tauschte einen langen Blick mit Faris, und er hätte gern gewusst, was sie dachte. Ihre Haltung und ihre Miene waren völlig ausdruckslos.

»Er ist dann zum Platz vor der Kirche gegangen.« Frau Brunner wirkte, als finde sie langsam Gefallen an ihrer Rolle als Zeugin. »Da hat er gewartet, bis jemand ganz dicht an ihm vorbei is: diese Ladenbesitzerin mit ihrem Kind. Die kommt jeden Tag um dieselbe Zeit und macht den Laden auf. Er ist hinter ihr her und hat zugesehen, wie sie aufgeschlossen hat. Dann hat er seine Jacke uffjemacht. Total entsetzt hat die Frau ihn anjestarrt.« Während sie redete, brach sich immer stärker das Berlinerische in ihrer Sprache

Bahn. In Faris festigte sich der Eindruck, dass sie ihre teuren Klamotten wie eine Verkleidung trug. »Jedenfalls hat er die Frau und das Mädchen in den Laden jeschubst und is mit rin.« Sie blinzelte.

Das Mädchen.

Diese beiden Worte lösten eine Erinnerung in Faris aus. *Laura. Mit ihrer kleinen Tochter auf dem Arm.* Das Kind, das eigentlich seines hätte sein sollen ... Er verscheuchte den Gedanken, aber das führte nur dazu, dass ihm ein anderes Kind einfiel. *Der kleine Junge, der damals bei der Explosion im Museum gestorben war ...*

Mit Macht vertrieb er auch diese Erinnerung.

Verdammt! Er musste sich zusammenreißen, wenn er das hier auf die Reihe kriegen wollte.

4. Kapitel

Faris sah sich auf dem menschenleeren Platz um. Die wenigen Bäume, die hier standen, waren kahl und wirkten mit ihren dünnen grauen Ästen nicht weniger trostlos als die zusammengewürfelte Architektur rings herum. Noch immer nieselte es ganz leicht. Eine einzelne Taube hüpfte über die Stufen und pickte an einem halb aufgegessenen Leberkäsebrötchen. Eine fette schwarze Krähe flatterte heran. Sie verjagte die Taube mit einem Schnabelhieb. Ein Windstoß fegte über den Beton und trieb einen leeren Colabecher vor sich her. Ganz kurz wurde Faris von Weltuntergangsstimmung gepackt, aber er schob sie mit Gewalt zur Seite. Auch die Gedanken an Laura vertrieb er, die schon wieder in seinem Hinterkopf aufsprangen wie Pop-up-Menüs auf einer Pornowebsite.

Gerlach stemmte die Hände in die Hüften und drückte die Schulterblätter zusammen. »Gut. Dann wollen wir mal.« Er griff nach einem Smartphone, das auf der Motorhaube des Einsatzwagens lag, und wählte eine Nummer aus dem Anrufspeicher. Es dauerte einige Sekunden, bevor am anderen Ende jemand dranging.

»Kommissar Iskander ist jetzt da«, verkündete Gerlach. Er lauschte kurz, dann legte er auf. Seine Miene war besorgt. »Du sollst reinkommen.«

Faris nickte. Er hatte es kommen sehen, aber nun, da er Gewissheit hatte, bemerkte er erst, wie verzweifelt er gehofft hatte, dass dieser Kelch an ihm vorübergehen würde. Jeder in der Runde, er selbst eingeschlossen, dachte in diesem Augenblick an die Geiselnahme im Klersch-Museum – und an die über siebzig Toten, die sie gefordert hatte.

»Gibt es eine andere Möglichkeit?«, fragte Lautenschläger. »Könnte einer von meinen Männern an Iskanders Stelle reingehen?«

Gerlach schüttelte den Kopf. »Der Anrufer hat sehr deutlich gemacht, dass er Faris will, niemand anderen.«

Faris schluckte gegen den schwarzen Humor an, der ihm bitter wie Galle in der Kehle hochstieg. »Tja«, sagte er trocken. »Das ist wohl der Preis der Berühmtheit.« Er nahm die schusssichere Weste, die einer von Lautenschlägers Männern ihm reichte, und streifte sie über. Während er die Klettverschlüsse über seinen Rippen schloss, fragte er Frau Brunner: »Sie haben den Geiselnehmer vorhin einen Jungen genannt. Wie alt ist er ungefähr?«

»Wie alt?« Sie legte den Kopf schief und überlegte. »Vielleicht achtzehn, neunzehn. Oder auch Mitte zwanzig. Ich kann so was schlecht schätzen. Tut mir leid.« Sie wirkte unglücklich.

Faris lächelte ihr besänftigend zu. »Noch irgendwas, das ich wissen muss?«

Sie schüttelte den Kopf, doch gleich darauf nickte sie eifrig. »Doch! Bevor er die Jacke geöffnet hat, hat er so was gemurmelt. *Inschallah,* oder so ähnlich.«

Faris' und Gerlachs Blicke begegneten sich schweigend. Faris rückte die Weste zurecht.

»Darf ich fragen, was du vorhast?« Die Stimme, die hinter seinem Rücken ertönte, klang ungläubig und wütend.

Er musste sich beherrschen, den Kopf nicht sinken zu lassen. Langsam drehte er sich um. Vor ihm stand eine schlanke Frau in einem langen beigefarbenen Kamelhaarmantel. Ihre dichten blonden Locken glänzten von dem feinen Nieselregen. Aus dezent geschminkten braunen Augen musterte sie Faris besorgt.

Faris nickte ihr zu. »Hallo, Andrea«, begrüßte er sie.

Andrea Roth erwiderte seinen Gruß nicht, sondern presste hervor: »Gerlach hat mich hergerufen, offenbar auf Anraten von deinem Chef.« Sie wies in Richtung Tauentzienstraße, von wo sich jetzt auch Tromsdorff ihrer kleinen Gruppe näherte. Dann starrte sie auf Faris' Weste. »Du willst da nicht allen Ernstes reingehen?«

Er kam sich vor wie ein zurechtgewiesener Schuljunge. »Der Geiselnehmer hat nach mir verlangt«, erklärte er.

Sie schnaubte höhnisch. »Klar!«

Bevor sie etwas hinzufügen konnte, erreichte Tromsdorff die Gruppe. »Rühmann und seine Leute kümmern sich um …« Er unterbrach sich mit einem Blick auf Andrea. »Marc ist bei ihnen geblieben. Ich soll dir sagen, dass du dich auf ihn verlassen kannst.«

Faris nickte ihm dankbar zu.

Andrea verdrehte voller Empörung die Augen. »Du kannst Faris da nicht reinlassen, Robert! Denkt hier eigentlich irgendwer mal eine Sekunde lang darüber nach, dass er noch nicht wieder in der Lage ist, so eine Situation durchzustehen?«

»Korrigier mich«, sagte Tromsdorff. »Aber ich glaube, ich

habe einen Bericht von dir auf meinem Schreibtisch, in dem steht, dass Faris einsatzfähig ist.«

Andrea fixierte ihn lange, bevor sie mit kühler Stimme zurückgab: »Ich habe ihn *diensttauglich* geschrieben. Für die normale Arbeit. Nicht dafür, ihn erneut in eine Situation zu schicken, die der ähnelt, in der er schon einmal beinahe ums Leben gekommen wäre.« Sie warf Faris einen schnellen Seitenblick zu, und er wunderte sich ein wenig über die Emotionen, die in ihren Augen flackerten. *In diesem Moment wirkt sie nicht besonders professionell,* dachte er.

Er streckte die Hand nach ihrem Ellenbogen aus und berührte sie sachte. »Kann ich dich kurz sprechen?«

Mit einem zornig aussehenden Ruck entzog sie sich ihm. »Wenn's sein muss!«

Er führte sie einige Meter von den anderen weg. »Was ist mit dir?«, fragte er. »Du wusstest, dass so was jederzeit wieder passieren kann, als du mich gesundgeschrieben hast. Das hier ist mein Job, Andrea!«

Ihr Blick huschte zu den Einsatzwagen, die überall herumstanden. Faris konnte das rhythmische Zucken eines Blaulichts in ihren Pupillen sehen. »Sie haben gesagt, dass der Geiselnehmer eine Bombe hat!«, murmelte sie. »Das packst du nicht, Faris! Was, wenn du wieder …« Sie biss sich auf die Lippe, und dabei musste Faris an Laura denken. Ob schon jemand Andrea über ihren Tod informiert hatte? Offenbar nicht. Wenn sie es gewusst hätte, hätte sie es an dieser Stelle mit Sicherheit erwähnt.

Er unterdrückte die Gefühle, die in seiner Brust keimten. War es Wut? Angst? Tiefe Müdigkeit? Er war nicht sicher, und es war auch egal. »Du traust mir das hier nicht zu!«

Hastig schüttelte sie den Kopf. »Nein! Ich …«

Er berührte sie erneut am Ellenbogen.

Jetzt ließ sie es geschehen. »Du darfst da nicht einfach reinmarschieren, nur weil du damals im Klersch-Museum die Geiseln nicht retten konntest!«

»Er verlangt nach mir, Andrea!«

»Du scheinst ja ganz geil darauf …« Sie unterbrach sich, sah zu ihm auf. Ihre Augen glänzten. »Faris! Bitte: Geh da nicht rein. Du hast keine Ahnung, was es mit dir macht! Was, wenn es diesmal …«

»Faris?« Gerlach näherte sich. »Bist du so weit?«

Faris nickte ihm zu. »Ich komme!« Er sah Andrea an und entdeckte Resignation in ihren Augen.

»Ich bin deine Psychiaterin«, machte sie einen letzten Versuch, ihn von seinem Vorhaben abzubringen. »Du hast gesagt, du vertraust mir! Ich bin absolut dagegen, dass du das machst!«

Er ließ ihren Ellenbogen los. Sanft schüttelte er den Kopf. »Es geht nicht anders, Andrea.«

»Bist du sicher, dass du nicht nur Absolution suchst für damals?«, flüsterte sie.

Er schwieg. Es geschah ihm nur recht, dass sie ihm einen Hieb versetzte. Das, was er hier vorhatte, war Irrsinn.

»Scheiße!«, fluchte sie. »Warum nimmst du nicht einfach ein Megaphon und sagst dem Mistkerl da drin, dass er genauso gut auch gleich auf den Knopf drücken kann?« Ihr Unterkiefer klappte herunter. »O Gott! Habe ich das wirklich gesagt?«

Faris schluckte. Das Gefühl, ein Mistkerl zu sein, wurde übermächtig.

»Ich passe auf mich auf!«, versprach er. Dann wandte er sich ab.

Andrea starrte Faris nach. Ihr Herz jagte vor Entsetzen über das, was hier passierte.

Sie sah zu, wie Faris zu seinen Leuten zurückging, und am liebsten wäre sie ihm nachgelaufen, hätte ihn gepackt und geschüttelt. Aber sie rührte sich nicht. Sie versuchte, den Schrecken, den sie empfand, zurückzudrängen, versuchte, ruhig zu bleiben. Professionell.

Tief atmete sie durch. Ihre Blicke wanderten über die Menge der Schaulustigen, die langsam immer größer wurde.

Aasgeier, dachte sie verächtlich. Menschlicher Abschaum, der darauf hoffte, ein Spektakel geboten zu bekommen, weil der Nervenkitzel der täglichen Dosis Fernsehmüll nicht mehr ausreichte.

Sie ermahnte sich zur Besonnenheit. Faris *würde* in diesen Laden gehen, es gab nichts, was sie dagegen tun konnte. Sie würde abwarten müssen.

Abwarten, was geschah.

Und das Beste hoffen.

»Lasst uns anfangen«, sagte Faris in die Runde. »Kann mir jemand sagen, wie die Lage in diesem Laden ist?«

Lautenschläger schüttelte den Kopf. »Die Mauern sind aus Beton. Wenn wir einen Bohrer ansetzen, um eine Mikrokamera hinein zu bringen, würde das einen Höllenlärm machen.«

»Ich weiß, wie es da drinnen aussieht!« Einer der uniformierten Kollegen, die in der Nähe standen, hob einen Zeigefinger. »Der Laden ist ziemlich klein. Rund. Die Kasse befindet sich rechts von der Tür. In der Mitte gibt es so was wie eine dicke Säule, man geht um sie rum zwischen den Regalen durch. Genau gegenüber von der Tür hängt, wenn ich mich richtig erinnere, ein Vorhang, hinter dem irgendwelcher Kram lagert.«

»Möglichkeiten, sich zu verbergen?« Faris nahm die Waffe, die Lautenschläger ihm wortlos hinhielt, und spürte dabei, dass Andrea ihn aus der Entfernung beobachtete. Er steckte die Waffe hinten in den Bund seiner Unterhose und zog die Kordel der Jogginghose fester, damit sie das zusätzliche Gewicht hielt. Es war nicht optimal, aber es musste gehen. Er konnte kein Holster umschnallen, ohne dass der Attentäter es gesehen hätte.

»Keine«, antwortete der Uniformierte auf seine Frage. »Bis auf den Vorhang. Der Laden ist ziemlich vollgestellt.«

Faris dankte ihm, dann nickte er Gerlach zu. »Ich bin so weit.«

Tromsdorff legte ihm eine Hand auf den Unterarm. »Bist du sicher, dass du das hinbekommst?« Es lag kein Misstrauen in seiner Stimme, nur Sorge.

Nervös fuhr Faris sich mit der Zunge in den Mundwinkel.

Wie sollte ich?

»Bin ich.«

Andrea wurde von einem der uniformierten Kollegen hinter eine Absperrung gebeten. Ihre Bewegungen waren eckig, eher zornig als besorgt.

Tromsdorff zögerte noch einen Moment, als überlege auch er, Faris diesen Einsatz zu verbieten. »Also los!«, sagte er dann.

Faris straffte die Schultern.

Er wandte sich um, ging quer über den Platz und auf den Glockenturm mit dem Laden zu.

Er stand hinter der Absperrung inmitten der Menschenmenge, die sich inzwischen angesammelt hatte. Er beobachtete, wie Iskander zu den Einsatzfahrzeugen ging und sich erst eine Weile mit einem grauhaarigen Beamten und einer Lesbe im Kampfanzug und gleich darauf mit einer Schlampe mit schlecht gefärbten Haaren unterhielt. Ein Lächeln glitt über sein Gesicht, weil er sich plötzlich großartig fühlte. Bis eben war er unsicher gewesen, hatte sich gefragt, ob es richtig war, diesen Tanz jetzt schon zu beginnen, aber nun wusste er, dass er sich keine Sorgen machen musste.

Alles würde funktionieren, genau so, wie es geplant war.

»Darf ich bitten?«, murmelte er.

Eine Frau und ein Junge in Jeans und dicker Winterjacke warfen ihm fragende Blicke zu.

Er ignorierte die Frau. Dem Jungen hingegen schenkte er ein breites, vertrauenerweckendes Lächeln. »Du bist heute nicht dran«, sagte er.

Verwirrung flackerte im Gesicht des Jungen auf.

Der Mann, der Vergeltung wollte, setzte zu einer Ergänzung an, aber in diesem Moment vibrierte das Handy in seiner Hosentasche. Er nickte dem Jungen zu und zog sich aus der Menge zurück. Als er einige Schritte zwischen sich und die Gaffer gebracht hatte, zog er das Handy hervor und nahm den Anruf an.

»Kommissar Iskander ist jetzt da«, sagte der grauhaarige Beamte.

»Gut. Schicken Sie ihn rein.« Der Mann, der Vergeltung wollte, legte auf. Aus der Entfernung beobachtete er, wie eine Frau im Mantel zu Iskander eilte. Sie wandte ihm den

Rücken zu, aber als sie Iskander ansprach, ihn am Arm packte und zur Seite zog, da erkannte er sie. Er knirschte mit den Zähnen, entspannte sich jedoch, als er sah, dass Iskander und die Psychiaterin stritten.

Endlich ging Iskander auf den Turm zu. Der Mann, der Vergeltung wollte, sandte einen Blick zum Himmel.

»Lass uns tanzen, du Arschloch«, wisperte er.

* * *

Faris ging auf die Tür des Fairtrade-Ladens zu. Ihm wurde bewusst, wie genial und gleichzeitig wahnsinnig die Ortswahl des Geiselnehmers war. Man konnte den Laden nur auf diesem einen Weg betreten und wieder verlassen. Es gab keine Möglichkeit für einen Hinterhalt, aber im Fall, dass die Polizei sich zum Stürmen entschließen sollte, war es auch unmöglich zu entkommen. Faris rückte die Weste über seiner Brandnarbe zurecht. Plötzlich hatte er das nagende Gefühl, dass der Geiselnehmer nicht vorhatte, das Ganze hier lebend zu überstehen.

Das Pflaster unter seinen Füßen war uneben.

Er bezwang den Wunsch, sich nach Andrea umzudrehen. Einige Sekunden lang stand er vor der ersten der drei Stufen, die ins Innere des Ladens führten.

»Ich bin jetzt hier«, rief er durch die offen stehende Tür. Er konnte einen kleinen Teil des Sortiments sehen: Tücher und Kerzen in allen Farben des Regenbogens. Der durchdringende Geruch von kaltem Räucherstäbchenrauch drang nach draußen, und Faris musste an seine Schwester Anisah denken. Sie hatte als Jugendliche in ihrem Zimmer diese Dinger dutzendweise abgebrannt.

»Kommen Sie rein!« Eine junge Männerstimme. Faris erstarrte, weil er glaubte, sie zu kennen.

Bitte nicht!, dachte er. Das konnte nicht sein, oder?

Behutsam setzte er einen Fuß auf die erste Stufe. Bestimmt täuschte er sich. Er hatte sich verhört, weil sein Schwager vorhin am Telefon … Das da drinnen konnte auf keinen Fall … Ein Kribbeln entstand in seinem Nacken, wanderte von dort aus über seine Kopfhaut bis zu Stirn und Schläfen. Plötzlich fühlte er sich, als seien die Läufe von Scharfschützengewehren auf seinen Rücken gerichtet. *Dreh nicht durch!* Die Gefahr drohte von vorn, nicht von hinten.

Auf der nächsten Stufe blieb er stehen. Wartete.

Weder von dem Geiselnehmer noch von den beiden Geiseln war etwas zu sehen. Dafür erkannte Faris von seinem jetzigen Standort aus die Kasse. Sie befand sich zwischen Ständern mit bunten, aus schwerer Wolle gewebten Umhängen.

»Ich komme jetzt rein.« Faris überwand die dritte Stufe, dann schritt er durch die Tür. Ein beklemmendes Gefühl überfiel ihn. Die Wände des Glockenturms waren dick und massiv, und es war, als trete er in eine Schleuse. Obwohl es nicht nötig gewesen wäre, zog er den Kopf ein.

Der Räucherstäbchengeruch hüllte ihn ein, kratzte in seiner Kehle. Sein Blick fiel auf eine verängstigte Frau in den Vierzigern. Die Ladenbesitzerin. Sie hatte kurzes strohblondes Haar und trug Ohrringe aus einem Material, das wie Filz aussah. Ihr Gesicht war eine starre Maske der Furcht.

Faris nickte ihr zu. Die Frau starrte ihm ins Gesicht, und im ersten Moment hatte er nicht das Gefühl, dass sie ihn wahrnahm. Dann jedoch registrierte sie sein arabisches Aussehen. Panik blitzte in ihren Augen auf.

»Ich hole Sie hier raus«, sagte er schnell. Er hatte keine Ahnung, ob er dieses Versprechen würde halten können, und das machte ihn beinahe irre.

Sie schien nicht überzeugt.

Faris knirschte mit den Zähnen, während er den runden Raum nach seinem Gegner absuchte. Die zweite Geisel, die Tochter der Ladenbesitzerin, kauerte unter dem Kassentisch auf dem Boden. Sie war ebenso blond wie ihre Mutter, aber sie wirkte weit weniger panisch. Mit einer Mischung aus Neugier und Faszination begegnete sie Faris' Blick.

Der wandte sich wieder der Mutter zu. *Wo ist er?*, formte er lautlos mit den Lippen.

Nur mit den Augen deutete sie hinter die dicke Säule in der Mitte des Ladens, und im gleichen Moment sagte diese verflixt vertraute Stimme: »Faris? Bist du das?«

Auch wenn jeder Nerv in seinem Körper ihn dazu bringen wollte herumzufahren, drehte Faris sich nur langsam nach links.

»Was machst du hier?« Der Geiselnehmer trat hinter der Säule hervor. Faris konnte den Sprengstoff sehen, den er sich um den Oberkörper geschnallt hatte, den Auslöser, den er in der Hand hielt. Ein kleines schwarzes Gerät, das eine Art Hebel besaß wie eine scharf gemachte Handgranate. Dunkle, wimpernumkränzte Augen starrten ihn unter langen braunen Locken hervor an. Augen, die viel zu weich wirkten, um hierher zu passen.

Augen, die er gut kannte.

Also doch! Entsetzt murmelte er: »Scheiße! Önur?«

Faris brauchte einige Sekunden, um den Schrecken zu überwinden. »Was machst *du* hier?« Die Frage fiel aus seinem Mund wie ein Stein.

»Fuck, kennen Sie den Kerl etwa?« Die Ladenbesitzerin hatte eine tiefe Stimme, die nach zu viel Rauchen klang. Als ihr Blick zwischen Faris und Önur hin und her schoss, wackelten ihre Ohrringe. *Papageien,* dachte Faris benommen. Die Ohrringe sahen aus wie Papageien. Vermutlich würden sich in Zukunft diese Vögel zu den abgerissenen Fingern und brennenden Gesichtern in seine Albträume schleichen.

Um die eigene Panik im Zaum zu halten, konzentrierte er sich auf Önur. Der Sprengstoff in seinem Bombengürtel hatte die Form eines Kaffeepäckchens. Ein Kabel führte zu der Sprengkapsel an seinem unteren Ende. An Önurs linker Schulter war mit Klettband ein Handy befestigt. Das Display zeigte eine große leuchtend blaue Zehn. Die Hand, in der Önur den Auslöser hielt, bebte leicht, und im Stillen kalkulierte Faris die Kraft, die der Junge aufbringen musste, um den Hebel gedrückt zu halten. Wie lange würde er das durchhalten?

In Gedanken rekapitulierte Faris alles, was er von Önur Aydin wusste. Er kannte ihn seit ungefähr einem Jahr. Er hatte ihn in dem Gemeindezentrum der Moschee, die seine Familie regelmäßig besuchte, zum ersten Mal getroffen. Önur war der einzige Sohn zweier Türken, die seit zwanzig Jahren in Berlin lebten. Soweit Faris sich erinnern konnte, waren Önurs Eltern nicht übermäßig gläubig.

»Wieso kennen Sie den Kerl?«, hakte die Ladenbesitzerin nach. In ihrer Stimme lag ein Beben, das Faris alarmierte. Wenn er sich nicht um sie kümmerte, würde sie irgendetwas sehr Dummes machen. Er sah sie an. Sie zitterte jetzt, und es war deutlich zu sehen, dass sie kurz vor dem Zusammenbruch stand. Die Frau war ein Unsicherheitsfaktor, den er als Allererstes ausschalten musste.

»Wie ist Ihr Name?«, fragte er so ruhig wie möglich.

»Petra.« Das Misstrauen flackerte sichtbar in ihren Augen. Faris konnte es ihr nicht übelnehmen. Innerhalb von wenigen Minuten bekam sie es mit dem zweiten Mann zu tun, den sie für einen Araber halten musste. Und der Erste hatte vor ihren Augen die Jacke geöffnet und ihr einen Bombengürtel gezeigt.

»Petra«, sagte er und deutete auf das in großen weißen Buchstaben geschriebene Wort »Polizei« auf seiner Schutzweste. »Mein Name ist Faris. Ich bin Polizist, und ich werde uns alle heil hier herausholen, haben Sie mich verstanden?«

Petra nickte. Die Papageienohrringe wackelten.

»Gut.« Faris wandte sich wieder Önur zu, aber Petra fragte nun zum dritten Mal:

»Woher kennen Sie ihn?«

Faris unterdrückte einen Fluch. Ohne den Blick von Önur zu lassen erklärte er: »Mein Schwager ist Sozialarbeiter und kümmert sich um Jugendliche wie Önur hier. Ab und zu helfe ich ihm und dabei habe ich Önur kennengelernt.« Er sah dem Jungen in die Augen. »Stimmt das, Önur?«

Önur hatte den Daumen zwischen den Zähnen und kaute darauf herum wie ein ängstliches Kind auf dem Zipfel einer Decke. Dann kippte sein Kopf in einer ruckartigen Bewegung nach vorn. Es sollte wohl ein Nicken sein, aber es sah aus, als hätten sämtliche Muskeln in seinem Genick versagt.

»Du musst das hier nicht tun.« Ganz langsam streckte Faris die Hand aus. »Gib mir den Auslöser, und wir finden zusammen eine Lösung!«

Önur riss den Daumen aus dem Mund. »Nein!« Ein Wort wie ein Wimmern.

Faris' Herz pumpte angestrengt. Er hatte mit Önur noch vor Kurzem Basketball im Hof der Moschee gespielt, warum nur hatte er keine Ahnung gehabt, dass der Junge sich weiter radikalisiert hatte? Dieser Gedanke war scharfkantig wie Papier, der Schmerz, den er verursachte, haarfein.

Nicht alles Böse, was passiert, ist deine Schuld, hörte er Andrea sagen.

Er spürte, wie sich zwischen seinen Schulterblättern ein harter Knoten bildete. »Rede mit mir!«, bat er. »Warum bist du hier? Warum sind *sie* hier?« Er wies auf die Frau und das Mädchen unter dem Tresen.

Önur begann wieder, auf seinem Daumen zu kauen. Die Nägel an allen zehn Fingern waren so kurz, dass es schmerzhaft aussah. Die Hand mit dem Auslöser zitterte jetzt heftiger.

Nicht gut, dachte Faris und machte einen neuen Versuch, zu ihm durchzudringen. »Du hast mich. Lass die beiden frei.« Er musste all seine Willenskraft aufbieten, um nicht an den Geiselnehmer im Klersch-Museum zu denken. Damals hatte er mit nur einem einzigen Satz die Katastrophe heraufbeschworen. Weil er etwas Falsches gesagt hatte, hatte der Geiselnehmer sich – und mehr als siebzig weitere Menschen – in die Luft gesprengt.

Das durfte – das würde heute nicht zum zweiten Mal passieren!

Behutsam ging Faris einen Schritt auf Önur zu.

Der riss die Hand mit dem Auslöser in die Höhe. »Bleib, wo du bist!« Seine Stimme war hoch und schrill, und in diesem Moment wirkte er kaum älter als fünfzehn.

Eilig wich Faris zurück. »Schon gut! Klar.« Der kalte Räucherstäbchengeruch machte ihn schwindelig. Er ließ einige Sekunden in drückendem Schweigen verstreichen.

»Wie geht es jetzt weiter, Önur?«, fragte er dann.

Das Mädchen unter dem Tresen begann, leise zu wimmern.

Önurs Lippen teilten sich, dann schlossen sie sich wieder. Ein dünner Speichelfaden hing in seinem Mundwinkel. Er zog sich in die Länge, als Önur etwas auf Türkisch sagte.

»Oh Gott!«, ächzte die Ladenbesitzerin.

»Seien Sie still, Petra!«, befahl Faris ihr. Sie versuchte zu gehorchen, aber ein langgezogener Entsetzenslaut drang aus ihrer Kehle. Um ihn zu unterdrücken, schlug sie beide Hände auf den Mund.

»Ich verstehe kein Türkisch, Önur«, sagte Faris. »Ich bin hergekommen, weil du danach verlangt hast. Erzähl mir, was ich hier tue.«

Önurs Hand mit dem Auslöser sank ein Stück nach unten. Die Fingernägel waren weiß von der Anstrengung, den Hebel gespannt zu halten. Das Gesicht des Jungen war zu einer entschlossenen Miene verzerrt. »Allāhu Akbar«, flüsterte er.

Faris wurde kalt.

Der Raum, die Frau und das Kind, die bunten Waren und Önur – all das verschwand für einen Sekundenbruchteil hinter einem nebligen Schleier, der sich über seinen Blick legte. Faris war sich sicher, im nächsten Moment von der Explosion in Stücke gerissen zu werden, aber zu seiner grenzenlosen Überraschung fing Önur an zu reden.

»*Gott ist groß,* Faris. Das sagen sie dir jeden Tag wieder und wieder. Aber weißt du was?« Tränen traten dem Jungen in die Augen.

Faris dachte an die Waffe in seinem Hosenbund. »Was, Önur?«

»Ich glaube, dass sie lügen. Wie kann Gott groß sein, wenn er es nicht schafft, all das Böse zu verhindern, das geschieht?« Die Worte kamen abgehackt aus Önurs Mund. Verwirrung und Todesangst standen ihm ins Gesicht geschrieben. Er wirkte alles andere als entschlossen zu sterben.

Willentlich entspannte Faris seine verkrampften Schultern. »Du musst das hier nicht tun, Önur«, wiederholte er.

Önur kam näher. »Aber was ist, wenn sie doch recht haben?«, flüsterte er. »Sie sind gelehrt, und ich bin nur ein …« Er brach ab und grub die Zähne in die Unterlippe.

Faris stellte sich vor, wie islamistische Prediger wieder und wieder auf diesen Jungen eingeredet hatten. Zorn wallte in ihm hoch. Zorn auf die fanatischen Wirrköpfe aller Religionen, die sich selbst heilige Männer nannten und doch nichts weiter waren als Kriegstreiber, die junge Menschen mit ihren hasserfüllten Parolen in Verzweiflung und Paranoia trieben. Im Stillen musste er Önur zustimmen: Kein Gott konnte so etwas zulassen. »Was haben sie dir erzählt?«, fragte er behutsam. Solange Önur redete, würde der Junge den Auslöser nicht loslassen. Hoffte er zumindest.

»Sie sagen, dass alles aufgeschrieben wird … jede einzelne meiner Sünden …« Mit einer zittrigen Hand fuhr Önur sich in die Locken, riss daran, strich sie wieder glatt. Es versetzte Faris einen Stich, das zu sehen. Die innere Zerrissenheit dieses Jungen stachelte den Zorn in ihm weiter an.

»Sie sagen, dass jeder von uns einst vor Allah stehen wird. Und dann werden die Bücher aufgeschlagen, und … und ich sehe alles, was ich getan habe. Und es kommen Engel mit hässlichen Gesichtern und schwarzer Kleidung, die mich in die Hölle ziehen … Hinunter nach *Gahannam!*«

Er schluchzte das letzte Wort.

Gahannam. Der Ort der ewigen Pein.

Faris' Zorn wurde eiskalt.

Önur sah ihm direkt in die Augen. Sein Blick flackerte. »*Iblis* herrscht über die Welt. Er will sie verderben, und wir dürfen es nicht zulassen. Wir müssen sie bestrafen dafür, dass sie uns unsere Frauen stehlen.«

Unsere Frauen stehlen?

Das alles war völlig zusammenhangloses, wirres Zeug.

»Der Kampf, den wir führen, ist der zwischen der Unwahrheit und der Wahrheit. Allah bietet uns die Möglichkeit, uns für alle Demütigung und Verfolgung zu rächen. Und darum befinden wir uns im … *Jihad.*« Das letzte Wort kam als gepresstes Keuchen.

Die Ladenbesitzerin wimmerte auf. Das Mädchen weinte inzwischen leise vor sich hin.

Önurs Schultern strafften sich. »*Allah vergibt einem Märtyrer alle seine Sünden. Er zeigt ihm seinen Platz im Paradies, und auch im Grab werden die Flammen ihn nicht foltern.*« Er klang, als rezitiere er einen auswendig gelernten Text. Dann versagte seine Stimme in einem kindlich anmutenden, ängstlichen Schluchzen.

Unauffällig näherte Faris die rechte Hand der Waffe in seinem Hosenbund. »Allah will nicht, dass Unschuldige sterben.«

Der Blick des jungen Türken schweifte im Laden umher und erfasste schließlich die beiden Geiseln. »Sie sind nicht unschuldig«, hauchte er. »Sie sind *kuffar.* Es muss jemand sterben für das, was unseren Frauen angetan wird. Allah will es so. Er …« Eine unsichtbare Hand huschte über Önurs Gesicht, wischte den fanatischen Ausdruck aus seinen Zügen fort. Plötzlich wirkte der Junge nur noch verzweifelt.

Faris spannte die Muskeln. Er glaubte, Petras Blicke in seinem Genick spüren zu können, fühlte die Panik der Frau, als sei es seine eigene.

Und dann geschah alles sehr schnell. Önur ließ den Auslöser los.

Petra kreischte. Langgezogen und in Todesangst. Faris erstarrte, aber zu seiner Überraschung gab es keine Explosion.

»Zehn«, sagte eine mechanische Stimme aus dem Handy an Önurs Brust. Dann sprang die blaue Zehn auf dem Display um auf Neun.

Der Schrei der Ladenbesitzerin versiegte.

»Sie zwingen mich, das hier zu tun.« Önur trat vor und umarmte Faris. Bei Acht drückte er ihm einen Kuss auf jede Wange. Die Tränen, die die ganze Zeit in seinen Augen geglänzt hatten, quollen über den Rand seiner Lider. »Das nächste Mal wirst du auf den Auslöser drücken.«

Die Worte sickerten wie Eiswasser durch Faris' Adern. Hatte er richtig gehört? Der Satz war gleichzeitig mit der Zahl Sieben ertönt, und Faris war sich nicht sicher.

Bei Sechs wich Önur mit einem langen Schritt zurück. »Bring die beiden raus!«, sagte er. »Sie dürfen leben.«

Faris brauchte eine weitere Sekunde, bevor er seine Erstarrung überwunden hatte.

»Raus hier!«, schrie er. Er stürzte zum Tresen und trieb Petra und das Mädchen zur Tür. Auf dem Weg dorthin achtete er sorgsam darauf, dass er sie mit seinem Körper gegen die Bombe deckte. Bei Zwei schob er die beiden Geiseln durch die Tür.

Die Stimme zählte auf Eins herunter, dann setzte ein langgezogenes, schrilles Piepsen ein. Instinktiv warf Faris sich vorwärts. Hinter ihm brüllte Önur seine Qual hinaus.

Gleich darauf traf die Explosion Faris' Rücken mit der Wucht einer Dampframme und schleuderte ihn gegen das Baugerüst an der Gedächtniskirche.

5. Kapitel

DER ANDERE

Es war ein erhebendes Bild: die Druckwelle, die durch die offene Tür des Glockenturms nach draußen raste und Iskander von den Füßen riss. Die Detonation wurde von den dicken Wänden gedämpft, aber sie klang trotzdem wie das dumpfe Krachen einer Kanone. Kurz schien der Turm zu wanken.

»Oh Gott!«, hörte der Mann, der Vergeltung wollte, den Jungen neben sich sagen. »Hat der sich etwa in die Luft gesprengt?«

Der Mann, der Vergeltung wollte, rieb sich die Stirn. Ganz der betroffene Augenzeuge. »Sieht so aus«, murmelte er. Dann zog er sich zurück.

Mit einem letzten Blick vergewisserte er sich, dass Iskander wohlauf war. Er sah zu, wie die schwarz angezogene Lesbe und einer ihrer Männer zu ihm eilten und ihm auf die Füße halfen.

Iskander taumelte. Der Mann, der Vergeltung wollte, konnte über die Entfernung hinweg seine Miene nicht erkennen, doch er wusste, was für Gefühle sich in Iskanders Augen spiegelten.

Schuld. Und namenloses Entsetzen.

Genau so sollte es sein.

Der Mann wandte sich endgültig von dem Anblick ab.

Beim Gehen warf er noch einen Blick über die Schulter. Rings herum legte sich die Staubwolke, die die Explosion in die Luft gewirbelt hatte. Der Qualm des brennenden Turmes stieg als schwarze Rauchsäule in den Himmel über Berlin.

Der Mann, der Vergeltung wollte, lächelte.

Der erste Teil seines Planes war geglückt. Jetzt freute er sich auf den zweiten Schritt.

Der Tanz hatte gerade erst begonnen.

* * *

Faris spürte, wie jemand ihn packte. Sein Kopf schwirrte, beißender Qualm umgab ihn und raubte ihm sekundenlang die Orientierung. Er bekam keine Luft, hustete.

»Schon gut! Alles okay! Wir bringen dich in Sicherheit.« Er wurde auf die Füße gezerrt und aus dem unmittelbaren Gefahrenbereich geschleift. Nach drei, vier Schritten hatte er sich so weit unter Kontrolle, dass er aus eigener Kraft stehen konnte.

»Geht schon«, krächzte er. Jetzt sah er auch, wer ihn stützte. Es waren Lautenschläger und einer ihrer Männer. Er nickte ihr zu, dann machte er sich los.

Sie musterte ihn prüfend. »Da hinten steht ein Krankenwagen. Du solltest dich untersuchen lassen.«

Faris lauschte in seinen Körper hinein. Es fühlte sich an, als seien sämtliche Knochen lose, aber es schien nichts gebrochen zu sein. Seine linke Seite schmerzte von dem Aufprall an den Eisenstangen des Baugerüsts. Er wollte etwas sagen, aber er musste husten. Um Zeit zu gewinnen, drehte er sich um und betrachtete die Bescherung.

Die Explosion hatte die Eingangstür des Ladens fortgerissen. Lange Flammenzungen leckten durch die entstandene Öffnung heraus wie aus einem überheizten Hochofen. Dichter schwarzer Qualm quoll ins Freie und stieg zwischen Glockenturm und Kirche senkrecht in die Höhe.

Önur, dachte Faris. In diesem Moment wurde ihm schlecht. Er musste sich an Lautenschläger abstützen, um nicht auf die Knie zu gehen.

»Komm!« Sie packte ihn am Arm, um ihn in Richtung Krankenwagen zu ziehen, aber er wehrte sie ab und richtete sich wieder auf.

»Was ist mit den beiden Geiseln?«, fragte er.

Wortlos wies sie auf die Ladenbesitzerin und ihre Tochter. Sie saßen in einem Einsatzwagen. Jemand hatte ihnen Decken über die Schultern gelegt, aber den fassungslosen Ausdruck in ihren Gesichtern hatte er nicht wegwischen können.

Faris senkte den Kopf. Diesmal war es ihm gelungen, die Geiseln zu retten. *Önur allerdings ...* Seine Gedanken stolperten. Das schrille Piepsen der Bombe hallte in seinen Ohren nach. Und wie durch den Spiegel eines unergründlichen schwarzen Sees trieb nun auch noch eine andere Erinnerung an die Oberfläche.

Das nächste Mal wirst du auf den Auslöser drücken!

Hatte er diese Worte tatsächlich gehört, oder hatte sein überforderter Verstand sie ihm vorgegaukelt? Er wusste es nicht. Unwillkürlich suchte er die Menge der Schaulustigen nach Andrea ab, aber er konnte sie nirgends entdecken. Er würde später mit ihr darüber reden müssen. Später. Viel später.

Lautenschläger machte erneut Anstalten, ihn zu dem Krankenwagen zu führen, und diesmal ging er mit. Er war kaum dort angekommen, als Tromsdorff von einem der Einsatzwagen zu ihm geeilt kam.

»Wo ist Andrea?«, fragte Faris ihn.

»Weg …« Tromsdorff begegnete seinem Blick und hielt ihm stand. »Sie hat vorgegeben, in der Menge jemanden gesehen zu haben, aber wenn du mich fragst, wollte sie nicht mit ansehen, wenn du …« Er unterbrach sich. Faris ergänzte seine Worte im Stillen.

… wenn du in die Luft fliegst.

Er verspürte eine sonderbar dumpfe Dankbarkeit, und er brauchte einen Augenblick, um zu begreifen, dass es Erleichterung war. Erleichterung, weil ihm das einen Aufschub verschaffte. Er würde Andrea erst in die Augen sehen müssen, wenn er selbst mit dem hier klargekommen war.

»Sie hat Angst um deinen Arsch«, meinte Tromsdorff. »Scheiße. Wer nicht? – Wie geht es dir?«

Laura ist tot. Und ich bin eben fast in die Luft gesprengt worden.

Faris biss die Zähne zusammen. »Ich komme klar«, sagte er. Dann stieg er in den Krankenwagen und setzte sich auf die Pritsche.

Tromsdorff seufzte tief.

Ein junger Notarzt in einem orangefarbenen Overall begann, Faris zu untersuchen. Er betrachtete zuerst die blutenden Abschürfungen an seinen Handflächen und befand sie für harmlos. Dann leuchtete er Faris in die Augen, betastete seinen Schädel, sein Genick. »Können Sie die Weste abnehmen?«, fragte er.

Faris griff hinter sich, zog die Waffe aus dem Hosenbund

und legte sie neben sich. Dann löste er die Klettverschlüsse der Weste und streifte das Ding von den Schultern. Ein dumpfer Schmerz bohrte sich in seine linke Seite. Er zog Luft durch die Zähne.

»Wo tut es weh?«, erkundigte sich der Arzt.

Faris wies auf seine Rippen.

»Können Sie den Arm heben?«

»Klar.« Wieder schmerzte seine gesamte linke Seite, aber diesmal war er darauf vorbereitet.

»Schmerzen beim Atmen?«

»Ein bisschen.«

»Sieht aus, als hätten Sie sich ein paar Rippen gebrochen«, vermutete der Arzt.

»Nur geprellt«, korrigierte Faris ihn. Er kannte die Symptome zur Genüge.

Der Arzt runzelte die Stirn. »Sie sollten sich röntgen lassen, um sicher zu sein.« Er hielt Faris drei Finger vor die Nase.

»Drei«, sagte Faris. Dass er leicht verschwommen sah, verschwieg er lieber und auch, dass sich in seinem Schädel ein dumpfer Druck breitmachte. Er hatte nicht vor, sich jetzt in ein Krankenhaus einliefern zu lassen. Er wollte zu den Kollegen und herausfinden, was genau in diesem elenden Turm geschehen war. Seine Ohren klingelten noch immer.

Das nächste Mal wirst du auf den Auslöser drücken …

»Ist Ihnen schlecht?«, fragte der Arzt besorgt.

Faris begriff erst nicht, warum er diese Frage gestellt bekam, dann erkannte er, dass er gewürgt hatte. Er war schon drauf und dran zu verneinen, aber in diesem Moment rollten Erinnerungen über ihn hinweg, und er konnte sie nicht länger im Zaum halten. … *Die doppelflüglige mit Orna-*

menten verzierte Tür des Klersch-Museums. Ein weinendes Kind, gleich darauf ein Regen aus Holzsplittern, der über ihn niederging ... eine Feuerwalze, die auf ihn zuraste und ihn einhüllte ...

Schmerz grub sich heiß und qualvoll in seine Seite, tauchte die Welt in einen blutigen Schleier. Er krümmte sich und wäre beinahe zu Boden gegangen.

»He, he!«, rief der junge Arzt, fing ihn auf und bugsierte ihn zurück auf die Pritsche.

Faris holte tief Luft. Er strich sich die Haare aus der Stirn. Die Erinnerung verebbte. »Geht schon«, murmelte er und wich den besorgten Blicken von Tromsdorff aus, der durch die offen stehende Tür ins Innere des Rettungswagens spähte.

»Wir fahren Sie jetzt ins Krankenhaus und machen ein paar Untersuchungen!«, entschied der junge Arzt, doch Faris schüttelte den Kopf.

»Mir geht es gut!« Er rutschte erneut von der Liege, diesmal jedoch mit voller Absicht. Seine Knie zitterten, aber er schaffte es, aufrecht stehen zu bleiben. Er ignorierte den Protest des Arztes und kletterte aus dem Wagen.

Die Feuerwehr war inzwischen eingetroffen und dabei, den Brand zu löschen. Ein Mann machte sich bereit, in die rauchenden Trümmer zu steigen, um nachzusehen, was von Önur übrig geblieben war.

Tromsdorff schüttelte ratlos den Kopf. »Ich fasse es einfach nicht!« In seinen Augen stand eine unausgesprochene Frage: *Warum immer du?*

Faris zuckte die Achseln.

Auf dem Platz rannten Menschen in Uniform und in Zivil durcheinander. Zwei Sanitäter, die dieselben orangefarbenen Overalls trugen wie der junge Arzt, standen herum und starrten auf das Chaos. Für sie gab es hier nichts zu tun. Das, was die Explosion von Önur übrig gelassen hatte, würden sie mit der Schaufel zusammenkehren müssen.

Faris schluckte gegen das saure Gefühl in seiner Kehle an. »Scheiße!«, murmelte er. »Önur, du verdammter Idiot!«

Wenige Minuten später fanden sich Faris und Tromsdorff vor einem Transporter ein, der als mobile Einsatzzentrale und gleichzeitig als Verbindungsstation zur *Besonderen Aufbauorganisation,* dem übergeordneten Krisenteam am Columbiadamm, diente. Die Seitentür des Wagens stand offen. Lautenschläger und Gerlach saßen auf den Sitzen, einen aufgeklappten Laptop auf dem kleinen Tischchen vor sich. Sie redeten mit jemandem auf dem Bildschirm, der sich offenbar in der BAO befand. Als Faris sich näherte, schauten sie auf.

»Kommissar Iskander ist jetzt da«, erklärte Gerlach dem Gesprächspartner am Laptop. Er drehte den Computer so, dass die Kamera Faris erfassen konnte.

Ein schlanker Mann in einem dunkelblauen Dreiteiler saß am anderen Ende der Leitung in einem Besprechungsraum. Marvin Andersen, der Leiter der Abteilung für Polizeilichen Staatsschutz. Er nickte Faris zu. »Kommissar Iskander!«

Faris hob eine Hand zum Gruß.

»Sind Sie okay?«, fragte Andersen.

»Ja.«

Aus Richtung Kurfürstenstraße fuhren zwei Übertragungswagen von Berliner Fernsehsendern vor. Über das Dach des Einsatzwagens hinweg sah Faris zu, wie ein Kameramann ausstieg und seine Kamera in Anschlag nahm, während die Reporterin noch dabei war, ihr Mikrofon zu überprüfen.

»Berichten Sie!«, befahl Andersen.

Faris schenkte dem Kameramann einen finsteren Blick, dann rutschte er neben Gerlach auf einen der freien Sitze des Einsatzwagens. Seine Rippen protestierten mit einem dumpfen Schmerz, aber er ging darüber hinweg. In möglichst knappen Worten lieferte er eine Zusammenfassung der Geschehnisse in dem kleinen Laden. Wie es üblich war, nannte er Önur dabei nicht beim Namen, sondern sprach von ihm als »dem Geiselnehmer«. Er schilderte jedes Detail, an das er sich erinnern konnte. Nur den Satz, den er dort drinnen geglaubt hatte gehört zu haben und der ihm jetzt mehr und mehr wie ein Streich seiner überreizten Fantasie vorkam, ließ er weg. Vorerst.

»Ein islamistisch motivierter Anschlag also«, sagte Andersen. »Ein Einzeltäter?«

Faris zuckte die Achseln. »Vielleicht.« Er musste Samir anrufen. Er schloss die Augen, rieb sich die Lider, bis sie brannten.

Das nächste Mal wirst du auf den Auslöser drücken.

Das hier, das wurde ihm mit Macht bewusst, würde ihn wirklich zurück an den Abgrund führen.

Andersen fragte etwas, aber er bekam nicht mit, was. Er hörte, wie Tromsdorff jemandem einen Befehl gab, und erst als sein Chef ihm eine Decke um die Schultern legte, merkte er, dass er zitterte.

Andersen wartete einen Moment lang, dann wiederholte er seine Frage: »Haben Sie eine Ahnung, warum der Attentäter nach Ihnen hat rufen lassen?«

»Nein.« Faris wollte etwas hinzufügen, aber in diesem

Moment fiel sein Blick auf eine kleine, energische Frau in strengem Businesskostüm, die quer über den Platz angerauscht kam. Sie hatte schwarze Haare, die sie zu einem strengen Bob frisiert trug. Die Absätze ihrer Schuhe klangen auf dem Pflaster wie Gewehrschüsse.

Kriminaloberrätin Dr. Anke Geiger. Die Leiterin der Abteilung 1 für Verbrechen am Menschen. Seine oberste Vorgesetzte im LKA.

Faris seufzte.

»Reiß dich zusammen«, raunte Tromsdorff gerade noch, dann war Geiger bei ihnen. Sie drängte Tromsdorff zur Seite, sodass sie sich vor der offen stehenden Tür des Transporters aufbauen konnte. Anklagend richtete sie den ausgestreckten Zeigefinger auf Faris. »Sie schon wieder!«

Er verspürte einen Anflug von gallebitterem Humor. »Ja«, sagte er. »Ich dachte mir, es ist schon ziemlich lange her, dass ich das letzte Mal fast in die Luft gesprengt worden bin.«

Sein Sarkasmus perlte an Geiger ab wie Wasser an einem frisch gewachsten Auto. »Hätte ich mir ja denken können: Wenn in Berlin Bomben in die Luft fliegen, sind Sie offenbar nie weit!«

»Anke«, setzte Tromsdorff an, »also wirklich …« Aber Geiger ignorierte ihn einfach und wandte sich an Gerlach. »Briefen Sie mich!«

Das tat er. Als er fertig war, richtete Geiger den Blick wieder auf Faris, und er fühlte, wie er zornig wurde. *Warum sind Sie nicht bei der BAO, wo Sie hingehören?* Das war die Frage, die er ihr am liebsten gestellt hätte. Er ärgerte sich über sich selbst. Wie oft hatte er sich eigentlich schon vorgenommen, sich durch Geigers Verhalten nicht provozieren zu lassen?

»Wissen wir schon, wer der Attentäter war?«, fragte Geiger in die Runde.

»Nein«, antwortete Andersen. Er schien genervt von Geigers Anwesenheit, aber er verbarg es so gut wie möglich hinter einer professionellen Maske. Nur die dünnen Falten zwischen seinem Mund und seiner Nase hatten sich ein wenig vertieft. »Wir …«

»Doch!«, fiel Faris ihm ins Wort.

Die Blicke aller richteten sich auf ihn.

Faris starrte auf seine Hände. Die Abschürfungen brannten. »Sein Name ist … war Önur Aydin. Ein neunzehnjähriger Deutsch-Türke aus Neukölln.«

Geigers dezent geschminkte Augen wurden weit. »Sie kannten den Mann?«

»Ja.« Faris sah Tromsdorff an. »Mein Schwager Samir ist Sozialpädagoge. Er leitet in Kreuzberg ein interkulturelles Zentrum für den Dialog zwischen den Religionen.«

»Das kenne ich«, sagte Andersen. »Pro Toleranz. Es wird vom Senat gefördert, nicht wahr?«

Faris nickte. »Ab und zu bin ich dort und halte Vorträge. Hauptsächlich über die Möglichkeit, eine Ausbildung bei der Polizei zu machen.« Bevor Geiger nachfragen konnte, fügte er hinzu: »Die Vorträge waren selbstverständlich mit meinem Dienstherrn abgestimmt und genehmigt.« Er wartete, bis Tromsdorff das mit einem Nicken bestätigt hatte, dann sprach er weiter. »Bei einem davon habe ich Önur kennengelernt.«

»Den Geiselnehmer«, warf Geiger ein.

Faris ignorierte sie. »Wir haben uns ein paarmal getroffen.« Er musste an Önurs Vater denken. Jemand würde hinfahren müssen und ihn und seine Frau darüber informieren, dass ihr Sohn tot war. Dass ihnen nichts geblieben war, was sie nach muslimischer Tradition begraben konnten ... Er zog die Decke fester um die Schultern. »Ich hatte dabei immer das Gefühl, dass Önur auf der Suche nach Orientierung war.«

»Der Geiselnehmer«, korrigierte Geiger wieder.

Faris runzelte die Stirn. »Önur«, sagte er betont und hielt ihrem missmutigen Blick stand, »stammt aus einem bürgerlichen Elternhaus, zweite Generation von Migranten. Seine Eltern sind, soweit ich mich erinnere, nicht gläubig. Aus irgendeinem Grund ist er in die Fänge von Extremisten geraten.«

»Weißt du, mit wem er sympathisiert hat?«, fragte Gerlach.

Faris drehte die Handflächen nach oben. »Ich bin mir nicht sicher, aber ich meine mich zu erinnern, dass er ein paarmal von diesem Konvertiten sprach. Bemme.«

Die Gesichter aller Beteiligten verfinsterten sich, als er den Namen nannte. Martin Bemme war einer der Deutschen, die zum Islam konvertiert waren und sich im Laufe der Zeit radikalisiert hatten. Er betrieb eine radikalislamische Website und sorgte mit seinen Vorträgen immer wieder für Unruhe in Berlin und der ganzen Bundesrepublik.

»Bemme steht ohnehin auf unserer Liste«, meinte Gerlach. »Wir werden ihm ein paar Fragen stellen, vielleicht wissen wir danach mehr darüber, was diesen Önur angetrieben hat.«

»Mein Schwager müsste uns da helfen können«, murmelte Faris. Etwas Schweres senkte sich wie ein Schatten über ihn. Er verspürte Fassungslosigkeit und Bedauern, beides so stark, dass sich sein Herz krampfhaft zusammenzog.

»Sie mochten ihn!« Geigers Worte rissen ihn aus seinen Überlegungen.

»Wie bitte?«

»Sie mochten ihn«, wiederholte sie. »Diesen Geiselnehmer.«

Er war auf der Hut. Geiger konnte ihn nicht leiden, das hatte er längst akzeptiert. Aber dass sie immer wieder nach Möglichkeiten suchte, ihn – und die gesamte SERV gleich mit ihm – loszuwerden, daran würde er sich vermutlich nie gewöhnen. »Ja«, entgegnete er. »Ist das ein Problem?«

»Wir wissen immer noch nicht, warum er Sie hat herrufen lassen«, sagte sie.

Und das ließ eine Erkenntnis in Faris' Gehirn einrasten: Önur war eindeutig überrascht gewesen, ihn zu sehen.

»Er hat mich nicht hergerufen«, rutschte es ihm heraus.

»Wie meinen Sie das?« An seinem Tisch am Columbiadamm beugte sich Andersen ein Stück vor.

Faris bedeckte Mund und Nase mit der flachen Hand, während er nachdachte.

Was machst du hier? Das hatte Önur zu ihm gesagt, als er den Laden betreten hatte.

Faris hatte das schon im Laden verwundert, aber erst jetzt begriff er, was es möglicherweise zu bedeuten hatte. »Er hat mich nicht hergerufen«, wiederholte er. »Er war verblüfft, dass ich gekommen bin.«

»Und das heißt …?«, setzte Geiger an, doch Faris fiel ihr ins Wort.

»Haben wir eine Aufnahme des Anrufs zur Hand?«, erkundigte er sich.

Gerlach nickte. Er tippte auf das Trackpad des Laptops und verkleinerte so das Fenster, in dem Andersen zu sehen war. Zwei Sekunden später hatte er eine Eingabemaske aufgerufen. Er loggte sich ein, gab eine Fallnummer ein und klickte gleich darauf eine Audiodatei an.

»Landeskriminalamt Berlin«, ertönte eine Frauenstimme aus dem kleinen Lautsprecher des Laptops.

»Und tötet sie, wo immer ihr auf sie stoßt, und vertreibt sie von dort, von wo sie euch vertrieben; denn Verfolgung ist ärger als Totschlag.« Die Stimme eines Mannes. Sie kam Faris vage bekannt vor.

Er richtete sich höher auf. »Das ist definitiv nicht Önur«, sagte er. Sie hatten es also mit zwei Tätern zu tun. *Verdammt!* Faris kniff die Augen zusammen und konzentrierte sich auf das, was der Anrufer sagte. *»Und wenn sie euch angreifen, dann kämpft wider sie; das ist die Vergeltung.«*

»Bitte nennen Sie mir Ihren Namen!«, verlangte die Frauenstimme. Sie klang angespannt, aber dennoch sehr professionell.

Der Anrufer ignorierte ihre Aufforderung. »Haben Sie das gehört?«

»Ja, aber Sie müssen mir Ihren Namen nennen!«

Wieder ging der Anrufer nicht darauf ein. »Richten Sie das Kommissar Iskander aus. Sagen Sie ihm, er soll zum Breitscheidplatz kommen. Sofort!« Eine kurze Pause. Dann: »Haben Sie mich gehört?«

Die Frauenstimme bestätigte. »Sie müssen mir sagen, wer …« Der Anrufer legte auf und schnitt ihr damit das Wort ab.

»Idiot!«, hörte man die Frau fluchen. Dann endete die Aufnahme.

»Wir haben das zu diesem Zeitpunkt noch nicht ernst genommen. Bis die Geiselnahme erfolgt ist …« Gerlach startete eine weitere Datei. Es war die von seinem eigenen Gespräch vorhin, kurz bevor Faris den Laden betreten hatte. »Ja?«, ertönte dieselbe Stimme, die nach Faris verlangt hatte.

»Kommissar Iskander ist jetzt da.« Gerlach.

Dann wieder der Unbekannte: »Gut. Schicken Sie ihn rein.«

Faris schüttelte nachdenklich den Kopf. »Ich habe diese Stimme schon mal irgendwo gehört!« Er begegnete den hoffnungsvollen Mienen der Anwesenden, aber er musste sie enttäuschen. »Tut mir leid. Ich habe keine Ahnung, wo.«

»Sie müssen Ihren Kopf anstrengen!«, forderte Geiger.

Er schenkte ihr einen spöttischen Blick. »Das hilft bestimmt, ja.«

Tromsdorff tippte sich an die Nase. »Der Kerl scheint einen Plan zu verfolgen, sonst hätte er Faris nicht herbeordert. Solche Täter neigen dazu, sich am Tatort aufzuhalten, weil sie die Kontrolle über die Ereignisse behalten wollen.« Er wies umher. »Du solltest dir die Bilder der Überwachungskameras ansehen, Faris. Vielleicht entdeckst du darauf jemanden, der deiner Erinnerung auf die Sprünge hilft.«

Bevor Faris sich dazu bereit erklären konnte, hatte Andersen sich bereits umgewandt und einen Befehl erteilt. »Wir brauchen sämtliche Aufnahmen von Überwachungskameras rund um den Breitscheidplatz. Öffentliche und Ladenkameras.« Jemand hinter ihm sagte etwas, das nicht zu verstehen war. »Okay«, erwiderte Andersen. »Aber beeilen Sie sich. Wir haben keine Ahnung, ob das hier eine Einzeltat war oder ob wir mit weiteren Bomben rechnen müssen.« Er wandte sich wieder der Webcam zu. »Die vom KTI legen uns erst mal die öffentlichen Kameras auf den Server, damit können Sie anfangen, Kommissar Iskander. Die Bilder der privaten Sicherheitskameras zu bekommen wird etwas länger dauern.«

»Gut.« Geiger klopfte auf das Dach des Einsatzwagens. »Sie sehen sich die Kamerabilder an und finden jemanden, den wir für das Chaos hier verantwortlich machen können. Ich werde mich mal um die Presse kümmern.«

»Was wirst du denen sagen?«, erkundigte sich Andersen.

Geiger starrte Faris finster an. »Jedenfalls nicht, dass einer unserer Beamten ein guter Freund des Attentäters gewesen ist«, grummelte sie.

Faris verzichtete auf eine Erwiderung.

6. Kapitel

Faris versuchte, Samir anzurufen, bei dem jedoch ständig besetzt war. Also begann er, sich die Aufnahmen anzusehen, die zwischen neun Uhr zwanzig und Viertel vor zehn gemacht worden waren. Die Bilder der öffentlichen Überwachungskameras jedoch waren frustrierend unscharf.

Tromsdorff, der zu ihm in den Einsatzwagen geklettert war, nachdem Gerlach und Lautenschläger ausgestiegen waren, beugte sich ein wenig vor, um mitschauen zu können.

»Weißt du, was ich mich frage?«, sagte er, während sie eine Gruppe Jugendlicher lässig vor der Kameralinse vorbeischlendern sahen.

»Hm?« Faris ließ den Blick nicht von dem Laptop.

»Warum hat der Kerl dich hergerufen? Wollte er damit irgendein Statement abgeben, oder was?«

»Was für ein Statement?« Auf dem Monitor erschienen zwei junge Frauen mit einer Kinderkarre. Sie unterhielten sich lachend.

Tromsdorff schürzte die Lippen. »Das weiß ich nicht! Vielleicht will er sich aber auch einfach nur an deine Berühmtheit dranhängen.«

»Ich bin nicht berühmt«, sagte Faris und hielt den Film an, als ein dicklicher Mann ins Bild kam. Er zoomte ein

Stück an dessen Gesicht heran. Die Aufnahme wurde unscharf, war aber noch gut genug, um ihm zu zeigen, dass er sich geirrt hatte. Obwohl der Mann ihm im ersten Moment bekannt vorgekommen war, hatte er ihn noch nie zuvor gesehen. Er ließ den Film weiterlaufen.

»Nachdem du den Kruzifix-Bomber zur Strecke gebracht hast, warst du es. Wenigstens für kurze Zeit. Vielleicht wollen die Täter durch dich irgendeine Botschaft vermitteln.« Tromsdorff lehnte sich zurück und verschränkte die Arme vor der Brust. »Vielleicht wollen sie aber auch einfach möglichst große Aufmerksamkeit erregen.«

»Dafür sollte eine Bombe auf dem Breitscheidplatz allein eigentlich ausreichen, meinst du nicht?« Während er das Gesicht eines anderen Mannes heranzoomte, dachte Faris wieder an diesen Satz, den er gehört zu haben glaubte. Wenn er sich nicht getäuscht hatte, wenn Önur diesen Satz tatsächlich gesagt hatte, dann würde etwas nachkommen. Dann lag Tromsdorff vielleicht gar nicht so falsch mit seiner Vermutung, dass es sich bei der Explosion um ein Statement gehandelt hatte. Die Frage war nur: um welches?

Er dachte daran, wie Geiger ihn begrüßt hatte.

Sie schon wieder!

Ein gehässiges Lachen stieg in seiner Kehle auf. »Vielleicht sollte ich besser umziehen«, scherzte er. »Das würde Berlin vermutlich sicherer machen.«

Tromsdorff warf ihm einen vorwurfsvollen Blick zu. Eine Gruppe Schülerinnen in für die Jahreszeit viel zu luftiger Kleidung erschien auf dem Monitor.

Zum wiederholten Male nahm Faris sein Smartphone und wählte die Nummer seines Schwagers. Es war immer noch besetzt. Vermutlich redeten die Kollegen von der Abteilung 5 bereits mit Samir.

Faris seufzte und wandte sich wieder den Aufnahmen zu. Das hier würde vermutlich Stunden dauern.

Eine Stunde später kam es ihm vor, als habe er sich die Gesichter von halb Berlin angesehen. Als Tromsdorff ausstieg, um Kaffee holen zu gehen, unterbrach Faris seine Arbeit. Zu seiner Erleichterung war der dumpfe Druck, den er gleich nach der Explosion verspürt hatte, schwächer geworden. Er hörte sich die beiden Aufnahmen der Anrufe noch einmal an, und es war genau dasselbe wie beim ersten Mal: Er hatte das Gefühl, die Stimme des Anrufers zu kennen, aber er wusste ums Verrecken nicht, woher.

Frustriert lehnte er sich zurück. Die ganze Zeit hatte die Erinnerung an Laura und ihre Leiche hinten in seinem Bewusstsein gelauert. Jetzt, wo er sich eine Pause gönnte, kehrte sie zurück, und das Bild von ihrem im Todeskampf verzerrten Gesicht brannte auf seiner Netzhaut wie mit Säure gemalt.

Er spielte mit dem Gedanken, Rühmann anzurufen, aber dann entschied er sich dagegen. Wenn es eine Spur gab, würde Rühmann sich melden.

Faris zog die Kordeln seiner Sweatshirtkapuze lang. Er trug immer noch seine Laufklamotten, und plötzlich verspürte er das dringende Bedürfnis nach einer Dusche. Seufzend nahm er sein Smartphone und rief Ben Schneider vom Kriminaltechnischen Institut an.

Ben meldete sich gleich beim ersten Klingeln. »Hey, Faris! Bist du okay?«

»Ja.« Faris war dankbar, dass Ben nicht weiter nachfragte. »Hast du schon irgendein Ergebnis bei dem Anrufer?«

Ben verneinte. »Wir suchen noch. Wird echt langsam mal Zeit, dass die den automatischen Stimmabgleich programmieren!« Seitdem die Fallakten des Berliner LKA in Audio- und Videodateien abgelegt wurden und nicht mehr einfach nur in der Form schriftlich verfasster Berichte, gab es Bestrebungen, ein Programm einzuführen, das automatisch jede aufgezeichnete Stimme und jedes Gesicht mit denen von anderen Fällen abglich. Auf diese Weise hoffte man, Querverbindungen zu finden, auf die die Ermittler von allein niemals gekommen wären. Bisher jedoch war das Projekt an datenschutzrechtlichen Bedenken seitens des Berliner Senats gescheitert.

»Nach welchen Parametern geht ihr vor?«, fragte Faris.

»Wir konzentrieren uns zunächst auf alle Fälle, in denen ein islamistischer Hintergrund eine Rolle spielte.«

»Kontrollier erst mal die Fälle, mit denen ich zu tun hatte«, bat Faris. »Ich kenne diese Stimme irgendwoher!« Er hörte, wie Ben auf seiner Tastatur herumtippte.

»Wird erledigt. Sobald ich was habe, rufe ich dich an.« Ohne sich zu verabschieden, legte Ben auf.

»Tschüss«, murmelte Faris und ließ sein Handy sinken.

»Nichts?« Tromsdorff kletterte wieder in den Transporter. Er hatte zwei Becher mit Kaffee dabei, die er auf dem kleinen Tischchen abstellte. Sein Sakko war an den Schultern dunkel vom Regen.

Faris zuckte die Achseln. »Bisher nicht. Weißt du, ob schon jemand mit meinem Schwager redet?« Während er das fragte, drückte er auf Wahlwiederholung.

Tromsdorff schüttelte den Kopf. »Keine Ahnung.«

In Faris' Ohr ertönte das Besetztzeichen. Er legte wieder auf. Einige Sekunden lang schwiegen sie.

»Irgendeine Idee, woher du die Stimme kennst?«, erkundigte sich Tromsdorff schließlich.

Diesmal schüttelte Faris den Kopf.

Tromsdorff nahm einen der Kaffeebecher, löste den Plastikdeckel und trank einen Schluck. »Ich habe eben mit Rühmann telefoniert. Sie haben mehrere heiße Spuren. Ich habe ihnen gesagt, dass sie dich übers Handy erreichen, wenn sie Fragen an dich haben.«

Faris schob die erneut aufflammenden Bilder von Lauras Leiche von sich. Seine Kopfschmerzen verstärkten sich kurz, und ihm fiel ein, dass er Rühmann gegenüber noch immer nicht erwähnt hatte, dass er gestern Abend in Lauras Hotel gewesen war. Er rief die Nummer des Kollegen auf seinem Smartphone auf, aber in diesem Moment klingelte es.

Sein Schwager! Faris straffte sich.

»Samir!«, meldete er sich dann. »Ich …«

»Ich hab's gehört«, fiel sein Schwager ihm ins Wort. »Das mit Önur. Scheiße, Faris. Ich weiß nicht, was ich sagen soll.«

Womit wir schon zwei wären, dachte Faris. Laut sagte er: »Haben die Kollegen dich bereits befragt wegen des Jungen?«

»Ja.«

Gut.

Erschöpft rieb Faris sich mit den Fingerspitzen die Augen.

Samir schnaubte ungläubig. »Ist das alles, was du zu sagen hast?«

Faris wusste nicht genau, worauf er hinauswollte. »Was meinst du?«

»Was ich meine? Deine Kollegen haben mich eben angerufen und mich darüber informiert, dass du, Faris, nur knapp eine Bombenexplosion überlebt hast! Ich wollte mich eigentlich bei dir erkundigen, ob es dir gut geht.«

Faris schluckte den unausgesprochenen Vorwurf – *warum hast du dich nicht gemeldet?* – widerspruchslos hinunter. »Ich bin okay«, sagte er und verzichtete darauf zu erklären, dass er sehr wohl ein paarmal versucht hatte, Samir zu erreichen. Die Worte seines Schwagers beschämten ihn, denn er hatte bisher tatsächlich keinen einzigen Gedanken an seine Familie verschwendet. »Mir ist nichts passiert.«

»Allah sei Dank!«, stieß Samir hervor.

Er war der Mann von Faris' Schwester Anisah. Das Verhältnis zwischen ihm und Faris war nicht das allerbeste, weil Faris meistens auf Anisahs Seite war, wenn es Streit zwischen den Eheleuten gab. Aktuell kriselte es gerade stark in Anisahs und Samirs Ehe, was hauptsächlich daran lag, dass Anisah, die als Kindergärtnerin arbeitete, kürzlich die Stelle gewechselt und ausgerechnet in einem evangelischen Kindergarten angefangen hatte. Samir hatte längere Zeit versucht, ihr das auszureden. Am Ende jedoch hatte Anisah sich durchgesetzt, und Faris, der mit großer Zuneigung an seiner Schwester hing, weil sie ein ähnlich rebellisches Wesen hatte wie er, liebte sie dafür noch ein bisschen mehr.

Er schluckte eine gehässige Bemerkung hinunter, die ihm auf der Zunge lag. Ihm wurde bewusst, dass Samir schon weitergesprochen und er kurze Zeit nicht zugehört hatte.

»… deine Eltern noch nichts davon wissen, dass du schon wieder fast in die Luft geflogen bist. Du solltest sie anrufen und ihnen sagen, dass alles in Ordnung ist. Bevor sie es aus dem Fernsehen erfahren und Mama einen Herzinfarkt kriegt.«

Faris nickte und schämte sich noch ein bisschen mehr. »Mache ich. Informierst du bitte Anisah?«

»Natürlich.« Die Spannung zwischen Samir und ihm war jetzt sogar durch das Telefon spürbar.

Faris war froh, dass die Kollegen Samir wegen Önur bereits befragt hatten und er das nicht tun musste. »Danke«, sagte er kühl, dann verabschiedete er sich und legte auf.

Er seufzte.

»Die Familie«, vermutete Tromsdorff, der das Gespräch schweigend mit angehört hatte.

»Mein Schwager, ja. Entschuldige, ich muss mal eben meine Eltern anrufen und ihnen sagen, dass es mir gut geht.« Er stieg aus dem Transporter und ging ein paar Schritte, während er die Nummer seines Vaters wählte.

Nach dem dritten Klingeln wurde abgenommen. »Iskander.«

Faris blieb stehen. »*Baba,* ich bin es.«

»Faris, mein Sohn.« Sein Vater klang erfreut. »Schön, dass du anrufst!« Offenbar hatte er noch keine Ahnung, was geschehen war. Das war nicht weiter verwunderlich, denn Faris' Eltern schalteten tagsüber niemals den Fernseher an. Einen Computer mit Internetanschluss besaßen sie zwar, benutzten ihn aber nicht, um sich über tagesaktuelle Ereignisse auf dem Laufenden zu halten. Sein Vater las mehrere Zeitungen und brauchte seiner eigenen Meinung nach das Internet nicht, um sich zu informieren.

»Es gab eine Explosion, *Baba*«, sagte Faris vorsichtig.

Sein Vater zog scharf Luft durch die Zähne. »Warst du darin verwickelt? Ist dir was geschehen?«

»Nein.« Faris legte die Hand auf die schmerzenden

Rippen, als er diese kleine Lüge aussprach. »Ich meine: Ja, ich war vor Ort, als es passiert ist. Aber mir geht es gut.«

»Ich habe dir ja schon immer gesagt, dass dieser Job dich eines Tages das Leben kosten wird! Wenn du studiert hättest wie deine beiden Brüder, dann …«

»Baba!«, unterbrach Faris ihn und wusste, dass dieser es ihm als Unverschämtheit auslegen würde. »Ich kann jetzt nicht länger reden. Ich muss mich um diese Sache hier kümmern. Sag Mama Bescheid, ja? Nicht, dass sie sich Sorgen um mich macht.«

»Deine Mutter macht sich Tag und Nacht Sorgen um dich.«

Faris schluckte auch diesen Vorwurf widerspruchslos. »Ich weiß, *Baba.* Grüß sie von mir. *As-salamu alaikum.«* Nachdem er aufgelegt hatte, stand er einige Sekunden lang einfach nur da und rührte sich nicht.

»Ärger?«, fragte Tromsdorff, als Faris in den Transporter zurückkehrte und sich auf seinen alten Platz setzte.

Er schüttelte den Kopf. »Nur das Übliche. Sie machen sich Sorgen.«

Tromsdorff schaute nach draußen auf die Menschen hinter den Absperrungen, die sich um den noch immer menschenleeren Platz drängten. »Ja«, murmelte er. »Das kann man wohl verstehen. Vielleicht solltest du besser nach Hause …«

Er wurde unterbrochen, weil Faris' Smartphone schon wieder klingelte. Diesmal war es jedoch niemand von seiner Familie, der Anruf kam aus der Zentrale in der Keithstraße.

»Da ist ein Gespräch für Sie«, erklärte der Kollege, der

dort Dienst hatte. In seiner Stimme lag eine deutlich hörbare Spannung.

Faris bat ihn durchzustellen. »Iskander«, meldete er sich.

»Herr Iskander. Nett, dass wir uns endlich persönlich sprechen.« Die Stimme des Anrufers.

Faris fühlte sich, wie an unsichtbaren Fäden in die Höhe gerissen. »Wer sind Sie?«, erkundigte er sich vorsichtig.

Tromsdorffs Augen weiteten sich fragend, und lautlos formte Faris die Worte: »Unser Anrufer!«

Sofort griff sein Chef nach seinem eigenen Smartphone und rief Ben an.

Der Anrufer beantwortete Faris' Frage mit einer Gegenfrage. »Sie erwarten nicht im Ernst, dass ich Ihnen das sage, oder?«

Das Wissen, die Stimme schon einmal irgendwo gehört zu haben, wurde so mächtig, dass Faris ein Ächzen unterdrücken musste. Warum nur fiel ihm nicht ein, mit wem er es zu tun hatte? Er hatte nicht einmal eine vage Vorstellung, kein Gefühl, das ihm wenigstens die Richtung wies. Die Stimme war nicht besonders markant, eher weich und völlig ohne Dialekt oder Akzent. Selbstbewusst bis zur Grenze der Arroganz.

»Nein«, sagte Faris. »Natürlich nicht. Was wollen Sie?«

Tromsdorff griff nach einem Stift und einem Block und kritzelte etwas nieder. »Ben und Shannon sind dran«, las Faris.

Er nickte. Ben würde versuchen, diesen Anruf zurückzuverfolgen. Shannon Starck war ebenfalls Mitglied der SERV und ausgebildete Profilerin. Sie würde dabei helfen, den Anrufer zu analysieren, das winzige Detail zu entdecken, das Faris helfen konnte, sich zu erinnern, woher er den Kerl kannte.

»Hat Ihnen Önur meine kleine persönliche Botschaft ausgerichtet?«

Faris überlief es kalt. »Wovon sprechen Sie?«, fragte er, obwohl er es längst ahnte.

Das nächste Mal wirst du auf den Auslöser drücken …

»Sie wissen genau, wovon ich spreche!«

Faris schwieg für ein paar Sekunden. Er hatte sich Önurs Satz also doch nicht eingebildet! Ein Zittern ergriff ihn, und er konnte es nur unterdrücken, indem er die Fäuste ballte. »Wie geht es jetzt weiter?« Seine Rippen schmerzten, als er versuchte, tief durchzuatmen.

»Wie es weitergeht? Sie hören damit auf, sich unnütze Videoaufnahmen anzusehen, und machen sich bereit, meinen Wünschen nachzukommen.«

Ohne dass er es verhindern konnte, ruckte Faris' Kopf herum. Woher wusste der Kerl, was er tat?

Konnte er ihn sehen?

War er in der Nähe?

Das Smartphone ans Ohr gepresst, schob Faris sich von dem Sitz und sprang ins Freie. Seine Blicke huschten über die Menschenmenge jenseits der Absperrungen. Ein schlaksiger junger Mann fiel ihm auf, der mit einem Fuß auf einem Skateboard stand, unverwandt in seine Richtung starrte und dabei ein Handy ans Ohr gepresst hielt.

Einen Sekundenbruchteil lang sahen sie sich an. Der junge Mann nickte mit einem Lächeln.

»Er ist hier!«, rief Faris Tromsdorff zu.

Dann rannte er los.

Der Skateboardfahrer warf sich herum und drängte sich durch die Menge hindurch. Faris lief ein paar Dutzend Meter, doch ihm wurde schwindelig von der Anstrengung, und für mehrere Sekunden verlor er den Jungen aus den Augen. Schließlich fing er sich und rannte weiter. Seine Rippenprellung schmerzte, er bekam nur schlecht Luft. Er schaffte es, quer über die Budapester Straße zu sprinten, die noch immer abgesperrt war, dann verließen ihn die Kräfte. »Junger Mann in Bomberjacke!«, rief er ein paar Uniformierten vom Streifendienst zu. »Skateboard! Lasst ihn nicht entkommen!«

Als die Kollegen die Verfolgung aufnahmen, lief er etwas langsamer hinterher, sah dabei zu, wie der Skateboarder die Menschen umkurvte und in Richtung Bahnhof Zoo verschwand.

Ein lautes Hupen ließ ihn vorwärtshechten. Nur wenige Zentimeter vor einem mit unverminderter Geschwindigkeit herannahenden Bus erreichte er den sicheren Gehweg. *Arschloch!*, fluchte er auf den Fahrer. Vor seinen Augen wallten düstere Nebel, und sein Brustkorb zog sich bei jedem Atemzug qualvoll zusammen.

Der Junge war inzwischen auf der gegenüberliegenden Seite des Bahnhofsgebäudes angekommen. Er sprang vom Skateboard, warf sich gegen die Tür und zwängte sich durch den Spalt. Eine Gruppe Kinder geriet ihm direkt dahinter in den Weg. Einer der Uniformierten konnte ihn an der Schulter packen und zu Boden werfen.

»Stopp!«, hörte Faris den Mann donnern. Er blieb stehen, als die Kollegen den jungen Mann packten und auf die Füße zerrten. Kurz wehrte der sich noch, dann schien er von einem Augenblick auf den anderen jeglichen Willen sich zu widersetzen, verloren zu haben. In diesem Moment wurde Faris bewusst, dass er sein Smartphone noch immer in der Hand hatte. Er hob es ans Ohr, aber alles, was er hörte, war ein schwaches Tuten. Der Anrufer hatte aufgelegt. Faris steckte das Telefon weg und trat zu den Kollegen, die den Jungen gerade zu ihm umdrehten.

»Danke.« Seine Stimme klang, als müsse er sie durch einen Strohhalm pressen, und genau so fühlte sich auch jeder Atemzug an. Er wandte sich an den Jungen, aber bevor er auch nur das Wort an ihn richten konnte, sprudelte es bereits aus diesem hervor: »Ich habe nur gemacht, was der Mann gesagt hat!«

7. Kapitel

»Ich habe nur gemacht, was der Typ wollte«, murmelte der Junge auf seine Hände hinunter, die er auf dem Tisch ineinander verschränkt hatte. Er, Tromsdorff und Faris saßen in dem Transporter, in dem Faris sich die Überwachungsvideos angesehen hatte.

»Schon klar.« Faris starrte auf die Fingernägel des Jungen, die genauso kurz und abgekaut waren wie die von Önur. Er musste schlucken, bevor er weiterreden konnte. »Sag uns erst mal, wie du heißt«, meinte er dann so ruhig wie möglich.

Der Junge schien geschockt von der Tatsache, dass er festgenommen worden war. Er war blass. Seine Unterlippe bebte, als würde er gleich anfangen zu flennen, aber er brachte die Worte einigermaßen verständlich heraus.

»Justin Heuer.«

»Gut, Justin«, sagte Tromsdorff. »Jetzt erzähl mal der Reihe nach. Wer hat dich angesprochen? Und was solltest du tun?«

»Ein Mann.« Justins Kehlkopf stand weit hervor, aber er bewegte sich kaum, als er weiterredete: »Er is auf mich zugekommen und hat mir fünfzig Tacken gegeben, dafür dass ich mich hinstelle und telefoniere.«

»Fünfzig Euro?«, hakte Tromsdorff nach. »Nur fürs Telefonieren?«

Mit dem Daumennagel wischte Justin sich den Mundwinkel. »Naja. Er wollte, dass ich Sie dabei anschaue. *Guck so finster, wie du nur kannst,* hat er gesagt. Und als ich ihn gefragt hab, wieso, da sagt er nur: Iss'n Spaß. Der Kommissar ist 'nen Freund von mir.«

Ein Freund von mir!

Faris presste Daumen und Mittelfinger rechts und links gegen die Schläfen. Ein Freund. Jemand, der ihn kannte. Den er kannte. Diese Stimme ... Seine Kopfschmerzen wurden wieder schlimmer.

Tromsdorff wechselte einen langen Blick mit ihm, dann wandte er sich wieder an Justin. »Und du hast gedacht: leicht verdiente Mäuse, nicht wahr?«

Justin zog die Nase hoch. Sein Kinn zitterte jetzt wieder. »Ich hab niemandem wehgetan!«, stieß er hervor. Dann schien ihm etwas Furchtbares einzufallen. Seine Augen weiteten sich. »Muss ich die Tacken abgeben?«

Tromsdorff verzog den Mund zu einem traurigen Lächeln. »Ich fürchte schon. Der Mann, der dir den Schein gegeben hat, ist möglicherweise ein Verbrecher, und wir müssen das überprüfen.«

Diese Wendung der Dinge gefiel Justin nicht, aber er nickte, nestelte einen Fünfzig-Euro-Schein aus der Hosentasche und legte ihn auf den kleinen Tisch. Beim Anblick der zerknüllten Banknote war Faris klar, dass sie hier mit Fingerabdrücken nicht weit kommen würden. Geldscheine trugen Dutzende von Fingerabdrücken und nur in den seltensten Fällen waren brauchbare dabei.

»Kannst du uns den Mann beschreiben, der dir den Schein gegeben hat?«, fragte er.

Justin zuckte die Achseln. Dann zog er erneut die Nase

hoch. Faris war versucht, ihm ein Taschentuch zu geben. »Blond. Glaube ich zumindest.« Justin überlegte. »Könnte aber auch braunhaarig gewesen sein.« Er verzog das Gesicht, als bereite ihm das Denken Schmerzen. »Ja. Eher braunhaarig. Mit ’nem komischen Bart. Groß. So wie Sie.« Er deutete auf Tromsdorff. Dann lächelte er hilflos. Auf der rechten Seite fehlte ihm ein Backenzahn im Unterkiefer. »Sorry. An mehr kann ich mich nicht erinnern.«

»Hast mehr auf den Fuffziger geachtet, was?« Tromsdorffs Stimme klang nicht vorwurfsvoll, obwohl Faris ihm ansehen konnte, dass er genervt war.

Der Junge nickte eifrig.

Himmel, dachte Faris. *Du bist nicht die hellste Kerze auf der Torte, oder?*

»Du hast gesagt, der Mann hatte einen komischen Bart«, fragte er. »Was meinst du damit?«

»Naja. Das war so’n Vollbart. Aber lang. Irgendwie ... ich weiß nicht ... ungepflegt.« Justin überlegte. Dann grinste er, als sei ihm urplötzlich etwas eingefallen. »Sah’n bisschen so aus, wie die Bärte, die diese Islamisten haben.«

»Islamisten.« Während er das sagte, ließ Faris seinen Blick durch das Autofenster hindurch über die noch immer versammelten Gaffer schweifen. Der Mann mit dem langen Vollbart von vorhin war ihm wieder eingefallen. »Unser Anrufer war definitiv hier«, murmelte er.

Tromsdorff gab einem uniformierten Kollegen den Befehl auszuschwärmen und nach jemandem mit einem Vollbart Ausschau zu halten. Dann machte er Anstalten auszusteigen. »Wir bringen dich aufs Revier«, sagte er zu Justin.

Auf dem Gesicht des Jungen erschien ein bestürzter Ausdruck.

»Keine Sorge!« Tromsdorff packte ihn am Ellenbogen und half ihm, aus dem Transporter zu klettern. »Du bist nicht festgenommen. Wir brauchen dich als Zeugen.«

»Aber ich hab doch schon alles gesagt, was ich weiß!«

»Wir haben speziell ausgebildete Beamte. Sie werden dir helfen, dich an Einzelheiten zu erinnern, und dann ein Phantombild von dem Mann zeichnen.«

In Justin arbeitete es, dann leuchtete seine Miene auf. »Cool! Das wollte ich schon immer mal machen!« Sein Blick streifte den Fünfziger, und kurz huschte Bedauern über seine Züge. Doch gleich darauf grinste er breit. »Wann geht's los?«

Faris unterdrückte den Drang zu würgen. Während Tromsdorff Justin in die Obhut eines Kollegen gab, lehnte er den Kopf gegen die Nackenstütze seines Sitzes und schloss die Augen. Er wusste, dass er bei Ben und Shannon anrufen musste, um sich mit ihnen zu besprechen. Die beiden hatten sein Gespräch mit dem Täter mit angehört und waren bestimmt schon längst dabei, ein Profil zu erstellen. Ben würde mit Sicherheit auch versucht haben, das Telefon des Anrufers zu orten. Faris spürte, dass dieser Drecksack sich irgendwo hier in der Nähe befand, dazu brauchte er keine Handyortung.

Er legte die Hand auf seine Rippenprellung und atmete möglichst flach. Das verstärkte jedoch die Anspannung in ihm, also holte er so tief Luft, wie er konnte. Kurz wurde ihm schwarz vor Augen.

Dass sein Smartphone klingelte, erkannte er erst beim zweiten Ton.

»Haben Sie Justin geschnappt oder ist er Ihnen entkommen?« Der Anrufer klang, als führe er eine völlig harmlose Plauderei.

Faris schnaubte nur. Suchend ließ er seine Blicke über die Menge der Gaffer schweifen, die sich inzwischen langsam aufzulösen begann.

»Wissen Sie, wie ich Justin dazu gebracht habe, so zu tun, als telefoniere er mit Ihnen?«, fragte der Anrufer.

»Sie haben ihm Geld gegeben.«

»Stimmt. Das ist *eine* Möglichkeit, Menschen dazu zu bringen, das zu tun, was man von ihnen will, nicht wahr?«

Faris verzichtete auf eine Erwiderung. »Önur haben Sie nicht mit Geld dazu gebracht, auf den Auslöser zu drücken«, sagte er.

»Auf den Auslöser zu drücken«, sann der Anrufer nach. »Interessanter Ausdruck, oder? Sagt mir das, dass Önur Ihnen meine kleine Botschaft übermittelt hat? Sie sind mir ja vorhin leider die Antwort auf meine diesbezügliche Frage schuldig geblieben.«

»Wiederholen Sie sie doch zur Sicherheit«, forderte Faris ihn auf.

Der Anrufer lachte. »Ich glaube, das wird nicht nötig sein.«

Faris knirschte mit den Zähnen. Der Boden unter ihm schien plötzlich nicht mehr fest zu sein. Konnte es sein, dass die Ergebnisse monatelanger Therapie gerade von einem Augenblick auf den anderen zu Staub zerbröselten?

Du hast nicht auf den Auslöser gedrückt!, hörte er Pauls Stimme in sich widerhallen.

»Wissen Sie, was mich brennend interessiert?« Der Anrufer hörte sich amüsiert an. Faris hätte ihm am liebsten die Hände um die Kehle gelegt und zugedrückt. »Ich würde zu gern wissen, wie es sich anfühlt, erneut in dieser Situation zu sein.«

»Von welcher Situation reden wir?«

»Von der, einen Irren am Telefon zu haben, der Ihnen Befehle gibt.«

Tromsdorff trat wieder hinzu, bemerkte, dass etwas nicht in Ordnung war, und blieb an der geöffneten Transportertür stehen.

Faris sah ihm in die Augen, während er sagte: »Dann halten Sie selbst sich also für irre?«

»Sie erwarten hoffentlich nicht, dass ich Ihnen darauf antworte?«

Faris kniff sich mit Daumen und Mittelfinger in den Nasenrücken. »Was. Wollen. Sie?« Die folgenden Worte des Anrufers rissen etwas in seinem Innersten auf, das er verschüttet geglaubt hatte.

»Ich werde dafür sorgen, dass Sie die nächste Bombe hochjagen! Sie werden auf den Auslöser drücken, Faris Iskander!«

Faris schluckte gegen den Geschmack von Kupfermünzen an, der sich auf seine Zunge gelegt hatte. »Wie wollen Sie mich dazu zwingen?«

Der Anrufer summte ein paar Takte, die Faris irgendwie vertraut vorkamen. Dann holte er tief Luft. »Oh. Das wird nicht ganz so leicht wie bei Önur. Aber seien Sie unbesorgt: Ich werde es schon hinbekommen.«

Die einfache Melodie, die ihm inzwischen wie von selbst über die Lippen kam, hallte in seinen Ohren wider. Ihm wurde schlecht bei den Bildern, die das Lied heraufbeschwor.

»Nein! Bitte nicht!«, hörte er seine Mutter wimmern. Er krümmte sich unter dem Ansturm der Erinnerungen, doch er konnte nichts dagegen tun, dass ihr Flehen in seinem Kopf in das rhythmische Quietschen des Bettes überging. Nicht laut, aber so durchdringend, dass es das Weinen seiner Mutter übertönte …

Reiß dich zusammen!

Er atmete durch, obwohl er wusste, dass Iskander das würde hören können. Jetzt war nicht die Zeit für Schwäche. Mit reiner Willenskraft verbannte er die Bilder und Geräusche aus seinem Kopf. Er musste seine Emotionen im Griff haben, musste kühl handeln. Kühl und überlegt. Nur so würde er bei diesem Tanz die Führung behalten, würde in diesem Kampf Sieger sein. Würde seinen Gegner vernichten.

»Oh«, sagte er. »Das wird nicht ganz so leicht wie bei Önur. Aber seien Sie unbesorgt: Ich werde es schon hinbekommen.«

Indem ich mir deine innersten Ängste zunutze mache, fügte er in Gedanken hinzu.

Er hoffte, dass Iskander das Lächeln hören konnte, zu dem er sich zwang. Er ließ zwei Sekunden verstreichen, dann unterbrach er die Verbindung und sah sich um. Die Polizei hatte begonnen, die Schaulustigen ringsherum zu befragen. Es war deutlich, dass sie nach jemandem Ausschau hielten. Vielleicht sollte er besser sehen, dass er verschwand.

Er machte sich auf den Weg zur U-Bahn-Station, wo SIE bereits auf ihn wartete, es aber noch nicht wusste.

* * *

Anisah Chalid stieg ungeduldig von einem Bein auf das andere. Warum nur kam diese dämliche U-Bahn nicht? Ihr Blick fiel auf die Anzeige über dem Bahnsteig. Immer noch vier Minuten. Seit sie hier stand und wartete, waren erst zwei vergangen. Es kam ihr länger vor.

Sie seufzte. Nervös drehte sie an dem Ring mit dem antiken Mäandermuster an ihrem Zeigefinger und beschloss wieder einmal, dass sie in ihrem Leben dringend etwas ändern musste. Erst heute Morgen hatte Samir ihr vorgehalten, dass sie selbst schuld an ihrer ständigen Zeitnot war. »Wenn du nicht in diesem … *Kindergarten* arbeiten würdest, hättest du auch nicht immer solchen Stress«, hatte er gesagt.

Sie hatte überlegt, ihn darauf hinzuweisen, dass er ja auch arbeiten ging, und dass sie für sich das gleiche Recht in Anspruch nahm. Sie wusste, dass er darauf mit seinem Standardsatz geantwortet hätte: »Ich verstehe eben nicht, warum du meinst, die Kinder anderer Leute erziehen zu müssen, während unsere bei der Tagesmutter sind!«

Die Anzeige sprang um. Noch drei Minuten.

Anisah seufzte erneut. Wenn sie ehrlich zu sich war, dann hatte Samir ja nicht ganz unrecht. Sie war gestresst, stand ständig unter Strom, und darunter litten nicht nur sie und ihr Mann, sondern leider zunehmend auch die Kinder.

Sie murmelte eine leise arabische Verwünschung.

Eigentlich hatte sie gerade Mittagspause, aber wie fast jeden Tag nutzte sie diese dazu, ein paar Einkäufe fürs Abendessen zu erledigen. Am einfachsten wäre es natürlich gewesen, dafür in den Discounter direkt neben dem Kindergarten zu gehen, doch sie hatte nun einmal die Angewohnheit, ihr Obst und Gemüse bei einem bestimmten türkischen Händler einzukaufen. Was bedeutete, dass sie diese dämliche U-Bahn benutzen musste.

Als der Zug endlich einfuhr, war sie regelrecht erleichtert. Zusammen mit einer Handvoll Menschen stieg sie in einen der Wagen und war froh, dass sie einen Fensterplatz fand, der in Fahrtrichtung wies. Ihr wurde schnell schlecht, wenn sie rückwärtsfahren musste.

Ein Mann ließ sich auf den freien Platz neben sie fallen. Er rempelte sie aus Versehen an der Schulter. »Verzeihung!«, murmelte er. Aus dem Augenwinkel bemerkte sie seinen unordentlichen Vollbart. *Wie bei einem Salafisten,* dachte sie beiläufig und rückte so weit von ihm ab, bis ihr Oberschenkel die Wand des Waggons berührte. Draußen auf dem Bahnsteig versuchte eine Mutter mit einem kleinen Kind auf der Hüfte, die Bahn noch zu erwischen. Vergeblich. In diesem Moment setzte das warnende Piepsen ein, dann schlossen sich die Türen genau vor der Nase der Mutter, und der Zug fuhr an.

Anisah verspürte Mitleid mit der Frau, die mit einer Mischung aus Resignation und Wut auf dem Bahnsteig zurückblieb.

Der Mann neben ihr beugte sich zu einer Aktentasche hinunter, die er zwischen den Beinen abgestellt hatte. Eine Weile kramte er darin herum, nahm etwas heraus, das wie ein Kulturbeutel aussah, dann richtete er sich wieder auf.

Die U-Bahn fuhr in eine Kurve. Der Mann wurde gegen

Anisah gedrückt. Ein haarfeiner Stich bohrte sich in das Fleisch über ihrem Ellenbogen.

»Aua!«, entschlüpfte es ihr, und sie starrte den Mann wütend an. Doch was war plötzlich mit ihren Augen los? Das Gesicht des Mannes – und auch die aller anderen Leute rings herum – verschwamm in einem dichten Nebel.

Sie blinzelte dagegen an, aber es wurde nicht besser. Sie rieb sich die Lider und verfluchte sich gleich darauf selbst. Jetzt würde sie sich die Wimperntusche neu auftragen müssen, bevor sie wieder an die Arbeit ging. Mist!

Ihr Kopf schwirrte.

Auf einmal wurde ihr schrecklich heiß. Sie tastete nach den Knöpfen ihres Mantels, doch sie konnte sie nicht finden. Sie fand gar nichts mehr, weder ihre Hände noch den Rest ihres Körpers. Kurz hatte sie das Gefühl, aus ihrem Leib herausgezogen zu werden und über sich selbst in der Luft zu schweben.

Ihr Herz begann zu jagen.

Fahrig tastete sie nach ihrem Ausschnitt.

»Alles in Ordnung«, sagte der Mann. Seine Worte leierten wie ein uraltes Tonband.

Anisah wollte ihm widersprechen. Ihre Zunge jedoch gehorchte ihr plötzlich genauso wenig wie ihre Hände. Auf einmal war ihr Mund staubtrocken.

»Geben Sie mir Ihre Hand«, sagte der Mann.

Sie wollte es nicht, aber sie tat, was er sagte. Ihre Finger zitterten, als sie sie in seine legte. Sie drehte den Kopf, um ihn ansehen zu können, aber ihre Umgebung verschwamm jetzt vollständig.

»Sehr gut«, sagte der Mann. »Kommen Sie. Hier müssen wir raus.« Die U-Bahn bremste, dann hielt sie.

Anisah wollte den Kopf schütteln. *Nein,* wollte sie sagen. *Ich muss doch …* Sie wusste nicht mehr, was sie musste. Vage kam es ihr vor, als müsse sie irgendetwas erledigen, aber was das war, hatte sie vergessen. Es war bestimmt auch egal. Das Einzige, was jetzt wichtig war, war, diesem Mann zu gehorchen. Es kam ihr falsch vor, aber sie tat es trotzdem. Schwankend stand sie auf und folgte dem Mann auf den Bahnsteig hinaus.

In ihren Ohren rauschte es. Und dann gaben die Beine unter ihr nach. Sie spürte, wie sie zusammensackte, spürte, wie sie von kräftigen Armen festgehalten wurde.

»Alles in Ordnung«, hörte sie die Stimme des Mannes zum zweiten Mal sagen, und diesmal glaubte sie ihm.

Alles war gut.

»Meiner Frau ist nur ein bisschen schlecht. Das wird gleich wieder«, sagte der Mann zu jemandem. Dann war sein Mund ganz dicht an ihrem Ohr. »Gehen wir.« Sie fühlte seinen Atem feucht und warm an den feinen Härchen an ihrer Schläfe. Seine Hand lag wie eine Klammer um ihren Oberarm, als sie ihm folgte.

»Was will der Drecksack von dir?« Tromsdorff stand an der geöffneten Tür des Einsatzwagens und sah Faris in die Augen.

Faris konnte in seinem Blick die Erinnerungen flackern sehen – die Erinnerungen daran, wie sie sich vor fünf Monaten in einer ganz ähnlichen Situation befunden hatten: auf der Jagd nach einem Täter, der sie seinerseits vor sich hertrieb wie ein Raubtier seine Beute.

Wie fühlt es sich an, erneut in dieser Situation zu sein?

Beschissen.

Mit der flachen Hand rieb Faris sich den Mund und das Kinn. Dann tippte er die Nummer des *War Rooms,* des Großraumbüros der SERV, in sein Smartphone. Ben meldete sich. »Der Kerl hat mich eben noch mal angerufen«, sagte Faris statt einer Begrüßung. Erst in diesem Augenblick wurde ihm bewusst, dass der Mann sich diesmal nicht über die Zentrale gemeldet hatte, sondern direkt bei ihm. »Er hat meine Handynummer«, fügte er hinzu.

Bens Reaktion war knapp. »Scheiße.«

Faris konnte im Hintergrund die Stimmen von Shannon und mehreren anderen Kollegen hören, die miteinander diskutierten. Er verspürte den dringenden Wunsch, bei ihnen zu sein.

»Was hat er gesagt?«, fragte Ben.

Faris schaltete den Lautsprecher ein, sodass Tromsdorff das Gespräch mithören konnte. Dann gab er eine kurze Zusammenfassung.

Während er redete, zog Tromsdorff einen Kugelschreiber aus der Hemdtasche und drehte ihn zwischen den Fingern.

»Heute Morgen in dem Laden dachte ich zuerst, ich hätte es mir nur eingebildet«, endete Faris, »darum habe ich es nicht erwähnt. Aber Önur hat das Gleiche zu mir gesagt wie der Anrufer.« Er musste sich zwingen, es auszusprechen. *»Das nächste Mal wirst du auf den Auslöser drücken.«*

Lange Zeit sagte niemand ein Wort. Jeder im *War Room* kannte die Bedeutung dieses Satzes für Faris. Alle waren sie gute Freunde von Paul gewesen.

Endlich räusperte Tromsdorff sich. »Dir ist klar, was das bedeutet, oder?«

Faris wusste nicht genau, worauf er hinauswollte. »Du weißt, ich würde nie eine Bombe …«

»Schon klar, Junge! Was ich meine ist: Wenn Geiger davon erfährt, bist du schneller draußen, als uns allen lieb sein kann.«

Faris dachte daran, wie Geiger ihn vorhin begrüßt hatte.

Sie schon wieder!

Der Gedanke, dass derselbe Scheiß wie vor fünf Monaten noch einmal losgehen könnte, raubte ihm gründlicher den Atem, als es die Rippenprellung tat. Er wollte etwas sagen, aber er fand nicht die richtigen Worte.

Es war Shannon, die in die erneut entstehende Stille hineinsprach. Ihre Stimme klang energisch aus dem Lautsprecher von Faris' Smartphone. »Wir brauchen Faris im Team, Robert! Er muss uns helfen, den Kerl zu schnappen.« Wie immer, wenn sie angespannt war, wurde ihr amerikanischer Akzent stärker. Sie war die Spezialistin für christlichen Fundamentalismus. Etliche Jahre lang hatte sie in Amerika zu diesem Thema geforscht, bevor Robert Tromsdorff sie entdeckt und zur SERV geholt hatte.

Tromsdorff massierte sich den Nacken, während er nachdachte. »Also gut«, entschied er schließlich. »Behalten wir dieses kleine Detail vorerst für uns und nutzen es, um das Profil unseres Mannes zu erstellen. Shannon?«

Es hörte sich an, als blättere Shannon in Papieren. »Ich habe mir das eben mal durch den Schädel gehen lassen. Müssen wir davon ausgehen, dass unser Täter von Paul weiß und von diesem Satz?«

»Das ist doch ganz offensichtlich!«, warf Ben ein, aber Faris schüttelte den Kopf.

»Ist es nicht. Es könnte auch ein Zufall sein. Wenn der Täter von meiner Rolle im Fall der Kruzifixmorde weiß …«

»Logisch weiß er davon!«, brummte Ben.

Faris ließ sich nicht unterbrechen. »... und irgendein krudes Exempel statuieren will, à la: Seht-her-von-diesen-Arabern-ist-jeder-ein-potenzieller-Attentäter. Dann kann es auch sein, dass er mich allein aus diesem Grund für seine Pläne ausgesucht hat. Er muss nicht notwendigerweise etwas von Paul wissen.«

»Stimmt!«, fügte Shannon hinzu. »Wenn das wirklich sein Motiv ist, dann ist Faris die Idealbesetzung für sein Spiel, bei seiner Vorgeschichte.«

»Trotzdem lasse ich den Stimmabgleich mal auf Pauls alte Fälle ausweiten«, murmelte Ben. Er hatte ein Seufzen in der Stimme, und Faris konnte sich vorstellen warum. Paul war viele Jahre lang beim LKA gewesen. Die Fälle, die er gelöst hatte, mussten in die Hunderte gehen, und selbst wenn nur von denen der letzten Jahre digitale Akten vorlagen, bedeutete diese Ausweitung der Suchparameter einen ganzen Berg neuer Arbeit.

»Hm.« Tromsdorff nickte nachdenklich. »Gut. Wir wissen nicht sicher, ob der Kerl von Pauls Worten inspiriert ist, aber was wir sicher wissen, ist, dass es möglicherweise weitere Anschläge geben wird ...«

»Ich werde nirgends eine Bombe hochjagen, egal ...«

Tromsdorff hob die Hand und unterbrach Faris ein weiteres Mal. »Hat er dir irgendeinen Hinweis darauf gegeben, wie er dich zwingen will?«

»Er meinte, er hätte Mittel und Wege.« Faris' Kehle fühlte sich an, als habe er Glassplitter gekaut, und um nicht durchzudrehen, konzentrierte er sich auf seinen Job. »Am besten wird sein, ich statte Önurs Eltern einen Besuch ab.«

Tromsdorff nickte. »Spiel ihnen die Aufnahmen von dem Anrufer ab. Vielleicht erkennen sie die Stimme.« Sein

Smartphone klingelte, und er ging ran. »Anke«, sagte er mit schmalen Lippen. Dann presste er die Fingerspitzen auf das freie Ohr und entfernte sich von dem Einsatzwagen. Faris konnte sehen, dass seine Nackenmuskeln sich verkrampften, wie immer, wenn er mit Dr. Geiger sprach.

Als er kaum eine halbe Minute später wieder zu ihnen trat, war seine Miene finster. »Sie will diese Sache so schnell wie möglich aufgeklärt haben.«

Faris schnaubte. »Erzähl was Neues!«, grummelte er, dann wandte er sich an die Kollegen im *War Room.* »Ben?«

»Jep?«

»Kannst du mir die Aufnahmen von dem Anrufer auf mein Handy senden?«

Ben antwortete nicht, aber man hörte seine Tastatur klappern. »Schon passiert.«

Faris rief seinen Mailaccount auf und kontrollierte, ob die Dateien angekommen waren. Währenddessen telefonierte Tromsdorff mit Marc und informierte ihn darüber, dass Faris vorhatte, die Eltern des Bombenattentäters aufzusuchen. Als er wieder auflegte, meinte er: »Er kommt mit. Er holt dich in einer Stunde zu Hause ab.«

»In einer Stunde?«, rutschte es Faris heraus.

Tromsdorff wies auf Faris' verschwitzte und von der Explosion mit Staub bedeckte Laufklamotten. »So kannst du ja wohl unmöglich bei den trauernden Eltern aufschlagen.«

8. Kapitel

Er saß auf dem Beifahrersitz eines Streifenwagens, der ihn nach Hause bringen sollte, als Andrea ihn anrief. Er ging ran.

»Mir geht es gut«, sagte er.

Die uniformierte Kollegin, die den Wagen fuhr, wirkte nervös und leicht befangen. Faris lächelte ihr zu, dann blendete er sie aus und konzentrierte sich auf Andreas warme Stimme.

»Ich hab's gerade im Fernsehen gesehen. Gott, Faris! Ich wusste, dass das …« Sie unterbrach sich. »Ist dir auch wirklich nichts passiert?«

Faris stützte den Ellenbogen an der Beifahrertür ab und rieb sich die Stirn. Die Kopfschmerzen meldeten sich mit dumpfem Druck zurück. »Mir geht's gut, Andrea«, wiederholte er.

Er dachte an seine ersten Therapiestunden bei ihr. Daran, wie er sie mit voller Wucht gegen die Wand hatte fahren lassen, indem er sich schlichtweg geweigert hatte, ihr mehr als seine pure Anwesenheit zuzugestehen. Zu Anfang hatten sie sich oft über Sinn und Unsinn dieser Therapie gestritten, aber dann hatte ein winziger Anlass – ein weinendes Kind an einer Bushaltestelle am Ku'damm – dazu geführt, dass er sich minutenlang nicht mehr bewegen konnte. Erst da hatte er eingesehen, dass er Hilfe brauchte und sich langsam auf die Therapie eingelassen.

»Warum wusste ich, dass du das behaupten würdest?«, fragte Andrea jetzt.

»Weil du mich vermutlich besser kennst, als ich mich selbst.«

»Das ist nicht besonders schwierig.«

Der Streifenwagen hielt an einer Ampel und fuhr gleich darauf mit einem Ruck wieder an. Die Kollegin am Steuer presste die Lippen aufeinander und krampfte die Hände fester um das Lenkrad.

»Stimmt es, dass du in dem Laden warst, als die Bombe explodiert ist?«

Faris musste nach einer Erwiderung suchen, die Andrea nicht auf der Stelle durchschauen würde. »Ich war gerade raus. Mir ist nichts passiert.« Er berührte seine ramponierten Rippen bei dieser Lüge.

Andrea schwieg einen Moment lang. Er rief sich ins Gedächtnis, wie sie bei ihren Sitzungen gewöhnlich einen Bleistift zwischen ihren Fingern kreisen ließ, wenn sie nachdachte. Ob sie direkt in ihre Praxis gegangen war, nachdem sie den Breitscheidplatz verlassen hatte? Vermutlich. Er stellte sich vor, wie sie an ihrem Schreibtisch saß, die Beine in den teuren Seidenstrümpfen übereinandergeschlagen und der Saum ihres Kostümrockes bis knapp über die Knie reichend. »Mir geht es nicht um die äußeren Verletzungen«, sagte sie. »Und das weißt du!«

»Es geht mir gut, Andrea!« Er zwang seine Mundwinkel ein Stück nach oben, weil er wusste, dass sie das hören konnte. »Da ist nichts, was man nicht mit einer heißen Dusche und einer Flasche Bourbon kurieren könnte.« Es war eine Anspielung auf die amerikanischen Krimis, die Andrea gern las. Er wusste, dass sie es hasste, wenn er daraus zitierte.

Tatsächlich reagierte sie völlig humorlos. »Du bist Muslim«, erinnerte sie ihn missmutig. »Du trinkst nicht.« Sie schwieg, dann sprach sie weiter. »Warum musstest ausgerechnet *du* da rein?«

»Der Junge hat nach mir verlangt.«

Zwei, drei Sekunden lang war es still in der Leitung.

»Natürlich«, sagte Andrea dann resigniert.

Die Kollegin fuhr an ein paar Jugendlichen auf Skateboards vorbei, die ungefähr so alt waren wie Justin Heuer.

Und wie Önur es gewesen ist.

Der Gedanke bohrte sich schmerzhaft in sein Gehirn.

Um dem plötzlich aufkeimenden Schuldgefühl zu entgehen, dachte er an Laura. Auf einmal verspürte er den finsteren und völlig irrationalen Impuls, Andrea zu schockieren. »Hast du das mit Laura gehört?«, fragte er.

Ihre Antwort kam mit einem leichten Zögern: »Nein. Was ist mit ihr?«

»Sie wurde heute Morgen tot aufgefunden.« Es fühlte sich pervers gut an, es auszusprechen. Wie eine Strafe, die er verdient hatte. Er zählte leise bis fünf. »Ermordet.«

»Oh Gott, Faris!« Nun hatte Andreas Stimme nichts Tröstendes, Warmes mehr. Auf einmal klang sie nur noch bestürzt. »Wenn du reden möchtest, ich kann …«

Faris verspürte einen Anflug von Sarkasmus. »Reden löst nicht jedes Problem, Andrea!«

Andrea schnaubte hörbar. »Hör auf mit dem Scheiß!«

Er schwieg.

Die Kollegin am Steuer starrte streng geradeaus.

»Komm vorbei!«, bat Andrea. »Jetzt gleich.«

»Später. Erst muss ich …«

»Faris! Ich kann …«

»Ich muss Schluss machen, Andrea.« Er nahm das Smartphone vom Ohr. Er konnte ihre aufgebrachte Stimme aus dem Lautsprecher dringen hören. Kurz lauschte er noch ihrem Gezeter, dann unterbrach er die Verbindung.

Die Kollegin in Uniform warf ihm einen vorwurfsvollen Blick zu.

Ja, ja, dachte er.

Alfons Rühmann stand in dem mit hellgrauem Marmor ausgelegten Foyer des Büro- und Ärztehauses in der Bülowstraße und wartete darauf, dass sein Partner sich zu ihm gesellte. Jens Meyer hatte ihn vor dem Gebäude abgesetzt, in dem Christian Zöller, der Ehemann ihres Mordopfers, seine Praxis hatte, und sich dann auf die Suche nach einem Parkplatz gemacht.

Das Handy ihres Mordopfers hatte zwei Einträge zu dem Namen Christian verzeichnet – einen mit dem Zusatz »Handy privat« und einen Festnetzanschluss mit dem Vermerk »Praxis«. Bei der ersten Nummer war die Mailbox angesprungen und hatte sie gebeten, eine Nachricht zu hinterlassen. Rühmann hatte kommentarlos wieder aufgelegt. Er wollte nicht, dass Zöller vom Mord an seiner Frau am Telefon erfuhr. Bei der zweiten Nummer war ein Anrufbeantworter rangegangen, und mit Hilfe der Ansage darauf hatten sie in Erfahrung bringen können, wo Zöllers Praxis lag.

Und hier waren sie nun. Eine kurze Internetrecherche von Meyer hatte ergeben, dass Christian Zöller als Orthopäde praktizierte – und dass er in der Hygiea-Klinik in der

Fuggerstraße ein paar Belegbetten hatte. Er schien sich auf die Operation von Bandscheibenvorfällen spezialisiert zu haben. Rühmann seufzte. Vielleicht sollte er den Mann einmal fragen, was er gegen das ständige unangenehme Taubheitsgefühl in seinem rechten Bein tun konnte.

Auf einem beleuchteten Plexiglasschild neben dem Aufzug, auf den er jetzt zuging, waren die verschiedenen Firmen aufgeführt, die in dem mehrstöckigen Gebäude niedergelassen waren. Außer einer Menge Arztpraxen gab es auch ein Zahntechniklabor, ein Institut für Erwachsenenbildung und mehrere Anwaltsbüros. Den fehlenden Firmenschildern nach zu urteilen, standen mindestens zwei der Büros im Erdgeschoss leer.

Rühmanns Blick blieb an dem Namen des Instituts für Erwachsenenbildung hängen. »Thraudich«, murmelte er.

»Redest du jetzt schon mit dir selbst?« Meyer trat zu ihm und grinste ihn breit an. Den Autoschlüssel hatte er noch in der Hand. Er schleuderte ihn an dem Schlüsselring um den Zeigefinger.

Rühmann wies auf das Schild. »Institut für Erwachsenenbildung Thraudich«, las er vor. »Klingt irgendwie anzüglich, findest du nicht?«

Meyer lachte. »Stimmt.« Dann steckte er den Autoschlüssel weg und rief den Aufzug, der sie in den vierten Stock bringen sollte.

Der Empfangsraum der Praxis war – wie offenbar alles in diesem Gebäude – mit hellgrauem, spiegelndem Marmor ausgelegt, auf dem Rühmann sich so unwohl fühlte wie auf einer Eisfläche. Der Empfangstresen, hinter dem eine blonde Frau in einem dunkelgrünen Poloshirt saß, war lang und geschwungen. Für Rühmann sah er aus wie die

Kommandozentrale eines Raumschiffs. Er fragte sich, warum Arztpraxen heutzutage so futuristisch aussehen mussten. Vermutlich ging es darum, Kompetenz und Modernität auszudrücken, aber ihm war in Räumlichkeiten wie diesen immer unwohl. Der glatte Fußboden ließ ihm seinen unsicheren Gang noch einmal mehr bewusst werden.

Eine ältere Frau stand vor dem Tresen und keifte offenbar die Arzthelferin an. »Tut mir leid«, sagte diese. »Aber Dr. Zöller musste für ein paar Tage die Stadt verlassen und hat darum schon letzte Woche alle Termine abgesagt. Ich habe versucht, Sie telefonisch zu erreichen, aber leider vergeblich.«

Die Patientin stützte sich auf die Krücke, die sie in der rechten Hand hatte. Mit der zur Faust geballten linken klopfte sie auf den Tresen. Als habe sie die letzten Worte der Arzthelferin überhaupt nicht gehört, protestierte sie: »Das ist unerhört! Ich bin extra aus Lichtenberg hierhergekommen. Wissen Sie, was das für ein Aufwand ist, gute Frau?«

»Das sagten Sie bereits«, antwortete die Helferin geduldig. »Und es tut mir auch leid. Wie gesagt, habe ich seit einer Woche jeden Tag versucht, Sie zu informieren, aber ich konnte Sie nicht erreichen, und Sie haben auch keinen Anrufbeantworter, sonst hätte ich natürlich …«

»Das ist wirklich eine Zumutung, wissen Sie das!«, zischte die Patientin. »Ich habe immerhin einen Termin! Wenn Sie unfähig sind …«

Rühmann hatte genug von ihrer giftigen Stimme. Er holte seinen Ausweis hervor und legte ihn auf den Tresen, direkt vor die Nase der Patientin, sodass diese das Abzeichen der Polizei darauf erkennen konnte.

»Entschuldigen Sie«, sagte er mit einem freundlichen Lächeln zu der Arzthelferin. »Kommissar Rühmann von der Mordkommission. Wir hätten ein paar Fragen an Dr. Zöller. Wissen Sie, wo wir ihn finden können?« Aus dem Augenwinkel beobachtete er, wie die Kinnlade der Patientin herunterfiel.

»Mordkommission?«, hauchte sie.

Rühmann achtete nicht weiter auf sie.

Die Arzthelferin war schlagartig blass geworden. Ihr Mund öffnete und schloss sich gleich darauf wieder wie das Maul eines großen Karpfens. »Ich … ähm. Nein. Wie ich gerade schon dieser Dame sagte, hat Dr. Zöller vor ein paar Tagen alle Termine abgesagt, weil er die Stadt verlassen wollte.« Sie unterdrückte ein kleines Seufzen, dann kam sie näher an Rühmann heran und flüsterte: »Er hat mir erzählt, dass er und seine Frau ein paar Probleme haben und dass er eine Auszeit braucht.« Sie rückte wieder ab. Lauter und eindeutig für die ungeduldige Patientin bestimmt, fügte sie hinzu: »Ich bin extra hier, weil ich nicht alle Patienten telefonisch erreicht habe.«

»Haben Sie die Möglichkeit, Dr. Zöller zu kontaktieren?«, fragte Rühmann. *Das hier entwickelte sich langsam zu einer Schnitzeljagd,* dachte er dabei.

»Ich versuche es. Warten Sie!« Die Helferin nahm den Telefonhörer zur Hand und tippte eine Nummer ein. Sie ließ es lange klingeln. »Tut mir leid«, meinte sie dann und legte wieder auf. »Das ist die Nummer seines Diensthandys. An das geht er nicht immer, wenn er Urlaub macht.«

»Wissen Sie, wo er sich aufhalten könnte?«, fragte Rühmann.

Die Helferin schüttelte den Kopf. »Was ist denn bloß geschehen?«

Rühmann räusperte sich. Dies war mit Abstand der schlimmste Teil seines Jobs! Er winkte die Helferin näher zu sich heran. »Dr. Zöllers Frau wurde ermordet«, flüsterte er ihr dann ins Ohr, damit die Patientin es nicht mitbekam.

Im ersten Moment reagierte die Helferin auf diese Nachricht überhaupt nicht. Dann wurde sie fahl. Tränen stiegen ihr in die Augen.

»Laura?«, wisperte sie. »Oh, Gott!«

Anisah erwachte langsam, wie aus einer tiefen Narkose. Ähnlich wie damals, als sie eine Blinddarmoperation über sich hatte ergehen lassen müssen, hatte sie den chemischen Geschmack eines Anästhetikums auf der Zunge. Ihr Kopf fühlte sich an, als habe er die Größe eines Basketballs angenommen, und die Geräusche, die sie umgaben, klangen unnatürlich laut. Sie lauschte dem Hämmern ihres Herzens, ihrem angestrengten Atem. Sie lag auf dem Rücken.

Wo bin ich?

Das war der erste Gedanke, der ihr durch den Kopf schoss, doch gleich darauf folgte ein zweiter.

Warum kann ich mich nicht bewegen?

Sie konzentrierte sich auf ihren Körper. Sie spürte sich nicht – weder ihre Arme und Beine noch ihren Leib. Panik ergriff sie, wollte sie hochreißen, aber sie war unfähig, auch nur den kleinsten Muskel zu rühren. Sie konnte nicht einmal die Lider heben.

Was geht hier vor?, kreischte es in ihr. Mit äußerster Anstrengung schaffte sie es, wenigstens die Fingerspitzen zu bewegen. Unter ihren Kuppen ertastete sie eine weiche, irgendwie wellige Oberfläche.

Ein unheimliches Geräusch entstand in ihrer Nähe, und sie brauchte eine Weile, bis sie begriff, dass sie selbst es war, die es machte. Es war ein dumpfes, verzweifeltes Stöhnen, das aus den Tiefen ihres Brustkorbs nach oben stieg.

»Ganz ruhig!«, sagte eine Stimme dicht bei ihr, und wenn sie gekonnt hätte, wäre sie vor Schreck zusammengezuckt. So jedoch setzte ihr Herzschlag nur für eine unendlich lange Sekunde aus, und es war, als würde sie in ein bodenloses, pechschwarzes Loch stürzen. Sie wartete auf den Aufprall, aber er kam nicht.

»Sie müssen keine Angst haben«, redete die Stimme weiter. Gehörte sie zu einem Mann oder einer Frau? Es war unmöglich festzustellen. In Anisahs Ohren klangen die Worte tief und dumpf, wie von einem uralten Tonband, das mit der falschen Geschwindigkeit ablief. Hatte sie nicht genau das schon einmal gedacht? Sie wusste es nicht mehr.

»Sie sind in Sicherheit«, sagte die Stimme.

Anisah war schwindelig und übel. Ihre Fingerspitzen tasteten weiter über die feinen Wellen des Untergrunds.

»Sie wundern sich vielleicht, warum Sie sich nicht bewegen können«, sagte die Stimme. Langsam wurde sie deutlicher, klang weniger dumpf und dröhnend. Ein Mann? Vermutlich. Eine Erinnerung geisterte durch ihr Gehirn. Eine U-Bahn. Der bärtige Typ neben ihr. Die Bilder ergaben keinerlei Sinn. »Das liegt an den Medikamenten, die Sie erhalten haben«, sagte der Mann. »Sie lähmen die Funktion Ihrer Muskeln, aber seien Sie unbesorgt: Ihre vegetativen Lebenssysteme sind davon nicht betroffen. Sie werden weder ersticken noch sich einnässen.«

Medikamente? Ersticken?

Die Worte hätten ihr etwas sagen sollen, aber sie ergaben ebenso wenig Sinn wie die Erinnerungsfetzen in ihrem Schädel.

»Wo …« Ihre Lippen fühlten sich an wie aus Holz, ihre Zunge war taub, aber sie schaffte es, auch den Rest der Frage hervorzuzwingen. »… bin ich?« Ihre Stimme war nur ein Hauch.

Eine Ahnung von Wärme streifte sie, ungefähr dort, wo sich vermutlich ihr Gesicht befand. Wurde sie berührt? Sie glaubte, ein sanftes Streicheln an der Wange zu spüren. Die Empfindung unter ihren Fingerspitzen wurde langsam deutlicher. *Ein Cordbezug,* dachte sie. *Ich liege auf einem Sofa!*

Sie versuchte erneut, die Augen zu öffnen.

»Lassen Sie die Augen zu!«, befahl ihr die Stimme. »Ruhen Sie sich aus.«

Sie gehorchte. Ohne ihr Zutun krümmten sich ihre Finger und kratzten mit den Nägeln über die Furchen des Cordstoffes.

»Alles wird gut werden«, sagte die Stimme. Jetzt war es ganz deutlich, dass sie einem Mann gehörte. Anisah spürte ein leichtes Kitzeln an der Stirn. »Ihre Haare sind unordentlich. Ich richte sie Ihnen.«

Ihr wurde schlecht, und sie fürchtete schon, sich übergeben zu müssen. Doch dann ebbte die Übelkeit zu ihrer grenzenlosen Erleichterung wieder ab.

»Schlafen Sie noch ein bisschen«, riet der Mann. War sie in einem Krankenhaus? Jemand kümmerte sich. Sie versuchte, erleichtert zu sein, aber irgendetwas störte sie. Erneut geisterte das Bild einer U-Bahn durch ihren Kopf. Sie atmete so tief, wie sie es mit ihrem gelähmten Körper konnte. *Sie werden nicht ersticken …*

»So ist es gut«, sagte der Mann. »Noch ist es nicht an der Zeit. Schlafen Sie!«

Die Lähmung von Anisahs Körper wich einem umfassenden Kribbeln, das kaum auszuhalten war. Sie fühlte einen haarfeinen Einstich irgendwo. An ihrem Oberarm? Sie war nicht sicher. Das Letzte, was sie wahrnahm, waren die feinen weichen Linien des Cordstoffes unter ihren Fingerspitzen.

»Faris!«, wimmerte sie. Dann sackte sie weg.

»Wann hatte Iskander eigentlich mal was mit ihr?«, fragte Meyer.

Rühmann runzelte die Stirn, weil das nicht die dringendste Frage war, die er hatte. Trotzdem antwortete er: »Mit Laura Zöller? Vor drei Jahren, so ungefähr.«

Sie standen vor dem Aufzug, der sie wieder nach unten ins Foyer bringen sollte, und er grübelte über das wenige nach, das sie soeben von der Arzthelferin erfahren hatten. Zöller war seit zwei Jahren verheiratet gewesen und hatte zusammen mit dem Mordopfer eine kleine Tochter namens Lilly. Als Rühmann die Helferin gefragt hatte, wo das Kind wohl sein mochte, hatte sie gesagt: »Na, bei seinem Vater, wo sonst? Dr. Zöller ist immer so süß mit der Kleinen.«

Der Aufzug kam, sie stiegen ein, und Rühmann drückte auf den Knopf für das Erdgeschoss. »Was mich viel mehr interessiert, ist: Glaubst du, dass Zöller unser Mann ist?«

Die Aufzugtüren schlossen sich. Meyer lehnte sich gegen die Wand. »Wenn es stimmt, was die Praxishelferin uns erzählt hat, war er gar nicht in Berlin.«

Nachdem die Helferin ihren Schock über Lauras Tod überwunden hatte, hatte sie nach Kräften versucht, ihnen ihre Fragen zu beantworten. Von ihr hatten sie erfahren, dass Zöller ein Segelboot an der Müritz besaß, auf dem er sich vielleicht aufhielt. Sicher war sich die Helferin in diesem Punkt aber nicht gewesen. »Er reist viel und gern«, hatte sie gesagt. »Er kann überall sein!«

Rühmann rümpfte die Nase. Eigentlich wussten sie jetzt nur, dass Zöller bereits letzte Woche all seine Termine abgesagt und seinem Praxisteam verkündet hatte, er werde die Stadt verlassen. »Die Kollegen in Waren sollen dieses Segelboot überprüfen«, sagte er. »Und wir konzentrieren uns auf unsere Verdächtigen hier vor Ort. Wir haben ein ganzes Hotel voller Geschäftsleute mit einem fetten Kater, die in der Mordnacht ein Gelage gefeiert haben. Ein jeder von denen kommt als unser Mörder in Betracht.«

Meyer nickte.

Rühmann nahm sein Handy heraus und wählte Iskanders Nummer, aber heute schien nicht sein Tag zu sein. Auch Iskander meldete sich nicht. Mit einem gemurmelten Fluch legte er wieder auf. »Wenn ich richtig informiert bin, waren sie verlobt«, sagte er.

Nach kurzem Nachdenken begriff Meyer, dass Rühmann nun wieder von Iskander sprach. »Warum haben sie nicht geheiratet?«

»Ich habe mich irgendwann kurz vor Weihnachten mal mit ihm darüber unterhalten. Er redet ja sonst nicht viel über sich, aber er hat mir erzählt, dass sie ihn damals wegen Zöller verlassen hat. Er hat wohl ziemlich lange gebraucht, bis er über sie hinweg war.« Rühmann lächelte. »Was eine neue Frau doch für Wunder bewirkt!«

Meyer sah ihn von der Seite an. »Er ist in einer Beziehung?« Die Vorstellung schien ihn zu überraschen.

Rühmann schüttelte den Kopf. »Da war kurz was. Direkt nach der Sache mit dem Kruzifix-Bomber. Hat aber wohl auch nicht so richtig geklappt.« Er versuchte, sich daran zu erinnern, wie der Name der anderen gewesen war, aber er kam nicht darauf. Irgendwas mit I. Ina? Iris? Oder so ähnlich.

Der Aufzug kam im Erdgeschoss an. »Wundert mich nicht«, sagte Meyer.

»Warum?«

»Sieh ihn dir doch an!« Meyer rümpfte die Nase. »Der Mann ist ein Wrack.«

9. Kapitel

Andrea Roth ging unruhig im Büro ihrer Praxis auf und ab. Sie hatte ihr Mobiltelefon ans Ohr gepresst und lauschte auf das Klingeln, während sie mit der anderen Hand eine ihrer langen blonden Locken zwirbelte.

»Geh ran!«, murmelte sie. »Geh doch ran!«

Aber alles, was sie hörte, war das stetige, gleichmäßige Tuten. Von Sekunde zu Sekunde dröhnte es lauter in ihrem Ohr. In ihrem Kopf liefen Bilder ab, die sie nicht stoppen konnte. *Der Junge mit der Bombe in dem kleinen Laden … Faris, der von einer Explosion zerrissen wurde …*

Sie schloss die Augen und kämpfte gegen die Emotionen an, die in ihr tobten. *Nicht durchdrehen!*, mahnte sie sich selbst und unterbrach ihre nervöse Wanderung. Der Berberteppich fühlte sich unter ihren nur in Nylonstrümpfen steckenden Füßen uneben und knotig an. Sie starrte auf ihre High Heels, die sie unter dem Schreibtisch abgestreift hatte. Einer davon lag auf der Seite.

Als am anderen Ende der Leitung die Mailbox ranging, zögerte sie kurz. »Ruf mich an, du verdammter Idiot!«, verlangte sie dann.

Faris stand in der Dusche, die Beine gespreizt und beide Hände an der gefliesten Wand, wie ein Verdächtiger, der durchsucht wurde. Das heiße Wasser, das auf ihn niederprasselte, ließ die großflächige Brandnarbe an seiner rechten Brustseite und seinem Bizeps dunkelrot leuchten. Seine Rippen schmerzten bei jedem Atemzug, und die Schürfwunden an seinen Handflächen brannten vom Shampoo. Sie bluteten jetzt auch ein wenig.

Das Smartphone in der Jacke auf dem Flur klingelte, und er ertappte sich dabei, dass er hoffte, es könne Ira sein.

Ira.

Er hatte sie vor fünf Monaten kennengelernt, kurz bevor sein Partner Paul bei der Jagd nach dem Kruzifix-Bomber draufgegangen war. Damals hatte Ira ihn mit ihrer bloßen Anwesenheit und mit der großen Ruhe, die sie ausstrahlte, davor bewahrt, sich eine Kugel in den Kopf zu schießen. Ein paarmal hatten sie sich danach getroffen, und er wusste, dass Ira ihm jetzt, in dieser Situation, genau das Richtige sagen würde. Etwas, das den Schmerz in seinem Innersten wenn schon nicht erträglich, dann doch zumindest verstehbar machte.

Er seufzte.

Laura ist tot, du Arschloch. Wie kannst du nur an Ira denken?

Das Telefon hörte auf zu klingeln.

Er nahm die Hände von der Wand und starrte auf die roten Abdrücke, die er auf den Fliesen hinterlassen hatte. Sie zerrannen unter dem Wasserstrahl zu rosa Schlieren. Bei dem Anblick flackerte das Bild von Lauras Leiche grell und schmerzhaft in seiner Erinnerung auf. Mit einer zornigen Bewegung drehte er das Wasser ab.

Als er einige Minuten später angezogen war, hatte er immer noch mehr als eine halbe Stunde Zeit, bis Marc kommen und ihn abholen würde. Sein Magen erinnerte ihn daran, dass er heute noch nichts gegessen hatte. Er öffnete den Kühlschrank und starrte auf die Lebensmittel, die er gestern eingekauft hatte. Er hatte nicht den geringsten Appetit. Aus reiner Selbstdisziplin trank er ein paar Schlucke Milch direkt aus der Packung, aber davon wurde ihm so schlecht, dass er den Karton wieder zurückstellte. Dann holte er sein Smartphone aus der Jackentasche und kontrollierte, wer eben versucht hatte, ihn zu erreichen.

Es war Rühmann gewesen. Er rief zurück, aber diesmal ging Rühmann nicht dran. Seufzend legte Faris wieder auf. Er hasste diese sonderbare Mischung aus ständiger Erreichbarkeit und nicht zustande kommenden Verbindungen, die nur Handys innehatten.

Er marschierte ins Wohnzimmer und schaute einige Minuten lang aus dem Fenster hinunter auf die Straße, bis ihm das zu blöd wurde. Weil er nicht wusste, wie er die Gedanken in seinem Schädel zum Schweigen bringen sollte, schaltete er den Fernseher an. Doch er stieß als Erstes auf eine Sondersendung über das Bombenattentat an der Gedächtniskirche. Er sah sich selbst bei dem Einsatzwagen stehen und finster in die Kamera starren. »Faris Iskander«, stand unter der Sequenz. »Leitender Ermittler bei den ›Kruzifix-Attentaten‹ vor fünf Monaten«.

Eine sehr blonde Reporterin berichtete von dem aktuellen Anschlag. »… wissen wir aus sicherer Quelle, dass Kommissar Iskander von dem Attentäter in den Laden zitiert wurde, in dem anschließend die Bombe explodierte«, sagte sie.

Mit einem leisen Fluch schaltete Faris den Fernseher aus. Wieder klingelte sein Smartphone. Diesmal war es Andrea. Er ging nicht ran.

Andrea hatte Wochen und Monate damit zugebracht, ihm zu helfen. Sie hatte alles getan, um ihn von dem Abgrund wegzulotsen, den der Fall des Kruzifix-Bombers in ihm aufgerissen hatte. Aber statt sich von ihr fortführen zu lassen, war er einen Schritt vorwärts gegangen, ins Leere hinaus. Dass er nicht abgestürzt war, hatte er weniger ihr zu verdanken, als vielmehr …

… *Ira.*

Vergeblich versuchte er, seine Gedanken daran zu hindern, zu diesem einen Tag kurz vor Weihnachten zurückzukehren …

Er war durch die automatische Drehtür von Tegel gehetzt, um Ira vor ihrer Abreise wenigstens noch einmal zu sprechen. Er hatte keine Ahnung gehabt, dass sie fortgehen würde. Sie hatte ihn erst kurz zuvor angerufen und ihm gebeichtet, dass sie das Land eigentlich heimlich hatte verlassen wollen, es dann aber nicht übers Herz gebracht hatte, ohne sich von ihm zu verabschieden.

Etwas atemlos betrat er das kleine Selbstbedienungscafé, in dem sie auf ihn wartete. Auf der Anzeigetafel hinter ihm wurden die nächsten Flüge aufgerufen. Er hatte eine knappe Dreiviertelstunde, das wusste er.

Ira saß auf einer der unbequemen Kunstlederbänke an der Wand und blickte ihm entgegen. Ihr Gesicht schien ungeschminkt. Ihre Augen wirkten groß und sehr hell. Vor ihr stand eine Tasse Cappuccino, die sie nicht angerührt hatte. Der Milchschaum darauf war mit einem Stern aus Zimt verziert. Durch die Fensterfront, die auf die Bushaltestelle vor dem Gebäude hinauswies, fiel helles, aber kühles Sonnenlicht. Die Lichterketten, mit denen die schwarz-weiß gestreiften Markisen vorweihnachtlich dekoriert waren, blinkten in einem nervtötenden Rhythmus. Faris trat an Iras Tisch. »Da bin ich«, war das Einzige, was er herausbrachte.

Sie nickte. »Ja.«

Ein unangenehmes, angespanntes Schweigen entstand.

»Setz dich doch!« Ira wies auf den freien Stuhl an ihrem Tisch.

Er setzte sich. Ihm war unbehaglich zumute. Iras Blick durchdrang ihn mit einer solchen Intensität, dass er sich dünnhäutig fühlte. »Du verlässt Deutschland«, murmelte er und kam sich vor wie ein Idiot. Genau das hatte sie ihm ja kurz zuvor am Telefon gesagt. Sie würde den Flug nach Paris nehmen und von dort aus weiter nach Rio in Südamerika reisen.

Südamerika!

Jetzt nickte sie langsam.

»Was ist mit deiner Stelle an der Passionskirche?«, fragte er.

»Ich habe gekündigt.«

Die Aussage überraschte ihn und tat es gleichzeitig auch nicht. Ira war Pfarrerin in einer Gemeinde am Marheinekeplatz gewesen, aber er wusste, dass sie seit Längerem mit ihrem christlichen Glauben haderte.

»Warum das?«, fragte er dennoch.

Sie lächelte nur. Es sah müde aus.

Faris hatte das Bedürfnis, die Finger um irgendetwas zu krallen und es in tausend Stücke zu zerquetschen. »Wenn ich gewusst hätte …«, setzte er an, beendete den Satz jedoch nicht, weil er nicht den blassesten Schimmer hatte, was er sagen sollte.

Verzeih, dass ich zu sehr mit mir selbst beschäftigt war?

Ich hätte mich mehr um deine Probleme kümmern müssen?

Lass mich nicht allein!

Er sagte nichts von alledem.

Ira seufzte. Sie hatte die Hände auf der Tischplatte verschränkt. Jetzt drehte sie sie so, dass ihre Flächen nach oben wiesen. Faris konnte die Adern unter ihrer hellen Haut sehen. Ihre Gelenke waren dünn. »Vielleicht habe ich mir gewünscht …« Sie brach ab, und er war verwirrt. Er ahnte, dass er hätte erraten müssen, was sie meinte, aber er konnte es einfach nicht. Er beschloss, die einzige Waffe zu benutzen, die Ira ihm gewöhnlich ließ: schonungslose Offenheit. »Als Paul damals gestorben ist …« Er schluckte, dann sprach er weiter. »… ich habe mir immer Vorwürfe gemacht, dass ich die Situation ausgenutzt habe.« Er dachte an die eine Nacht, die sie miteinander gehabt hatten, den Sex, der so verzweifelt und so gierig gewesen war … Er lehnte sich zurück und unterdrückte den Impuls, die Arme vor der Brust zu verschränken.

»Ich weiß.« Ira nickte. Ihre Wangen hatten eine schwache rötliche Färbung angenommen, und Faris wusste, dass sie ebenfalls an diese Nacht dachte. Seitdem hatten sie sich ein paarmal getroffen, aber sie waren dabei umeinander gekreist wie zwei Magnete, die sich gegenseitig abstießen.

Auf der Anzeigetafel wurde für Iras Flug zum Boarding aufgefordert. Sie wandte den Kopf. »Oh«, machte sie. War es Schuldbewusstsein, das er in ihren Augen sah?

Unsinn! Warum sollte ausgerechnet sie sich schuldig fühlen?

»Ich glaube, ich muss los«, flüsterte sie.

Faris erhob sich als Erster. Er wollte sie in die Arme ziehen, wollte sie festhalten. *Geh nicht!*, wollte er schreien. Aber er schwieg.

»Tja«, sagte sie. »Dann …«

»Warum Rio?«, fragte er. Rio war so unfassbar weit weg.

»Vielleicht brauche ich Abstand. Ich habe das Gefühl, dass ich nur dann die Bodenhaftung wiedererlangen kann, die mir abhandengekommen ist.« Sie war noch eine Sekunde lang sitzen geblieben, schließlich war sie aufgestanden.

Er hatte genickt wie ein Volltrottel. Und wie ein noch größerer Volltrottel hatte er sie gehen lassen …

Als er jetzt aus dieser Erinnerung auftauchte, bemerkte er, dass er ins Schlafzimmer gegangen und vor der Kommode stehen geblieben war. Zögernd ließ er sich auf die Kante seines Bettes sinken und zog die oberste Schublade auf. Außer einer Packung Tempotaschentücher, einer Schachtel Kopfschmerztabletten und einem alten Kugelschreiber, der schon lange nicht mehr schrieb, befand sich darin nur noch ein abgetragenes Lederarmband. Er nahm es heraus. Zwei Worte standen auf dem Armband. Eine stark verblasste arabische Schrift.

Laura und Faris.

Erneut wählte er Rühmanns Nummer, und diesmal ging sein Kollege ran.

»Du hast versucht, mich zu erreichen«, meldete sich Faris.

»Ja. Wir waren eben in der Praxis von Lauras Mann. Sieht so aus, als sei er verschwunden.«

Eine Art grimmige Befriedigung keimte in Faris' Magen, als er das hörte. Er wollte, dass Christian Zöller Lauras Mörder war, das wurde ihm schlagartig bewusst. Er wollte, dass dieses elende Arschloch dahintersteckte. Der Zorn, den er all die Jahre auf diesen Kerl gehegt hatte, weil er ihm Laura weggenommen hatte, wurde noch ein bisschen stärker. Er unterdrückte ihn. Es war irrational. Bisher gab es keinen Grund anzunehmen, dass Zöller ihr Täter war.

»Hast du eine Ahnung, wo er stecken könnte?«, fragte Rühmann. »Wir haben ihn zu Hause nicht angetroffen, und seine Arzthelferin konnte uns auch nicht wirklich weiterhelfen. Sie hat uns von einem Boot an der Müritz erzählt, aber sie glaubt nicht, dass er dort ist.«

»Ich weiß nur wenig über ihn.« Faris kämpfte Zorn und Trauer nieder. »Ich wusste, dass er segelt, aber ich hätte dir nicht mal sagen können, ob in der Karibik oder auf der Ostsee.«

»Okay. Wir überprüfen das. Zöllers Arzthelferin hat uns auch gesagt, dass die beiden eine Tochter haben.«

Lilly.

Faris drehte das Armband zwischen den Fingern. Eine Erinnerung sprang ihn an, Laura mit dem Kind auf dem Arm vor ihrem Haus in der Ahornstraße, so lebendig beide … Er biss die Zähne zusammen.

»Ja«, bestätigte er.

»Weißt du, wo sich die Kleine befinden könnte?«, fragte Rühmann. Seine Stimme wurde überlagert von einem langgezogenen, unangenehmen Knistern. »Faris?«, rief er ins Telefon. »Hörst du mich? Die Verbindung ist irgendwie mies.«

»Keine Ahnung, Alfons. Wenn Zöller segeln ist, hat er sie vielleicht mitgenommen. Ich könnte mir aber auch vorstellen, dass Laura eine Tagesmutter für die Kleine hatte. Laura hat im Helios-Klinikum gearbeitet. Fragt doch mal da nach. Vielleicht erfahrt ihr bei ihren Kollegen mehr.«

Erneut ertönte ein Knistern. »... mit der Geiselnahme an der Gedächtniskirche?«, hörte Faris Rühmann fragen.

»Es gab eine Explosion«, sagte er.

»Echt?«

»Ja. Marc und ich fahren gleich zu den Eltern des ...« Ein leises Piepsen in seinem Hörer zeigte Faris an, dass die Verbindung jetzt ganz abgerissen war. Er nahm das Gerät vom Ohr, sah es an und stellte fest, dass Andrea noch einmal versucht hatte, ihn zu erreichen, während er mit Rühmann gesprochen hatte. Er überlegte, ob er einen von beiden zurückrufen sollte. Rühmann und Meyer konnte er nicht weiterhelfen bei ihrer Suche nach Christian Zöller, und mit Andrea wollte er lieber nicht reden.

Er steckte das Handy fort und drehte das Armband so, dass er die Schrift lesen konnte. Laura und Faris. Seine Fingerspitzen schwebten darüber, berührten die Worte jedoch nicht. Er seufzte. Dann legte er das Armband um sein linkes Handgelenk und schloss es. Das Gefühl des speckigen Leders auf seiner Haut war gleichzeitig ungewohnt und unendlich vertraut. Es sollte ihn daran erinnern, Lauras Mörder zu jagen – sobald er mit dieser beschissenen Bombensache fertig war. Er würde es nicht ablegen, bevor er herausgefunden hatte, wer sie umgebracht hatte. Grimmig biss er die Zähne zusammen, weil plötzlich eine Stimme durch seinen Kopf geisterte.

Du musst aufhören, dich für alles und jeden verantwortlich zu fühlen!

Iras Stimme.

Er hörte sie so klar, als sei sie nicht Tausende von Kilometern entfernt in einem fremden Land, sondern stünde direkt hinter ihm. Er kämpfte gegen den Anflug von Sehnsucht.

Ein resigniertes Lachen stieg in seiner Kehle hoch. Er senkte das Kinn auf die Brust, um es zu unterdrücken. Noch einmal spielte er mit dem Gedanken, Andrea zurückzurufen, aber wieder entschied er sich dagegen. Stattdessen zog er das Armband enger, sodass er seine Gegenwart deutlich spüren konnte, und schob den Ärmel seines Shirts darüber.

Der Verletzte schrie wie am Spieß vor Schmerzen. Ira Jenssen stand in der beengten Notaufnahme des Krankenhauses in Rio und sah zu, wie zwei Sanitäter ihn hereinschoben. Ein Junge, kaum älter als zwölf. Ein Kind noch. Herr im Himmel! Er hatte einen Bauchschuss. Sein gesamter Unterleib war blutverschmiert.

Schusswunden. Ira schluckte schwer. Wie viele davon hatte sie in den vergangenen Wochen zu Gesicht bekommen? Sie hatte das Gefühl, es müssten Hunderte sein. Mit dem Handrücken wischte sie sich über die Stirn.

Die Luft im Raum war stickig von Hitze, Staub und Schweiß, und ihr war schon seit Stunden schwindelig. Hastig nahm sie einen Schluck Wasser aus der Plastikflasche, die sie alle immer in greifbarer Nähe hatten. »Bloß nicht dehydrieren«, hatten sie die Ärzte gewarnt, die sie eingearbeitet hatten. »Sonst kippen Sie schneller aus den Latschen, als Sie gucken können.«

Sie sah zu, wie sich einer dieser Ärzte, ein junger Brite namens Hugh, um den Verletzten kümmerte. »Helfen Sie mir!«, befahl er Ira. »Stehen Sie da nicht rum!«

Hugh befand sich zwischen ihr und dem jungen Mann, also umrundete Ira die Trage. Sie konnte dabei einen Blick in Hughs Gesicht werfen, und sie erkannte, dass der Arzt wenig Hoffnung hegte. Sie selbst wusste inzwischen genug über Bauchschüsse, um seine Meinung zu teilen. Vermutlich würden sie dem Jungen nicht mehr helfen können. Das Krankenhaus lag mitten in den Slums und wurde durch Spenden aus dem Ausland unterhalten. Medikamente und vernünftiges medizinisches Gerät waren Mangelware. Ira unterdrückte den Impuls, ein Gebet zu murmeln, dann wandte sie sich dem Verletzten zu.

Und erstarrte.

Vor ihr lag kein zwölfjähriger Jugendlicher. Vor ihr – die Augen vor Schmerz weit aufgerissen und in seinem eigenen Blut – lag … Faris!

Mit einem Keuchen fuhr sie aus dem Traum auf. »Verdammt!«, murmelte sie. Das furchtbare Bild von Faris verblasste nur langsam. Sie rieb sich die Wangen. Kalter Schweiß bedeckte ihren Körper. Sie legte eine Hand auf ihr Dekolleté und wartete, bis das Herzrasen nachließ.

Die Mittagssonne schien durch die nur halb zugezogenen Jalousien ihres Schlafzimmers, und die Schatten eines Baumes schufen blasse Scherenschnitte auf der Scheibe.

Seufzend ließ Ira sich wieder zurücksinken, nahm ein besticktes Zierkissen und presste es sich aufs Gesicht. »Nur ein Traum«, sagte sie zu sich selbst. »Nur ein Traum, du dumme Nuss!« Sie hatte gewusst, dass es keine gute Idee sein würde, sich mitten am Tag hinzulegen. Aber als sie heute am frühen Morgen in Tegel gelandet war, hatte sie sich nach dem schier endlosen Flug von Rio hierher wie gerädert gefühlt. Das Einzige, zu dem sie nach ihrer Ankunft fähig gewesen war, war, sich auf das noch unbezogene Bett zu werfen und die Augen zu schließen.

Der Schlaf hatte es allerdings nicht besser gemacht: Sie fühlte sich noch immer müde und zerschlagen. Klassischer

Jetlag. Sie wusste aus Erfahrung, dass das einige Tage lang andauern würde. Sie nahm das Kissen wieder vom Gesicht, weil sie keine Luft mehr bekam. Mit zusammengekniffenen Lidern las sie den Spruch, der darauf stand.

Gott ist barmherzig.

Mit einem bitteren Lachen schleuderte sie es in eine Ecke.

Sie blieb noch eine Weile liegen, strich mit den Fingerspitzen über die Oberfläche der Matratze und fragte sich, warum sie Faris in ihren Träumen in letzter Zeit immer wieder als Opfer auf dem OP-Tisch sah. Wenn sie noch an Gott geglaubt hätte, hätte sie denken können, dass Er ihr ein Zeichen sandte. Vermutlich jedoch war es vielmehr ihr Unterbewusstsein, das sie darauf hinwies, wie sehr sie sich nach ihm sehnte. Und wie sehr sie sich gleichzeitig vor dem Zusammensein mit ihm fürchtete. Sie war vor ihm nach Rio geflohen, Herrgott noch mal! Keine sechs Wochen war das jetzt her. Und obwohl sie eigentlich mindestens ein halbes Jahr in Brasilien hatte bleiben wollen, war sie zurückgekommen nach Berlin. Seufzend stand sie auf.

Auf bloßen Füßen tappte sie ins Wohnzimmer und schaltete die Nachrichten ein. Eine blonde Reporterin erschien auf dem Bildschirm. »Das sind Bilder von dem Bombenattentat, das soeben auf dem Breitscheidplatz stattgefunden hat«, sagte sie. Ein Film wurde eingespielt. Er zeigte den Glockenturm neben der Ruine der Gedächtniskirche und eine dicke Rauchsäule, die aus der Tür des Turmes quoll. Dann schwenkte die Kamera zur Seite. Iras Herz setzte aus. Über das Dach eines Polizeiwagens hinweg schien Faris sie direkt anzusehen.

Sie ließ sich auf die Couch sinken. *Welcome back in the chaingang!*, dachte sie.

Mit einem leisen Kratzen schabte die Klinge über seine Wange, und der Bart fiel ihr Stück für Stück zum Opfer. Der Mann, der Vergeltung wollte, reinigte den Rasierer im Waschbecken. Rotblonde Haare lösten sich von der Klinge. Eine Weile betrachtete er die vom Rasierschaum trübe Wasseroberfläche. Dann hob er den Blick.

Dort, wo eigentlich ein Spiegel hätte hängen sollen, schaute er auf Fliesen – hässliche dunkelbraune Fliesen mit orangefarbenem Muster, wie man sie in den Siebzigerjahren verbaut hatte. Die Luft in dem schlauchförmigen Badezimmer roch muffig, nach Schimmelpilz und der Einsamkeit eines seit Jahren leer stehenden Hauses. Er versuchte sich vorzustellen, was es für Menschen gewesen waren, die früher hier gelebt hatten. Vielleicht hatte sich ein Familienvater an diesem Waschbecken rasiert. Vielleicht hatte er sich danach mit einem Kuss von Frau und Kindern verabschiedet und war zur Arbeit gefahren, zufrieden mit sich und der Tatsache, dass sich in seinem Leben alles am rechten Platz befand. Vielleicht aber – und das war bei der Gegend hier vermutlich eher der Fall gewesen – hatte eine alleinerziehende Mutter hier gewohnt. Der Mann, der Vergeltung wollte, stellte sich vor, wie sie sich morgens im Spiegel angeschaut hatte. Wie sie eine weitere Falte in ihrem erschöpften Gesicht entdeckt und sich gefragt hatte, ob sich ihr Leben eigentlich lohnte.

Der Mann zog den Stöpsel des Waschbeckens, sodass das Wasser ablaufen konnte. Dann drehte er den Kopf ein wenig und schaute durch das Fenster nach draußen. Die Scheibe war aus Milchglas, denn direkt vor dem Fenster befand sich der Bürgersteig. Verschwommen konnte der Mann die Schemen von Menschen sehen, die vor dem Haus vorbeigingen. Ein Lächeln kräuselte seine Lippen, als er sich vorstellte, wie diese Menschen ihrem Tagwerk nachgingen – völlig ahnungslos, dass er hier war – nur eine Armlänge von ihnen entfernt.

Er und Anisah.

Er legte den Rasierer auf das Waschbecken, trocknete sich die nun glatten Wangen mit einem Handtuch ab, das er eigens zu diesem Zweck mitgebracht hatte. Seine Haut fühlte sich empfindlich an. Er hätte Aftershave verwenden sollen, aber das hatte er vergessen. Egal! Solche kleinen Pannen gefährdeten seinen Plan nicht.

Er hängte das Handtuch über den Beckenrand, ging über den mit dunklem Linoleum ausgelegten Flur und betrat das Wohnzimmer. Die großgemusterte Tapete sprang ihm ins Auge. Siebzigerjahre-Blumen in Braun und Orange, wie die Fliesen im Bad. Er schauderte, dann musste er grinsen und wusste nicht so recht, warum.

Der Raum war leer bis auf ein in Decken eingehülltes Bündel und ein einziges Möbelstück. Eine alte Cordcouch vom Sperrmüll.

Sein Blick blieb daran hängen. Wie Schneewittchen lag Anisah dort, blass und schwarzhaarig. Scheherazade – zum Tode verurteilt und doch noch am Leben. Bei ihrem Anblick bekam der Mann, der Vergeltung wollte, eine Erektion.

Mit einem sanften Lächeln verließ er den Raum wieder und schloss die Tür hinter sich so leise, als wolle er ihren Schlaf nicht stören.

* * *

Önurs Eltern wohnten in einer Sackgasse, die im rechten Winkel von der Saalestraße abführte. Marc hielt in dem kleinen Wendekreis am Ende, wo bereits ein Streifenwagen und der Transporter der Beweismittelsicherung parkten.

Als Faris ausstieg, bemerkte er an einem der Fenster ein Gesicht, das neugierig zu ihm hinausstarrte. Er sandte einen ausdruckslosen Blick hinauf. Das Gesicht verschwand hinter einer Gardine.

Das Treppenhaus, das sie betraten, nachdem ihnen mit einem Türsummer geöffnet worden war, roch nach Essigreiniger, nach gebratenem Schnitzel und ein wenig nach nassem Hund. Ein schreiend rosafarbener Sportkinderwagen stand neben der Treppe, ein abgeliebtes Stofftier lag darin. Unmöglich zu sagen, ob es einen Bären oder etwas anderes darstellen sollte.

Faris blieb wie vom Blitz getroffen stehen.

Lilly.

Ein Gedanke wie ein Überfallkommando.

Er griff nach dem Lederarmband und schob es höher seinen Arm hinauf. Die Bewegung war noch immer verblüffend vertraut, wie der ewig gleiche Anblick eines Bildes auf dem Schreibtisch, das man kaum wahrnahm und das dennoch zu einem gehörte. Er schob jeden Gedanken an Laura und die Kleine in den hintersten Winkel seines Verstandes.

Später! Dafür war später Zeit.

Er folgte Marc zwei Treppen hinauf bis zu einer Haustür, in der ein ältlicher grauhaariger Türke stand und ihnen fragend entgegensah. Er hatte dichtes, welliges Haar und war glattrasiert. Seine Lider waren gerötet, Faris konnte die feinen Äderchen seiner Augäpfel erkennen.

Er zog seinen Ausweis aus der Jackentasche und wie unten an der Haustür schon, stellte er sich und Marc noch einmal vor. »Ihr Verlust tut mir sehr leid, Herr Aydin. Aber ich fürchte, mein Kollege und ich müssen Ihnen einige Fragen stellen.«

Der Mann, der Önur sehr ähnlich sah, starrte lange auf Faris' Foto auf dem Ausweis. »Iskander«, murmelte er. »Sind Sie der, den mein Sohn gerufen hat, bevor er …?«

Faris nickte schnell, damit Herr Aydin den Rest des Satzes nicht aussprechen musste.

»Kommen Sie doch bitte herein.« Der Mann gab die Tür frei.

Sie betraten einen länglichen Flur, der mit einem Teppich mit Rosenmuster ausgelegt war. Auch an den Wänden hingen Rosen: auf goldgerahmten Ölbildern und Aquarellen, auf Fotos und als billig aussehende Plastikgirlanden. Linker Hand führte eine Tür in ein Jugendzimmer, in dem zwei Kollegen von der Beweismittelsicherung dabei waren, nach Spuren zu suchen. Faris nickte den beiden Männern in ihren weißen Ganzkörperanzügen zu und betrat dann das Wohnzimmer. Gegen die orientalisch anmutende Pracht des Flures wirkte dieser Raum fast spartanisch. So, als habe sich hier ein anderer Bewohner erfolgreich gegen den überbordenden Kitsch zur Wehr gesetzt. Ein großer Fernseher dominierte eine Schrankwand aus weißem Schleiflack, dazu gab es eine Sitzecke in dunklem Rot. Nur auf den Vorhängen tauchte das offenbar geliebte Rosenmotiv erneut auf. Auf dem niedrigen Couchtisch lag ein Stapel Zeitschriften über Katzen, aber es war nirgendwo ein Tier zu sehen.

Auf der Couch saß eine kleine, knochige Frau, die ein Spitzentaschentuch in der rechten Faust hielt und sich damit immer wieder über die Lippen wischte. Ihre Augen waren völlig trocken, aber es schimmerte eine Qual in ihnen, die Faris wie ein Messerstich in den Magen fuhr. Neben der Frau saß eine Kollegin, eine junge Polizeimeisterin, deren Namen er nicht kannte. Als Faris gemeinsam mit Marc den Raum betrat, erhob sie sich.

Herr Aydin wandte sich an seine Frau. »Nurhan, die Herren sind vom LKA. Kommissar Iskander und Kommissar Sommer. – Meine Frau Nurhan.«

Auch Önurs Mutter stand nun auf. Sie gab erst Marc die Hand und nahm seine Beileidsbekundungen entgegen, dann tat sie dasselbe bei Faris. »Warum hat er das getan?«, fragte sie. Ihre Stimme klang wie raschelndes Laub.

»Genau das möchten wir herausfinden.« Mit einer zurückhaltenden Geste bedeutete Faris ihr, sich wieder zu setzen. Die junge Polizeimeisterin wirkte etwas unschlüssig. Er schlug ihr vor, eine Pause zu machen, und sie schien dankbar zu entkommen.

Als sie fort war, setzte Faris sich auf die Kante eines Sessels. Marc blieb an der Wohnzimmertür stehen. Herr Aydin ließ sich neben seiner Frau nieder und griff in einer fürsorglichen Geste nach ihrer Hand. Ein Blick in sein Gesicht zeigte Faris, dass er selbst den Halt sehr viel nötiger hatte als sie. Faris betrachtete die beiden und überlegte, wie er das hier möglichst schmerzfrei über die Bühne bringen konnte.

Er wusste es absolut nicht.

»Sie hatten keine Ahnung davon, dass Önur heute zum Breitscheidplatz gehen würde?«, fragte er behutsam und warf Marc einen Blick zu. Sie würden sich zuerst einen grundsätzlichen Überblick über die Familie und Önurs Leben verschaffen.

Frau Aydin schüttelte den Kopf und strich sich die Haare

hinter ein Ohr zurück. Sie trug ein einfaches Kleid, das am Ausschnitt mit einer Rosenborte verziert war.

»Hatte er Kontakt mit der radikalislamischen Szene hier in Berlin?«

Frau Aydin schüttelte erneut den Kopf.

»Ja«, sagte ihr Mann. »Er verehrte wohl diesen Martin Bemme. Aber soweit wir wissen, hat er die meiste Zeit in seinem Zimmer gehockt und im Internet gesurft. Wir haben ihm immer wieder gesagt, dass es keinen Grund für seinen Fanatismus gibt, dass der Islam eine gütige Religion ist, die Gewalt verabscheut. Aber er wollte nicht auf uns hören.« Seinen Worten war anzumerken, wie schuldig er sich fühlte.

Faris presste die Lippen zusammen.

»Weil er uns nicht geglaubt hat«, wandte Frau Aydin ein. Sie zog eine Hand aus dem Griff ihres Mannes.

Herr Aydin deutete im Raum umher. »Was meine Frau sagen will, ist: Wir sind nicht besonders gläubig! Wir haben nicht einmal den Ramadan eingehalten. Wir konnten die Fragen, die Önur uns über den Islam stellte, nicht zu seiner Zufriedenheit beantworten.«

Während er das sagte, senkte seine Frau den Kopf und kratzte sich mit ihren sorgsam manikürten Fingernägeln an der Stirn. Drei lange rote Striemen waren das Ergebnis. In Faris' Augen sahen sie aus wie Wunden.

»Darum hat er sich im Internet nach Informationen umgesehen«, vermutete Marc.

Diesmal nickte Frau Aydin nicht, dafür aber ihr Mann.

Es war offenbar der klassische Weg gewesen, den Önur gegangen war. Faris unterdrückte ein Seufzen. Er hatte schon oft mit Fällen wie diesem zu tun gehabt: mit Muslimen der zweiten oder dritten Einwanderergeneration, deren

Eltern sich der westlichen Lebensweise angepasst hatten. Oftmals konnten diese Eltern die Neugier nicht befriedigen, mit der ihre Söhne oder Töchter sich dem Islam näherten. Und das führte dazu, dass die jungen Menschen sich das gewünschte Wissen aus dem Internet holten. Wo sie – beinahe unweigerlich – auf den Websites von Fundamentalisten landeten, einfach aus dem Grund, weil diese im Netz am aktivsten um Nachwuchs warben. Der nächste Schritt war dann oft der Besuch einer der von Fundamentalisten unterhaltenen Moscheen, wo sie mit offenen Armen empfangen und überaus herzlich in eine funktionierende Gemeinschaft aufgenommen wurden. Und wo sie die Predigten der Radikalen hörten. Predigten, die ihnen ein sehr einfaches Weltbild vermittelten.

Wir: die Guten.

Alle anderen: böse.

»Wir haben versucht, ihm das auszureden«, sagte Herr Aydin. »Wie viele Abende haben wir am Küchentisch gesessen und mit ihm diskutiert, über Fragen des Islam, über ...« Er zögerte und warf seiner Frau einen unsicheren Blick zu. »... Dinge wie vorehelichen Verkehr und Ähnliches. Sie wissen schon ...« Eine leichte Röte überzog seine Wangen. Seine Augen waren inzwischen weniger rot, und Faris kam es vor, als habe die Scham die Trauer aus seinen Augen gesaugt.

»Er hat mit Ihnen über solche Dinge geredet?«

Jetzt endlich entschloss sich Frau Aydin, auch etwas mehr zu diesem Gespräch beizutragen. »Wie man eben darüber redet. Einfach war das nicht, das können Sie mir glauben!«

Faris versuchte sich vorzustellen, wie diese dünne Frau, die so distanziert wirkte, versuchte, mit ihrem Sohn über

Fragen der Sexualmoral zu sprechen. Es fiel ihm schwer, sich das auszumalen.

»Einmal hat Önur von uns verlangt, ihm eine gläubige Frau aus der Türkei zu *beschaffen.*« Herr Aydin schnaubte beim letzten Wort, als könne er es auch jetzt noch nicht glauben. »Er meinte, er wolle nichts mit den deutschen *Schlampen* zu tun haben. Schließlich weigerte er sich auch, seine eigene Mutter nur zu berühren, weil das angeblich eine Sünde war!« Er stieß einen leisen Laut der Verzweiflung aus. »Da haben wir ihn dann zu einem Sozialarbeiter in unserer Moschee gebracht, der sich um solche Fälle kümmert. Samir Chalid ist sein Name.«

Faris spürte Marcs Blick auf sich ruhen, aber er verzichtete darauf, den Önurs zu erklären, dass der Mann, von dem sie sprachen, sein Schwager war.

»Herr Chalid sagte uns, dass Önur diese furchtbaren Ansichten abgelegt habe. Dass er auf einem guten Weg sei.« Herrn Aydins Blick heftete sich auf Faris' Gesicht, und Faris wusste, was das Flehen bedeutete, das in seiner Miene stand.

Erklären Sie mir, was geschehen ist!

»Warum hat er sich dann trotzdem in die Luft gesprengt? Diese fundamentalistischen Wirrköpfe: Sie müssen meinem Sohn das Gehirn gewaschen haben!« Aydins Worte kamen jetzt abgehackt, wie Schluchzer.

Faris dachte an die Drohung, die der Anrufer ihm gegenüber ausgestoßen hatte, daran, dass er plante, auch ihn zu zwingen, eine Bombe hochzujagen.

Gehirnwäsche …

Er wusste, dass er den Schmerz der Eltern mit jeder weiteren Frage noch vergrößerte, aber er wusste auch, dass es nötig war. Er konnte es den beiden nicht ersparen.

»Haben Sie irgendeine Idee, wer Ihren Sohn zu der Tat angestiftet haben könnte?«

»Wie sollten wir?« Plötzlich füllten sich Frau Aydins Augen mit Tränen, und Faris wandte den Blick ab.

Er holte sein Smartphone aus der Tasche. »Wir sind noch nicht sicher, aber ich habe hier eine Aufnahme von einem Anruf, den wir kurz vor dem Attentat erhalten haben. Darf ich Sie bitten, sich die Stimme darauf einmal anzuhören? Vielleicht erkennen Sie sie ja.«

»Verdächtigen Sie diesen Mann, etwas damit zu tun zu haben?« Herr Aydin nahm eine Lesebrille aus seiner Hemdtasche und setzte sie auf, als bräuchte er sie, um besser zuhören zu können.

Faris nickte. Dann startete er die Aufzeichnung, und während die Stimme erst das Koranzitat hervorstieß und dann dazu aufforderte ihn, Kommissar Iskander, zu verständigen, wischte Frau Aydin sich wieder und wieder mit dem Taschentuch über den Mund.

Als die Aufnahme zu Ende war, spielte Faris den Aydins die zweite ab. »Kommt Ihnen die Stimme irgendwie bekannt vor?«, fragte er.

Herr Aydin schüttelte den Kopf. »Mir nicht. Dir?« Er sah seine Frau an.

Die hob das Taschentuch zum Mund, ließ es aber wieder sinken. »Nein«, sagte auch sie.

Wäre ja auch zu einfach gewesen!

Faris dehnte die rechte Seite, um seine schmerzenden Rippen zu entlasten. »Mein Kollege und ich würden jetzt gern einen Blick in Önurs Zimmer werfen.«

Eilfertig sprang Herr Aydin auf. »Natürlich! Kommen Sie!« Während er Faris aus dem Wohnzimmer führte, blieb

Frau Aydin regungslos auf der Couch sitzen und schaute ihnen nach. Faris warf ihr einen mitfühlenden Blick zu. Er war kaum auf den rosengeschmückten Flur getreten, als sein Smartphone klingelte.

Er entschuldigte sich bei Herrn Aydin und ging ran.

Im ersten Moment war es still in der Leitung. Dann sagte die Stimme des Unbekannten: »Kennen Sie Nietzsche?«

Faris' Mund wurde trocken. »Ja, wieso?« Er suchte Marcs Blick, und der begriff sofort. Alarmiert trat er näher. Faris hielt das Telefon so, dass er mithören konnte.

»Von ihm stammt ein sehr passender Spruch«, erklärte der Anrufer. Und dann zitierte er:

»Wer mit Ungeheuern kämpft,
mag zusehn, dass er nicht dabei zum Ungeheuer wird.
Und wenn du lange in einen Abgrund blickst,
blickt der Abgrund auch in dich hinein.«

10. Kapitel

Als Anisah zum zweiten Mal erwachte, hörte sie die Stimme des Mannes irgendetwas von Ungeheuern und Abgründen faseln. Kurz glaubte sie, auch die dumpfe Stimme eines kleinen Kindes zu hören. Eines Kindes, das sehr schläfrig war und nach seiner Mutter fragte, aber dann begriff sie, dass sie sich das nur einbildete. Sie hätte jetzt im Kindergarten sein müssen und den Mittagsschlaf in ihrer Gruppe überwachen. Der chemische Geschmack des Anästhetikums war etwas weniger stark, aber er war nach wie vor deutlich wahrzunehmen. Was war das nur für eine Narkose, in die man sie versetzt hatte? Und wo war sie?

Diesmal gelang es ihr, die Augen aufzuschlagen. Eine Art grauer Nebel wallte vor ihrer Nase und machte sämtliche Konturen unscharf. Die Wände ringsherum schienen gelb zu sein. Sie konnte den Kopf noch immer nicht bewegen.

»Das bringt doch alles nichts!«, sagte eine Stimme.

Die wenigen Worte trafen Anisah bis ins Mark.

Faris! Er war hier!

Sie wollte schreien, wollte sich bemerkbar machen, aber sie brachte nur ein leises Wimmern zustande. Angespannt und verwirrt hörte sie mit an, wie nun eine Frauenstimme zu sprechen begann.

»Erzählen Sie mir, was gestern auf dem Ku'damm passiert ist. Sonst kann ich Ihnen nicht helfen.« War das eine Ärztin? Befand sich Faris auch im Krankenhaus, so wie sie?

Eine kurze Pause entstand, in der Anisah wie besessen versuchte, ihre Gesichtszüge unter Kontrolle zu bringen. Sie spürte, wie ihre Augen groß und rund wurden bei dem Versuch, sich bemerkbar zu machen, wie die Muskeln ihrer Augäpfel dumpf zu schmerzen anfingen. Aber alle Mühe war vergebens.

Faris redete weiter. Ganz ruhig, als habe er nicht die geringste Ahnung, dass Anisah nebenan paralysiert auf einem Sofa lag. »Ich bin an einer Bushaltestelle vorbeigegangen. Ein Kind war hingefallen und hatte sich den Kopf an der Bordsteinkante aufgeschlagen. Es schrie.« Er machte eine lange Pause.

Und in Anisahs Verstand sickerte langsam die Erkenntnis, dass ihr Bruder nicht wirklich anwesend war. Was sie hörte, war eine Aufnahme. Ein Gespräch, das abgespielt wurde.

Eine Träne rann aus ihrem Augenwinkel. Durch den Nebel hindurch, der ihren Kopf anfüllte, bahnte sich Entsetzen seinen Weg. Was war das für ein sonderbares Krankenhaus? Etwas stimmte doch hier ganz und gar nicht!

»Beschreiben Sie mir, was in Ihnen vorgeht«, verlangte die Frauenstimme von Faris. »Vorhin, als Sie gekommen sind, haben Sie von diesem Abgrund in Ihrem Innersten gesprochen.«

Faris schwieg lange. »Der Abgrund.« Das Klappern eines Stiftes war zu hören, der in raschem Takt auf eine Holzoberfläche geschlagen wurde. »Er ist in mir aufgerissen, als die Bombe im Museum hochgegangen ist. Ich schaue hinein und erschrecke vor mir selbst.«

»Oh, Sie sind ja wach!« Die männliche Stimme, die Anisah schon beim letzten Erwachen gehört hatte, erklang wieder. Diesmal aus größerer Entfernung, wie aus einem anderen Zimmer.

Schritte ertönten.

»Wie geht es Ihnen?«

Was für eine Frage!

Anisah versuchte, den Kopf zu drehen.

»Sehen Sie mich nicht an!«, befahl der Mann.

Sie wollte sich widersetzen, wollte dem Kerl ins Gesicht starren, der sie hierher gebracht hatte, hierher, wo sie nicht sein wollte. Aber noch immer schien ihr Körper losgelöst von ihrem Geist. Ihre Fingerspitzen tasteten und rieben über den Cordstoff. Inzwischen fühlten sie sich empfindlich an.

Direkt über ihr, an der Zimmerdecke, hing eine Lampe. Der Mann schaltete sie ein, und das Licht blendete Anisah.

Sie kniff die Augen zusammen.

Die Schritte verstummten ganz in ihrer Nähe. Sie spähte durch ihre zusammengekniffenen Lider. Wie konnte Deckenlicht nur so schrecklich hell sein? Grauen streckte seine kalten Finger nach ihr aus.

Eine Hand erschien in ihrem Blickfeld, schwebte kurz über ihr und streichelte ihr dann sanft die Stirn. »Sie müssen keine Angst haben. Noch ist Zeit.«

Zeit. Wofür?

Anisahs Herz zog sich vor Beklemmung zusammen. Sie keuchte.

»Ganz ruhig.« Die Hand strich ihr die Haarsträhnen aus dem Gesicht. »Sie können Faris vertrauen. Er wird dafür sorgen, dass Sie bald wieder frei sind.« *Dass Sie bald wieder frei sind …* Eine Erinnerung flog Anisah an. Sie in der

U-Bahn, auf dem Weg zum Einkaufen. Der Mann, der sich neben sie gesetzt hatte. Dann der Piks in den Arm. Schlagartig begriff sie.

Sie war ... entführt worden!

Der Mann wandte sich ab. Ging fort.

Anisahs Grauen steigerte sich noch, als im Nebenzimmer weitere Stimmen erklangen. Jemand summte ein Lied, das ihr bekannt vorkam.

Dann jammerte eine Frau. »Bitte nicht!« Es klang, als würde sie geschlagen. Ein tiefes, qualvolles Stöhnen ertönte und erneut ein grausames Klatschen wie von einem Hieb. Noch einmal flüsterte die Frau »Nein!«, danach war nichts mehr zu hören, nichts, außer leisem, schmerzerfülltem Schluchzen. Rhythmischem Quietschen. Und ebenfalls rhythmischem Keuchen. Als sich das Keuchen in erregtes Stöhnen verwandelte, brachen die Geräusche ab, und Anisah begriff, dass auch dies eine Aufnahme gewesen war. Einige Sekunden lang war es still. Schließlich begann es von vorn. Wieder hörte Anisah zunächst das Lied, dann das Jammern und Flehen der Frau. Erst jetzt ging ihr auf, dass beides Arabisch war.

Als zum zweiten Mal das Quietschen und Keuchen einsetzte, schloss Anisah die Augen und verspürte den Wunsch, sich die Ohren zuzuhalten.

»Der hat sie doch nicht mehr alle!«, brummte Marc. »Was soll das denn jetzt wieder bedeuten?«

Faris starrte auf das Smartphone in seiner Hand. »Erst der Satz mit dem Auslöser. Dann diese seltsame Frage danach, wie es sich anfühlt, schon wieder von einem Irren durch die Stadt gejagt zu werden. Und jetzt auch noch das.« Er war sich der Blicke von Herrn Aydin bewusst, der noch immer im Flur stand und darauf wartete, dass es weiterging.

»Könnten Sie uns einen kleinen Moment entschuldigen?«, bat Faris ihn höflich.

Er nickte. »Natürlich. Ich werde meine Frau bitten, uns einen Tee zu kochen.« Er ging ins Wohnzimmer und gab seiner Frau eine entsprechende Anweisung. Als sie sich mühsam aus ihrem Sitz gequält hatte und an Faris und Marc vorbei in die Küche gegangen war, folgte Herr Aydin ihr und schloss die Tür hinter sich.

Faris wählte Tromsdorffs Nummer im *War Room.* Als sein Chef dranging, informierte er ihn über den neuen Anruf und das, was der Täter zu ihm gesagt hatte.

»Okay«, sagte Tromsdorff gedehnt. »Warum klingst du, als beunruhige dich das?«

»Dieses Zitat ... es scheint sich auf etwas zu beziehen, das Dr. Roth mit mir ...« Faris fehlte das passende Wort und er ersetzte es durch ein halb sarkastisches und halb hilfloses Ächzen. »Ich habe es bisher niemandem erzählt, aber sie arbeitet mit einer Art Visualisierungstechnik. Sie lässt mich meine Gefühle und Gedanken in Bilder fassen.« Er stieß Luft durch die Nase. »Wir benutzen die Vorstellung eines bodenlosen Abgrunds, vor dem ich stehe und von dem ich mich abwenden soll.«

Die Worte brauchten einige Sekunden, bis sie in das Bewusstsein seiner Kollegen einsickerten. Schließlich nickte Marc sehr langsam, und Tromsdorff fragte: »Du glaubst, dass unser Täter davon weiß?«

Faris zuckte die Achseln. »Keine Ahnung! Ich sage nur, wie es ist. Er hat irgendwas vor, und er zieht die Schlinge langsam enger. Schick am besten jemanden zu Andrea und lass sie befragen. Und lass Ben überprüfen, ob vielleicht ihr Computer gehackt wurde. Sie nimmt meine Therapiesitzungen auf, genau wie wir die Befragungen von Zeugen.«

Nachdem Tromsdorff bestätigt und aufgelegt hatte, wandte sich Faris endlich Önurs Zimmer zu.

»Bitte fassen Sie nichts an!«, sagte einer der beiden Männer von der Beweismittelsicherung, die noch immer darin zugange waren.

Faris blieb mitten im Raum stehen und sah sich um.

Das Zimmer erschien wie das eines ganz normalen Jugendlichen. Es gab ein Bett, einen Schrank, eine Kommode. Die Wand über dem Bett war tapeziert mit Postern, die Szenen aus PC-Games zeigten. »Tapeziert« war in diesem Fall wörtlich zu nehmen, denn die Poster waren nicht mit Tesafilm oder Reißzwecken an der Wand befestigt, sondern mit Kleister auf die Tapete geklebt worden.

Herr Aydin, der mit zwei Gläsern Tee in der Hand kam und etwas unschlüssig in der Tür stand, bemerkte, dass Faris die Poster musterte. Er sagte: »Als er anfing, sich zu verändern, hat er die Bilder mit einem schwarzen Tuch verhängt.« Mit dem Glas in der Rechten wies er auf mehrere Nägel, die dicht unter der Decke in die Wand geschlagen worden waren, und dann auf ein schwarzes Tuch, das ordentlich zusammengefaltet auf dem Kopfkissen lag. »Meine Frau hat es heruntergenommen. Vorhin, als sie kamen und uns erzählt haben, dass Önur …« Seine Stimme brach, er wandte den Blick ab und zwinkerte. Dann stellte er die Gläser auf die Ecke des Schreibtisches neben der Tür. Der Kollege von der Beweismittelsicherung runzelte missbilligend die Stirn.

Faris ließ die Atmosphäre des Zimmers auf sich wirken. Marc stand noch immer draußen im Flur. Erst als Faris sich dem Computer auf dem Schreibtisch zuwandte, drängte er sich an Herrn Aydin vorbei und gesellte sich zu Faris.

Über dem Monitor war ein Regal angebracht, auf dem neben mehreren Schulbüchern und Heften auch eine in schwarzes Leinen eingeschlagene Koranausgabe lag. Zwischen Regal und Tischplatte war die Wand mit Kalligrafien in arabischer Sprache bedeckt, die allesamt nur einen einzigen Spruch zeigten. Es waren die Worte, mit der die meisten Koransuren begannen: *Bi-smi llah ar-rahman ar-rahim.* »Im Namen Allahs, des Erbarmers, des Barmherzigen«, übersetzte Faris die Worte für Marc.

Alles in allem schienen die Anzeichen für Önurs Fanatismus in diesem Raum eher spärlich. Auf den ersten Blick hätte Faris niemals vermutet, dass hier jemand lebte, der an einem öffentlichen Ort eine Bombe zünden würde. Er deutete auf den Computer. »Darf ich?«, fragte er den Techniker.

Der machte eine einladende Handbewegung. »Damit haben wir angefangen, ja.«

Faris zog den Schreibtischstuhl unter der Tischplatte hervor und setzte sich, während er den Computer anschaltete.

Marc verschränkte die Arme vor der Brust. »Was hoffst du zu finden?«

»Mails.« Faris starrte auf den blau leuchtenden Bildschirm. »Kopien von Briefen, die er geschrieben hat. Vielleicht ein Traktat, das seine Gedankengänge enthält, wie damals bei dem Irren auf Utøya. Irgendwas, das uns Hinweise darauf gibt, warum er das heute getan hat.« Er deutete auf die Kalligrafien, den Koran und dann auf die Poster an der Wand hinter seinem Rücken. »Auf mich macht das alles nicht den Eindruck, als hätte er sehr tief in der Islamistenszene gesteckt.«

Marc folgte seinem Fingerzeig. »Nein«, murmelte er. »Auf mich auch nicht.« Er trat an den Nachttisch am Kopfende des Bettes und nahm den Bilderrahmen in die Hand, der dort stand und der bereits über und über mit Fingerabdruckpuder bestäubt war. »Allerdings, das hier …« Er drehte den Rahmen so, dass Faris das Foto sehen konnte. Es zeigte Önur selbst, der Arm in Arm mit einem etwa fünfzigjährigen Mann dastand und breit in die Kamera lachte. Der Mann trug Kaftan und Häkelmütze. Sein Vollbart war lang und grau.

»Kennen wir den nicht?«, fragte Marc.

Faris betrachtete das eckige Gesicht. »Martin Bemme.«

Wie auf eine Autogrammkarte hatte jemand quer über das Foto ein paar Worte in arabischer Sprache geschrieben. Faris übersetzte auch das.

»Für meinen Bruder Abd Al-Ghaffar. Hamid Al-Adil.«

Hamid Al-Adil, das wusste er, war der Name, den Martin Bemme sich gegeben hatte, nachdem er zum Islam konvertiert war. Abd Al-Ghaffar hingegen, vermutete Faris, war Önurs Deckname gewesen.

»Al-Ghaffar«, murmelte er. »Das heißt, ›der Verzeihende‹.«

»Sonderbarer Name für jemanden, der seine Meinung mit einer Bombe in die Welt posaunt hat!« Marc wirkte schuldbewusst, als er bemerkte, dass Herr Aydin seine schonungslosen Worte gehört hatte.

Faris dachte an die Worte des Anrufers. Ihr Unbekannter hatte Önur dazu getrieben, die Bombe zu zünden. »Langsam glaube ich, dass Önur nicht seine eigene Meinung in die Welt posaunt hat, sondern die unseres Hintermannes.«

»Stimmt.« Marc nahm ihm das Foto wieder ab. Bevor er

es zurück auf den Nachttisch stellte, machte er mit seiner Handykamera ein Bild davon.

Die beiden Techniker packten ihre Koffer zusammen und gaben den Raum frei. Mit einem Tippen an die Stirn verabschiedeten sie sich von Faris und Marc. »Viel Erfolg!«, wünschte der eine von ihnen.

Faris nickte ihnen hinterher. Dann ergriff er eines der beiden Teegläser am oberen Rand und blies vorsichtig auf das heiße Getränk. Der Computer war inzwischen hochgefahren, und eine Eingabemaske verlangte nach einem Passwort. Faris ließ das Glas sinken. »Na toll! Da kommen wir wohl nicht allein ran.«

»Doch«, murmelte Herr Aydin zu seinen Füßen hin.

Fragend sah Faris ihn an, während er dabei einen Schluck trank.

»Das Passwort. Ich habe es ausspioniert«, gestand Herr Aydin verlegen. »Ich wollte wissen, wie gefährlich das war, was mein Sohn macht.«

Im Stillen revidierte Faris seine Meinung über den Mann. Bis eben hatte er ihn für jemanden gehalten, der sich im anstrengenden und oft ermüdenden Alltag nicht allzu viel für seinen Sohn interessiert hatte. Ein Mann, der froh gewesen war, dass Önur in seinem Zimmer hockte und keine großen Schwierigkeiten machte, bis er erschrocken festgestellt hatte, dass er zu lange weggesehen hatte. Jetzt jedoch begriff Faris, dass dieser Eindruck getäuscht hatte. Herr Aydin hatte sich immerhin so sehr für seinen Sohn interessiert, dass er bereit gewesen war, etwas so Unmoralisches zu tun, wie seinen Computer auszuspionieren. Faris stellte das Glas weg und legte die Finger auf die Tastatur. »Sagen Sie es mir!«

»*Hakimiyyat Allah.*« Herr Aydin hob die Schultern. »Tut mir leid, aber das ist es, was mein Sohn programmiert hat.«

Faris tippte die zwei Worte in die Maske ein. *Hakimiyyat Allah* – der Ausdruck stand für die absolute Herrschaft Allahs über die Menschen und stammte von einem der einflussreichsten arabischsprachigen Denker des 20. Jahrhunderts, einem Mitglied der ägyptischen Muslimbruderschaft. *Hakimiyyat Allah* bedeutete soviel wie die Errichtung des Reiches Gottes, in dem Demokratie als Menschengemachtes unnötig und dementsprechend zu verachten war.

Als Faris auf *Enter* drückte, erschien eine Desktopoberfläche mit mehreren Ordnersymbolen. Er suchte als Erstes nach dem Mailprogramm, und als er es aufrief, entdeckte er eine Liste von ein- und ausgegangenen Nachrichten. Sie waren alle verschlüsselt. In den Adress- und Betreffzeilen stand nur sinnloser Buchstabensalat, und als Faris eine nach der anderen anklickte, erschien auch in dem aufgehenden Fenster nur unverständliches Zeug. Faris rief den Browser auf und schaute in dessen Verlaufsdokumentation nach Seiten, die Önur häufig besucht hatte. Offenbar hatte er sich täglich mehrfach bei Facebook eingeloggt. Als Faris die entsprechende Adresse ansteuerte, erwartete er, ein weiteres Mal nach einem Passwort gefragt zu werden, aber diesmal war das nicht der Fall. Önur hatte die Zugangsdaten für seinen Facebook-Account im System seines Computers hinterlegt. Die Seite baute sich ohne Schwierigkeiten auf.

Und Faris pfiff leise durch die Zähne.

Die Profilseite, die nun erschien, lief unter dem Pseudonym *Abd Al-Ghaffar*, und sie war voll mit islamistischen Symbolen.

Als Profilfoto hatte Önur sich selbst in einem schwarzen

Kampfanzug und mit Koran in der Hand fotografiert. Hinter ihm waren ein Stück seines Fensters und der Vorhang zu sehen, der noch heute Morgen an seiner Wand gehangen hatte. Als Titelbild hatte Önur eine besonders reich verzierte Version des *Bi-smi llah ar-rahman ar-rahim* verwendet, und in den Einträgen und Posts darunter tauchten immer wieder Logos verschiedener Vereine auf, die – soweit Faris wusste – allesamt vom Verfassungsschutz beobachtet wurden.

Önur schien mit seinen Freunden ausführlich über Fragen des religiösen Lebens diskutiert zu haben. Das Wort *Jihad* tauchte mehrfach auf, sowohl in der englischen Schreibweise als auch in der deutschen Version *Dschihad.* Faris klickte auf einen Link, den ein anderer User namens Dursun an Önur geschickt hatte. Er landete bei einem Aufsatz, der den *Jihad* in seiner ursprünglichen, friedlichen Bedeutung erläuterte.

»... bezeichnet im religiösen Sinne ein wichtiges Konzept der islamischen Religion, nämlich die Anstrengung, ein gottgefälliges, friedsames und gutes Leben zu führen«, las er vor.

Marc, der über seine Schulter schaute, deutete auf einen Eintrag, der zu einem YouTube-Film führte. »Klick das mal an!«

Der Link funktionierte nicht. Statt das Video zu starten, zeigte der Computer einen Hinweis, der besagte, dass der gewählte Inhalt wegen des Verstoßes gegen rechtliche Grundsätze der Bundesrepublik Deutschland gesperrt worden war. Faris' Blick blieb an dem Namen des Videos hängen.

Sie nehmen uns, was wir lieben. Sie nehmen uns unsere Frauen.

»Moment mal!« Er kehrte zum Desktop des Computers zurück. Eine der Dateien, die direkt darauf abgelegt waren, war eine Videodatei, und sie trug den Titel »Sie nehmen uns, was wir lieben«.

Faris klickte sie an. Es dauerte zwei, drei Sekunden, bis das entsprechende Programm des Computers sich geöffnet hatte und der Film begann.

»Allmächtiger!«, ächzte Marc. »Was ist das denn?«

Der Film zeigte eine verschleierte Frau, die sich angstvoll in eine Ecke drängte. Eine Männerstimme aus dem Off sang leise. Faris lief es eisig den Rücken hinunter. Es war ein in der arabischen Welt recht weit verbreitetes Wiegenlied, das davon handelte, wie sehr die Mutter ihr Kind liebte.

Er erinnerte sich daran, dass seine Mutter es Anisah, seinen jüngeren Brüdern und ihm auch manchmal vorgesungen hatte.

Es erzählte von Motten, die ins Licht flogen und von Dichtern, die im Dunkel der Nacht ihre Lieder schrieben, während eine Mutter den Mond betrachtete und dabei ihr Kind in den Schlaf wiegte.

Eine der Strophen lautete: »Heute will mein Herz nur singen, nur singen, eine ganze Nacht, weil ein Silbermond den Himmel leuchten macht. Heute will mein Herz nur singen, nur singen, eine ganze Nacht, weil mein Kind, mein liebstes Kind mich glücklich macht.«

Faris konnte sich gut daran erinnern, dass er sich als Kind oft gefragt hatte, warum die Motten in diesem Lied vorkamen. »Wenn sie ins Licht fliegen«, hatte er gesagt, »dann verbrennen sie doch. Das ist nicht schön.«

Auf dem Video brach das Lied abrupt ab, dann war ein Mann in US-Uniform zu sehen.

»Bitte nicht«, flehte die Frau auf Arabisch, aber den Soldaten kümmerte das nicht. Er versetzte ihr einen brutalen Hieb ins Gesicht, der sie taumeln und gegen einen Tisch prallen ließ. Der Mann riss sie wieder hoch, schlug sie erneut, dann warf er sie auf die Tischplatte und presste sie mit brutaler Gewalt darauf nieder, während seine Hand den Weg unter den Schleier fand.

»Nein!«, wimmerte die Frau, aber es nützte ihr nichts.

Als der Soldat sich brutal zwischen ihre Beine drängte, stoppte Faris den Film.

»Oh Allah!«, hauchte Herr Aydin. »Haben der Junge und seine Freunde sich das etwa angesehen?«

»Ist das echt?«, flüsterte Marc.

»Keine Ahnung.« Faris hatte das Bedürfnis, das eben Gesehene von der Rückseite seiner Augäpfel zu kratzen. Er rief Ben im Kriminaltechnischen Institut an. »Ich habe hier einen Computer mit einigen verschlüsselten Mails«, sagte er. »Kannst du damit etwas anfangen?«

»Kann ich hexen, oder was?«, brummelte Ben, dann fügte er hinzu: »Auf die Entfernung kann ich das nicht sagen. Aber wenn du ihn herbringst, schaue ich es mir an.«

»Gut. Danke. – Es tut mir leid«, sagte Faris zu Önurs Vater, nachdem er aufgelegt hatte. »Aber wir müssen den Computer mit aufs Revier nehmen und ihn genauer untersuchen.«

Herr Aydin nickte hastig. »Schaffen Sie mir das Ding einfach vom Hals, bevor meine Frau das sehen muss.« Angeekelt starrte er auf den Bildschirm, und Faris wusste, dass die Bilder, die er soeben gesehen hatte, auch auf seiner Netzhaut noch brannten.

Er bedankte sich bei Herrn Aydin. Dann wandte er sich noch einmal Önurs Facebook-Seite zu. Er scrollte in den

Kommentaren zu dem Jihad-Link nach unten. »Der *Jihad* als friedliches Prinzip?«, hatte Önur an Dursun geschrieben. »Siehst du das auch so?«

Dursun hatte mit einer Gegenfrage geantwortet. »Du etwa nicht?«

Auf diese Frage jedoch schien Önur nicht mehr reagiert zu haben. Jedenfalls gab es keine Nachricht von ihm, die danach abgeschickt worden war. Faris stützte den Ellenbogen neben der Tastatur ab und strich sich mit beiden Händen die Haare aus dem Gesicht. »Die Antwort auf diese Frage hat er heute Morgen auf dem Breitscheidplatz gegeben«, sagte er dumpf.

»Lassen Sie sich von ihrer Erscheinung nicht täuschen«, sagte die Pflegerin, die Alfons Rühmann über den langen Gang des Seniorenheims in Charlottenburg führte. »Sie legt äußersten Wert auf ihr Aussehen, aber hier drinnen …«, die junge Frau tippte sich an die Stirn, um zu verdeutlichen, wovon sie sprach, »… sieht es ziemlich unaufgeräumt aus.« Sie lächelte verlegen, als ihr klar wurde, dass ihre Worte nicht besonders gut ankamen.

Rühmann richtete den Blick auf das Linoleum vor seinen Füßen. Altenheime wie dieses schufen in ihm stets eine unangenehme Beklemmung – seit seine eigene Mutter in einem gestorben war. Eine unfähige Pflegerin hatte ihr Herzmedikament über Tage falsch dosiert, davon war Rühmann noch heute überzeugt, auch wenn es ihm nicht gelungen war, das nachzuweisen. Die Frau damals war ähnlich jung gewesen wie die, die ihn gerade zu Agnes Zöller führte, Christian Zöllers Mutter.

»Da sind wir!«, zwitscherte die Pflegerin und blieb vor

einer breiten Tür mit einer aus Tonpapier gefertigten Sonnenblume stehen. »Agnes« stand in krakeliger Altfrauenhandschrift auf der Blüte. Wie um zu demonstrieren, dass man der Bewohnerin dieses Zimmers nicht mehr zutraute, sich selbst zu artikulieren, hatte jemand mit forscher Hand den Namen noch einmal deutlicher darunter geschrieben.

Rühmann presste die Zähne zusammen. »Danke«, sagte er dann. »Ich würde da jetzt gern allein reingehen.«

Sie nickte. »Selbstverständlich. Frau Zöller ist ja nicht gefährlich, nicht wahr?« Sie grinste breit. »Und wenn sie es wäre, könnten Sie sich wahrscheinlich mit Ihrer Pistole …« Sie wurde rot und brach ab, als Rühmann sie finster anstarrte. »Schon gut! War ja nur ein Scherz. Wie gesagt: Lassen Sie sich nicht von Frau Zöllers gepflegtem Äußeren täuschen. In den allermeisten Fällen ergibt das, was sie sagt, nicht den geringsten Sinn.«

Rühmann bedankte sich noch einmal bei ihr. Dann klopfte er an die Tür und wartete, bis ein energisches »Immer herein!« ertönte.

»Frau Zöller?« Er öffnete die Tür nur halb und schob sich durch den Spalt. Das Zimmer war recht groß und sonnig, aber selbst ein paar antike Möbel und mehrere teuer aussehende Aquarelle an den Wänden konnten nicht darüber hinwegtäuschen, dass es ein Krankenzimmer war. Das Bett schien direkt aus einem Krankenhaus zu stammen, der Nachttisch, der danebenstand, ebenso.

Rühmann schob alle Erinnerungen an seine Mutter von sich und stellte sich vor.

»Ein Polizist?« Frau Zöller hob nur eine einzelne Augenbraue. Sie saß in einem Sessel, in dem ihre schmale, papierdünne Gestalt winzig aussah. Gekleidet war sie in eine geschmackvolle Kombination aus Rock und Twinset, beides in einem eleganten Beige. Um ihren Hals, der dürr und vertrocknet wirkte wie bei einer Schildkröte, lag eine Perlenkette, von der Rühmann vermutete, dass sie echt war. Ihre weißen Haare waren, obwohl schütter, sorgsam in Wellen gelegt.

Rühmann holte seinen Ausweis hervor und zeigte ihn ihr.

Sie betrachtete ihn lange. »Tatsächlich. Ein Polizist«, sagte sie. »Kommen Sie wegen Konrad?«

Konrad war ihr Mann gewesen, das wusste Rühmann. Er war vor vielen Jahren verstorben. Sanft schüttelte Rühmann den Kopf. »Nein, Frau Zöller. Eigentlich bin ich wegen Ihres Sohnes hier.«

»Christian?« Mit einer manikürten Hand wies sie auf einen zweiten Sessel.

Rühmann bedankte sich und setzte sich hin. »Wir müssen ihm leider eine traurige Mitteilung machen, aber wir wissen nicht, wo er sich befindet. Darum bin ich hier.«

Abwartend sah sie ihn an, und an ihrem leicht verschleierten Blick erkannte er, dass sie nicht begriffen hatte, wovon er sprach. »Wissen Sie, wo Ihr Sohn ist, Frau Zöller?« Er musste sich bemühen, nicht automatisch lauter zu werden. Warum nur neigte man dazu zu schreien, wenn das Gegenüber nicht mehr alle Sinne beisammen hatte?

Bedächtig schüttelte Frau Zöller den Kopf. »Ich habe schon seit vielen Jahren keinen Kontakt mehr zu ihm. Polizist sind Sie, sagten Sie?«

Er nickte geduldig.

»Dann kommen Sie vermutlich wegen Konrad. Ich habe mich schon gefragt, warum Sie so lange brauchen. Möchten Sie ein Stück Kuchen? Ich habe gerade welchen gebacken.«

Er sah sich in dem Zimmer um. Natürlich gab es hier nicht einmal eine Kochplatte, geschweige denn einen Backofen.

»Ich backe eine wunderbare Aprikosentarte«, redete Frau Zöller weiter. »Konrad hat sie immer gern gegessen, aber das hat ihm am Ende auch nichts mehr genützt, fürchte ich. Möchten Sie nicht ein Stück? Ich habe das Rezept von einer alten Dame aus Avignon. Sehr lecker!« Sie machte Anstalten aufzustehen, aber er wehrte ab.

»Danke, aber ich möchte nicht.« Weil sie enttäuscht aussah, zwang er sich zu einem Lächeln. »Meine Frau backt selbst gern, und wenn ich nachher nach Hause komme und gar keinen Appetit mehr habe, dann wird sie böse auf mich sein.«

»Das wollen wir nicht.« Betrübt schürzte Frau Zöller die Lippen. »Wenn Konrad böse war, war er nicht zum Aushalten, müssen Sie wissen.«

Rühmann erhob sich. Das hier brachte gar nichts, die Pflegerin hatte ihn nicht umsonst gewarnt. Trotzdem unternahm er einen letzten Versuch. »Haben Sie irgendeine Ahnung, wo Ihr Sohn Christian sich befinden könnte?«, fragte er erneut.

Sie schüttelte den Kopf. »Christian mochte meine Aprikosentarte nie. Beim ersten Mal, als er sie essen sollte, habe ich eine Made übersehen, und er hat sich so sehr geekelt. Er …«

An dieser Stelle kapitulierte Rühmann. »Danke, Frau Zöller. Sie haben mir sehr geholfen.« Er wunderte sich über sich selbst. Warum sagte er das, wenn es doch gar nicht stimmte? Die Antwort war einfach: Weil er das Bedürfnis hatte, diese kleine, einsame Frau zum Lächeln zu bringen.

»Hat Ihnen meine Tarte geschmeckt?«, fragte sie.

Er beugte sich über sie und tätschelte ihre faltige Hand. »Sie war vorzüglich«, log er. Dann beschloss er, dass er sich einen richterlichen Beschluss für die Durchsuchung von Zöllers Wohnung besorgen würde. Und wandte sich zum Gehen.

11. Kapitel

Faris und Marc bauten Önurs Computer ab und luden ihn in ihren Wagen. Dann fuhren sie zur Keithstraße. Als sie den *War Room* betraten, herrschte dort die konzentrierte und leicht angespannte Stimmung, die den Raum immer erfüllte, wenn das Team unter Hochdruck an einem Fall arbeitete.

Robert Tromsdorff und Friedrich Gerlach standen nebeneinander vor zwei über Eck gestellten Weißwandtafeln, der Operationsbasis der SERV. Sie unterhielten sich angeregt miteinander, während Ben Schneider damit beschäftigt war, mehrere Ausdrucke von Fotos an eine der Tafeln zu hängen und mit Hilfe eines abwaschbaren Filzstiftes zu beschriften.

Außer den drei Männern befand sich noch eine Frau mit raspelkurzen blonden Haaren im Raum. Sie saß an ihrem Schreibtisch, knetete einen Tennisball in der linken Hand und las irgendeine Akte auf ihrem Bildschirm. Als Faris und Marc Önurs Computer in den Raum schleppten, schaute sie auf. »Hey!«, sagte sie.

Auf dem Weg zu Bens Tisch nickte Faris ihr zu. »Hey, Shannon!«

Shannon musterte ihn von Kopf bis Fuß, und er wartete darauf, dass sie ihm wegen Laura ihr Beileid aussprechen würde. Aber sie tat es nicht. Sie schenkte ihm nur ein kleines, mitleidiges Lächeln, und er war dankbar dafür. Jedes

Wort über Laura hätte ihn nur dem Zusammenbruch näher gebracht.

Ben hängte auch noch das letzte Bild an die Wand, dann wandte er sich dem Computer zu, den Faris und Marc nun auf seinen Tisch stellten.

Während er sich daran machte, das Gerät zu untersuchen, betrachtete Faris die Fotos an der Wand. Eines davon war ein Porträtbild von Önur, das aussah, als sei es aus einem Personalausweis oder Führerschein kopiert worden. Faris begegnete dem offenen Blick des Jungen. Es fühlte sich an, als werde sein Herz dabei langsam in Zellophan eingewickelt. In Rühmanns Büro, das wusste er, entstand in diesen Stunden eine ganz ähnliche Fallwand, nur dass das Foto des Opfers darauf Lauras Gesicht hatte.

Ihm wurde bewusst, dass Tromsdorff ihn eindringlich musterte. »Bist du okay?«, fragte sein Chef.

Faris wich ihm aus. »Geht schon.«

Ben hatte den Computer inzwischen an einen Monitor angeschlossen und ihn hochgefahren. »Wissen wir das Passwort?«, fragte er.

Faris nannte es ihm. Er tippte es ein und klickte sich durch die Menüs.

»Wie lange dauert es, die verschlüsselten Mails zu öffnen?«, erkundigte sich Faris, aber Ben reagierte nicht auf die Frage.

Faris verzichtete darauf, sie zu wiederholen, sondern ließ Ben arbeiten. Er wollte gerade anfangen, Bericht zu erstatten über das, was sie bei Önurs Eltern herausgefunden hatten, als sich die Tür des *War Rooms* öffnete und das sechste und letzte Mitglied der SERV hereingestürmt kam. Es war eine Frau mittleren Alters, die einen weiten blutroten Rock und eine großgemusterte schwarz-rote Bluse trug. Die langen Haare, die ebenfalls rot waren, hatte sie zu einer losen Hochsteckfrisur aufgetürmt, aus der mehrere Strähnen in ihren Nacken und über ihre Schläfen fielen. Gitta Müller war Sekretärin und Sachbearbeiterin der SERV. Die »Mutter der Kompanie« nannte sie sich selbst gern, und genauso verhielt sie sich auch. Mit weit ausgebreiteten Armen kam sie auf Faris zugesegelt.

»Ich weiß nicht, was ich sagen soll!« Sie hatte eine warme, etwas zu laute Stimme, und ihr Gesicht war vor Kummer verzerrt. Mit einem heftigen Ruck zog sie Faris an sich und umarmte ihn. »Es tut mir so leid, das mit Laura«, murmelte sie in seine Halsbeuge. »Und das mit der Explosion und alles …« Sie verstummte ermattet. Er konnte ihren warmen Atem auf seiner Haut spüren.

Mit einer schroffen Bewegung machte er sich los und ignorierte dabei den Schmerz, der durch seine geprellten Rippen zuckte. »Danke, Gitta.« Er hatte Angst, dass er anfangen würde zu zittern, wenn er sich zu sehr auf diese mütterlich-warme Zuwendung einließ.

»Also.« Tromsdorff nahm einen Filzstift zur Hand. »Wie ihr an Gerlachs und auch an Bens Anwesenheit sehen könnt, wurde die SERV inzwischen von der Abteilung 5 offiziell damit beauftragt, Önur Aydins Hintergrund zu recherchieren. Wir sollen dazu beitragen herauszufinden, ob es sich bei dem Bombenattentat um die Tat eines Einzelnen handelt oder ob weitere Anschläge zu befürchten sind.« Er wandte sich an Faris. »Dir ist klar, was das bedeutet, oder?«

Faris rieb sich den Nacken. Natürlich war es ihm klar. Tromsdorff hatte den Leuten von der Fünften von seiner

Rolle in diesem Spiel erzählen müssen. Es war zu erwarten gewesen, dass das Wissen darum nicht allzu lange innerhalb der SERV bleiben würde. Eine Information wie die, dass ein fanatischer Wirrkopf vorhatte, einen von ihren Beamten zu einem weiteren Anschlag zu treiben, durfte ihnen selbstverständlich nicht vorenthalten werden.

»Wundert mich, dass Geiger noch nicht hier ist«, murmelte er, streifte seine Jacke von den Schultern und hängte sie über die Lehne seines Schreibtischstuhls.

Tromsdorff grinste düster. »Das kommt noch, warte es ab! Im Moment ist sie damit beschäftigt, dem Innensenator um den Bart zu gehen. Nutzen wir die Zeit! Solange Ben sich mit den verschlüsselten Mails herumschlägt und die Kollegen von der 113-ten bei Andrea sind und rauszukriegen versuchen, woher der Drecksack so viel über Faris weiß, kümmern wir uns um unsere Arbeit.« Er hob den Stift zum Zeichen, dass er bereit war, ihre Erkenntnisse auf der Tafel festzuhalten. »Was habt ihr bei Önurs Familie herausgefunden?«

Marc übernahm den Bericht. In knappen Worten erzählte er von dem schwarzen Tuch, mit dem Önur seine Poster verhängt hatte, von dem Facebook-Profil und den Recherchen über den *Jihad,* die der Junge angestellt hatte. Er erwähnte auch das Vergewaltigungsvideo, aber er beschrieb seinen Inhalt nicht im Detail.

»Dann war er also tatsächlich radikalisiert«, fasste Shannon zusammen.

»Teilweise.« Faris wiegte den Kopf. Während Marc geredet hatte, hatte er sich auf seinen Platz gesetzt, und jetzt ließ er die Fingerspitzen an der Kante seines Schreibtisches entlangtanzen wie über eine Klaviertastatur. »Wenn wir den

Eltern glauben können, hatte er sich vom Islamismus wieder abgewandt.« Er sah Tromsdorff an. »Mein Schwager müsste uns mehr darüber sagen können. Er hat Önur betreut. Er kann uns mit Sicherheit helfen.«

»Sollten wir uns nicht besser mit diesem Anrufer beschäftigen?«, warf Marc ein. »Ich meine, er ist doch offenbar derjenige, der die Fäden in der Hand hat. Ich halte es für wichtiger herauszufinden, wer er ist und was ihn antreibt.«

Tromsdorff wandte sich der Tafel zu, schrieb neben Önurs Bild »radikalisiert« und versah es mit einem Fragezeichen. Dann eröffnete er neben den Fotos eine neue Spalte, die er mit einem einzigen Wort überschrieb:

Anrufer.

Statt eines Fragezeichens malte er darunter ein leeres Rechteck. Der doppelte Rahmen, den er darum zog, sah in Faris' Augen aus wie ein Trauerrand.

»Also: Was wissen wir über den Kerl?«, fragte Tromsdorff in die Runde.

Shannon meldete sich. »Ausgehend von dem wenigen, was wir haben, haben wir ein erstes Profil erstellt. Ben, kannst du mal bitte die Telefonate abspielen?«

»Mach's selbst!« Ohne von Önurs Computer aufzusehen, warf Ben ihr eine Fernbedienung zu. Sie fing sie geschickt auf und startete die Aufnahme. Die Stimme des unbekannten Anrufers erfüllte den Raum mit ihrem Klang.

»Und tötet sie, wo immer ihr auf sie stoßt, und vertreibt sie von dort, von wo sie euch vertrieben; denn Verfolgung ist ärger als Totschlag.«

Faris sah Gitta schaudern. »Warum haben wir es eigentlich ständig mit solchen Spinnern zu tun?«, flüsterte sie.

Niemand antwortete ihr, jeder lauschte den Worten der Aufnahme. »Haben Sie das gehört?«, fragte der Anrufer gerade.

»Ja, aber Sie müssen mir Ihren Namen nennen!«, verlangte die Frau in der Telefonzentrale.

Der Anrufer ignorierte sie. »Richten Sie das Kommissar Iskander aus. Sagen Sie ihm, er soll zum Breitscheidplatz kommen.« Danach die kurze Pause. »Haben Sie mich gehört?«

Den Rest schnitt Shannon ab, indem sie die Stopptaste drückte. »Er ist gebildet. Seine Wortwahl klingt nach jemandem mit einem höheren Abschluss, vielleicht sogar nach Studium. Er scheint nicht mehr ganz jung zu sein, ich schätze ihn Mitte, Ende dreißig.«

»Warum zitiert er Faris zum Tatort?«, wandte Marc ein. »Soll das ein Statement sein, oder was?«

»Das alles ist ein Statement«, gab Shannon zurück. »Die Bombe, der Anruf vorher, in dem er den Koran zitiert. Und vermutlich auch die Tatsache, dass er Faris ins Spiel gebracht hat. Er wertet damit seine Aktion auf.« Die anderen sahen sie fragend an, und sie erklärte: »Nach dem Kruzifix-Bomber vor fünf Monaten war Faris so etwas wie eine Berühmtheit. Sein Bild und seine Geschichte gingen durch alle Medien. Scheiße, sogar der SPIEGEL hat über dich berichtet, Faris. Ich vermute, dass unser Täter sich an diesen Ruhm anhängen will.«

»Gehen wir also davon aus, dass der Kerl ein gewaltbereiter Islamist ist, der einen möglichst großen Impact auslösen will?«, fragte Tromsdorff in die Runde.

»Es deutet doch alles darauf hin, oder?« Shannon warf ihren Tennisball in die Luft und fing ihn wieder auf. »Indem er

Faris als seinen nächsten Attentäter auswählt, zeigt er ganz deutlich: Seht her, ich bin stark! Ich bin sogar in der Lage, euren Helden dazu zu bringen, mir zu folgen!«

Faris verzog das Gesicht bei dem Wort »Helden«, sagte aber nichts dazu.

»Hm«, machte Gitta. »Vielleicht ist es aber auch genau umgekehrt. Vielleicht will er Faris zu der Tat treiben, eben weil er antiislamistisch motiviert ist. Was, wenn er seine Aktion als Warnung vor dem Islam sieht?«

»Du meinst, er will die westliche Welt aufrütteln, indem er ihr klarmacht, dass sie nicht einmal mehr ihren Helden trauen kann?«

Faris schnaubte. »Ich wäre euch dankbar, wenn dieses Wort nicht wieder fallen würde.«

Tromsdorff, der noch immer an der Fallwand stand, schrieb unter das leere Rechteck:

Motiv? Islamistisch/antiislamistisch?

»Vorerst ist das alles nicht mehr als Spekulation. Halten wir uns an die Fakten. Du hast von einem Vergewaltigungsvideo geredet, Marc, das ihr auf Önurs Computer gefunden habt.«

»Ja. Es zeigt die Vergewaltigung einer verschleierten Frau durch einen amerikanischen Soldaten.«

Faris hatte sich einen Radiergummi vom Schreibtisch genommen und spielte damit herum. »Der Attentäter, der 2011 die beiden GIs am Frankfurter Flughafen umgebracht hat, hatte sich durch ein solches Video radikalisiert. Er …«

Bevor er weiterreden konnte, meinte Ben:

»Ich bin dann so weit!« Er schaltete den Beamer an und projizierte das Bild seines Monitors an die Wand über seinem Kopf. Er hatte die Mails auf Önurs Computer entschlüsselt. Wo in den Adress- und Betreffzeilen vorher nur kryptische Zeichenfolgen gewesen waren, standen jetzt Klarnamen und sinnvolle Worte.

Faris las die Absender – die Mails stammten fast alle von einer einzigen Quelle, jemandem, der sich den Namen Ali_57 gegeben hatte.

Ben öffnete die erste Nachricht. Sie war nur kurz: »Assalamu 'Alaikum, Bruder! Ich habe davon gehört, dass du dich von diesen Ungläubigen in der Walid-Tamer-Moschee vom rechten Glauben hast fortleiten lassen. Bedenke, dass Allah dich sieht und über dich richtet!«

»Es hat offenbar ein paar Tage gedauert, bis Önur auf diese Mail reagiert hat«, erklärte Ben. »Das hier hat er dann geantwortet.« Er öffnete eine andere Mail aus dem Ordner für gesendete Nachrichten.

»Wa Alaikom Asalam. Wie kann ich sicher sein, dass mein Glaube richtig ist? Wie kann ich wissen, was Allah von mir verlangt?«

Faris' Blick blieb an der arabischen Grußformel hängen. »Interessante Schreibweise«, meinte er und dachte daran, dass Önur nicht in muslimischer Tradition erzogen worden war.

»Der Allbarmherzige zeigt dir den wahren Weg«, stand in der nächsten Mail von Ali_57. »Du musst nur auf dein Herz hören. Erinnere dich an das Video. Wenn wir uns nicht wehren, wird es deiner Mutter über kurz oder lang genauso gehen, wie der armen Schwester in dem Film.«

»Gott!«, brummte Gitta. »Das ist so armselige Rhetorik!«

»Die klassische Verschwörungsparanoia der Islamisten«, stimmte Faris ihr zu. »Der Westen ist des Teufels, und die Ungläubigen unter Führung der USA und Israels setzen alles daran, die arabische Welt zu unterjochen und zu vernichten. Aus deren Sicht erscheint das völlig plausibel.«

»Aber du glaubst nicht daran«, warf Marc ein und alle sahen ihn fragend an. »Was ich meine ist: Es kann ja sein, dass unser Unbekannter Önurs latenten Islamismus dazu benutzt hat, um ihn zu seiner Tat zu treiben. Aber wie will er das bei dir anstellen? Du bist alles andere als ein Islamist!«

Faris dachte daran, was Önur zu ihm gesagt hatte, als der Countdown für seine Bombe bereits angelaufen war. *Sie zwingen mich, das hier zu tun.*

Er starrte auf die letzte Mail von Ali_57, die noch immer an der Wand leuchtete.

Sie rauben uns unsere Frauen.

Der Kerl, der diese Mails geschrieben hatte, bezog sich offenbar auf jenes Vergewaltigungsvideo, das sie auf Önurs Rechner gefunden hatten.

»Sie nehmen uns, was wir lieben. Sie nehmen uns unsere Frauen«, murmelte er.

Wie wollen Sie mich dazu bringen zu tun, was Sie wollen, hatte er den Anrufer gefragt. Die Antwort war kurz gewesen.

Seien Sie unbesorgt: Ich werde es schon hinbekommen.

Faris wurde kalt. »Ben«, sagte er. »Kannst du bitte das Video abspielen?«

Ben brauchte ein paar Sekunden, bis er so weit war, aber dann lief das Video auf der Leinwand hinter ihm. Das entsetzte Wimmern der verschleierten Frau und die furchtbaren Geräusche, die folgten, ließen alle Umstehenden erstarren. Das Summen des harmlosen Kinderliedes war in Faris' Ohren kaum erträglich.

»Gütiger Himmel!«, hörte Faris Gitta hauchen. In seinem Magen war urplötzlich ein rostiger Nagel materialisiert, der an der Innenseite seiner Rippen kratzte. Auf einmal bekam er keine Luft mehr. Er nestelte sein Smartphone aus der Tasche und tippte eine Nummer ein.

Sie nehmen uns, was wir lieben, dachte er, während er wartete, dass der Anruf angenommen wurde. *Herr im Himmel!*

Vor lauter Arbeit war Rühmann nicht dazu gekommen, Mittag zu essen – was die schlechte Laune noch verstärkte, die seit dem Morgen wie ein kalter Stein in seiner Brust lag. Sein Bein war taub und kribbelte, sodass er nicht wusste, wie er sitzen sollte.

Er hatte bei den Kollegen in Waren an der Müritz angerufen und sie gebeten zu überprüfen, ob Christian Zöllers Boot im Hafen lag und ob es jemanden gab, der wusste, wo sich der Mann aufhielt. Dann hatte er die Berichte seiner Leute gelesen, die die Geschäftsleute aus dem Hotel vernommen hatten. Sie hatten einen der Männer des Rauschgiftbesitzes überführt. Rühmann grinste düster, als er las, wie nervös und schuldbewusst der Zeuge gewirkt hatte, wie er nach nur zwei Fragen zusammengebrochen war und den Besitz von einer größeren Menge Kokain zugegeben hatte.

Abgesehen davon allerdings hatten sie nichts.

Er überlegte gerade, wie er nun weiter vorgehen sollte, als sein Diensthandy klingelte. Seufzend ging er ran und meldete sich mit Rang und Namen.

»Christian Zöller«, sagte der Anrufer, und Rühmann hob den Kopf.

»Gut, dass Sie sich melden!«

»Ich habe Ihre Nummer auf meinem Display gesehen. Entschuldigen Sie, ich war ein paar Tage unterwegs und hatte das Telefon ausgeschaltet.« In Zöllers Stimme vibrierte Anspannung mit. *Kein Wunder,* dachte Rühmann. Der Mann hatte völlig arglos eine ihm unbekannte Nummer zurückgerufen und stellte nun fest, dass er es mit der Polizei zu tun hatte. »Womit kann ich Ihnen helfen?«, fragte Zöller vorsichtig.

Rühmann besann sich auf die Regel, nach Möglichkeit niemandem am Telefon eine Todesnachricht zu überbringen. »Könnten Sie so schnell wie möglich zu mir ins Büro kommen?«, fragte er und nannte die Adresse in der Keithstraße.

Zöller überlegte. »Schwierig«, sagte er dann, noch immer vorsichtig. »Worum geht es denn?«

»Kommen Sie einfach, dann sage ich es Ihnen.« Rühmann wusste, dass diese Antwort schroff und unfreundlich klang, aber er hatte keine Idee, wie er es sonst vermeiden sollte, jetzt schon mit der Sprache rauszurücken. Zu seiner Erleichterung lenkte Zöller ein.

»Ich bin zwar schon auf dem Rückweg, aber ich muss erst in meine Praxis. Wie wäre es, wenn Sie in einer Stunde dorthin kommen?«

Rühmann sah auf die Uhr. »Also gut.«

»Schön. Dann in einer Stunde in meiner Praxis«, sagte Zöller.

Er hatte kaum aufgelegt, als Rühmanns Telefon erneut klingelte. An der Anruferkennung sah er, dass Iskander ihn sprechen wollte. »Faris«, begrüßte er ihn. »Wir wissen noch nichts Neues, tut mir …«

»Wurde sie vergewaltigt?«, fiel Iskander ihm ins Wort. Er klang atemlos, gehetzt.

Rühmann blinzelte irritiert. »Wie bitte?«

»Laura«, präzisierte Faris. »Wurde sie vergewaltigt, Alfons? Das müsst ihr doch inzwischen wissen!«

Rühmann zögerte mit der Antwort. Iskander kam ihm labil vor. Scheiße, er hätte heute Morgen verhindern müssen, dass der Mann sich die Leiche seiner Ex mit eigenen Augen ansah!

»Faris, sie ...«

»Antworte mir, Alfons!«, verlangte Iskander. »Es kann sein, dass es für unseren Fall hier wichtig ist.«

Wie das?, schoss es Rühmann durch den Kopf, und er räusperte sich unbehaglich.

»Wurde sie ...«

»Schon gut!«, schnappte Rühmann. »Du musst es nicht noch einmal sagen. Die Antwort ist: Wir sind nicht sicher. Wir konnten keine eindeutigen Anzeichen für eine Vergewaltigung erkennen. Aber sie hatte Sex direkt vor ihrem Tod, und der war nicht eben zärtlich. Tut mir leid.«

Es wurde sehr still in der Leitung.

»Faris?«, fragte Rühmann vorsichtig.

Iskanders Stimme klang dünn, als er wieder sprach. »Habt ihr Fingerabdrücke gefunden?«

»Hunderte. Aber keine brauchbaren an der Leiche. Du weißt selbst, wie schwierig es ist, Abdrücke von menschlicher Haut zu nehmen. Die Jungs haben Epithelzellen gefunden. Sie hoffen, dass sie einen genetischen Fingerabdruck erstellen können, aber das dauert ebenso lange wie die Analyse der Spermaspuren, die wir in der ...« Er unterbrach sich betroffen.

Er konnte Iskander mühsam atmen hören. »Danke, Alfons«, sagte er, dann legte er ohne ein weiteres Wort auf.

Rühmann starrte seinen Telefonhörer an, als sei der schuld an allem Übel der Welt.

Sie nehmen uns, was wir lieben.

Faris stützte die Ellenbogen auf den Schreibtisch und vergrub das Gesicht in den Händen. Konnte es sein, dass die beiden Fälle zusammenhingen …

Sie nehmen uns unsere Frauen.

Laura hatte harten Sex gehabt … konnte es sein …

… dass sie das erste Opfer des Unbekannten gewesen war? Ein Zeichen für ihn?

Wer mit Ungeheuern kämpft …

»Was ist los?«, erkundigte sich Marc besorgt. »Rede mit uns, Partner!«

Ohne den Kopf zu heben, murmelte Faris: »Was, wenn der Mord an Laura der erste Schritt des Täters war?« Seine eigene Stimme klang in seinen Ohren völlig fremd.

»Du meinst …« Marc brach ab. »Scheiße!«

»He Leute!« Ben hörte sich so geschockt an, dass alle sich zu ihm umwandten. »Ich glaube, ich habe hier noch etwas.« Er rief eine weitere Mail auf. »Die ist an Önur geschickt worden, kurz bevor es heute Morgen zu dem Bombenattentat kam.« Die Nachricht war von einem anderen Absender gekommen, einem, der nur aus einer langen Reihe von sinnlos zusammengewürfelten Zahlen und Buchstaben bestand. »Das hier war im Anhang.«

Ben öffnete ein Foto.

Es war ein Standbild aus dem Video, das sie eben angeschaut hatten. Die misshandelte Frau war darauf zu sehen und der Mann, der sie brutal vergewaltigte. Über das verschleierte Gesicht der Frau hatte jemand mit einem Bildbearbeitungsprogramm andere Züge kopiert.

Faris senkte den Blick auf seine Hände. »Das ist Önurs Mutter«, sagte er leise.

Sie haben mich dazu gezwungen, hörte er Önur sagen.

Er gab sich einen Ruck und stand auf. Er hatte schon seine Jacke gepackt, da trat Tromsdorff zu ihm. »Was hast du vor?«

»Ich muss meine Schwester in Sicherheit bringen.« Faris zog die Jacke an. »Wenn Laura tatsächlich ein Opfer unseres Täters ist, dann ist auch meine Familie in Gefahr.« Er machte Anstalten, zur Tür zu gehen, doch Tromsdorff hielt ihn am Ellenbogen fest.

»Bleib hier!«, befahl er ihm.

Faris riss sich los, Tromsdorff fasste erneut zu.

»Du bist hier nützlicher«, sagte er. »Ich schicke ein paar Beamte hin, die sich um deine Familie kümmern.«

Faris wollte protestieren. Alles in ihm drängte danach, zu Anisah zu fahren, sich zu vergewissern, dass es ihr gut ging, ihr und seinen Eltern, seinen Brüdern. Aber er sah ein, dass sein Chef recht hatte. Er konnte mehr erreichen, wenn er blieb und dem Team half, den Drecksack zu identifizieren.

Mit einem Seufzen gab er nach.

Tromsdorff ließ ihn los. »Ruf deine Familie an und informiere sie, was los ist. Für den Rest sorge ich.«

Faris nahm sein Handy heraus und wählte. Während er voller Ungeduld darauf wartete, dass sein Schwager sich meldete, marschierte er unruhig im Raum auf und ab. Als Samir endlich ranging, nahm Faris den Hörer ans andere

Ohr. »Samir? Ich bin's. Hör zu: Du musst mir unbedingt einen Gefallen tun!«

»Faris, das ist jetzt echt ...«

»Doch, Samir!« Faris erhob die Stimme, und das brachte seinen Schwager zum Verstummen.

»Ist was passiert?«

»Fahr sofort zu Anisahs Arbeit und hol sie von dort ab! Fahr mit ihr zu unseren Eltern und bleibt da. Am besten rufst du auch noch Hazim und Reza an.«

Hazim und Reza waren Faris' jüngere Brüder.

Samir überlegte. Faris konnte ihn atmen hören. »Was ist los?«

Sie nehmen uns, was wir lieben ...

Grundgütiger!

»Es kann sein, dass ihr in Gefahr seid«, presste Faris hervor. »Ich lasse ein paar Kollegen zu meinen Eltern kommen, damit sie euch beschützen. Ihr müsst unbedingt machen, was sie sagen.«

Samir schwieg lange. Dann murmelte er: »Ich fasse es einfach nicht, Faris!«

»Tu, was ich sage, Samir!« Faris musste sich beherrschen, um nicht zu schreien. Er riss sich zusammen, atmete tief durch. »Ruf mich an, wenn du bei Anisah bist und sie in Sicherheit ...«

»Faris, ich ...«

Faris schloss die Augen. »Pass auf, dass meiner Schwester nichts passiert, okay?«

Der Marmorfußboden des Ärztehauses war noch genauso spiegelglatt und unangenehm für Rühmann wie bei seinem ersten Besuch hier. Diesmal jedoch achtete er nur beiläufig darauf, denn das bevorstehende Gespräch lag ihm im Magen. Es gab an seinem Job so einiges, was er hasste, aber nichts auf der Welt war schlimmer, als einem Angehörigen die Nachricht vom Mord an einem geliebten Menschen überbringen zu müssen.

Mit missmutig zusammengezogenen Augenbrauen warf er Meyer an seiner Seite einen Blick zu. Sie standen vor der Praxistür von Christian Zöller. Anders als bei ihrem ersten Besuch hier, war diese jetzt verschlossen. Die Arzthelferin schien auch noch die letzte ärgerliche Patientin erfolgreich abgewimmelt und Feierabend gemacht zu haben.

Fast auf die Minute genau eine Stunde nach Rühmanns Telefonat mit Zöller öffnete sich die Aufzugtür, und ein großer, schlanker Mann mit einem eher durchschnittlichen, aber nicht hässlichen Gesicht kam auf sie zu. Seine Jeans waren gekonnt ausgebleicht, sein Hemd teuer, seine Schuhe offenbar handgenäht. In seiner Gegenwart kam Rühmann sich augenblicklich schäbig gekleidet vor.

»Meine Herren«, sagte der Mann und streckte Rühmann eine Hand entgegen. »Sie müssen Kommissar Rühmann sein.« Er musterte sie beide. Er schien zu spüren, dass sie nicht mit guten Nachrichten kamen, denn plötzlich war das Lächeln aus seiner Miene verschwunden. Seine Hand sackte nach unten, dann reckte er das Kinn vor, als müsse er einer tödlichen Herausforderung begegnen. »Kommen Sie!«, sagte er, schloss die Praxis auf und führte Rühmann und Meyer an den Behandlungszimmern vorbei zu einem Büro im hinteren Teil.

Wie in den anderen Räumen waren die Wände auch hier lindgrün gestrichen, die Vorhänge und der Teppichboden, der in diesem Raum den sonst überall verwendeten Marmor ablöste, passten farblich exakt dazu. Ein großer, antik aussehender Schreibtisch stand mitten im Raum, das Regal dahinter war vollgestopft mit medizinischen Fachbüchern und diversen chirurgischen Präparaten. Neben dem Regal befand sich eine halb offen stehende Tür, durch die Rühmann ein Stück einer Ledercouch mit einer beigefarbenen Decke darauf sehen konnte. Zöller umrundete den Schreibtisch, schloss die Tür und wandte sich dann zu ihnen um.

Rühmann tastete in der Manteljacke nach dem Ausweis, zog ihn jedoch nicht hervor, als Christian Zöller nun tonlos flüsterte: »Was ist geschehen?«

Rühmann räusperte sich. »Ich fürchte, ich muss Ihnen eine schlimme Nachricht überbringen, Dr. Zöller. Ihre Frau. Sie ist tot.«

Im ersten Moment reagierte Zöller überhaupt nicht. Dann verfiel sein Gesicht mit solcher Geschwindigkeit, dass Rühmann dabei zusehen konnte. Seine Haut wurde grau, seine Wangen fahl. Tränen stiegen ihm in die Augen.

»Laura?«, wisperte er. Einen Moment stand er regungslos da. Dann wankte er zu seinem Schreibtisch, stützte sich mit beiden Händen daran ab und ließ den Kopf hängen. Kurz fürchtete Rühmann, Zöllers Beine würden unter ihm.

Zwei, drei Minuten später hob er den Kopf wieder. Seine Augen waren jetzt trocken, aber rot. »Würde es Ihnen etwas ausmachen, mich für ein paar Minuten allein zu lassen?«, flüsterte er.

Meyer machte den Mund auf, um diese Bitte abzulehnen, aber Rühmann kam ihm zuvor. »Natürlich nicht«, murmelte er betreten. Dann legte er seinem Kollegen eine Hand auf den Rücken und schob ihn kurzerhand aus dem Büro.

Als Zöller sie durch die geschlossene Tür hindurch aufforderte, wieder reinzukommen, erwartete Rühmann, ihn hinter seinem Schreibtisch sitzen zu sehen. Aber auf den ersten Blick war der Arzt nirgends zu entdecken.

»Dr. Zöller?«, fragte Rühmann irritiert.

»Ich bin hier.«

Jetzt erst bemerkte Rühmann, dass Zöller doch hinter dem Schreibtisch saß, aber nicht auf dem breiten, mit Leder bezogenen Drehstuhl, sondern auf dem Boden in der Ecke. Er hatte die Knie an die Brust gezogen, die Arme darum gelegt. Sein Kopf lehnte an der Heizung hinter seinem Rücken, und sein Blick war starr geradeaus gerichtet.

Rühmann räusperte sich. »Können wir irgendwas für Sie tun?«, fragte er.

Da blinzelte Zöller und dann richtete er den Blick auf Rühmann. »Nein.« Er streckte die Beine. »Entschuldigen Sie.« Mit einem verlorenen kleinen Lächeln stemmte er sich auf die Füße. »Das war wohl ein Anfall von Selbstmitleid.« Er kam um den Schreibtisch herum.

Rühmann sprach ihm sein Beileid aus. Dann sagte er: »Es tut mir leid, dass wir Sie damit belästigen müssen, aber wir haben ein paar Fragen an Sie.«

»Natürlich.« Zöller nickte. Er bat ihn und Meyer, auf den beiden Rohrstühlen Platz zu nehmen, die vor seinem Schreibtisch standen. Er selbst ließ sich auf den Drehstuhl fallen. Es war eine kraftlose Bewegung, und sie zeigte Rühmann, wie sehr Zöller kämpfen musste, um nicht zusammenzubrechen. »Ihre Anwesenheit, meine Herren, zeigt mir, dass Laura keines natürlichen Todes gestorben ist, nicht wahr?«

Rühmann ging auf, dass sie Zöller noch immer nicht ihre Ausweise gezeigt hatten, aber das war nun auch schon egal.

»Ich fürchte nicht. Nein.« Er zögerte, weil er sich wappnen musste. »Sie wurde ermordet.«

»Ermordet«, wiederholte Zöller, völlig emotionslos plötzlich. Rühmann wurde wieder einmal bewusst, dass der menschliche Verstand nur ein gewisses Maß an Schrecken aushalten konnte. Wurde er mit mehr konfrontiert, machte er einfach dicht. In möglichst knappen Worten unterrichtete er Zöller von den Umständen des Mordes, davon dass man Lauras Leiche in einem Hotelzimmer gefunden hatte, dass sie erwürgt worden war.

»Wie soll ich das nur Lilly beibringen?«, hauchte Zöller.

»Ihrer Tochter?«

»Ja. Wie soll ich ihr erklären, dass ihre Mutter nie wieder ...« Zöllers Stimme brach weg.

Rühmann ließ ihm Zeit. Er musste sich zwingen, den Mann nicht mit allzu viel Wohlwollen zu betrachten. Immerhin war er im Moment der einzige Verdächtige, den sie hatten.

»Sind Sie in der Lage, uns ein paar Fragen zu beantworten? Vielleicht können Sie uns damit helfen, den Mörder Ihrer Frau zu finden.«

Zöller nickte matt. »Fragen Sie!« Er griff nach einem Brieföffner, der die Form eines Skalpells hatte, und drehte ihn unruhig in den Händen.

»Ihre Frau hat die Nacht im Hotel verbracht«, setzte Rühmann an, und er hasste sich dafür. Der Mann hier war gerade eben damit konfrontiert worden, dass er seine Frau verloren hatte. Er war am Ende, und jetzt sollte er Fragen beantworten, die den Schmerz, den er empfinden musste, ins Unendliche steigern würden. »Können Sie uns erklären, warum das der Fall war?«

»Ich wusste, dass sie vorhatte, mich zu verlassen, aber …« Zöller fuhr sich mit der Spitze des Brieföffners über die Innenfläche seiner linken Hand. Obwohl die Klinge sichtbar stumpf war, konnte Rühmann den Anblick kaum ertragen.

»Ihre Praxishelferin hat uns gesagt, dass Sie Ihrerseits Berlin vor ein paar Tagen verlassen haben, weil es Probleme in Ihrer Ehe gab.«

»Ich war in einer Datsche, die meiner Frau und mir gehört, ja. Wir hatten in der letzten Zeit einige Meinungsverschiedenheiten, und ich wollte Abstand. Laura … sie muss meine Abwesenheit genutzt haben, um ihre Koffer zu packen.« Er lächelte hilflos. »Ich fürchte, sie war keine besonders konfliktfähige Frau.«

Jetzt übernahm Meyer die Befragung. »Waren Sie wütend auf sie?«

Zöller hob den Blick. Seine Augen glänzten jetzt wieder hell, aber er drängte die Tränen zurück. »Laura und ich, uns ging es gut. Finanziell, meine ich. Sie war auch Ärztin wie ich, nein, nicht wie ich. Sie war Kinderärztin. Eine gute. Und wir hatten …« Er wedelte mit dem Brieföffner durch die Luft. »Wir hatten genug Geld, um uns ein gutes Leben zu ermöglichen. Ich war ihr ein guter Ehemann, sie hatte keinen Grund …« Ihm wurde bewusst, dass die Worte aus seinem Mund sprudelten, und er unterbrach sich. »Entschuldigung. Das war natürlich nicht die Antwort auf Ihre Frage. Ja. Ich war wütend.«

»Waren Sie bei Ihrer Frau im Hotel, Herr Zöller?«

Zöllers Blick war auf die Spitze des Brieföffners gerichtet, und ihm schien bewusst zu werden, dass er eine Klinge in der Hand hielt. Mit einer ruckartigen Bewegung legte er sie auf den Aktenstapel auf seinem Schreibtisch. »Natürlich nicht. Ich sagte Ihnen bereits, dass ich in unserer Datsche …«

»Gibt es dafür Zeugen?«, fiel Meyer ihm ins Wort.

Er schüttelte den Kopf. »Ich fürchte nicht. Ich wollte allein sein. In Ruhe nachdenken.« Auf seinem Gesicht erschien ein Ausdruck des Begreifens. In diesem Augenblick, das wusste Rühmann, verstand der Mann, was hier gerade vorging: Er wurde verdächtigt, seine Frau ermordet zu haben.

Meyer beugte sich ein wenig vor. »Ihre Frau hatte Geschlechtsverkehr, bevor sie ermordet wurde.«

Die Worte kamen Rühmann unnötig grausam vor, aber er selbst hätte vermutlich keinen schonenderen Weg gefunden, es auszudrücken. Zu seinem Erstaunen reagierte Zöller nur schwach auf diese harten Worte. Mit dem Daumen rieb er sich über die Augenbraue und sagte: »Hören Sie! Ich weiß, dass ich hier verdächtigt werde, Laura getötet zu haben. Aber ich war es nicht.«

»Niemand verdächtigt Sie zu diesem Zeitpunkt«, widersprach Rühmann ihm. »Wir müssen aber jede Eventualität in Betracht ziehen.« *Gott, dieser Spruch grenzt wirklich ans Klischeehafte,* dachte er.

»Ich war es nicht!«, wiederholte Zöller. »Sie können gern eine DNA-Probe von mir haben, wenn Sie wollen.«

»Dazu kommen wir später noch.« Meyer nickte. »Sie waren also in der Nacht nicht in dem Hotel und haben Ihre Frau in ihrem Zimmer getroffen?«

»Nein.« Zöller nahm den Brieföffner wieder zur Hand. Diesmal setzte er die Spitze auf das Knie seines linken Beines, das er über das andere geschlagen hatte.

»Haben Sie eine Idee, wer es getan haben könnte?«, fragte Rühmann.

Die Antwort auf diese Frage kam erst nach einer kleinen Pause. »Nein«, sagte Zöller bedächtig, nachdem er eine Weile nachgedacht hatte. »Laura war beliebt. Ich wüsste nicht, wer sie …« Zitternd holte er Luft.

»Schon gut«, wehrte Rühmann ab. »Wissen Sie, ob es einen anderen gab?« Er merkte an Zöllers fragendem Blick, dass er die Frage nicht präzise genug gestellt hatte, und er wiederholte sie: »Gab es einen anderen Mann? War das der Grund, warum Ihre Frau Sie verlassen wollte?«

Zöllers Hand krampfte sich um den Brieföffner. »Nicht, dass ich wüsste«, sagte er.

»Der hat uns angelogen!« Meyer hatte die Plastiktüte mit der DNA-Probe in der Hand, die Zöller ihnen gegeben hatte, und starrte auf die Tür des Aufzugs, vor dem sie standen. »Er weiß genau, dass seine Frau einen anderen hatte, da kannst du mir sagen, was du willst.«

Rühmann teilte diese Einschätzung. Er musste an Faris denken, den Laura Zöller gestern Abend angerufen hatte. Faris, der früher einmal mit Laura liiert gewesen war.

Offenbar hatte Meyer den gleichen Gedanken, denn er meinte: »Iskander.«

Rühmann ließ das unkommentiert.

»Glaubst du, dass Zöller unschuldig ist?«, fragte Meyer, als der Fahrstuhl kam und sie einstiegen.

»Wenn nicht, dann hat er eine reife schauspielerische Leistung abgelegt.«

»Stimmt.« Meyer hob die Tüte in seiner Hand an. »Und so bereitwillig, wie er uns seine DNA-Probe gegeben hat …«

Rühmann blies sich gegen die Stirn. »Eben!«, sagte er.

In Faris' Ohren rauschte es, und in seinem Kopf herrschte ein solches Chaos, dass er kaum einen klaren Gedanken fassen konnte. Um etwas Sinnvolles zu tun, hatte er begonnen, die Bilder der privaten Überwachungskameras durchzusehen, die inzwischen in das digitale Aktenarchiv des LKA, die sogenannte DigAA, eingespeist worden waren. Er hegte jedoch kaum Hoffnung, dass dabei mehr herauskommen würde als bei der Überprüfung der öffentlichen Kameras.

Während er sich durch Dutzende von Filmen klickte, schickte Tromsdorff zwei Beamte zu seiner Familie, um für deren Schutz zu sorgen. Unterdessen versuchte Ben, die beiden Absender der verschlüsselten Mails an Önur zu ermitteln. Als er zum Telefonhörer griff und mit jemandem von der Staatsanwaltschaft sprach, wusste Faris, dass er in eine Sackgasse geraten war. Die Mails waren über gängige Provider verschickt worden, bei denen sich jeder kostenlos so viele Adressen einrichten konnte, wie er wollte. Offenbar hatte Bens Anfrage bei den Providern zu keinem Ergebnis geführt, was aber auch kein Wunder war. Niemand, der bei klarem Verstand war und eine Mailadresse einrichtete, um etwas Illegales zu tun, gab seinen richtigen Namen und Wohnort an. Aus diesem Grund musste Ben bei der Staatsanwaltschaft einen Antrag auf Freigabe der IP-Adressen stellen.

Gitta und Shannon durchforsteten die Akten älterer Islamistenfälle nach dem Namen Ali_57 in der Hoffnung, dadurch irgendeinen Hinweis auf die Identität ihres Unbekannten zu erhalten.

Ungefähr eine Stunde später brach sich Faris' Ungeduld Bahn, und er stieß die Tastatur von sich. Warum meldete sich Samir nicht? Er musste doch längst bei Anisahs Arbeitsstelle angekommen sein!

»Es ist ziemlich viel Verkehr«, sagte Marc ruhig. »Er ruft schon noch an.«

Hoffentlich!

Faris starrte auf den Monitor, auf dem in diesem Moment eine junge Frau mit langen blonden Haaren zu sehen war, die vor einem Schuhladen stehen blieb und sich die Auslage ansah. Die unzähligen Gesichter, die er im Laufe der vergangenen sechzig Minuten angesehen hatte, verschwammen zu einer einzigen, nichtssagenden Masse. Inzwischen hatte er den Eindruck, jeden dieser vielen Menschen irgendwo schon einmal getroffen zu haben. Es war ein ähnlich fieses Gefühl, wie das, sich nicht daran erinnern zu können, woher er die Stimme des Anrufers kannte.

Sein Festnetztelefon klingelte, und er nahm ab.

»Deine Kollegen sind hier bei mir in der Praxis«, sagte Andrea. Es war ihr deutlich anzuhören, dass ihr das überhaupt nicht gefiel. »Sie haben mir gesagt, dass möglicherweise jemand meine Patientendaten auf dem Server gehackt hat.«

»Du hast die Akten auf einem Server liegen?« Faris selbst hatte schon Probleme damit, private Fotos woanders als auf seiner eigenen Festplatte zu speichern, weil er fürchtete, sie könnten in die falschen Hände geraten. Andrea teilte diese Angst offenbar nicht.

»Natürlich«, antwortete sie. »Ich arbeite mit einem Cloud-Dienst.«

Logisch, dachte Faris.

»Warte mal, eine deiner Kolleginnen will dich sprechen.« Andrea reichte den Hörer weiter, und eine helle Frauenstimme sagte: »Iskander?«

»Ja«, bestätigte er.

Die Kollegin hielt es nicht für nötig, sich ihm vorzustellen. »Wir konnten Spuren mehrerer Hackerangriffe verifizieren«, berichtete sie etwas geschraubt. »Aber das ist bei Cloud-Diensten wie diesem nichts Ungewöhnliches, es kann sein, dass es überhaupt nichts mit eurem Fall zu tun hat. Aber wir checken das natürlich. Wir haben eine IP-Adresse, die wir zurückverfolgen können.«

»Gut«, sagte Faris, auch wenn die Worte der Kollegin ihn eher frustrierten. Die Erkenntnis, dass die Aufnahmen seiner seelischen Selbstentblößung auf Andreas Server nicht besonders sicher waren, verursachte ihm zwar eine Gänsehaut. Aber es war die Vorstellung, dass ein irrer Attentäter dort draußen Bescheid wusste über all seine psychischen Macken, die ihm beinahe den Magen umdrehte. Scheiße, er hatte die ganze Zeit gewusst, dass es ein Fehler gewesen war, sich Andrea anzuvertrauen! Warum nur hatte er nicht auf sein Bauchgefühl gehört?

»Wir haben schon einen Antrag auf Offenlegung der IP-Adresse bei der Staatsanwaltschaft gestellt«, fuhr die Kollegin fort.

»Gut«, wiederholte Faris. Er fühlte sich lausig.

»Willst du Dr. Roth noch einmal sprechen?«, fragte die Kollegin.

Faris verneinte. Andrea würde ihn nur wieder fragen, wie es ihm ging, und darauf konnte er gut verzichten. »Grüß sie von mir«, sagte er und legte auf.

Nachdem er die anderen über die Fortschritte informiert hatte, beugte er sich vor, zog seine Tastatur zu sich heran und rief eine weitere Datei aus der DigAA auf. Sie enthielt die Audioaufnahmen der Anrufe ihres Unbekannten. Er klickte die erste an.

»Richten Sie das Kommissar Iskander aus. Sagen Sie ihm, er soll zum Breitscheidplatz kommen. Sofort!« Die Stimme klang in seinen Ohren inzwischen körperlos und unheimlich. Mit dem Mauszeiger zog er den Aufnahmeregler nach links, die Worte wiederholten sich. »Richten Sie das Kommissar Iskander aus. Sagen Sie ihm, er soll zum Breitscheidplatz kommen. Sofort!« Er zog erneut. »... er soll zum Breitscheidplatz kommen. Sofort!«

»Faris!« Bevor er die Worte zum vierten Mal abspielen konnte, drang Gittas leise Stimme zu ihm durch. Er hob den Blick, drehte sich jedoch nicht um.

Gitta langte über seine Schulter und legte die Hand auf seine. »Das bringt doch nichts!«

Jetzt erst wandte Faris den Kopf zu ihr um.

Sie drehte seinen Stuhl so, dass er ihr gegenübersaß. »Rede mit mir!«, forderte sie ihn auf.

Faris schloss die Augen. Die Bilder, die auf der Innenseite seiner Lider abliefen wie auf einer Leinwand, verursachten ihm Übelkeit. *Lauras Leiche. Das Blut. Ihr zerrissener Slip. Harter Sex ... Anisahs lachendes Gesicht.* »Als wir noch Jugendliche waren ...«, krächzte er. »Anisah und ich, meine ich. Sie muss so sechzehn oder siebzehn gewesen sein und ich vierzehn. Sie hatte Ärger in der Schule, so eine dämliche Dumpfbacke von Neonazi hatte sie sich als Opfer ausgesucht und drangsalierte sie über Wochen. Ich habe dem Typen eines Abends in einer dunklen Gasse aufgelauert.«

Gitta rümpfte missbilligend die Nase, schwieg jedoch.

»Ich habe ihm zwei Schneidezähne ausgeschlagen und ihm gesagt, dass er meine Schwester in Ruhe lassen soll.« Faris lächelte schwach bei der Erinnerung.

»Und? Hat er das getan?«

»Da noch nicht, aber nachdem er und seine Kumpane mich ins Krankenhaus geprügelt hatten und ich mich geweigert habe, sie zu verpfeifen.«

Gitta legte ihm beide Hände auf die Schultern. Ihre Berührung war leicht wie eine Feder. »Ach, Faris! Du hättest nicht in diesen Laden gehen dürfen! Robert hätte dich nicht gehen lassen dürfen, zum Teufel! Wie sollst du damit nur klarkommen?«

Er entzog sich ihr. »Ich komme klar, Gitta. Es ist nur …« Er wandte sich seinem Computermonitor zu. »Es macht mich irre, dass mir nicht einfällt, woher ich die Stimme dieses Anrufers kenne!«

»Vielleicht *denkst* du nur, dass du sie kennst.« Gitta schaute ihn aus großen Augen an. »Ich meine, du hast es wieder mit einem unbekannten Anrufer zu tun, genauso wie damals.« Sie senkte schuldbewusst den Blick, weil sie es angesprochen hatte.

»Damals!« Faris biss die Zähne zusammen.

»Der Kruzifix-Bomber«, führte sie aus. Sie wollte ihn nicht quälen, das wusste er, aber dennoch tat sie genau das. Er war sich nicht einmal sicher, ob sie es bemerkte. »Er hat dich kreuz und quer durch die Stadt gejagt, und er hat Menschen getötet, an denen dir etwas lag. Er war jemand, der dir sehr nahe stand, Faris! Vielleicht ist das der Grund, warum du das auch diesmal denkst. Vielleicht spielt dir einfach nur dein Unterbewusstsein einen Streich!«

Er wollte ihre Worte abwehren, wollte sie nicht an sich heranlassen. Sie trafen ihn, ohne dass er es verhindern konnte. Wenn Gitta recht hatte, dann hatte er noch weniger in der Hand, als er gedacht hatte.

»Du gibst dir die Schuld an Önurs Tod, das sehe ich dir

an! Du gibst dir immer an allem die Schuld, auch daran, dass deine Familie jetzt möglicherweise in Gefahr ist. Aber du bist hier nicht der Schurke, Faris! Du bist einer von denen, die aufpassen, dass die Arschlöcher da draußen nicht die Oberhand gewinnen.« Sie wartete einen Augenblick, ob er ihr zustimmen würde. Als er es nicht tat, wies sie auf den Monitor. »Das bringt nichts«, wiederholte sie. Dann ließ sie ihn in Ruhe und kehrte in ihr eigenes Büro zurück.

12. Kapitel

Anisahs Finger und Zehen kribbelten.

War das ein gutes Zeichen? Ließ die Wirkung des Medikaments, das ihr Entführer ihr gespritzt hatte, vielleicht langsam nach? Sie konzentrierte sich darauf, ihre Hände und Füße zu bewegen.

Trug sie noch ihre Schuhe?

Sie wusste es nicht. Sie wollte den Kopf heben, um nachzusehen. Auf einmal kam es ihr unendlich wichtig vor, sich zu vergewissern, dass sie ihre Schuhe noch anhatte, aber sie konnte sich noch immer nicht rühren. Sie kämpfte gegen die Lähmung an, und tatsächlich gelang es ihr, den Kopf ein wenig zu wenden. Der Raum, in dem sie sich befand, war völlig leer. Ihr Blick schweifte über dunkelbraunes Linoleum und nackte Wände mit einer unfassbar hässlichen orange-braunen Tapete. Ein speckiger Vorhang verdeckte das einzige Fenster. Er wirkte sonderbar surrealistisch auf Anisah. Aus irgendeinem Grund fiel ihr ein Hörspiel ein, das sie als Kind immer zusammen mit Faris gehört hatte. Darin waren Geister vorgekommen, die sich in den Falten einer Gardine versteckt hatten. Damals hatte sie sich davor gegruselt, und Faris hatte sie deswegen aufgezogen. Sie hatte seit Jahren nicht mehr daran gedacht.

Das Kribbeln in ihren Fingern und Zehen wurde beinahe unerträglich.

Sie ächzte.

Ihr Entführer befand sich im Nachbarzimmer und summte leise vor sich hin. Anisah erkannte die Melodie. Es war jene, die vorhin von der furchtbaren Aufnahme gekommen war.

Das arabische Wiegenlied, das ihre Mutter ihr und ihren Brüdern auch manchmal vorgesungen hatte. Anisah lauschte auf die vertraute Melodie und ergänzte sie im Geist um die fehlenden Worte.

Eine Motte fliegt zum Licht, und sie tanzt und tanzt und tanzt …

Etwas in ihr reiste in die Vergangenheit zurück, verwandelte sie wieder in das Kind, das sie einmal gewesen war, hilflos und abhängig von der Fürsorge anderer Menschen. Sie bemerkte, wie ihr Blick verschwamm und Tränen über die Haut ihrer Schläfen rannen. In ihren Haaren riefen sie ein schwaches Kitzeln hervor.

Ja. Ihre Empfindungen kehrten tatsächlich langsam zurück. Mit all der Kraft, die sie aufbringen konnte, krampfte sie die rechte Hand zusammen, und ihr Herz machte einen Satz, als sie spürte, dass ihre Finger sich bewegten. Sie krümmten sich! Ihre Fingernägel kratzten an der welligen Oberflache des Cordstoffes entlang. Kurz verfing sich der Nagel ihres Zeigefingers in einer der weichen Rillen, und Anisah fürchtete, ihre Kraft würde nicht ausreichen, um das Hindernis zu überwinden. Doch dann gaben ihre Muskeln dem Befehl ihres Gehirns nach, der Finger schabte über den hochstehenden Flor des Stoffes. Und ihre Faust schloss sich.

Ja. Ja. Ja!

Sie rang die Euphorie nieder. Sie musste geduldig sein. Sie würde fliehen können, wenn sie nur geduldig war.

Im anderen Zimmer wurde ein Stuhl über den Boden geschoben. Ihr Entführer war aufgestanden. Hastig streckte Anisah die Finger wieder. Auf keinen Fall durfte der Kerl bemerken, dass ihre Bewegungsfähigkeit zurückzukehren begann.

Ihr Entführer kam mit etwas in der Hand auf sie zu, das sie nicht erkennen konnte. Es war rot.

Was hatte er vor?

Er zog sich einen Stuhl heran und setzte sich. Gleich darauf stieg Anisah ein stechender Geruch in die Nase.

Nagellack?

Der Entführer beugte sich über sie, ergriff ihre linke Hand und legte sie behutsam auf sein eigenes Knie. Etwas in Anisah spannte sich an. Was, wenn er spürte, dass ihre Betäubung nachließ? Aber er schien nichts davon zu merken. Zärtlich streichelte er den schmalen Ring mit dem Mäandermuster, den Faris ihr vor Jahren einmal geschenkt hatte. Die Berührungen wirkten liebevoll. Jetzt begann ihr Entführer auch wieder, die Melodie dieses Wiegenliedes zu summen.

Er streifte den kleinen Pinsel an der Nagellackflasche ab, und dann nahm er Anisahs Zeigefinger und fing an, ihn rot zu lackieren.

Es war schon nach fünfzehn Uhr, als Samir auf Faris' Festnetztelefon anrief.

»Anisah ist verschwunden!«, war das Erste, was er sagte.

Faris hatte an seinem Schreibtisch gesessen und war Fallakten durchgegangen, in denen sowohl Vergewaltigung als auch ein Migrationsmilieu eine Rolle spielten. Aber egal, was auch immer er für Parallelen zu ziehen versuchte, es gelang ihm einfach nicht, einen Zusammenhang zwischen der Bombenexplosion und Lauras Ermordung zu finden. Jetzt sprang er auf die Füße. Sein Stuhl wurde nach hinten katapultiert, sodass er mit voller Wucht gegen die Kante von Shannons Schreibtisch prallte.

»He!«, protestierte sie, aber sie verstummte sofort, als Faris sich zu ihr umdrehte und sie sein Gesicht sah.

»Was?«, flüsterte Faris in den Hörer. Jedes einzelne Wort seines Schwagers fühlte sich an, als würde es mit Hammer und Meißel in seinen Schädel getrieben werden.

»Ich war im Kindergarten. Ihre Kolleginnen haben mir gesagt, dass sie in der Mittagspause einkaufen gehen wollte. Sie ist nicht zurückgekommen, Faris. Bei Allah, was geht hier vor? Was ist mit meiner Fr…«

»Samir!« Faris erschrak vor seiner eigenen Stimme. Eine Erinnerung rollte über ihn hinweg wie eine Dampfwalze. Er sah Feuer, das ihn einhüllte. Er hörte das verzweifelte Weinen eines Kindes. Paul stand vor ihm und öffnete den Mund, aber diesmal kam nichts daraus hervor. Stattdessen presste sein toter Partner anklagend die Lippen aufeinander. Und dann sah Faris einen Finger. Einen von einer Explosion abgerissenen Finger mit blutrot lackiertem Nagel, der auf ihn wies, als wolle er sagen: *Du bist an allem schuld!*

»Was ist mit Anisah?«, rief Samir.

Faris spürte, dass jemand neben ihn trat. Das Telefon wurde ihm weggenommen. Tromsdorff sagte: »Herr Chalid? Hier ist Kriminaloberrat Robert Tromsdorff. Ich bin der Vorgesetzte Ihres Schwagers. Bitte erzählen Sie mir in Ruhe, was geschehen ist.«

Faris sah zu, wie Tromsdorff erst die Augen zusammenkniff und sie dann erschrocken wieder aufriss, wie die Haut rund um seine Nase und seinen Mund blass wurde. »Haben Sie versucht, Ihre Frau über das Handy zu erreichen?« Er lauschte einen Moment. »Sie schaltet es sonst nie aus? Gut. Hören Sie: Bewahren Sie Ruhe! Wir wissen bisher noch nicht sicher, ob sie wirklich entführt wurde, aber sollte das tatsächlich der Fall sein, werden wir dafür sorgen, dass Ihrer Frau nichts geschieht.« Er sah Faris in die Augen.

Faris fühlte sich, als würden ihn die Blicke an die Wand nageln.

»Fahren Sie zu Ihren Schwiegereltern, wie Faris es Ihnen gesagt hat. Bleiben Sie dort. Unsere Beamten werden Ihnen sagen, was zu tun ist.« Wieder lauschte Tromsdorff auf etwas, das Samir sagte. Faris konnte die aufgeregte Stimme seines Schwagers hören, aber er verstand kein Wort.

Er streckte die Hand nach dem Hörer aus.

Tromsdorff zögerte. »Ihr Schwager will noch mal mit Ihnen sprechen.« Er reichte Faris das Telefon.

»Samir …«

»Wenn Anisah deinetwegen irgendwas passiert …«

Faris schloss die Augen und spürte dem dumpfen Druck nach, der hinten in seinem Schädel entstand. »Hör zu, Samir! Du kannst mir später Vorwürfe machen. Du kannst mir auch was auf die Fresse hauen, wenn du willst. Aber jetzt müssen wir zusammenarbeiten. Geht Anisah noch immer zu Achmeds Gemüseladen, wenn sie in der Mittagspause Einkäufe erledigen muss?«

Samir schnaubte unwillig, als könne er nicht sehen, dass diese Frage irgendeine Bedeutung hatte. Trotzdem beantwortete er sie. »Ja.«

»Gut.« Faris rieb sich den schmerzenden Nacken. »Um vom Kindergarten aus dorthin zu kommen, muss sie die U-Bahn nehmen. Wir lassen uns die Bilder der Überwachungskameras kommen. Vielleicht finden wir darauf einen Anhaltspunkt, was mit ihr geschehen ist.«

Samir schwieg. Faris konnte ihn atmen hören, und er machte sich schon auf weitere Vorwürfe und Hasstiraden gefasst, aber Samir flüsterte nur: »Bring sie mir zurück!«

Faris schluckte. »Das mache ich, Samir.« Er wartete, bis sein Schwager aufgelegt hatte, dann warf er das Mobilteil seines Telefons mit einem zornigen Aufschrei gegen die Wand.

Das Gerät zerbarst in tausend Teile.

»Wir wissen doch noch gar nicht, ob der Kerl deine Schwester tatsächlich in seiner Gewalt hat«, sagte Marc. Mit dem Fuß kehrte er die Trümmer des Telefons zu einem Haufen zusammen und schob sie unter die Heizung. »Vielleicht ist sie einfach nur shoppen gegangen und hat vergessen, ihren Handyakku aufzuladen.«

Faris sah ihn nur an.

Marc zuckte die Achseln und warf einen Blick in die Runde.

Er und die anderen Mitglieder des Teams – Tromsdorff, Shannon, Gitta und Ben – hatten sich um Faris' Schreibtisch versammelt. Faris schaute in betroffene Gesichter, in Augen, in denen Sorge stand, gleichzeitig aber auch Kampfeswille.

Er hielt sich daran fest und drängte die Drohung des Anrufers in den hintersten Winkel seines Verstandes.

Seien Sie unbesorgt: Ich werde es schon hinbekommen.

Der Beamer warf noch immer das Bild mit dem Gesicht von Önurs Mutter an die Wand über Bens Schreibtisch.

Faris wandte den Blick davon ab. *Nicht in die Finsternis in seinem Innersten blicken …* Er durfte sich jetzt nicht irre machen lassen, denn dann war er Anisah keine Hilfe. Er musste sich zusammenreißen, musste einen kühlen Kopf bewahren.

Er schaute auf seine Hände. Sie zitterten. »Er scheint zu wissen, dass Anisah der einzige Mensch ist, zu dem ich eine engere Verbindung habe.« Es fiel ihm schwer, darüber zu sprechen, aber er wusste, dass er dem Team so viele Informationen wie möglich geben musste, damit sie helfen konnten. »Für Anisah würde ich alles tun!«

Die Worte schwangen einige Sekunden lang unheilvoll im Raum, bis Faris bewusst wurde, was er da eben gesagt hatte.

Ben klickte das Vergewaltigungsfoto weg und an seiner Stelle erschien die Oberfläche von Önurs Desktop mit den darauf abgelegten Dateien. Die Zeile »Sie nehmen uns, was wir lieben« flimmerte vor Faris' Augen.

Endlich räusperte sich Tromsdorff und musterte Faris so eindringlich, dass dieser sich vorkam wie gehäutet. »Wir benachrichtigen die Kollegen von der Vermisstenabteilung und bitten sie, die Aufnahmen der Überwachungskameras in der U-Bahn durchzusehen.«

»Ich will sie mir auch angucken«, sagte Faris, und bevor einer der anderen etwas einwerfen konnte, fügte er hinzu: »Der Kerl kennt mich. Ich kenne ihn, verdammt! Vielleicht entdecke ich auf diesen Bändern etwas, was ich auf den anderen vergeblich gesucht habe.«

Tromsdorff hatte bereits den Telefonhörer von Marcs Schreibtisch genommen, um die Vermisstenabteilung zu informieren. »Kannst du uns die Bänder in die DigAA stellen, Ben?«

Ben reagierte nicht, weil etwas auf seinem eigenen Computer seine Aufmerksamkeit erforderte. Er tippte kurz auf seiner Tastatur herum, und ein zufriedenes Lächeln glitt über sein Gesicht. »Die Staatsanwaltschaft hat die Genehmigung erteilt, die IP-Adressen der beiden Mailabsender zu ermitteln. Einer der Provider hat bereits reagiert, und wir haben einen Treffer.«

Er projizierte das Bild eines guten alten Bekannten an die Wand über seinem Kopf. »Darf ich vorstellen: Ali_57.«

»Ach nee!«, meinte Marc.

Das Bild zeigte einen ungefähr fünfzigjährigen, schlanken Mann, der eine weiße Häkelmütze auf dem Hinterkopf und einen langen grauen Bart trug. Seine hellen Augen verbarg er hinter einer nerdig aussehenden Brille.

»Doch.« Ben nickte. »Unser werter Ali_57 ist offenbar Martin Bemme.«

Martin Bemme wohnte im Wedding, in einer Seitenstraße der Maxstraße in einem der wenigen Häuser, die aus der Zeit der vorigen Jahrhundertwende hier noch übrig waren. Nachdem Faris und die anderen eine Weile darüber diskutiert hatten, wie sie nun weiter vorgehen sollten, hatte Tromsdorff zugestimmt, dass er und Marc gemeinsam zu Bemme fahren und ihn befragen sollten. Ben hatte einen Ausdruck von dem manipulierten Vergewaltigungsfoto und der E-Mail-Korrespondenz gemacht, die Bemme und Önur geführt hatten, und Marc hatte alles in seine Jackentasche gesteckt.

Gemeinsam mit ihm fuhr Faris anschließend in einem Dienst-BMW in den Wedding. Als sie dort ankamen, hatte es endlich aufgehört zu regnen. Es war fast vier Uhr.

Faris lenkte den Wagen ein Stück die Straße hinunter in eine Parklücke. Er schaltete den Motor aus.

»Warum denken wir, dass er zu Hause ist?«, fragte Marc. »Wird er nach dem Bombenanschlag nicht viel eher in seiner Moschee stehen und ein Interview nach dem anderen geben?«

Faris zog den Schlüssel aus der Zündung. »Halt ihn nicht für blöd«, warnte er. »Er weiß genau, dass wir ihn in Verdacht haben, etwas mit der Sache zu tun zu haben. So, wie ich ihn kenne, wird er schön die Füße still halten – und das heißt, er sitzt wahrscheinlich gemütlich in seiner spießigen Altbauküche und trinkt Tee.«

Sie stiegen aus. Über das Dach des Wagens hinweg sah Marc Faris an. »So, wie du ihn kennst«, wiederholte er.

Faris begegnete seinem Blick. »Ich habe schon zwei-, dreimal mit ihm zu tun gehabt in den letzten Jahren.« Er verriegelte den Wagen mit einem kurzen Druck auf die Fernbedienung am Zündschlüssel. Dann ging er zu dem Haus, in dem Bemme wohnte, ließ seinen Blick über die Namensschilder schweifen und drückte die entsprechende Klingel.

Fast eine ganze Minute lang passierte nichts.

»Entweder er ist doch nicht da«, sagte Marc missmutig, »oder er sitzt auf dem Klo.«

Faris ließ die Schultern kreisen. Der Druck, den er empfand, seitdem Samir ihm gesagt hatte, dass Anisah verschwunden war, fühlte sich an wie eine Rüstung, die drei Nummern zu eng war. Und doch war er eigenartig froh über dieses Gefühl, denn wenn diese Rüstung nicht gewesen wäre, wäre er in tausend Splitter auseinandergeflogen. Er klingelte ein zweites Mal, länger und fordernder diesmal, und jetzt knisterte endlich die Gegensprechanlage. »Ja?«

»Landeskriminalamt«, sagte Faris. »Martin Bemme?«

»Was wollen Sie?« Bemme klang genervt. »Ich habe mit der Sache am Breitscheidplatz nichts zu tun, und das habe ich Ihren Kollegen vorhin auch schon erklärt.«

»Wenn Sie nichts damit zu tun haben«, gab Faris zurück, »haben Sie sicher nichts dagegen, uns ein paar Fragen zu beantworten, die im Zuge unserer Ermittlungen gerade erst aufgetaucht sind.«

Es dauerte wiederum einige Sekunden, bis Bemme reagierte. Faris glaubte schon, dass ihnen die Tür verschlossen bleiben würde, aber dann ertönte mit einem asthmatischen, gequält klingenden Geräusch der Summer.

»Dritter Stock!«, quäkte es aus der Gegensprechanlage.

Das Treppenhaus war ähnlich heruntergekommen wie die Fassade des Hauses. Mehrere Graffitis, deren Sinn sich Faris nicht erschloss, zierten die Briefkästen auf der linken Seite. Rechter Hand führte eine steile Treppe aus dunklem Holz in die oberen Stockwerke. Einen Aufzug gab es nicht.

Sie stiegen in den dritten Stock hinauf, wo eine der drei Wohnungstüren einen Spalt breit offen stand. Ein einfaches hölzernes Schuhregal stand daneben, darauf eine ganze Sammlung von ausgetretenen schwarzen Männerschuhen.

»Ziehen Sie die Schuhe aus!«, kam der Befehl von drinnen. »Das hier ist heiliger Boden.«

»Heiliger Boden?« Marc schnaubte und machte Anstalten, den abgewetzten Linoleumboden des Wohnungsflures in Schuhen zu betreten. Faris hielt ihn zurück.

»Respektieren wir die Gesetze der Höflichkeit«, sagte er und streifte seine Turnschuhe von den Füßen.

Marc schnaubte ein zweites Mal. »Bei uns ist es höflich, wenn Gäste ihre Schuhe anlassen dürfen«, murrte er.

Faris nickte gelassen. »Eben.«

Fragend runzelte Marc die Stirn.

»Bei uns.« Faris legte die Hand gegen die Tür und drückte sie weiter auf. »Herr Bemme? Mein Name ist Kriminaloberkommissar Iskander. Der Kollege Sommer und ich würden Ihnen gern ein paar Fragen zu dem Attentat heute Morgen stellen.«

Einen Augenblick lang rührte sich nichts in der Wohnung. Faris' Nackenhaare richteten sich auf, und er bewegte instinktiv die Hand in Richtung Waffe an seiner Hüfte. Er war erleichtert, als eine hochgewachsene, in ein bodenlanges weißes Gewand gehüllte Gestalt aus einer der Zimmertüren trat.

»Salam!« Martin Bemme deutete eine leichte Verbeugung an. Wie auf dem Foto, das Ben ihnen im War Room gezeigt hatte, trug er auch jetzt eine weiße Häkelmütze auf dem Hinterkopf. Sein langer grauer Bart wirkte sorgsam gepflegt. Aus seinen hellen Augen hinter der Brille leuchtete Spott. »Darf ich Ihre Ausweise sehen?«

Faris und Marc zeigten sie ihm.

Er nickte zufrieden. Die Sache schien ihn zu amüsieren. »Treten Sie doch bitte ein!«, sagte er, sehr freundlich plötzlich.

Marc sah Faris verwundert an. Der zuckte die Achseln.

Bemme führte sie in einen Raum, der ursprünglich wohl als Wohnzimmer gedient hatte. Jetzt befanden sich – bis auf einige mit Büchern vollgestellte Regale und einen altmodischen Rattanschaukelstuhl mit zauseliger Fellauflage – kaum Möbel darin. Stattdessen waren überall Sitzkissen und Kelims verteilt. Mehrere kleine Tischchen aus Rosenholz mit Messingplatten standen herum. Auf einem standen eine Kanne und ein einzelnes halbvolles Teeglas. Die ganze Szenerie wirkte sonderbar, fand Faris, denn man hatte die hässlichen Tapeten des Vormieters nicht ausgewechselt. Die schrillen Muster der Wandverkleidung passten in seinen Augen so überhaupt nicht zu der kargen Einrichtung.

»Setzen Sie sich.« Bemme deutete auf einige der dicken Kissen.

Obwohl es Faris schwerfiel, geduldig zu sein, ließ er sich auf einem der Kissen nieder und kreuzte die Beine an den Knöcheln zu einer Art Schneidersitz. Hinter seinen Rippen pochte es dumpf in dieser Stellung. Er wartete, bis Marc es ihm gleichgetan und Bemme selbst sich in einer provozierend gelassenen Pose halb hingelegt hatte.

»Sie sagten, dass Sie Fragen an mich haben, die im Zuge Ihrer Ermittlungen gerade erst aufgetaucht sind.«

Marc nahm sein Handy hervor. »Wir haben bei dem Attentäter Ihr Bild gefunden.« Er rief das Foto auf, das er in Önurs Zimmer gemacht hatte, und zeigte es Bemme.

Bemme nahm Marc das Handy ab und studierte das Bild sehr genau. »Er war der Attentäter?« Er wirkte betroffen, aber nicht besonders schockiert. »Möge Allah ihm den Weg ins Paradies weisen. *Inschallah.*« Mit einer bedächtigen Geste reichte er das Handy zurück. »Ich kannte diesen jungen Mann, ja. Önur Aydin. Er war ab und zu auf meinen Veranstaltungen. Dabei ist auch dieses Foto entstanden. Ich glaube, er hat es mit seiner Handykamera gemacht und es mir später mitgebracht, um sich ein Autogramm geben zu lassen.«

Marc legte das Handy auf das Kissen zwischen seinen Beinen, zog stattdessen die Ausdrucke aus seiner Tasche und reichte sie Bemme. »Wir haben die E-Mail-Korrespondenz gefunden, die Sie mit Önur geführt haben.«

Faris beobachtete Bemme, während der die Ausdrucke las. Vorhin in der Keithstraße hatte Ben die Stimme des Salafisten und die ihres unbekannten Anrufers bereits verglichen und Bemme als ihren Mann ausgeschlossen. Aber Faris glaubte erst jetzt, da er Bemme selbst gegenübersaß, wirklich, dass er nicht der Anrufer sein konnte. Während ihr Täter eine ruhige, eher weich klingende Stimme hatte, klang die von Bemme hart und nasal.

»Ich weiß«, meinte Bemme schließlich bedächtig und ließ die Ausdrucke sinken, »dass Sie jeden, der einen Kaftan trägt, für einen potenziellen Attentäter halten. Aber weder ich noch meine *Freunde* …« Er betonte das Wort mit einem süffisanten Lächeln, »… haben auch nur das Geringste mit diesem Anschlag zu tun.«

Marc wies auf die Seiten in Bemmes Hand. *»Wenn wir uns nicht zur Wehr setzen, wird es deiner Mutter über kurz oder lang genauso gehen?«*, zitierte er einen der Sätze, die Bemme an Önur geschrieben hatte. Dann zog er auch noch den Ausdruck mit dem Foto hervor. Statt ihn Bemme zu geben, legte er ihn zwischen sich und den Mann auf den Boden.

Bemme betrachtete lange einfach nur schweigend das in die Vergewaltigungsszene hineinkopierte Gesicht von Önurs Mutter.

»Das stammt aus einem Film, den ich kenne, ja«, sagte er schließlich.

»Hat Önur diesen Film von Ihnen bekommen?«, fragte Faris.

Bemme zuckte nur die Achseln.

Faris beließ es dabei. »Haben Sie oder einer Ihrer Anhänger Önur dieses Foto von seiner Mutter geschickt?«

Bemme schüttelte den Kopf. Dann lächelte er sanft. »Wenn ich jemanden dazu bringen wollte, sich auf einem öffentlichen Platz in Berlin in die Luft zu sprengen, Kommissar Iskander, dann bräuchte ich dazu nicht so plumpe Methoden. Wohl gemerkt: wenn ich es *wollte*. Aber ich habe in meinem ganzen Leben noch nie Gewalt befürwortet. Allah ist …«

Faris unterbrach ihn, bevor er zu einer Predigt über seinen Gott ansetzen konnte. »Sie haben Kontakte zu Teilen der Szene, die der Verfassungsschutz als gewaltbereit einstuft.« Er beugte sich vor und zog Bemme die Ausdrucke aus der Hand. »Und Sie reden in diesen Mails davon, dass die Muslime sich zur Wehr setzen müssen. Für mich ist es nicht so schwierig, eins und eins zusammenzuzählen.« Er sah Bemme in die Augen, während er sprach. Was er brauchte, war ein kleines Zögern, ein winziges Anzeichen dafür, dass Bemme mit dieser Sache zu tun hatte. Dass sie nicht umsonst hier waren. Dass einer seiner Männer der Anrufer war … Genau wie ihr Anrufer hatte Bemme Önur mit seiner Mutter unter Druck gesetzt. War das der Zusammenhang, den sie benötigten? Faris versuchte, sich nicht zu sehr an diesen Gedanken zu klammern.

Bemme lehnte sich zurück. Mit einer gemessenen Geste nahm er ein Teeglas von dem Tischchen neben seinem Sitzkissen. Seine Hände waren vollständig ruhig. »Möchten Sie auch?«, fragte er.

Faris und Marc schüttelten die Köpfe.

Bemme lächelte. »Erstens: Wenn Sie Ihre Hausaufgaben gemacht hätten, meine Herren, wüssten Sie, dass diese Männer aus der sogenannten gewaltbereiten Islamistenszene und ich uns schon vor Monaten voneinander distanziert haben. Ich teile ihre Einstellung nicht, wonach jeder, der *kuffar* ist, den Tod verdient hat. Und zu Ihrem zweiten Einwand: Sich gegen erlittenes Unrecht zur Wehr zu setzen heißt ja noch nicht automatisch, dass man Gewalt anwenden wird. Lesen Sie meine Mails genau, Kommissar Iskander, dann werden Sie feststellen, dass ich in ihnen nicht ein einziges Mal der Gewalt das Wort rede. Ich würde Ihnen wirklich sehr gern helfen, das Attentat von heute Morgen aufzuklären, aber ich fürchte, ich habe nicht das Geringste damit zu tun.«

Faris warf einen Blick auf die Ausdrucke. Bemme hatte recht. In keiner einzigen seiner Mails hatte er eindeutig zu Gewalttaten aufgerufen, vielmehr hatte er sich stets eines zweideutigen Tons bedient, der eine Menge Spielraum offenließ, allerdings nicht gegen ihn verwendet werden konnte. Wenn Faris ehrlich mit sich selbst war, hatten sie nichts gegen Bemme in der Hand.

»Meiner Meinung nach ist es nicht an uns, Vergeltung für begangenes Unrecht zu üben, meine Herren«, sagte Bemme in seine Gedanken hinein. »Allein Allah sorgt dafür, dass dem unterdrückten Volk der Muslime Gerechtigkeit widerfahren wird. Wenn nicht hier, dann im Paradies, das jedem wahrhaft Gläubigen sicher ist und in das in diesem Moment vermutlich unser junger Freund hier eingehen wird.«

Faris und Marc tauschten einen Blick, als Bemme das Wort »Vergeltung« erwähnte. Hier kamen sie nicht weiter. Faris kratzte sich am Hals, dann suchte er die Aufnahme ihres Unbekannten heraus und spielte sie ab.

»Und tötet sie, wo immer ihr auf sie stoßt, und vertreibt sie von dort, von wo sie euch vertrieben; denn Verfolgung ist ärger als Totschlag«, war die Stimme des Anrufers zu hören.

Faris ließ die Worte eine Weile auf Bemme einwirken.

Der nahm seine Brille ab und polierte eines der Gläser mit dem Ärmel seines Kaftans, bevor er sie wieder aufsetzte.

Faris unterdrückte seine Ungeduld. In Bemmes Miene arbeitete es sichtbar. Faris zwang sich, noch zwei Sekunden länger zu warten, bevor er seine Frage stellte.

»Kennen Sie diesen Mann?«

Bemme schüttelte den Kopf. Faris war sicher, dass er nicht log. »Die Menschen, die ich kenne, beherrschen den Koran korrekt, und wenn sie ihn zitieren, dann tun sie das vollständig«, bekam er zur Antwort.

»Was bedeutet das?«

Bemme wies auf das Smartphone. »Das stammt aus Sure 2, Vers 191. Aber es ist unvollständig.« Er lehnte sich ein wenig zurück, wie um innerlich Anlauf zu nehmen. Dann zitierte er einen längeren Text auf Arabisch. »So müsste es richtig heißen.«

»Haben Sie das auch auf Deutsch?«, warf Marc finster ein.

Bemme lächelte ihn liebenswürdig an. »Aber sicher. *Und tötet sie, wo immer ihr auf sie stoßt, und vertreibt sie von dort, von wo sie euch vertrieben. Denn Verfolgung ist ärger als Totschlag. Bekämpft sie aber nicht bei der Heiligen Moschee, solange sie euch dort nicht angreifen. Doch wenn sie euch angreifen, dann kämpft wider sie; das ist die Vergeltung für die Ungläubigen.*« Er räusperte sich. »Also, wenn Sie mich fragen, dann ist Ihr Mann kein wahrer Gläubiger.«

13. Kapitel

Rühmann seufzte. Er hatte eigentlich in einer halben Stunde Feierabend, doch er musste noch auf einen Zeugen warten, der sich verspätete. Kurz hatte er mit dem Gedanken gespielt, einfach zu gehen und den Mann vor seiner verschlossenen Bürotür stehen zu lassen, wenn er denn endlich kam. Aber natürlich hatte er sich dagegen entschieden. Er konnte nicht guten Gewissens nach Hause gehen, solange der Mörder von Iskanders Ex frei herumlief. Das Gespräch mit Christian Zöller hatte ihnen nicht wirklich viele Erkenntnisse beschert, ebenso wenig wie die Befragung seiner Mutter im Altersheim. Danach hatte Rühmann rein aus Neugierde recherchiert, woran Zöllers Vater gestorben war. Es war ein Herzinfarkt gewesen.

Wie es aussah, hatten sie nichts. Es blieb ihnen also vorerst nichts anderes übrig, als sich auf die Ergebnisse der Leichenschau zu konzentrieren, die vor wenigen Minuten in das digitale Archiv der DigAA gestellt worden waren. Demnach war Laura Zöller, wie bereits vermutet, an den Folgen eines zerquetschten Kehlkopfes erstickt, nachdem sie von jemandem mit ziemlich großen Händen gewürgt worden war. Die stark blutende Kopfwunde hatte sie sich beim Sturz auf die Kante des Nachtschranks zugezogen. Der Tathergang wurde folgendermaßen rekonstruiert: Laura Zöller hatte ihrem Mörder die Zimmertür geöffnet. Vermutlich hatte sie ihn hereingelassen, dann nicht eben sanften Sex mit ihm gehabt und war daraufhin angegriffen worden. Eine Prellung an ihrer rechten Wange deutete darauf hin, dass der Täter sie geohrfeigt hatte, was sie auf den Nachtschrank hatte fallen lassen. Offenbar war sie dadurch allerdings nicht bewusstlos geworden. Die Blutspuren zeigten, dass sie sich danach noch im Zimmer bewegt hatte – bevor ihr Mörder sie mit brutaler Gewalt auf das Bett geschleudert und erdrosselt hatte. Die Analyse des Spermas, das man in der Leiche gefunden hatte, lief und die der am Hals des Opfers sichergestellten Epithelzellen ebenfalls.

Seufzend setzte Rühmann sich anders hin, um seinen schmerzenden Rücken etwas zu entlasten, aber dabei schoss es ihm wie ein Stromstoß bis hinunter in die Ferse.

Er tippte sich gegen die Unterlippe und hatte sich gerade entschieden, seinem Zeugen gehörig den Kopf zu waschen, als es an seiner Bürotür klopfte. Er drehte sich um. Selbst dabei tat es ihm im Rücken jetzt schon weh. Verdammt, dieser Ischiasnerv brachte ihn noch mal um!

»Herein!«, brummelte er schlecht gelaunt, griff nach seinen Schmerztabletten und spülte zwei davon mit einem Schluck Wasser hinunter.

Die Tür wurde aufgeschoben. Ein Mann mittleren Alters betrat das Buro. Er war untersetzt, leger in Bundfaltenhose und Strickjacke gekleidet und trug einen dunkelgrauen Mantel über den Unterarm gelegt. »Da bin ich«, sagte er und sah sich um, als habe er soeben die Zentrale eines Raumschiffs betreten. Rühmann hatte schon am Vormittag kurz mit Klaus Westermann gesprochen, einem der Geschäftsmänner, die gestern Abend in der Hotelbar gefeiert hatten, als Laura Zöller ebenfalls dort gewesen war. Rühmann hatte ihn für 16 Uhr zu einer Zeugenbefragung einbestellt. Inzwischen war es halb fünf durch.

Demonstrativ sah er auf die Uhr und ging im Geiste alle Beschimpfungen durch, die er in den vergangenen fast vierzig Minuten erwogen hatte. »Sie sind zu spät!«, murmelte er schließlich.

»Oh.« Der Mann warf einen Blick auf sein Handgelenk. »Wirklich? Tut mir leid!« Er schob die Tür hinter sich ins Schloss.

Rühmann leerte sein Wasserglas mit einem letzten großen Schluck und stellte es auf die Fensterbank neben die Kaffeemaschine, auf der ein Rest Kaffee sich auf der Wärmeplatte langsam in Altöl verwandelte. Dann stand er auf, gab Westermann die Hand und nannte zur Sicherheit noch einmal seinen Namen und seinen Rang. »Bitte setzen Sie sich doch.« Er wies auf den Stuhl, der eigens für Besucher dastand.

»Danke.« Gespannt hockte Westermann sich auf die vorderste Kante des Möbels. Eine Art Glühen ging von ihm aus, und das ärgerte Rühmann. Es ärgerte ihn oft, dass die Leute, die er als Zeugen vorlud, sich darüber zu freuen schienen. So, als seien sie Statisten in einem besonders realistischen Fernsehkrimi und das alles hier nur ein Spiel.

Er hatte es sich angewöhnt, solche Leute eher ruppig zu behandeln. Aus diesem Grund sagte er nun erst einmal gar nichts, sondern rückte nur das Aufnahmegerät zurecht, mit dem Zeugenbefragungen als Audio-Dateien direkt in die DigAA eingespielt werden konnten.

»Dürfen Sie das so einfach?«, fragte Westermann, als Rühmann den Startknopf drücken wollte. »Mich aufnehmen, meine ich.«

»Wollen Sie die entsprechende Verordnung des Senats lesen?«, knurrte Rühmann.

Westermann hob beschwichtigend beide Hände. »Nein, nein. Schon okay.«

»Dann sind Sie mit der Aufnahme also einverstanden?«

»Ja.« Westermann blinzelte. Er machte auf Rühmann einen kompetenten und schlagfertigen Eindruck, aber jetzt schien ihm völlig zu entgehen, dass er ausgetanzt worden war. Natürlich hätte er die Möglichkeit gehabt, die Aufnahme seiner Zeugenaussage zu verweigern. Rühmann wäre dann gezwungen gewesen, das, was er zu sagen hatte, auf altmodische Art und Weise in einen Bericht zu tippen. Er war froh, dass ihm das erspart blieb, und er beschloss, ein wenig netter zu dem Mann zu sein.

»Gut«, sagte er und lehnte sich zurück. »Fangen wir also an.« Er nannte eine Aktennummer. »Zeugenbefragung von Klaus Westermann, Angestellter der Zeus GmbH, im Mordfall Laura Zöller. Bitte nennen Sie zuerst Ihre Anschrift, Ihr Geburtsdatum und Ihren Geburtsort.«

Westermann nickte eifrig und tat, wozu er aufgefordert worden war.

»Sie waren am Abend des 12. Februar Gast im Gaislinger Hotel«, leitete Rühmann die Befragung ein. »Ist das richtig?«

»Korrekt«, antwortete Westermann mit einem abgehackten, fast militärisch aussehenden Nicken.

»Und Sie haben das Mordopfer an diesem Abend gesprochen?«

»Kurz nur.« Westermann rückte ein bisschen bequemer nach hinten, schlug ein Bein über das andere und zupfte an der Bügelfalte seiner Hose. Rühmann musste ein Schmunzeln unterdrücken. Seine Frau machte sich immer lustig über Menschen, die Bundfaltenhosen mit Bügelfalten trugen. Er hatte keine Ahnung, warum.

»Ich war auf dem Weg von meinem Zimmer nach unten in die Bar«, erzählte Westermann. »Ich habe die ... ähm, Tote ... im Fahrstuhl getroffen.«

»Aber Sie haben sich mit ihr unterhalten?«

»Nur kurz, wie gesagt.« Westermann grinste anzüglich. »Ich habe ihr viel Spaß gewünscht.«

»Viel Spaß«, wiederholte Rühmann.

Wieder zupfte Westermann an seiner Bügelfalte. »Na, mit dem Typen, der bei ihr war.«

Rühmann horchte auf. Er hatte einen Teil des Tages damit verbracht, die Angestellten des Hotels und einige der Geschäftsleute zu befragen, die gestern Abend dort zu Gast gewesen waren. Dabei hatte er von mehreren Seiten gehört, dass das Mordopfer sich mit jemandem getroffen hatte. Mehrere Zeugen hatten diesen Mann als groß und dunkelhaarig beschrieben. Bis eben hatte Rühmann jedoch keine Ahnung gehabt, dass der Kerl ihr Opfer auch auf das Zimmer begleitet hatte.

»Der Mann ist mit nach oben gefahren?« Er spürte, wie es in seinem Genick zu kribbeln begann. Wenn sie diesen Mann identifizieren konnten ...

»Ja. Sie waren zusammen im Fahrstuhl, als ich rein bin.«

»Und Sie sind sich ganz sicher, dass das Opfer und dieser Mann *gemeinsam* auf dem Weg nach oben waren?« Er betonte das Wort *gemeinsam*.

»Natürlich! Ich bin ja nicht blind, glauben Sie mir! Die wollte was von dem Typen. Ganz rollig hat sie ihn angeschaut.«

Rühmann verzog bei diesen Worten das Gesicht. »Hat das Opfer ihn eventuell beim Namen genannt?«

Westermann schüttelte den Kopf.

»Sie müssen für das Tonband bitte laut antworten«, wies Rühmann ihn an.

»Nein«, sagte Westermann.

»Können Sie den Mann beschreiben?«

Westermann blies die Wangen auf und stieß Luft durch die Lippen. »Sehr genau habe ich ihn mir nicht angesehen, aber er war eindeutig kein Deutscher.«

Das Kribbeln in Rühmanns Genick wurde stärker. »Bitte beschreiben Sie ihn so genau wie möglich!«

»Groß. Größer als ich. Vielleicht eins fünfundachtzig oder so. Schwarze Haare. Das weiß ich noch. Er hat ausgesehen wie ein Ausländer.«

»Ein Ausländer?«

»Keine Ahnung. Türkisch vielleicht. Gut aussehend auf jeden Fall, auf diese düstere Art, auf die Frauen so stehen. Sie wissen schon: Augen wie offene Wunden und so.« Er grinste. »Meine Frau liest gern diese Romantikschinken.«

Rühmann ließ die blumige Umschreibung unkommentiert. Das Kribbeln in seinem Genick verschwand abrupt, als ihm ein Verdacht kam. »Einen Moment«, sagte er. Dann rief er ein Unterprogramm der DigAA auf, das ihm Zugang zu den Personalakten der Abteilung 1 ermöglichte. Er öffnete die Akte, die er gesucht hatte, dann drehte er den Monitor so, dass Westermann einen Blick darauf werfen konnte. »Ist das der Mann, der gestern Abend mit Laura Zöller auf das Hotelzimmer gegangen ist?«, fragte er mit flacher Stimme.

Westermann betrachtete das Bild. Dann nickte er. »Ja.«

Rühmann rieb seinen schmerzenden Rücken. Dann hob

er den Blick und schaute dem Mann auf dem Monitor in die dunkelbraunen Augen. »Scheiße, Faris«, murmelte er.

»Weißt du, was ich mich frage?«, sagte Marc, als er und Faris auf dem Rückweg zur Keithstraße waren. Diesmal hatte er sich hinter das Steuer gesetzt, und er lenkte den BMW mit zwei Fingern der linken Hand. »Könnte es sein, dass unser unbekannter Täter das Koranzitat absichtlich verstümmelt hat?«

Faris hatte sich so gedreht, dass er Marc direkt ansehen konnte, ohne den Kopf wenden zu müssen. Er hatte den Sicherheitsgurt ein Stück von seinem Hals fortgezogen, aber er kam sich trotzdem vor, als würde er stranguliert werden. Sie hielten an einer Ampel, und an Marc vorbei konnte Faris durch das Fenster der Fahrertür eine Gruppe von jungen Frauen sehen, die vor einem Schnellimbiss standen und miteinander schwatzten.

Was wohl Anisah in diesem Augenblick tat?

Er zwang sich, sich auf Marc zu konzentrieren. Zum ersten Mal, seit der ihm als Partner zugeteilt worden war, verspürte er so etwas wie Dankbarkeit dafür, dass Marc an seiner Seite war. Der Junge war ein guter Polizist und ein noch besserer Profiler – was mit ein Grund dafür war, dass Robert Tromsdorff ihn in die Sondereinheit für die Ermittlung bei religiös motivierten Verbrechen geholt hatte.

»Vielleicht steckt in der Verstümmelung des Textes eine Botschaft an uns«, überlegte Marc.

Faris ließ den Gurt los, der schnellte zurück und schnitt ihm in die Haut am Hals. »Er lässt die religiösen Motive weg«, sagte er. Er hatte sich von Bemme das vollständige Zitat aufschreiben lassen, den Zettel dann aber in die hintere

Hosentasche gesteckt, weil er sich auch so gut genug daran erinnerte. »Die Erwähnung der Moschee und vor allem die Vergeltung *für die Ungläubigen.*« Er zog sein Smartphone hervor und spielte erneut den Anfang des allerersten Anrufs ab. Auf einmal hörte auch er, dass der letzte Satz des Zitats seltsam verstümmelt klang.

»So, wie der Kerl es sagt, klingt es eher nach einem persönlichen Motiv«, meinte Marc. »Findest du nicht auch?«

Faris wiegte den Kopf. »Oder Bemme will, dass wir genau das glauben. Er ist hochintelligent. Unterschätz nicht seine Fähigkeit, uns etwas vorzumachen.«

»Schon klar. Aber lass uns doch nur mal annehmen, dass wir es nicht mit irgendwas islamistisch Motiviertem zu tun haben, sondern mit einer Vendetta gegen dich.« Marc lächelte schmal.

Faris dachte nach. Wenn sein Partner mit seiner Annahme recht hatte, wenn es dem unbekannten Anrufer wirklich um einen Rachefeldzug gegen ihn ging, dann bedeutete das, dass sie einen Haufen Ansatzmöglichkeiten hatten. Trotzdem scheute er vor diesem Ansatz zurück, denn es bedeutete eben letztendlich auch, dass Önur seinetwegen gestorben war.

Und Laura auch?

Er spürte, wie sich ihm der Magen umdrehte. Instinktiv wollte er diese Möglichkeit von sich weisen, wollte lieber davon ausgehen, dass sie einen politisch motivierten Täter jagten. Weil er das mit Abstand behandeln konnte. Weil der schmerzhafte Stachel des Schuldgefühls dann nicht ganz so scharf war.

Er kannte die Stimme des Anrufers …

Je länger er darüber nachdachte, umso plausibler erschien

ihm Marcs Theorie. Der Drecksack, mit dem sie es zu tun hatten, kannte Andreas Therapieaufnahmen. Er wusste also um die Einzelheiten des Kruzifix-Bomber-Falles, auch um jene, die niemals öffentlich geworden waren und die Faris außer Andrea nie jemand anderem erzählt hatte.

As-samu-aleikum, dachte er.

Laut sagte er: »Bemme hat keinen Grund für eine Vendetta gegen mich. Ich habe zwar ein-, zweimal gegen ihn ermittelt, aber er war immer nur eine Randfigur.«

»Glaubst du, wir können ihn als Verdächtigen abhaken?«, fragte Marc. Er bremste, weil vor ihnen ein junger Mann mit einem roten Fahrrad gefährlich weit auf die Fahrbahn geriet.

»Nein«, sagte Faris. In seinem Hinterkopf formte sich ein Gedanke. Vielleicht sollte er Marcs Ansatz nicht vollständig von der Hand weisen. Vielleicht sollte er wenigstens im Ansatz ein persönliches Motiv in Betracht ziehen. Denn egal, was es für ihn später bedeuten mochte, jetzt im Moment würde es ihm helfen weiterzumachen. Weil es ihn wütend machte. Und Wut war gut, denn sie bewahrte ihn davor zusammenzubrechen. Einen Augenblick lang schürte er sie bewusst. »Vielleicht hast du recht«, sagte er. »Fürs Erste schließen wir Bemme aus.«

Marc grinste. »Na, wir sind ja wohl Helden! Von ungefähr 1,8 Millionen männlichen Berlinern haben wir einen ausgeschlossen. Wenn wir in dem Tempo weitermachen, dann haben wir das Arschloch an Weihnachten 2080.«

Faris stieß Luft durch die Nase. Eine Weile hingen sie beide ihren Gedanken nach, während Marc den Wagen durch den wieder einsetzenden Nieselregen und den Feierabendverkehr steuerte.

»Weißt du, was mich ohne Ende ankotzt?«, fragte Marc.

Faris schüttelte den Kopf.

»Wenn es wirklich stimmt, wenn es um dich persönlich geht, dann hätte unser Anrufer Önur nur in den Tod getrieben, um dich zu ficken. Für irgendeine krude Idee von Rache.« Ihm schien nicht im Geringsten bewusst zu sein, dass er den Stachel des Schuldgefühls tiefer stieß.

Faris zuckte die Achseln und verschloss sein Innerstes gegen die Emotionen, die ihn überwältigen wollten. War es nicht genau das, was tagtäglich Dutzende von islamistischen Drahtziehern mit den jungen Männern und Frauen taten, denen sie Bombengürtel umschnallten: sie missbrauchen?

Für eine krude Idee von Rache.

Er knirschte mit den Zähnen. Er durfte das hier auf keinen Fall zu dicht an sich ranlassen.

Marc seufzte. »Vergeltung«, murmelte er. »Für was bloß?«

DER ANDERE

Anisah wimmerte, als sie zusah, wie er ihr den Fingernagel rot lackierte. Genau so hatte seine Mutter auch immer geklungen, wenn sie unter diesem Schwein gelegen hatte.

Der Mann, der Vergeltung wollte, schluckte gegen den sauren Geschmack in seiner Kehle an.

»Hören Sie auf damit!«, befahl er und gab Anisah einen Klaps auf den Arm.

Sie verstummte. Ihre Augen waren weit und voller Entsetzen. *Genau wie die seiner Mutter …*

Er schlug sich mit der flachen Hand vor die Stirn, um diesen wiederkehrenden Gedanken zu vertreiben, aber die Bilder waren hartnäckig. Er sah sich selbst wieder hinter dem Türspalt stehen und …

… hindurchspähen, während seine Mama auf dem Bett liegt, den Kopf zur Seite gedreht und die Augen verschleiert vor Tränen, sodass sie seine kleine Gestalt nicht sehen kann. Seine Gestalt nicht und auch nicht das Entsetzen auf seinem kindlichen Gesicht, das ihn umklammert hält, fest, so fest, dass er kaum noch Luft bekommt.

Mit einem tiefen, unheimlichen Stöhnen beendet das Schwein es und rollt dann von seiner Mama herunter.

»Zieh dich an!«, befiehlt er barsch.

Sie gehorcht. Ihre Bewegungen sind die einer zerbrochenen Puppe, langsam und mechanisch. »Warum?«, flüstert sie kaum hörbar.

Das Schwein dreht sich nicht einmal zu ihr um. »Warum was?«

»Warum tust du mir das wieder und wieder an?«

Da lacht sein Vater. Die Haare auf seinem breiten Rücken sind lang und dicht und schwarz, nicht wie bei einem Schwein, sondern eher wie bei einem Affen. Als er sich nun doch umwendet, glitzert Hohn in seinen Augen. Mit einer Geste, die fast zärtlich aussieht, streicht er Mama über die Wange. »Sieh es als Vergeltung«, antwortet er mit sehr sanfter Stimme. »Eine kleine Bestrafung dafür, dass du mich hintergangen hast.« Und bei diesen Worten richten sich seine Augen auf den Türspalt, als habe er die ganze Zeit gewusst, dass er beobachtet wird …

Mit einem Ächzen tauchte der Mann, der Vergeltung wollte, aus der Erinnerung auf. Mit reiner Willenskraft verbannte er die finsteren Gedanken und schraubte das Nagellackfläschchen zu. Dann legte er den Kopf schief und betrachtete sein Werk. Am Nagelbett hatte er ein wenig übergemalt, und in der glänzend roten Oberfläche befand sich ein feiner Streifen, wo ein Haar des kleinen Pinsels abgestanden hatte. Es faszinierte ihn, wie Frauen es hinbekamen, dass ihre Nägel so perfekt aussahen.

Er dachte nach über die Dinge, die bereits geschehen waren, über die Schritte, die er in diesem Tanz bereits gemacht hatte. Dann fasste er einen Entschluss. Er nahm sein Telefon und wählte eine Nummer. Es dauerte einige Sekunden, bis am anderen Ende abgehoben wurde.

»Ich brauche deine Hilfe«, sagte er und ließ die Beschimpfungen über sich ergehen, die diesen Worten folgten. Er wusste, dass seine Bitte nicht abgewiesen werden würde.

Es war nicht wichtig, dass er angeschrien und verflucht wurde. Nichts war mehr wichtig. Nur noch dieser Tanz.

»Vergeltung«, murmelte er, nachdem die Person am anderen Ende ihm versichert hatte, dass sie ihm helfen würde und aufgelegt hatte. Anisahs Lider zuckten.

Vergeltung.

Er warf den Kopf in den Nacken und stieß einen langgezogenen Schrei aus.

»Sie halten mich für ein Monster, nicht wahr?«, fragte er Anisah. »Nun, seien Sie versichert, dass Ihr Bruder mich zu dem gemacht hat, was ich bin.« Er konnte zusehen, wie sich Anisah abmühte, die Lider zu heben, wie es ihr schließlich gelang. Ihr Blick war verschleiert, verschleiert wie der seiner Mutter …

Er holte Luft. Dann nahm er einen weiteren Gegenstand aus seiner Tasche, ein ledernes Futteral. Er hielt es so, dass

Anisah es nicht sehen konnte, und schüttelte eine Rosenschere heraus. Behutsam löste er ihre Verriegelung, und die beiden kräftigen Schenkel der Schere schnappten auseinander. Er prüfte, ob das Scharnier sich gut bewegen ließ. Das Geräusch, das die Schneiden machten, als sie sich schlossen, ließ einen Schauder über seinen Rücken rieseln.

Du wirst auf den Auslöser drücken!, flüsterte er und lächelte.

Der Gang durch die Hölle war umso qualvoller, je länger er sich hinzog.

***

14. Kapitel

Alfons Rühmann und Jens Meyer traten Faris und Marc vor dem *War Room* entgegen.

Rühmanns Gesicht war todernst. »Ich glaube, wir müssen reden«, sagte er.

Faris spürte, wie seine Knie weich wurden. »Anisah?«, rutschte es ihm heraus, und er sah seine Schwester daliegen, wie Laura dagelegen hatte. Bleich. Blutbesudelt.

Rühmann schüttelte den Kopf. »Nein. Es geht um Laura.«

»Wisst ihr, wer der Mörder ist?« Noch immer begriff Faris nicht, aus welchem Grund sein Gegenüber so ernst schaute.

»Wissen wir«, sagte Meyer.

Faris wich zurück. »Ich verstehe nicht …« Er kam nicht dazu weiterzureden, denn nun ertönten auf der Treppe die schnellen Schritte hochhackiger Frauenschuhe. Im nächsten Moment kam Dr. Geiger um eine Ecke und baute sich vor Faris auf. »Warum ist dieser Mann noch nicht festgenommen?«, fragte sie mit eisiger Stimme.

Rühmann hob eine Hand. »Wir wollten gerade …«

»Festgenommen?« Endlich sickerte der Sinn des Geschehens in Faris' Verstand. »Heißt das, ihr verdächtigt mich, Laura ermordet zu haben?«

Geiger ignorierte diese Frage vollständig. Sie gab Meyer einen Wink. »Worauf warten Sie?«, zischte sie.

Fassungslos sah Faris zu, wie sich Meyer vor ihm aufbaute. Sein Gesicht war undurchdringlich, aber Faris glaubte trotzdem, so etwas wie Genugtuung darin zu lesen. Ein Polizist, der zum Verbrecher wurde, noch dazu einer, der einer Frau etwas angetan hatte, war in den Augen vieler Kollegen weniger wert als der Dreck unter dem Fingernagel.

»Faris Iskander. Sie stehen unter dringendem Verdacht, Laura Zöller ermordet zu haben! Aus diesem Grund sind Sie vorläufig festgenommen.«

»Was geht hier vor?« Die Tür des *War Rooms* hatte sich geöffnet, und Tromsdorff kam heraus. Er erfasste die Situation mit einem einzigen Blick. »Anke, das ist nicht dein Ernst! Faris ist nicht …«

Geiger schnitt ihm mit der Handkante das Wort ab. »Also los!«, wandte sie sich an Meyer. »Tun Sie endlich Ihre Pflicht!«

»Alfons! Wie kommt ihr darauf, dass ich es bin?« Faris sah Rühmann an, suchte in seinem Verhalten nach Anzeichen dafür, dass er auf seiner Seite stand, aber er fand nichts als Verwirrung. Rühmann wusste eindeutig nicht, was er von der Situation halten sollte. Ganz hinten in seinen Augen allerdings stand ein unsicheres Flackern. Er hielt es für möglich. Er war lange genug Polizist, um zu wissen, dass jeder zum Mörder werden konnte, wenn die Umstände stimmten.

Rühmann antwortete nicht, dafür packte Meyer Faris' Arm. Faris entwand sich ihm mit einem Ruck.

»Ihr macht einen Fehler«, sagte er. »Lauras Mörder …«

Der Rest wurde ihm von den Lippen gerissen, als Meyer ihn herumwirbelte und gegen die Wand schleuderte. Seine Rippen knirschten, und kurz bekam er keine Luft mehr.

»Anke, ist das wirklich nötig?«, hörte er Tromsdorffs Stimme durch einen Schleier aus dumpfem Schmerz und greller Wut hindurch.

Er wurde herumgedreht. Er spielte mit dem Gedanken, sich zur Wehr zu setzen, Meyer mit der Faust den verhassten selbstgerechten Ausdruck aus dem Gesicht zu wischen. Er beherrschte sich. »Lass mich los!«, sagte er so ruhig, wie er konnte.

Zu seiner Überraschung gehorchte Meyer. Langsam zog Faris die Waffe aus dem Holster an seinem Gürtel. Er übergab sie Meyer, dann griff er in die Gesäßtasche seiner Jeans, holte seinen Ausweis und die Polizeimarke heraus und reichte auch diese an den Kollegen. »Ihr macht einen Fehler«, sagte er und wunderte sich, wie ruhig er klang. »Ich habe Laura nicht ermordet, und wir sollten sehen, dass wir das so schnell wie möglich klären.«

»Wir werden sehen!« Geiger gab Rühmann einen Wink. »Bringen Sie ihn in Vernehmungszimmer drei«, bestimmte sie.

Immerhin brachten sie ihn nicht in einen der gesicherten Verhörräume. Vernehmungszimmer drei war ein normales Büro mit drei Rohrstühlen, einem Fenster und einem Schreibtisch, auf dem ein Computer stand. Rühmann bat Faris, auf dem Stuhl vor dem Schreibtisch Platz zu nehmen, und klemmte sich selbst hinter den Computer, während Meyer sich wie eine Wache an der Tür aufbaute. Tromsdorff, der kurz verschwand – vermutlich, um den Rest der SERV über die Entwicklung der Dinge zu informieren –, kam zurück und bestand darauf, ebenfalls anwesend zu sein. Mit dem Hinterteil lehnte er sich an die Fensterbank.

Geiger setzte sich auf den einzigen noch freien Stuhl im Raum. *Das volle Aufgebot,* dachte Faris grimmig.

Laut sagte er: »Das hier ist Schwachsinn! Während ihr mir dämliche Fragen stellt, läuft der wahre Mörder dort draußen herum!«

Und hat mit großer Wahrscheinlichkeit meine Schwester in seiner Gewalt, fügte er im Stillen hinzu. Der Gedanke steckte wie ein Messer in seinem Gehirn.

Er suchte Tromsdorffs Blick. Der nickte ihm zu, als wolle er sagen: Die anderen kümmern sich, mach dir keine Sorgen!

Faris dachte an die Bilder der U-Bahn-Überwachung. Vielleicht wären sie jetzt schon den einen entscheidenden Schritt weiter, wenn er die Möglichkeit gehabt hätte, sich die Bänder anzusehen. Vielleicht wüssten sie längst, wer ihr unbekannter Anrufer war – und hätten damit möglicherweise auch Lauras Mörder.

Er unterdrückte den Impuls, einfach wieder aufzuspringen. Es kostete ihn unendlich viel Kraft.

Rühmann tippte einige Sekunden lang auf seiner Tastatur herum, um das Programm aufzurufen, mit dessen Hilfe Faris' Aussage aufgenommen und der DigAA zugespielt werden konnte. »Bereit?«, fragte er schließlich.

Faris nickte.

Mach schon hin!

Mit einem Klick auf die Maustaste startete Rühmann die Aufnahme, dann machte er die vorgeschriebenen Angaben über Ort, Zeit und Grund der Vernehmung sowie über die anwesenden Beamten, bevor er sich an Faris wandte. »Bitte nenn deinen vollen Namen.«

»Kriminaloberkommissar Faris Iskander.« Plötzlich kam

Faris das alles hier irrational vor, absurd – so, als sei er in einer Art Parallelwelt gelandet. Gewöhnlich war er derjenige, der an der anderen Seite des Schreibtisches saß und die Fragen stellte. Er verschränkte die Hände im Schoß und zwang sich, tief durchzuatmen.

Rühmanns Blick ruhte auf ihm, doch dann schien ihm einzufallen, dass Faris all die Vernehmungstricks und die kleinen Spielchen kannte, mit denen ein Verdächtiger verunsichert werden sollte. Sein Gesicht wurde ganz blank und ausdruckslos.

Geiger jedoch schaltete sofort auf Angriff. »Wir wissen, dass Sie am Vorabend des Mordes in dem Hotel waren und sich mit dem Opfer getroffen haben.«

Das war es, was sie hatten?

Natürlich!

Faris presste die Fingerspitzen der linken Hand gegen die Stirn und kam sich vor wie ein hirnrissiger Idiot. Sie hatten herausgefunden, dass er gestern Abend bei Laura gewesen war. Was er bei all dem, was zwischenzeitlich passiert war, schlichtweg vergessen hatte zu erwähnen. Er versuchte, sich an das Gespräch zu erinnern, das er mit Rühmann im Gaislinger Hotel geführt hatte. Die Erinnerung war überlagert von dem Schmerz, den er angesichts von Lauras Tod empfunden hatte.

»Alfons«, sagte er und ignorierte Geiger dabei sehr bewusst, »ich weiß, dass es komisch aussieht. Ich habe dir heute Morgen davon erzählt, dass ich mit Laura telefoniert habe. Dass ich im Hotel war und mit …«

»Warum haben Sie es verschwiegen?«, fiel Geiger ihm ins Wort. »Doch nur weil Sie wussten, dass es auf Sie als Mörder hinweist.«

Faris knetete seine Hände. »Weil die Ereignisse mich überrollt haben.« Der Reihe nach schilderte er die verschiedenen Gründe, die ihn davon abgehalten hatten, Rühmann von dem Abend mit Laura zu erzählen. Samirs Anruf. Die Bombenexplosion. Seine eigene Trauer.

Während er sprach, konnte er in Geigers Augen sehen, dass sie ihm kein Wort glaubte. Es wunderte ihn nicht. Sie hegte eine so tiefe Abneigung gegen ihn, dass sie es ihm vermutlich auch als Lüge auslegen würde, wenn er behauptete, der Himmel sei blau.

»Tz«, machte sie nur.

Rühmann warf ihr einen missmutigen Seitenblick zu. »Bitte schildere uns deine Version des Treffens«, bat er Faris.

In diesem Moment riss Faris' dünner Geduldsfaden. »Scheiße, das ist doch alles Schwachsinn! Ich war es nicht! Wir sollten lieber dafür sorgen, dass der richtige Mörder …« Er war halb aus dem Stuhl, als sich Meyers Hand schwer auf seine Schulter legte und ihn zurück auf die Sitzfläche drückte.

Er ballte die Rechte zur Faust. Die Schürfwunden, die er sich bei der Explosion zugezogen hatte, schmerzten plötzlich wieder. Bis eben hatte er nicht mal mehr an sie gedacht.

Geiger zog ihre schwarze Kostümjacke aus und hängte sie über die Rückenlehne, wie um ihm zu zeigen, dass sie eine Menge Zeit hatte. In ihrer hellen Seidenbluse sah sie etwas weniger streng aus als zuvor, aber noch immer war ihre Miene unnachgiebig. Sie schob sich die akkurat geschnittenen Haare hinter das Ohr. »Was Sie zu verschleiern versuchen ist, dass sie sich gestern Abend mit dem Opfer getroffen haben. Sie haben Laura Zöller auf ihr Zimmer begleitet, dort kam es zu einem Streit, in dessen Verlauf Sie die Frau erst vergewaltigt und dann erwürgt haben!« Sie stand auf und kam auf Faris zu. Viele Meter musste sie dafür nicht überwinden. Faris kam sich bedroht vor.

Er rührte sich nicht. Ihre Worte hatten Bilder hinter seiner Stirn wachgerufen, die er lieber nicht gesehen hätte. Lauras Blut, ihre Leiche. Ihr hochgeschobener Rock. Das zerrissene Höschen auf dem dunkelroten Teppich. »Nichts davon stimmt«, sagte er. Seine Finger auf den Oberschenkeln zuckten.

Geiger schnaubte erneut. Sie brachte ihr Gesicht nahe an das von Faris heran. »Sie sind ein starker, trainierter Mann, Herr Iskander. Wie hat es sich angefühlt, diese Frau auf das Bett zu werfen und ihr …«

»Dr. Geiger!« Rühmanns Stimme war nicht laut, aber sie durchdrang trotzdem die Erregung, die Geiger ergriffen hatte.

Mit einem leicht irritierten Gesichtsausdruck rückte Geiger von Faris ab. Sie ächzte, als ihr bewusst wurde, dass sie sich hatte gehen lassen. Er sah ihr in die Augen, und plötzlich ahnte er, dass die Umstände dieses Verbrechens auch ihr nahegingen. Mit einem Ruck wandte sie ihm den Rücken zu, ihre Schultern waren hochgezogen und verkrampft.

»Was ist Ihr Problem?«, fragte er und verbiss es sich, die zwei Worte »mit mir« hinzuzufügen. Er war schon oft mit ihr aneinandergeraten, aber dabei war es immer darum gegangen, dass er Muslim war und sie ihm aus diesem Grund nicht traute. Die Art und Weise, wie sie ihn eben jedoch mit den Details des Mordes konfrontiert hatte, ließ erahnen, dass möglicherweise noch etwas ganz anderes hinter ihrer Abwehrhaltung ihm gegenüber steckte.

Geiger fing sich jetzt schnell wieder. »Ich bin es nicht, der hier Probleme hat«, schnaubte sie und kehrte zu ihrem Stuhl zurück.

Rühmann nickte bedächtig vor sich hin. »Warst du mit Laura Zöller in ihrem Hotelzimmer, Faris?«, fragte er leise.

»Ja, Herrgott!«, stieß Faris hervor, »aber …«

»Hast du mit ihr geschlafen?« Auch diese Frage kam leise aus Rühmanns Mund. Leise und eindringlich. Genauso wie er vorhin davon gesprochen hatte, dass Laura vor ihrem Tod Sex gehabt hatte. Harten Sex …

Faris rieb sich die Augen. »Nein«, sagte er. Und es war die Wahrheit. Laura hatte ihn in ihr Zimmer gezogen und geküsst. Aber er hatte nicht mit ihr geschlafen. Er hatte es gewollt, ja. Besonders, als sie unter ihren Rock gegriffen und ihren Slip ausgezogen hatte. Trotzdem hatte er es noch irgendwie geschafft, sich von ihr loszumachen und zu gehen. Im Aufzug hatte er an Ira denken müssen, und er hatte sich ihr schmales Gesicht vor Augen halten müssen, um Lauras zutiefst enttäuschte Miene aus seinen Gedanken zu verbannen.

»Nein«, sagte er erneut, und genau in diesem Moment klingelte das Smartphone in seiner Tasche. Hastig zog er das Gerät hervor, aber bevor er einen Blick auf das Display werfen konnte, befahl Geiger: »Legen Sie es weg!«

Faris dachte nicht daran. Er schaute nach, von wo der Anruf kam, und er wusste nicht, ob er entsetzt oder erleichtert sein sollte, als er erkannte, dass es Anisah war. Er suchte Tromsdorffs Blick. »Es ist meine Schwester.«

Mit zwei langen Schritten kam Jens Meyer auf ihn zu und riss ihm das Telefon aus der Hand. »Du befindest dich in einer offiziellen Befragung!«, fauchte er. Das Gerät verschwand beinahe in seiner großen Pranke. Das Klingeln kam Faris plötzlich um ein Vielfaches dringlicher vor.

Er sprang auf. »Anisah ist …«

Wieder ließ Meyer ihn nicht zu Ende reden. Er stieß ihn vor die Brust und drückte ihn zurück auf den Sitz.

Faris packte seine Hand, wehrte sich.

»Schluss!«, donnerte Tromsdorff. Eine Sekunde verstrich. Meyer nahm die Hand weg.

»Gib das Telefon her!«, befahl Tromsdorff ihm.

Er gehorchte, und Faris sah zu, wie sein Chef den Anruf annahm und zwei, drei Sekunden lang lauschte.

Und wie er blass wurde.

»Ich gebe Ihnen Kommissar Iskander«, sagte er. Ohne auf Geigers oder Meyers Proteste zu achten, reichte er das Handy an Faris weiter.

Der riss es ans Ohr. »Anisah?«

»Raten Sie noch mal«, sagte der unbekannte Anrufer.

Mit einer energischen Geste hielt Tromsdorff Meyer und Geiger davon ab, Faris erneut das Handy wegzunehmen.

Faris drehte den beiden den Rücken zu. Seine Kehle war plötzlich nur noch so dick wie ein Strohhalm. »Wo ist meine Schwester?«, presste er hervor.

»Oh, sie liegt hier direkt neben mir gemütlich auf einer Couch.« In der Stimme des Anrufes schwang Hohn mit.

Vor Faris' Augen tanzten fahle Punkte. »Geht es ihr gut? Ich will sie sprechen!«

»Das ist nicht möglich.«

Faris erhob sich langsam. »Ich werde keinem einzigen Ihrer irrsinnigen Befehle folgen, bevor ich nicht weiß, ob es

Anisah gut geht!« Es wunderte ihn, woher er die Kraft für diese Worte nahm. In ihm war nichts als tiefes, unendliches Entsetzen.

Anisah!

Oh, bitte, nein!

Es knisterte im Hörer. »Sagen Sie etwas, Kindchen«, hörte Faris den Entführer gleich darauf aus größerer Entfernung.

Ein sehr leises Stöhnen erklang.

Faris' Hand wanderte zu seinem Mund. »Anisah? Bist du das? Ich hole dich da raus, hörst du? Anisah!«

»F-aaahris?« Sein Name kam nur als ein kaum verständlicher Hauch aus ihrem Mund.

»Ich fürchte, zu mehr ist sie im Moment nicht fähig«, sagte der Anrufer, nachdem er den Hörer wieder selbst genommen hatte.

»Sie Schwein! Was …«

»Nennen … Sie mich nicht so!« Übergangslos hatte der Anrufer zu einem Brüllen angesetzt, doch dann sprach er leiser weiter. »Ihrer Schwester geht es gut! Jedenfalls solange Sie machen, was ich Ihnen sage. Fahren Sie …«

»Kann ich nicht.«

»Wie bitte?« Der Entführer schien irritiert.

»Ich kann nicht machen, was Sie von mir wollen«, wiederholte Faris. »Ich bin vor ein paar Minuten festgenommen worden.«

Einige Sekunden war es still am anderen Ende der Leitung. »Verhaftet?« Der Entführer klang massiv überrascht. Ein ungläubiges Lachen kam aus seinem Mund, ein Lachen, das wieder dieses unangenehme Gefühl von Vertrautheit in Faris wachrief. Woher, zur Hölle, kannte er nur diese Stimme? »Das ist doch ein Scherz, nicht wahr?«

Faris nahm das Handy vom Ohr und hielt es Geiger hin. »Sagen Sie es ihm!«

Geiger räusperte sich. »Hier ist Kriminaloberrätin Dr. Anke Geiger. Herr Iskander hat recht, er befindet sich zur Zeit in polizeilichem Gewahrsam! Er ist verdächtig, einen Mord begangen zu haben.«

Faris umklammerte das Handy, nahm es wieder an sein eigenes Ohr. »Sie haben es gehört!«

Der Entführer lachte erneut. Diesmal klang es nicht mehr ungläubig, sondern verunsichert. »Sie? Der hochgelobte, heldenhafte Kommissar des Mordes verdächtig? Wen sollen Sie ermordet haben?«

Noch während Faris überlegte, was er auf diese Frage antworten sollte, vibrierte das Smartphone in seiner Hand und zeigte an, dass eine SMS gekommen war.

»Sehen Sie sich das Foto an, das ich Ihnen eben geschickt habe!«, befahl der Entführer.

Faris' Hände zitterten, als er die Nachrichten-App öffnete. Beim Anblick des Fotos stieß er ein Ächzen aus.

Der Entführer hatte Anisahs Hand fotografiert. Der Ring mit dem Mäandermuster, den Faris seiner Schwester geschenkt hatte, glänzte im Licht des Kamerablitzes, aber das war es nicht, was Faris den Atem nahm. Es waren Anisahs Fingernägel. Sie waren kurz und unlackiert. Bis auf einen.

Der Entführer hatte Anisahs Zeigefinger rot lackiert.

Der Anblick ließ sämtliche Horrorbilder aus Faris' Albträumen aufflackern. *Die Explosion der verzierten Tür im Museum. Der abgerissene Finger, der anklagend auf ihn wies.*

Er musste sich vornüberbeugen und den Kopf zwischen die Knie halten, um nicht zusammenzuklappen.

Jemand nahm ihm das Telefon weg und warf einen Blick darauf. Es war Tromsdorff. Er hielt das Handy ans Ohr.

»Was verlangen Sie?« Seine Stimme war ganz fest und ganz ruhig.

Faris hob den Kopf. Dumpf nur hörte er die zornige Stimme des Anrufers.

»Sagen Sie es *mir*!«, befahl Tromsdorff, aber offenbar weigerte sich der Entführer.

Faris hob die Hand, forderte das Handy zurück. Täuschte er sich, oder wog es plötzlich Tonnen?, dachte er, als Tromsdorff es ihm tatsächlich gab.

»Was wollen Sie?«, flüsterte er hinein.

»Ich will, dass Sie zum Gemeindezentrum der Walid-Tamer-Moschee in Kreuzberg kommen. Allein! Und sofort! Andernfalls habe ich Mittel und Wege, meiner Forderung Nachdruck zu verleihen.«

Wie um seine Worte zu bestätigen, schluchzte Anisah auf. Es war ein Geräusch so voller Angst und Schrecken, dass Faris rotsah.

Er schloss die Augen, aber das führte nur dazu, dass er sich vorkam, wie in ein Meer von Blut getaucht, also riss er sie wieder auf.

»Ich bin auf dem Weg!«, krächzte er.

Er war bereits an der Tür, als Geigers Stimme ertönte: »Stopp! Sie sind noch immer festgenommen!«

Wie angewurzelt blieb er stehen, die Klinke bereits in der Hand. Ein höhnisches Lachen kam über seine Lippen. »Das ist nicht Ihr Ernst, oder?« Dann wandte er sich um. »Er tut meiner Schwester etwas an, wenn ich nicht mache, was er sagt!«

Sie schnaubte nur. Kopfschüttelnd verschränkte sie die Arme vor der Brust.

»Er geht!«, mischte sich Tromsdorff ein. »Und er geht nicht unbewaffnet!«

Geiger starrte ihn zornig an. »Hier habe noch immer ich …«

»Anke! Muss ich dich daran erinnern, dass der Innensenator …« Tromsdorff ließ den Rest des Satzes in der Luft hängen.

»Er ist ein Mordverdächtiger!«

Statt Geiger darauf zu antworten, verließ Tromsdorff den Raum und kehrte gleich darauf mit Faris' Dienstwaffe und -marke zurück. Beides gab er Faris, und er sah nicht so aus, als sei er bereit, über diese Sache länger zu diskutieren. »Marc und ich kommen mit dir«, sagte er. Marc stand bereits in der Tür und wartete.

Geiger zögerte. Dann lenkte sie ein. »Also gut, aber ihr geht nicht allein!«

»Ich begleite ihn!«, bot sich Meyer an.

Geiger überlegte. »Gut. Aber ich gebe Ihnen noch einen weiteren Beamten mit.«

Einen, dem ich hundertprozentig vertraue, ergänzte Faris im Stillen und senkte den Kopf, damit Geiger die Verachtung in seinem Blick nicht sah.

»Und Sie werden verkabelt!«, fügte Geiger hinzu. »Meyer, würden Sie sich bitte darum kümmern?«

Meyer nickte und ging, um jemanden vom KTI zu holen. Als er zurückkehrte, hatte er Ben dabei, der eine kleine Schachtel in der Hand hielt und auf die Kante des Schreibtisches stellte. »Ich mache mich gleich daran, Anisahs Handy zu orten, aber ich fürchte, der Kerl ist nicht blöd. Der hat mit Sicherheit dafür gesorgt, dass es so aussieht, als käme sein Anruf aus Singapur.«

Faris wusste, dass es diverse Möglichkeiten gab, die Ortung eines Handys zu erschweren. Relaisstationen, Internettelefonie, Virtual Private Network Tunnel – es gab Dutzende Wege, ihnen das Leben schwer zu machen. Und jeder einzelne davon bedeutete, dass er in diese elende Moschee musste, wenn er Anisah retten wollte.

Er ließ sich von Ben einen der In-Ear-Hörer geben, die seit einigen Monaten die klobigeren Funk-Headsets von früher ersetzten, und steckte sich das kleine Gerät ins Ohr.

»Vorerst habe ich mal dein Handy angezapft«, sagte Ben, »sodass wir im *War Room* mithören können, wenn er dich wieder anruft. Vielleicht schaffen Shannon und Marc es doch noch, ihn auf diese Weise zu identifizieren oder wenigstens aus Hintergrundgeräuschen auf seinen Aufenthaltsort zu schließen.«

»Gut.« Faris rückte den Hörer bequemer zurecht und hielt Geigers finsterem Blick dabei stand. Er hatte das unbändige Bedürfnis, das arabische *Yalla!* zu benutzen, um sie zu schockieren. Er verbiss es sich. »Also los!«, sagte er.

15. Kapitel

Das Gemeindezentrum, dem auch Samirs Organisation Pro Toleranz angegliedert war, lag in der Prinzenstraße, nicht weit von der U-Bahn-Station gleichen Namens entfernt. Mit dem zivilen Streifenwagen brauchten Faris und die anderen eine knappe Viertelstunde bis dorthin. Der vierte Kollege, den Geiger ihnen mitgegeben hatte, stammte aus der Abteilung 113 und hieß Ralf Kanther. Da sie nicht wussten, ob Anisahs Entführer in der Nähe war, hielt Meyer den Wagen in sicherem Abstand von der Moschee am Straßenrand und machte Motor und Scheinwerfer aus. Faris löste den Sicherheitsgurt, blieb jedoch sitzen.

»Hörst du mich, Ben?«, fragte er.

»Nach wie vor klar und deutlich«, kam Bens Antwort.

Drei junge Männer, die sich im Innenhof der Moschee versammelt hatten, standen im Schein einer Lampe beieinander und unterhielten sich angeregt. Faris sah auf seine Armbanduhr. Es war kurz vor halb sieben. Die Männer waren hier, um das *Salat al-Isha* zu verrichten, eines der fünf für einen frommen Muslim vorgeschriebenen Gebete, das in der Zeit zwischen dem Beginn der Dunkelheit und Mitternacht gebetet werden musste.

»Ich gehe jetzt rein«, meldete Faris für Ben und die anderen im *War Room*. Dann sah er Tromsdorff an.

Der nickte nur.

Marc legte Faris von hinten eine Hand auf die Schulter. »Pass auf dich auf, Partner!«

Faris schob das Kinn vor. Dann stieg er aus und ging die letzten hundert Meter auf die Moschee zu. Er war sich sicher, dass Geiger in der Zwischenzeit Marvin Andersen von der Abteilung 5 informiert hatte und dass in diesem Moment Spezialkräfte dabei waren, die Gegend weiträumig abzusichern. Mit einem unguten Gefühl deswegen sah er den drei Gläubigen entgegen, die noch nicht im Gebetsraum verschwunden waren. Sie waren alle kaum zwanzig, schätzte er.

Einer von ihnen trug Kaftan und Häkelmütze. Faris kannte seinen Namen nicht. Die anderen beiden jedoch, die leger in Jeans und Sweatshirts gekleidet waren, hatte er bei der einen oder anderen Veranstaltung seines Schwagers schon einmal getroffen. Er versuchte, sich an ihre Namen zu erinnern. Der Kleinere hieß Achmed, das wusste er noch. Der Name des anderen war ihm allerdings entfallen.

»Hey, Faris!«, grüßte derjenige, dessen Namen Faris nicht mehr einfiel. »Seit wann kommst du zum *Isha*-Gebet in die Moschee?«

Faris schlug seine Faust gegen die von Achmed. »Ich bin nicht zum Beten hier. Ich soll mich im Gemeindezentrum mit jemandem treffen.«

Der Kaftanträger schüttelte den Kopf. »Ist nicht gut, wenn du deine Gebetspflichten vernachlässigst, Bruder!«, sagte er in gutmütig klingendem Tonfall.

Achmed wies auf die Tür des Gemeindesaales, der dem Eingang zum Gebetsraum genau gegenüberlag. »Dein Schwager ist übrigens vor ein paar Minuten auch rein.«

Faris schaute Achmed überrascht an. »Samir?«

»Oh, oh«, kam es aus dem Hörer. Marc.

»Ja, Mann«, sagte Achmed. »Wir dachten erst, er kommt zum Gebet, aber offenbar nicht. Ist irgendwas mit dem? Voll blass war der.«

»Verdammt«, hörte Faris Tromsdorff murmeln. »Das ist nicht gut!«

Er bezwang die Anspannung und sah die drei jungen Männer der Reihe nach an. So ruhig wie möglich schüttelte er den Kopf. »Alles okay. Danke für die Info.«

Auf dem Weg zur Tür des Gemeindesaals drückte er mit einer Hand den Hörer tiefer ins Ohr. »Von den dreien ist keiner unser Anrufer.« Er hatte sehr genau auf den Tonfall und die Stimmfärbung jedes Einzelnen geachtet, und er war sich sicher.

Der Gemeindesaal, in dem Samir sonst seine Treffen mit den Jugendlichen abhielt und den Faris jetzt betrat, befand sich rechter Hand in einem Gebäude, das von den anderen durch eine dicke Brandmauer abgetrennt war. Früher hatte sich hier das Warenlager eines Baustoffhändlers befunden, allerdings hatte man mit Farbe und Rauputz den Lagerhallencharme nicht ganz beseitigen können. Im Inneren des Saales war es dunkel. Nur das Licht der Innenhofbeleuchtung, das hinter Faris durch die Tür fiel, riss ein paar Einzelheiten aus der Finsternis. Es roch nach Abtönfarbe und Wischwasser und ein wenig nach Essen. Faris betätigte den Lichtschalter an der Wand. Flackerndes Neonlicht flammte auf und übergoss alles mit kaltem Schein. Mehrere Tische standen zu einem U zusammengestellt in der Mitte des Raumes, die dazugehörigen Stühle waren an einer Wand aufgestapelt. Von der Decke hingen Kabel, an die man einen Beamer anschließen konnte. All das machte einen unfassbar trostlosen Eindruck auf Faris. Das letzte Mal, dass er hier gewesen war, hatte er sich zusammen mit seinen Brüdern eine Fußballübertragung angesehen, an die er sich kaum noch erinnern konnte. Er wusste nicht einmal, wer überhaupt gespielt hatte.

Er kämpfte gegen das Gefühl von Endzeitstimmung an, das ihn überwältigen wollte.

»Samir?«, rief er. »Bist du hier?« In seinem Genick standen die Haare zu Berge.

»Faris?« Samirs Stimme kam aus dem hinteren Teil des Gebäudes. »Allah sei Dank!«

Faris wandte sich nach rechts. Sein Schwager stand am Beginn eines unbeleuchteten Flurs, der von dem großen Saal aus tiefer in die Eingeweide der alten Lagerräume hineinführte.

»Er hat Anisah!« Samirs Stimme brach beinahe bei diesen Worten. Er wirkte um Jahre gealtert. »Beim Allmächtigen, Faris, er …«

»Ich weiß«, unterbrach Faris ihn. »Darum bin ich hier.« Der Anblick seines Schwagers jagte ihm einen tiefen Schrecken ein. Es sah aus, als hätten sich unter Samirs Haut die Muskeln selbstständig gemacht. Ein nervöser Tic ließ sein rechtes Lid zucken. Seine Zunge erschien zwischen seinen Lippen und verschwand wieder. Sein Kehlkopf ruckte auf und ab, einmal, zweimal, dreimal. Faris wandte den Blick ab. »Wir kriegen sie wieder, Samir, das verspreche ich dir!«

Samir nickte hastig, voller Hoffnung, und Faris fühlte sich wie ein Lügner, weil er nicht wusste, ob er dieses Versprechen würde halten können. »Warum bist du hier?«, fragte er.

»Der Entführer.« Samir leckte sich über die Lippen. »Er hat mir eine SMS geschickt und mir befohlen, mich hier mit dir zu treffen. Er hat ein Bild angehängt, Faris, auf dem Anisah ...« Ein dumpfes Stöhnen riss ihm den Rest der Worte von den Lippen. »Wenn ihr was passiert, Faris, dann mache ich dich ...«

»Schon klar! Versuch dich zu konzentrieren. Was wollte der Entführer von dir?«

»Ich soll dir was geben.«

Halb erwartete Faris nach diesen Worten, dass Samir etwas aus der Tasche ziehen und ihm überreichen würde, aber das tat er nicht. Stattdessen fuhr er sich in die Haare. »Komm mit!«, sagte er. Dann ließ er die Arme fallen, drehte sich um und verschwand in dem Flur. Es sah aus, als werde seine Gestalt von der Finsternis verschluckt.

Samir führte Faris den Gang entlang bis zu einer Betontreppe. Als er die Hand nach dem Lichtschalter ausstreckte, zitterte er. Eine Reihe weiterer Neonröhren unter der Decke sprang an und riss den Treppenabgang aus dem Dunkel.

In Faris' Magen lag ein Eisklumpen und verursachte ihm ein Frösteln.

Wenn meiner Schwester etwas passiert ..., dachte er grimmig, und Hass staute sich hinter seinen Augen auf. Es fühlte sich an, als rege sich etwas in seinem Schädel, etwas Unheilvolles, das er nicht lange würde kontrollieren können. In seinem Kopf entstand ein Summen, das klang, als hätten sich sämtliche Gedanken in gehässige Granatsplitter verwandelt und schrammten von innen an seinem Schädel entlang.

Er folgte seinem Schwager die Treppe hinab und durch

eine Holztür, die sie hinter sich offen ließen. Hinter der Tür befanden sich Kellerräume, in denen allerlei Gerätschaften herumstanden: nicht gebrauchte Möbel, Sport- und Spielgeräte, die für die Jugendnachmittage oben im Gemeindesaal benutzt wurden, Putzzeug und ähnliche Dinge mehr. An einer Wand stand ein Metallspind, der mit einem dicken, massiv aussehenden Vorhängeschloss gesichert war.

Vor diesem Spind blieb Samir stehen. Er schien jetzt ein wenig ruhiger als noch eben. Faris kannte dieses Phänomen. Solange die Angehörigen von Entführungsopfern die Anweisungen der Entführer befolgten, hatten sie sich einigermaßen im Griff. Sie konnten sich einreden, dass alles gut werden würde, wenn sie einfach nur taten, was von ihnen verlangt wurde. Diese Einschätzung war erschreckend oft falsch, aber Faris hatte nicht vor, das seinem Schwager zu sagen.

Samir brauchte mehrere Anläufe, um den Schlüssel in das Schloss zu führen und den massiven Bügel aufschnappen zu lassen. Als er es endlich geschafft hatte, öffnete er den Spind. Er bückte sich und holte eine große, rotblau gestreifte Sporttasche heraus. Mit ihr in der Hand drehte er sich um. Dann blieb er stehen wie eine Aufziehpuppe, deren Uhrwerk abgelaufen war. Zwei, drei Sekunden lang rührte er sich überhaupt nicht, schließlich murmelte er: »Er will, dass ich dir das hier gebe.«

»Was ist da drin?« Faris nahm die Tasche. Als er einen Blick hineinwarf, stockte sein Atem. »Scheiße!«, rutschte es ihm heraus.

»Faris?« Tromsdorffs Stimme in seinem Ohrhörer klang besorgt. »Alles okay?«

»Alles okay«, bestätigte er und starrte auf die vier dicken, in rotbraunes Wachspapier eingepackten Stangen in der Tasche. Sprengstoff.

»Woher hast du den?«, fragte er Samir. Vorsichtig stellte er die Tasche neben seinen Füßen ab und unterdrückte den irrationalen Impuls, einen Schritt zur Seite zu machen.

»Iskander!« Diesmal meldete sich der Kollege Kanther. Er klang ungeduldig und angespannt. »Du musst mehr reden, damit wir mitbekommen, was bei dir los ist!« Faris achtete nicht auf ihn, weil er sich vollends auf seinen Schwager konzentrierte.

Samirs Blick senkte sich auf die Tasche. »Keine Ahnung. Ehrlich. Vielleicht hat ihn einer der Jungs hier deponiert.«

Faris spürte, wie ihm beim Anblick des Tascheninhalts der kalte Schweiß ausbrach. Mit klatschnassen Händen strich er sich durch die Haare, dann bückte er sich und griff nach den Henkeln der Tasche. Sie fühlten sich rau an an seiner Haut. »Hat er gesagt, was ich damit soll?«

Samir schüttelte den Kopf.

Faris fasste sich ans Ohr. »Robert?«

»Ja?«, meldete sich Tromsdorff.

»Ich habe hier …« Er wurde unterbrochen, weil sein Smartphone klingelte. Das Geräusch war wie ein Tritt in den Magen. Hastig fingerte er das Telefon hervor und sah auf das Display.

Anisah.

»Er ruft wieder an«, informierte er seine Kollegen.

»Ruhig bleiben!«, mahnte Ben im *War Room.* »Denk dran: Wir hören mit!«

Faris fuhr sich mit der Zunge über die Lippen. Dann ging er ran.

Diesmal war es tatsächlich seine Schwester.

»Hast du die Tasche?« Ihre Worte klangen undeutlich, verwaschen, so, als habe sie starke Medikamente im Blut. Aber da war noch etwas anderes in ihrer Stimme. Etwas, das Faris mit den Zähnen knirschen ließ.

Als sie beide noch Kinder gewesen waren, hatten Anisah und er einmal ihre Großeltern in Alexandria besucht und verbotenerweise in einem Abbruchhaus gespielt. Sie waren in einen Keller eingebrochen, aus dem sie mit eigener Kraft nicht mehr herauskommen konnten. Es hatte fast vierundzwanzig Stunden gedauert, bis man sie gefunden hatte. Damals in der Finsternis hatte Anisahs Stimme genauso geklungen wie in diesem Augenblick. Kindlich. Ängstlich. Aller Hoffnung beraubt.

Faris umfasste die Henkel der Tasche fester. »Habe ich.«

Es knackte in der Leitung. »Sehr gut!«, sagte der Anrufer, und das Gefühl, diesen Kerl zu kennen, wurde so übermächtig, dass Faris die freie Hand ebenfalls zur Faust ballte. Die Granatsplitter in seinem Schädel verursachten ihm Kopfschmerzen. »Wie geht es jetzt weiter?«

Samir stand noch immer wie zur Salzsäule erstarrt an Ort und Stelle.

»Kommen Sie nicht von selbst drauf?«

Der Sprengstoff in der Tasche schien Tonnen zu wiegen. »Sagen Sie es mir!«

»Warum sollte ich? Sie haben meine Anweisung bereits erhalten.«

Faris zwang den Zorn, der blutig rot vor seinen Augen flackerte, in den hintersten Winkel seines Verstandes. *Cool bleiben!* »Ich verstehe nicht, was Sie meinen«, log er und stellte die Tasche neben seinen Füßen ab.

»Ich rede von Önurs Botschaft!«

»Önurs Botschaft?« Faris begegnete Samirs erschrockenem Blick. *»Das nächste Mal wirst du auf den Auslöser drücken?«*

»Ganz genau.«

»Holy Shit«, hörte er über seinen Ohr-Hörer Shannon im *War Room* fluchen. »Was für ein *Bastard*!« Sie sprach das Wort amerikanisch aus, zog das A in die Länge wie einen Kaugummi. Faris verspürte Dankbarkeit dafür, dass seine Kollegen mithörten. Shannon war eine Meisterin darin, Menschen aufgrund ihrer Stimme und dessen, was sie sagten, zu analysieren. Sie würde ihm helfen, das hier zu überstehen. Sie alle im Team würden ihm helfen, Anisah zu retten.

Er musste seinen Teil dazu beitragen. Er musste Ruhe ausstrahlen. Den Entführer ernst nehmen und herausfinden, was er wollte. »Sagen Sie mir, was genau ich tun soll.« Er hoffte, dass der Kerl am anderen Ende der Leitung das Hämmern seines Herzens nicht hören konnte. Ihm selbst kam es vor, als habe er einen riesigen Bronzegong in der Brust.

»Dazu kommen wir gleich. Wissen Sie, dass man jeden Menschen brechen kann, wenn man ihm genügend Schmerz zufügt? Die Frage ist nur, wo die Linie verläuft. Die Linie, die man überwinden muss, um ihn gefügig zu machen.«

Unwillkürlich wanderten Faris' Gedanken zu Laura, ihrem zerquetschten Kehlkopf. Er zögerte, überlegte, wie weit er gehen konnte, wie weit er gehen musste. »Was hat man Ihnen angetan, dass dies alles hier nötig ist?«

Eine ganze Weile war es still in der Telefonleitung. Faris glaubte, das schwere Atmen des Entführers zu hören, und er versuchte verzweifelt, sich in dessen Kopf hineinzudenken. Was war der Grund für all das hier?

Wer. War. Der Kerl?

Es machte Faris irre, dass er keinen blassen Schimmer hatte.

»Es geht hier nicht darum, was mir angetan wurde«, ließ sich der Entführer endlich wieder vernehmen. »Sondern es geht darum, was Ihnen angetan werden wird.« Er wartete, bis die Worte langsam in Faris' Verstand einsickerten. »Wissen Sie, Herr Iskander, dass es möglich ist, jeden Menschen zu jeder nur erdenklichen Tat zu bringen, wenn man seine geheimste Angst kennt?« Wieder machte er eine Pause. Als er schließlich weitersprach, klang ein Lächeln in seiner Stimme mit. »Was ist Ihre größte und geheimste Angst?« Im Hintergrund stieß Anisah einen unterdrückten Schmerzensschrei aus. »Ich meine natürlich abgesehen davon, dass jemand Sie zwingen könnte, auf den Auslöser zu drücken. Dass Sie Ihr Team verlieren, vielleicht? Die Unterstützung jener Menschen, denen Sie Ihr Leben anvertrauen würden? Wie waren noch die Namen? Kriminaloberrat Robert Tromsdorff, nicht wahr? Und Marc Sommer? Andrea Roth? Soll ich fortfahren?«

Faris versuchte, etwas zu erwidern, aber er brachte nur einen unbestimmten Laut hervor.

»Ich denke, Sie haben verstanden, was ich sagen will. Und ich würde nun gern wissen, was Sie tun, wenn diese Angst Wirklichkeit wird.«

Samir war inzwischen so blass, dass er durchscheinend wirkte. Faris blinzelte, und dann erst ging ihm auf, dass es nicht an seinem Schwager lag. Alles um ihn herum hatte einen unwirklichen Schimmer bekommen, als habe sich ein Schleier zwischen ihn und die Realität gelegt, den er niemals wieder würde durchdringen können.

»Zuerst einmal«, befahl der Entführer, »verschließen Sie die Tür, durch die Sie und Ihr Schwager eben gekommen sind.«

Faris drehte sich um. Die Holztür stand noch immer halb offen. »Wie wollen Sie kontrollieren, ob ich tue, was Sie sagen?«

Der Entführer gab keine Antwort, dafür klingelte gleich darauf Samirs Handy. Samir zuckte so heftig zusammen, dass es schmerzhaft aussah. Eilig tastete er nach seinem Handy, riss es ans Ohr. »Ja?«

»Sagen Sie mir, was Iskander tut«, hörte Faris den Entführer durch sein eigenes Telefon sagen. Offenbar hatte der Mann zwei Geräte am Ohr.

Samir wimmerte leise.

»Schon gut«, sagte Faris. »Ich habe verstanden.« Er schob die Tür zu und drehte den Schlüssel, der auf der Innenseite steckte, zweimal um.

»Hat er gehorcht?«, erkundigte sich der Entführer bei Samir.

»Ja.« Samirs Stimme war kaum noch menschlich.

»Jetzt nehmen Sie den kleinen Ohrhörer raus und zerstören ihn, Iskander.«

»Scheiße, woher weiß er von den In-Ears?«

»Faris!«

Bens und Tromsdorffs Stimmen überlagerten sich in Faris' Ohr. Er blendete sie bewusst aus. Er nahm den In-Ear-Hörer heraus, starrte eine Sekunde lang darauf und zertrat ihn unter seinem Absatz. Tromsdorff und die anderen würden jetzt fluchen und schwitzen. Faris' Blick wanderte zu der zweiten Treppe, die am gegenüberliegenden Ende des Ganges nach oben führte. Er wusste, dass sie in einem kleinen Hinterhof herauskam, jenseits der Lagerhallen. Und er wusste auch, dass seine Kollegen nicht die geringste Ahnung von diesem Fluchtweg hatten. Sein Blick fiel auf die Tasche mit dem Sprengstoff. Der Entführer hatte diese gesamte Aktion hier offenkundig genau durchdacht und geplant.

Faris' Muskeln spannten sich an wie in Erwartung eines schmerzhaften Hiebs in die Magengrube.

»Samir?«, fragte der Entführer.

»Er hat es zertreten«, flüsterte Samir.

»Sehr gut!« Ein Knistern ertönte in der Leitung. Gleich darauf kam die Stimme des Mannes aus einer größeren Entfernung. »Es tut mir leid, meine Liebe«, hörte Faris ihn zu Anisah sagen. »Aber jetzt ist der Zeitpunkt gekommen, vor dem Sie die ganze Zeit solche Angst hatten.«

Anisah stieß einen flehenden Laut aus, der den Schimmer der Realität, der um Faris lag, in ein düsteres Glühen verwandelte. Er kämpfte darum, dass seine Beine nicht unter ihm nachgaben. »Nicht …«, wisperte er und konnte doch nicht das Geringste tun.

»Bitte nein!«, hörte er seine Schwester hauchen, dann schrie sie. Sie schrie so lang gezogen und gequält, dass Faris nicht anders konnte. Er schrie mit ihr.

Er schrie, bis Anisah in einem entsetzten Wimmern verstummte, und ihr panisches, atemloses Schluchzen an sein Ohr drang.

Jemand hämmerte von der anderen Seite gegen die Holztür. »Faris! Verdammt!« Es war Tromsdorff.

»Anisah!«, flüsterte Faris, und dann brüllte er: »Sie verdammter Scheißkerl! Was haben Sie mit ihr gemacht?«

Samir war rückwärtsgewichen und stand jetzt mit dem Rücken an den Spind gepresst. Wie in Zeitlupe rutschte er an dem Schrank hinunter zu Boden.

»Sehen Sie sich das Bild an!«, befahl der Anrufer. Im gleichen Moment zeigte ein Vibrieren an, dass eine neue Nachricht gekommen war.

Alles in Faris wollte sich weigern, den Blick auf das zu richten, was der Entführer ihm gesendet hatte. Sein Körper zitterte, er wollte fort, fort von hier, fort von dem Grauen, das er bereits empfand und von dem er wusste, dass es sich gleich in ungeahnte Höhen steigern würde. Seine Hände zitterten so sehr, dass er es kaum schaffte, die Nachricht aufzurufen.

Er sammelte alle Kraft und allen Mut, die er noch in sich finden konnte, und öffnete das Foto.

Diesmal gaben seine Beine nicht unter ihm nach. Diesmal fiel er ins Bodenlose.

»La elah ela Allah!«, flüsterte er und wünschte sich zum ersten Mal in seinem Leben, dass er in diesem Stoßgebet Trost finden könnte.

Er musste sich an der Wand abstützen, um nicht wie Samir zu Boden zu gehen.

»Iskander! Mach auf!« Wieder wurde von außen gegen die Tür gehämmert, jetzt war es jedoch Kanther, der rief, nicht Tromsdorff.

»Sie verdammtes Schwein!«, stieß Faris hervor. Durch den Schleier vor seinen Augen starrte er auf das grausame Bild auf seinem Handydisplay. Es zeigte einen Finger mit rotem Nagel und einem schmalen Ring, der ihm so schrecklich vertraut war. Anisahs Ring.

Anisahs Finger.

Er war direkt über dem Knöchel abgetrennt worden, das Blut, das aus dem Stumpf quoll, leuchtete frisch und rot.

Faris würgte gegen den Zorn und den Schock an, die ihn schwindelig machten. »Sie verd…« Er konnte nicht mehr weitersprechen.

Samir hatte in seiner zusammengekauerten Position den Kopf gehoben. Faris drehte das Handy so, dass sein Schwager das Bild ebenfalls sehen konnte.

Nahezu im selben Sekundenbruchteil übergab sich Samir explosionsartig.

»Das war eine kleine Demonstration dessen, wozu ich fähig bin«, sagte der Entführer. Auf einmal klang seine Stimme völlig verändert, nicht mehr menschlich, sondern wie etwas, das direkt aus den Tiefen der Hölle zu ihm heraufdrang. Faris keuchte. *Gahannam*. Der Ort der ewigen Pein. Er hatte schon früher gedacht, ihn gefunden zu haben, aber diesmal war das Gefühl endgültig und allumfassend. Er zwang sich, tief durchzuatmen, aber der saure Geruch von Samirs Erbrochenem zog ihm die Kehle zusammen. Nur unter Aufbietung aller Kräfte konnte er es vermeiden, sich ebenfalls zu übergeben. »Was *wollen* Sie?«, fragte er mit flacher Stimme.

»Ich muss mich jetzt zunächst um die Wunde Ihrer Schwester kümmern«, erklärte der Entführer. »Das dauert eine Weile. Unterdessen werden Sie dafür sorgen, dass Ihre Kollegen davon absehen, Ihnen weiterzuhelfen.«

Faris hob die Hand in den Nacken und presste die Fingernägel in die weiche Stelle zwischen Genick und Hinterkopf. Sein Schädel fühlte sich an, als sei er kurz vor der Explosion. Ihm war heiß und kalt gleichzeitig, und er wusste, dass das die ersten Anzeichen eines Schocks waren.

»Gehe ich recht in der Annahme, dass Sie Ihre Waffe dabeihaben?«

Faris tastete nach der Pistole an seiner Hüfte. »Ja«, meinte er vorsichtig. *Gahannam,* hämmerte es in seinem Schädel.

Der Entführer machte eine kleine Pause, und es kam Faris vor, als müsse auch er sich für das Kommende wappnen. »Erschießen Sie Ihren Schwager!«, befahl er dann.

16. Kapitel

DER ANDERE

»Wie bitte?« Iskanders Stimme klang, als dringe sie aus einer Schlucht zu ihm hinauf. Aus der tiefsten Hölle.

Der Mann, der Vergeltung wollte, lächelte. Natürlich hatten sie es sich genau überlegt, wie sie Iskander leiden lassen konnten, aber nun geschah alles noch viel besser. Der Befehl, Samir zu erschießen, war so nie vorgesehen gewesen, aber alles fügte sich so wunderbar, dass er einfach nicht anders konnte, als die Gelegenheit zu nutzen.

»Sie haben mich genau verstanden!«, sagte er.

»Das kann ich nicht!« Iskander winselte, doch in seinen Ohren klang es noch nicht geschlagen genug. Da war immer noch dieser Anflug von Stolz in seiner Stimme, diese Arroganz.

Der Mann, der Vergeltung wollte, strich Anisah ein paar Haare aus der Stirn. Ihr Blick lag auf seinem Gesicht, fassungslos, ängstlich, am Rande des Wahnsinns. Er überlegte, ob er diesen Anblick für Iskander fotografieren sollte, so wie er den Finger fotografiert hatte.

Er räusperte sich. »Wie würde es sich anfühlen, Herr Iskander, wenn ich Anisah jetzt … hm, sagen wir, die Kehle durchschneiden würde?« Er ließ den Fingernagel seines

Mittelfingers über ihre Wange und an ihrem Hals hinab bis zu der weichen Stelle zwischen ihren Schlüsselbeinen wandern.

Ihr Blick verschleierte sich. Wenn das Entsetzen bereits allumfassend war, das wusste er, dann koppelte sich der Verstand von dem Geschehen ab. Offenbar war dieser Moment bei Anisah gerade erreicht.

Faris holte tief Luft. »Wenn sie tot ist, haben Sie kein Druckmittel mehr!«, stieß er hervor. »Dann werde ich Sie jagen, bis ich Sie habe, und wenn es das Letzte ist …«

»Mag sein.« Der Blick des Mannes wanderte über Anisahs ausgestreckt liegenden Körper und dann hin zu einem Deckenbündel, das er in der Ecke des Zimmers auf dem Fußboden abgelegt hatte. *Schlaf!,* dachte der Mann, der Vergeltung wollte, *noch ist es nicht an der Zeit, deinen Platz in diesem Tanz einzunehmen …* Er bemerkte, dass er kurz abgeschweift war. »Mag sein«, wiederholte er. »Aber ich hätte immerhin die Genugtuung, dabei zu sein, wenn Sie Ihre Schwester sterben hören. Würde es Ihnen gefallen, zuhören zu müssen, wie sie an ihrem eigenen Blut erstickt, Herr Kommissar? Ihr nicht helfen zu können, genauso wie Sie den Menschen im Klersch-Museum nicht helfen konnten? Oder Paul, Ihrem Partner?« Er machte eine Pause, dann holte er zu seinem kräftigsten Hieb aus. »Oder Laura?«

* * *

Faris stützte sich mit dem Unterarm gegen die Wand und legte die Stirn auf den Handrücken.

Wer mit Ungeheuern kämpft, dachte er. Unter seinem eigenen Arm hindurch sah er mit an, wie Samir sich zitternd in die Höhe stemmte.

Das Gesicht seines Schwagers war ausdruckslos und völlig leer.

Faris schloss die Augen. Seine freie Hand näherte sich der Waffe, sank dann aber wieder nach unten. »Ich bin kein Mörder«, wisperte er.

Der Entführer lachte leise. »Kennen Sie dieses Geräusch?« Eine mechanische Stimme sagte: »Zehn.« Es war dieselbe Stimme, die den Countdown von Önurs Bombe heruntergezählt hatte. »Bei Null verliert Anisah einen weiteren Finger. Und dann wiederholen wir das Spielchen so lange, bis Sie tun, was ich Ihnen sage!«

Als Faris den ersten Schock überwunden hatte, war der Countdown bereits bei Acht angekommen. »Ich kann meinen eigenen Schwager nicht erschießen!«, krächzte Faris.

Sein Blick suchte den von Samir, suchte irgendeine Emotion in dessen Miene. Aber da war nichts mehr.

Samir blickte zu der Waffe an seinem Gürtel.

Faris blieben sieben Sekunden.

»Faris!«, wimmerte Anisah. Vor seinem inneren Auge sah er, wie der Drecksack nach ihrer Hand griff und bedächtig den nächsten Finger auswählte.

Tu es! Samir schaffte es nicht, die Worte laut auszusprechen, aber die Bewegung seiner Lippen war überdeutlich.

Faris tastete nach dem Kolben seiner Waffe.

Sechs Sekunden.

Er hatte nicht die geringste Ahnung, was er machen sollte. Anisahs Schluchzen an seinem Ohr ließ sein Trommelfell schmerzen. Seine Gedanken jagten, fanden jedoch keinen Ausweg aus dieser Falle.

Fünf Sekunden.

Er zog die Waffe. Entsicherte sie.

Wie würde er damit weiterleben können, wenn er jetzt Samir erschoss? Er hob die Waffe.

Samir straffte die Schultern. Sein Gesicht war bleich, seine Lippen blutleer. Langsam nickte er.

Vier Sekunden.

Wenn er es nicht tat, würde Anisah …

Er hörte, wie sie ein schrilles, gequältes Kreischen ausstieß.

Drei, sagte die Stimme des Countdowns.

Und Faris drückte ab.

Der Schuss gellte überlaut in dem engen Gang. Der Querschläger jaulte. Samir brach zusammen, und von diesem Moment an rauschten die Ereignisse an Faris vorüber wie ein Güterzug mit tödlicher Fracht. Das Smartphone entglitt seinen Fingern und landete mit einem Poltern auf dem Betonfußboden. Die Zeit schien sich zusammenzuziehen und dehnte sich ruckartig wieder aus. Stimmen und hastige Schritte erklangen jenseits der Tür, dann krachte etwas mit voller Wucht gegen das Holz. Der Rahmen erzitterte. Faris wirbelte herum. Die Waffe lag unerträglich schwer in seiner Hand, und der Geruch des Schießpulvers biss in seiner Nase.

»Faris?« Tromsdorffs Stimme klang schrill durch die verschlossene Tür. Faris' Blick irrte zu Samir, der sich am Boden krümmte, dann zu der Tasche mit dem Sprengstoff.

Wer mit Ungeheuern kämpft …

Er bückte sich, hob das Handy auf, riss es ans Ohr, während sich auf der anderen Seite der Tür erneut jemand gegen das Holz warf. Staub rieselte von den Angeln.

»Anisah?«, keuchte er.

Der Entführer sagte nur vier Worte: »Verschwinden Sie von da!« Dann unterbrach er die Verbindung.

In diesem Moment flog die Tür auf und krachte gegen die Wand. Tromsdorff stand vor ihm, das Gesicht steinern vor Schrecken und Fassungslosigkeit. Sein Blick streifte Samir, richtete sich auf Faris.

Langsam hob Faris die Waffe.

»Faris, um Gottes will...« Meyer, der hinter Tromsdorff auftauchte, verstummte mit einem erschrockenen Kieksen.

Kanther hingegen hatte die Überraschung schneller überwunden. »Waffe fallen lassen!«, donnerte er. Die Mündung seiner Pistole wies auf Faris' Brust.

Faris' Herz hämmerte das Blut durch seine Adern. Langsam wich er zurück, bis sein Fuß gegen die Tasche stieß. Ebenso langsam steckte er das Smartphone weg und schwenkte seine Waffe zu Kanther herum.

»Faris, nicht!«, bat Tromsdorff.

»Hilf mir, Anisah zu retten, Robert«, flüsterte Faris. Der dunkle Abgrund in ihm klaffte wieder auf und drohte, ihn zu verschlingen.

»Waffe runter!«, bellte Kanther. Faris starrte in die Mündung seiner Waffe wie in die Finsternis in seinem Innersten.

Etwas in ihm krümmte sich. »Er will ...«

Dann gellte ein Schuss, riss ihm den Rest des Satzes von den Lippen. Ein brutaler Schlag rammte ihm in die linke Schulter.

»Nein!«, schrie Tromsdorff. Und dann: »Kanther! Nicht!«

Faris taumelte. Eine unsichtbare Faust grub sich in seinen Leib, bohrte Stahlkrallen in sein Fleisch. Zerrte einen düsteren Schleier vor seine Augen. Ihm blieb jetzt keine Zeit mehr zum Überlegen. Wenn er nicht tat, was der Entführer von ihm verlangt hatte – auf der Stelle von hier verschwinden –, würde er erneut in die Mühlen der Justiz geraten. Bis er Geiger und ihren Leuten klargemacht hatte, was hier vor sich ging, würde Anisah wahrscheinlich weit mehr als nur ein paar Finger verloren haben, und das konnte er unmöglich zulassen.

Er überlegte nicht lange. Er biss die Zähne aufeinander, wirbelte herum, packte die Tasche mit dem Sprengstoff und hetzte mit ihr die Treppe hinauf. Hinaus auf einen Hof, der menschenleer war.

»Jens, lass ihn!«, hörte er Tromsdorff rufen, und das war ein winziger Funke Licht in der Düsternis, die ihn einhüllte.

Im Laufen steckte er die Waffe weg. Das Gewicht der Tasche in seiner linken Hand schickte glühende Lava durch seine Schulter. Er schrie auf und wechselte die Tasche in die rechte.

Durch das Gewirr von ineinandergeschachtelten Hinterhöfen, Kellern und vollgestellten Laubengängen erreichte er die Moritzstraße. Der Schleier vor seinen Augen hatte sich rot gefärbt. Die Schmerzen raubten ihm den Atem, aber er lief weiter. Ein Martinshorn jaulte ganz in der Nähe auf, entfernte sich jedoch. Im Schein einer Straßenlaterne stützte Faris sich an einer Hauswand ab und öffnete seine Lederjacke. Was er sah, überraschte ihn nicht: Unter dem linken Schlüsselbein färbte sich der Stoff seines Hemdes blutig rot.

Der Entführer lachte.

Er lachte so laut und explosionsartig, dass Anisah zusammengezuckt wäre, wenn sie sich hätte bewegen können.

Aus dem Augenwinkel sah sie, wie der Mistkerl die beiden Handys sinken ließ, über die er mit Faris und Samir telefoniert hatte. Sie sah, wie er das eine in die Tasche steckte und sich mit dem anderen gegen das Kinn tippte. Noch einmal entwich seiner Kehle ein Lachen, dann kratzte er sich im Gesicht.

Sie empfand nichts mehr. Über Panik und Entsetzen war sie inzwischen weit hinaus. Sie hatte zugesehen, wie ihr Entführer die Rosenschere an ihrem Knöchel angesetzt und zugedrückt hatte. Er hatte seine gesamte Kraft aufwenden müssen, wie bei einem dicken Ast. Ein Ast. Nur ein Ast. Nur. Ein. Ast. Wie ein Mantra sagte sie sich diesen Satz wieder und wieder vor. Sie hatte keine Schmerzen empfunden, und sie empfand auch jetzt keine. Offenbar sorgte dafür das Medikament, das der Scheißkerl ihr gegeben hatte.

Es war nur ein Finger. Nur ein Finger. Nur ein …

Samir! Der Name ihres Mannes flackerte in ihr auf.

Erschießen Sie Ihren Schwager, das hatte der Entführer von Faris verlangt. Anisah glaubte, durch das Telefon einen Schuss gehört zu haben. Was war geschehen? Faris! Hatte er etwa … undenkbar. Oder?

Faris war kein Mörder. Aber er war entschlossen, Leid und Kummer von ihr fernzuhalten, soweit es in seiner Macht stand. Sie dachte daran, wie er sich als Jugendlicher einmal für sie hatte krankenhausreif prügeln lassen. Er war … so, so unfassbar … zu allem bereit. Horror breitete sich in ihr aus, als ihr bewusst wurde, dass sie es für möglich hielt. Faris. Samir. Ihr Bruder und ihr Mann. Ein Mörder und sein Opfer? Lebte Samir? Oder war er gestorben, um sie zu retten?

Ihr wurde schwindelig, und sie schloss die Augen.

Die Leere in ihrem Innersten war unerträglich. War ihr

Verstand auf dem Weg, sich vollends zu verabschieden? Vielleicht passierte ihr das alles ja in Wahrheit gar nicht. Vielleicht träumte sie einen nicht enden wollenden furchtbaren Albtraum.

Sie spürte, wie ein tief empfundenes Schluchzen sich in ihrer Brust ausbreitete.

Und ein Dichter schreibt ein Gedicht, sang sie stumm. *Und es tanzt und tanzt und tanzt ...*

Sie korrigierte sich selbst. Das hier. Das war kein Albtraum. Es war die Hölle.

Die U-Bahn in Richtung Warschauer Straße fuhr genau in dem Moment ein, als Faris den Bahnsteig der Station Prinzenstraße erreichte.

Er sah sich nach etwaigen Verfolgern um, aber ganz offensichtlich hatte Tromsdorff Meyer tatsächlich davon abgehalten, ihm nachzulaufen.

Sieht fast so aus, als wäre ich dir einen Schritt voraus, Drecksack!, dachte er, und er kam sich vor wie in einem Drogenrausch. Doch dann bremste er sich. Es war nur das Adrenalin, das der Aufschlag der Kugel in seinem Leib ausgeschüttet hatte.

Er stieg in einen der U-Bahn-Waggons und sah sich um. Ein junger Mann mit violetten Kopfhörern auf den Ohren und ein Pärchen, das angezogen war wie für die Oper, waren ihm am nächsten. Der Rest der Fahrgäste verschwamm vor seinen Augen. Er wankte und schaffte es gerade noch, sich auf eine leere Viererbank fallen zu lassen und die Tasche auf den Sitz neben sich zu stellen, bevor der brutale Schmerz ihn von den Beinen geholt hätte.

Sein Herz klopfte heftig und schnell. Ihm war schlecht,

und um nicht zu kotzen, beugte er sich vor und starrte auf den Boden zwischen seinen Füßen. Die Welt um ihn herum schwankte, obwohl der Zug noch gar nicht losgefahren war.

Der junge Mann mit den Kopfhörern musterte ihn ein paar Sekunden lang neugierig, aber als Faris einen finsteren Blick auf ihn abschoss, wandte er sich rasch ab.

Der Zug fuhr los. Faris legte eine Hand locker auf die Schusswunde. Das Einschussloch war in dem schwarzen Leder seiner Jacke kaum zu sehen, und das Blut wurde von dem Futter aufgesogen. Wenn er sich nicht zu auffällig verhielt, würden die meisten Passanten nicht bemerken, dass er schwer verletzt war. Er lehnte den Kopf zurück, schloss die Augen und rang den pulsierenden Schmerz nieder.

In diesem Augenblick trat ihm jemand auf den Fuß.

Er öffnete die Augen wieder.

Eine alte Frau in einem langen dunkelblauen Mantel und Gesundheitsschuhen ließ sich auf den gegenüberliegenden Sitz plumpsen.

»Verzeihung!«, bat sie. »Aber die fahren immer so schnell weiter. Man hat kaum Zeit, sich einen Platz zu suchen.« Mit dem Gehstock, den sie bei sich hatte, klopfte sie bestätigend auf den Boden.

Faris nickte knapp, dann vergrub er das Gesicht in den Aufschlägen seiner Lederjacke.

In der Miene der Frau erschien ein misstrauischer Ausdruck. Deutlich war zu erkennen, dass sie mit sich rang. Gleich würde sie ihn ansprechen, und er wusste nicht, ob er in der Lage war, ihr zu antworten, ohne dass man ihm etwas anmerkte. Sie hob ihren Stock, um damit gegen seinen Schuh zu klopfen.

Doch da fuhr der Zug bereits in der Station Schlesisches Tor ein. Mit einem Ruck, der ihn beinahe hätte aufschreien lassen vor Schmerz, sprang Faris auf, packte die Tasche und eilte hinaus auf den Bahnsteig. Dort musste er stehen bleiben, weil sein Herz Kapriolen schlug.

Der Zug fuhr wieder an, und als die alte Frau an ihm vorbeirollte, konnte er einen letzten Blick in ihr argwöhnisches Gesicht werfen.

Eine Sekunde lang hielt er ihrem Starren stand.

Gucken Sie genau hin!, dachte er in einem Anflug von Galgenhumor. *So sieht jemand aus, den sie wegen Mordes jagen.*

Dann war sie fort.

Faris atmete auf.

Der Zug war kaum im Tunneleingang verschwunden, als Faris' Smartphone klingelte.

»Ich hoffe, in diesem Augenblick jagt Sie die gesamte Polizei von Berlin«, sagte der Entführer.

»Was glauben Sie?« Faris dachte an Ben und daran, dass er sein Handy abhörte.

»Sie und ich, eine Sache zwischen uns beiden«, sagte der Entführer. »Ich muss gestehen, die Vorstellung gefällt mir irgendwie.«

Sie und ich!

Faris hörte diese Worte, und im Stillen dachte er: *Leute, lasst mich bloß nicht im Stich!* Dann straffte er seinen Oberkörper, soweit es seine Wunde zuließ. »Ich will meine Schwester sprechen!« Seine Stimme kam ihm selbst schmerzverzerrt und atemlos vor, und die nächsten Worte des Entführers zeigten, dass auch er das gehört hatte.

»Was ist mit Ihnen?«

Faris wich einem alten Ehepaar aus, das zwei schwere Rollkoffer hinter sich herzog und damit genau auf ihn zuhielt. Allein diese Bewegung ließ fahle Flecken vor seinen Augen tanzen. »Ich wurde angeschossen«, sagte er und verspürte eine gewisse Befriedigung, als der Kerl am anderen Ende der Leitung scharf Luft durch die Zähne zog.

»Nun, das ist eine bedauerliche Komplikation. Sind Sie trotzdem einsatzfähig?«

Faris musste sich auf eine der Bänke in der Mitte des Bahnsteigs setzen. »Ich verrate es Ihnen, wenn Sie mich vorher mit meiner Schwester sprechen lassen.«

»Warten Sie«, murmelte der Entführer. »Ihr Bruder, meine Liebe«, hörte Faris ihn gleich darauf sagen, im nächsten Moment war Anisah dran.

»Was ... ist mit Sa...mir?«, wisperte sie.

Faris schloss die Augen. Die gekrümmte Gestalt seines Schwagers erschien vor ihm, und er brachte es nicht fertig, seine Schwester anzulügen. Er schwieg.

Sie glaubte zu verstehen. Sie schluchzte leise auf.

»Wie geht es dir?«, fragte Faris. Er hatte den Geschmack von Batteriesäure auf der Zunge, das Bild ihres abgetrennten Fingers tanzte vor seinem geistigen Auge.

»Ich bin in Ordnung.« Sie klang alles andere als das. Sie klang, als sei sie nur noch ein Geist, ein Fähnchen Rauch, das der Wind in alle Himmelsrichtungen wehen würde. »Er hat mich verarztet. Ich werde nicht verbluten.« Sie holte lang und zitternd Luft. »Hol mich hier raus, Faris!«

Faris verhärtete sein Innerstes gegen das Wissen, was er dafür vielleicht tun musste. »Das werde ich!«, versprach er. Er öffnete die Augen wieder. Sein Blick fiel auf die Sporttasche, die er zu seinen Füßen abgestellt hatte. »Das werde ich.«

»Gut.« Der Entführer kehrte nun selbst ans Telefon zurück. »Ich werde prüfen, ob Sie meinem Befehl tatsächlich nachgekommen sind. Wenn das der Fall ist, melde ich mich bei Ihnen, aber nicht über Ihr Handy. Das müssen Sie loswerden.«

Erschrocken nahm Faris das Telefon vom Ohr. Wusste der Kerl, dass Ben mithörte? Er hatte auch von dem In-Ear-Hörer gewusst, etwas, was eigentlich Insiderwissen hätte sein sollen. Konnte es sein ...?

Faris überlief es kalt, aber bevor er die Frage zu Ende denken konnte, ob es unter seinen Kollegen einen Maulwurf gab, jemanden, der seinen Gegner mit Informationen versorgte, lieferte dieser bereits eine Erklärung für seine Forderung: »Wenn Sie es behalten, können Sie jederzeit geortet werden.«

»Wenn ich das Handy wegwerfe, können Sie mir keine Anweisungen mehr geben.« Sein Blut klebte das Futter seiner Jacke an seiner Brust fest.

»Darum werden Sie sich kümmern. Versorgen Sie Ihre Wunde, aber vermeiden Sie es auf jeden Fall, in ein Krankenhaus zu gehen. Ich will nicht, dass Sie wieder verhaftet werden. Besorgen Sie sich ein neues Handy. Klauen Sie eins, wenn nötig. Und dann rufen Sie von ihm aus Anisahs Nummer an, damit ich Sie für neue Anweisungen erreichen kann.«

Faris betrachtete die blutroten Flecken, die auf der Rückseite seiner Lider tanzten. »Kann etwas dauern, bis ich wieder einsatzfähig bin«, ächzte er, aber der Entführer hatte bereits aufgelegt.

Es dauerte nur Sekunden, dann klingelte sein Telefon erneut. Ben war dran. »Scheiße, Faris, angeschoss…«

Faris unterbrach ihn mitten im Wort: »Ich komme klar. Sorry, Kumpel.« Dann legte er auf, schaltete das Smartphone aus und warf es in den Papierkorb neben der Bank. Schwerfällig stemmte er sich auf die Füße, verließ den U-Bahnhof und ging die Wiener Straße entlang, bis er den Görlitzer Park erreicht hatte, der zu dieser Jahreszeit abends weitgehend verlassen dalag. Von der anderen Seite des Parks aus waren es nur noch wenige Meter bis zu dem Ort, zu dem er wollte.

17. Kapitel

DER ANDERE

Iskander angeschossen.

Im ersten Moment ärgerte sich der Mann, der Vergeltung wollte, über diese Nachricht, doch dann begriff er, dass auch sie ein Geschenk war. Diese Verletzung bedeutete eine Verzögerung seines Plans. Sie verlängerte also Iskanders Gang durch die Hölle, und das war doch eigentlich perfekt. Es bereitete dem Mann Genugtuung, sich vorzustellen, wie Iskander dort draußen Schmerzen litt. Körperliche Schmerzen. Und seelische. Das war genau die richtige Strafe dafür, dass dieses elende Schwein seinen Schwanz nicht bei sich behalten konnte. Bald würde er dafür noch weitaus Schlimmeres erleiden.

»Warum?«

Er blinzelte. Hatte Anisah eben etwas gesagt?

Sein Blick wanderte zu ihr. Ihre Augen waren trübe von der Droge, die er ihr verabreicht hatte.

»Was meinen Sie, meine Liebe?«, fragte er.

»Warum?«, wisperte sie erneut. »Warum tun Sie … das?«

Er spürte, wie ein Lächeln seine Züge aufleuchten ließ. »Oh. Das sagte ich doch bereits. Es geht um Vergeltung.« Er beugte sich über Anisah und sah die Angst in ihrem Blick.

Es machte ihn an. Plötzlich hatte er eine Erektion, doch er zwang sich zur Zurückhaltung. Er würde Anisah nicht anrühren. Er hatte seinen Trieb unter Kontrolle. Er vögelte nicht mit Frauen, die einem anderen gehörten.

Er nahm seinen Laptop, klappte ihn auf und wählte sich ins Netz ein. Die Internetadresse von berlin2day erschien in der Verlaufszeile seines Browsers, nachdem er nur ein B getippt hatte. Er startete die Website und blickte auf einen Beitrag über ein Holi-Festival, das gestern Abend irgendwo in der Stadt stattgefunden hatte. Die Bilder von feiernden jungen Leuten, die sich gegenseitig mit buntem, mehlartigem Pulver bewarfen, wirkten befremdlich auf ihn. Eine Laufzeile mit dunkelroter Schrift jedoch, die unten auf der Seite die neuesten Nachrichten verkündete, zeigte ihm, was er wissen wollte.

»Wissen Sie, was hier steht?«, fragte er Anisah. »Ich lese es Ihnen vor: Schießerei in Kreuzberger Moschee. Ein Toter. Täter auf der Flucht.«

Obwohl sie eben bewiesen hatte, dass sie in der Lage war zu reden, reagierte sie nicht auf seine Worte. Sie starrte einfach schweigend an die Decke, nur eine einzelne Träne rann aus ihrem Augenwinkel und ihre Schläfe hinab.

Zärtlich strich er über den Verband an ihrer Hand und stellte sich vor, wie Iskander irgendwo dort draußen saß und seine eigene Blutung stillte.

* * *

»... befinde mich hier vor der Walid-Tamer-Moschee in Kreuzberg, in der es vor einer knappen Stunde zu einer Schießerei gekommen ist«, sagte die Reporterin von berlin2day. Hinter ihr zuckte der rhythmische Schein eines Blaulichts über die Fassade eines ehemaligen Baustoffhandels.

Ira saß auf der Couch in ihrem Wohnzimmer, hatte die Füße untergeschlagen und mit einem Kissen bedeckt. Bis eben hatte sie sich von dem laufenden Programm berieseln lassen, ohne wirklich etwas mitzubekommen, aber als die Reporterin nun weitersprach, hob Ira den Kopf. »Augenzeugen haben uns berichtet, dass im Keller des angeschlossenen Gemeindezentrums Schüsse gefallen sein sollen.« Die Kamera zoomte auf, sodass nun eine Einfahrt zu erkennen war, aus der ein mit einem weißen Tuch bedeckter Körper auf einer Rollbahre auf die Straße gefahren wurde. »Offenbar hat es mindestens einen Toten gegeben. Angeblich ist direkt nach dem zweiten Schuss ein bewaffneter, arabisch aussehender Mann aus dem Gebäude gelaufen. Bisher konnten wir nur in Erfahrung bringen, dass es sich bei der Walid-Tamer-Moschee um jene handelt, in der auch der Attentäter verkehrte, der heute Morgen die Bombe am Breitscheidplatz gezündet hat. Die Polizei hat noch keine offizielle Bestätigung abgegeben, aber hier vor Ort macht das Gerücht die Runde, dass beide Ereignisse zusammenhängen und dass dieser Mann die tödlichen Schüsse abgefeuert hat.« Das Bild zeigte nun das Standfoto eines Mannes.

Faris?

Erschrocken stellte Ira die Füße auf den Boden und schaute zu, wie der Tote in einen Krankenwagen geschoben wurde und sich dessen Türen hinter ihm schlossen.

»Bei dem Verdächtigen handelt es sich um Faris Iskander, den Kriminalbeamten, der heute Morgen die beiden Geiseln befreite, bevor der Attentäter die Bombe zünden konnte. Wie es dazu kommen konnte, dass Iskander von der Schusswaffe Gebrauch gemacht hat und sich nun auf der Flucht befindet …«

Ira schnitt den Rest des Berichts mit einem Druck auf die Fernbedienung ab. »Gott im Himmel!«, flüsterte sie und starrte aus dem Fenster auf die Straße hinaus, wo eine kaputte Laterne unregelmäßig vor sich hin flackerte.

In Gedanken sah sie Faris' Gesicht vor sich, seine dunklen Augen mit diesem speziellen Ausdruck, für den sie einfach kein passendes Wort fand. Sie sah ihn lächeln. Nur sehr selten hatte er so gelächelt, dass es auch seine Augen erreicht hatte.

Wenn es stimmte, dass er den Mann unter dem weißen Tuch erschossen hatte, dann doch bestimmt in Ausübung seiner Pflicht als Polizist. Aber wenn das der Fall war, warum befand er sich auf der Flucht?

Was ging hier vor?

Die Fragen rasten mit solcher Geschwindigkeit durch ihren Kopf, dass sie davon ganz kribbelig wurde. Unruhig begann sie, im Wohnzimmer auf und ab zu gehen, bis die Wände immer dichter an sie heranzurücken schienen.

Sie blieb stehen und warf den Kopf in den Nacken. Aber es nützte nichts. Sie musste einfach hier raus, sie musste frische Luft schnappen!

Sie schlüpfte in Jacke und Schuhe. Dann steckte sie ihr Handy und ihren Haustürschlüssel ein und verließ die Wohnung.

Vor der Haustür warf sie einen Blick auf die flackernde Straßenlampe und überlegte, ob sie nach rechts in den Görlitzer Park gehen sollte. Aber aus irgendeinem Grund war ihr das Gelände bei Dunkelheit schon immer unheimlich gewesen, also wandte sie sich nach links und marschierte in Richtung Skalitzer Straße davon.

Das Haus in der Lübbener Straße hatte fünf Etagen, aber die Wohnung, in die er wollte, lag im Erdgeschoss. Da er ein paarmal hier gewesen war, wusste Faris, dass sich hinten zum Hof raus das Schlafzimmer befand. Es hatte einen kleinen Balkon, und dessen Tür war nur mit einem einfachen Fenstergriff gesichert. Er selbst hatte Ira mehr als einmal darauf aufmerksam gemacht, wie leicht es war, eine solche Tür zu knacken.

Die größte Schwierigkeit war, über das Geländer des Balkons zu klettern. Als er das geschafft hatte, brauchte er ein paar Minuten, bis sein geschundener Körper die Anstrengung einigermaßen überwunden hatte und er wieder klar sehen konnte. Danach war es nur noch eine Sache von Sekunden, bis er die Balkontür geknackt hatte. Er stellte die Tasche mit dem Sprengstoff hinter die Tür, erst dann betrat er Iras Schlafzimmer, in dem ihr Geruch so überdeutlich schwebte, als sei sie erst kürzlich hier gewesen. Das Bett war nicht bezogen. Offenbar hatte sie es abgezogen, bevor sie nach Rio gegangen war.

Er überwand den Impuls, sich einfach auf die Matratze fallen zu lassen. Zunächst musste er die Blutung stillen, dann musste er telefonieren. Er durchquerte das Schlafzimmer und den angrenzenden Flur und ging in Iras winziges Badezimmer. Von seinen früheren Besuchen wusste er, dass sie ihre sauberen Handtücher in einem Schrank unter dem Waschbecken aufbewahrte. Er nahm eines heraus, dann zog er den Reißverschluss seiner Jacke auf und drückte das Handtuch gegen die Wunde.

Der Schmerz war unbeschreiblich. Kurz wurde ihm schwarz vor Augen, und als er wieder sehen konnte, schrillte es in seinen Ohren. Lange würde er nicht mehr durchhalten, bevor sich sein Bewusstsein eine Auszeit nahm. Er musste sich also beeilen.

Das Handtuch gegen die Schulter gepresst, wankte er in Iras ordentliches, spartanisch eingerichtetes Wohnzimmer.

Hier gab es bis auf ein paar Regale mit Büchern kaum Zierrat. Die Wände waren in Weiß und Dunkelrot gestrichen, und der einzige Wandschmuck war ein alter, fast blinder Spiegel mit schwerem goldenem Rahmen. Das Festnetztelefon stand auf einem kleinen Tischchen neben der Couch, auf die er sich nun setzte.

Das Handtuch war auf der einen Seite durchtränkt von Faris' Blut. Er faltete es neu und drückte es wieder gegen die Wunde, während er sich vornüber beugte, um mit der verletzten Hand den Hörer von der Ladestation zu nehmen. Fluchend vor Schmerzen wählte er Anisahs Handynummer.

Der Entführer war in einer Sekunde dran.

»Das ist der Anschluss, auf dem Sie mich in den nächsten Stunden erreichen«, sagte Faris. »Können Sie die Nummer auf Ihrem Display sehen?«

Es knisterte kurz in der Leitung. »Ja«, sagte der Entführer dann. »Wie geht es Ihnen?«

Faris verspürte das Bedürfnis zu lachen, weil ihm die Besorgnis des Mistkerls so absurd vorkam. »Nicht besonders. Ich brauche ein paar Stunden Ruhe.«

»Kein Problem. Ich melde mich wieder.« Der Entführer unterbrach die Verbindung.

Faris knirschte mit den Zähnen. Dann wählte er Tromsdorffs Handynummer.

»Ja?« Tromsdorff war kaum weniger schnell dran als zuvor der Entführer.

»Robert.« Stoßartig zog Faris Luft durch die Nase. »Ich bin's!«

»Faris! Gott sei Dank!« Sein Chef klang erleichtert. »Wo bist du? Ich dachte schon, du wärest ... Wie geht es dir?«

»Blendend.«

»Red keinen Scheiß! Kanther hat dich angeschossen.« Ein Geräusch ertönte, das klang, als habe Tromsdorff eine Tür zugemacht. Faris stellte sich vor, wie sein Chef in seinem Büro neben dem *War Room* stand und scin Handy ans Ohr gepresst hielt, tiefe Falten um Mund und Augen und mit einem Blick, der zwischen grimmig und besorgt schwankte.

»Er hat mich in die Schulter getroffen«, erklärte er. »Ein Steckschuss, soweit ich es beurteilen kann.«

»Wo bist du?«

Faris zögerte. Er hatte diese Flucht nicht angetreten, um sich jetzt von seinen Kollegen freiwillig hier abholen zu lassen. Er wusste, dass Tromsdorff auf seiner Seite war, aber auch sein Chef war nicht allmächtig. Er konnte die Mühlen der Justiz nur bedingt aufhalten, und wenn Faris erst einmal in deren Fänge geraten wäre, hätte er keine Chance mehr gehabt, Anisah zu befreien.

Faris ging zum Fenster und schaute hinaus in den winterlichen Hinterhof. Eine Reihe Mülltonnen stand vor einer niedrigen Mauer, daneben hing eine verrottete Wäscheleine, die aussah, als sei sie im vergangenen Jahrtausend das letzte Mal benutzt worden. Hinter der Mauer erstreckte sich ein Rasenstück, das von kahlen Büschen umstellt war wie von einer Armee Skelette.

»Faris?«, hakte Tromsdorff nach. Er war hörbar irritiert, weil Faris ihm seine Frage nicht beantwortet hatte.

»Sag mir zuerst, was mit Samir ist.«

Tromsdorff reagierte mit einer Gegenfrage. »Hast du einen Fernseher in deiner Nähe?«

Faris sah sich um. Iras Flachbildfernseher stand auf dem Fußboden, der Couch genau gegenüber. »Ja.«

»Mach berlin2day an!«

Das Handtuch war inzwischen vollständig durchgeblutet. Faris starrte auf seine Finger. Sie klebten aneinander. Er griff sich die Fernbedienung und schaltete den Fernseher ein. Er war auf den Hauptstadtsender eingestellt, und das Logo – die Buchstaben b und d mit einer geschwungenen 2 im Hintergrund – sprang ihm ins Auge.

Der Bericht über den Abriss einer asbestverseuchten Grundschule in Charlottenburg lief, aber in der Textzeile unter dem Bild las Faris: »Schießerei in Kreuzberger Moschee. Ein Toter. Täter auf der Flucht.« Dann war der Bericht über die Schule zu Ende. Eine Reporterin erschien vor der Fassade der Walid-Tamer-Moschee. Das zuckende Blaulicht eines Polizeiwagens ließ ihre Haarspitzen metallisch schimmern. Faris hörte zu, wie sie von der Schießerei berichtete, und als eine Bahre mit Samirs Körper unter einem weißen Tuch aus dem Eingang gefahren wurde, musste er sich anlehnen.

Den Oberarm schützend an die Seite gepresst, hob er die kalten Fingerspitzen der linken Hand an die Wange. Der Schmerz wühlte sich tiefer in seine Schulter. »Du hast mich verstanden«, murmelte er und konnte für ein paar Sekunden nicht weitersprechen. »Gott sei Dank! Wie geht es Samir?«

»Gut so weit. Wir haben ihn in eine sichere Wohnung gebracht. Er ist natürlich unruhig, weil der Kerl noch immer deine Schwester in seiner Gewalt hat. Und auch weil wir nicht wussten, was mit dir ist.« Tromsdorff lächelte hörbar. »Du glaubst nicht, wie Gitta mir deinetwegen die Hölle heiß macht!«

Faris spürte dem Gefühl von Wärme in seinem Inneren nach. Was würde er nur ohne das Team der SERV machen? »Sag ihnen allen, es ging mir schon wesentlich schlechter.« Das war nicht einmal gelogen. Er drückte das Handtuch fester auf die Wunde. Vor seinem geistigen Auge liefen die Geschehnisse im Keller des Gemeindezentrums ab wie ein Film. Er hörte wieder seinen eigenen Schuss durch den kleinen Raum hallen, spürte den Querschläger dicht an seinem Kopf vorbeisirren. Er sah Samir auf die Knie fallen, sah die Überzeugung in seinen Augen, getroffen worden zu sein, gleich darauf dann die Überraschung, dass er unversehrt war. Faris hatte die Kugel in eine der Wände gejagt. Es war eine Eingebung gewesen, ein verzweifelter Versuch, Zeit zu schinden, indem er dem Entführer weismachte, er habe seinen Befehl befolgt.

»Glaube ich dir gerne«, behauptete Tromsdorff. »Sag mir, wo du bist, wir kommen dich holen.«

»Nein, Robert! Ihr habt gehört, was der Kerl zu mir gesagt hat, als er verlangte, dass ich Samir töte. Er will, dass ich von Eurer Unterstützung abgeschnitten bin. Er hat das danach noch einmal bekräftigt.« In knappen Worten erzählte Faris, was nach seiner Flucht aus der Moschee geschehen war. Während er redete, glaubte er, Shannon im Hintergrund »My Goodness!« hervorstoßen zu hören.

»Und du willst ihn glauben machen, dass du tust, was er sagt? Darum hast du dein Handy weggeworfen, oder?«

Faris bejahte.

»Wo bist du?«, fragte Tromsdorff erneut.

Wieder weigerte Faris sich, ihm die Antwort zu geben.

»Du weißt schon, dass es für Ben ein Leichtes ist, den Anschluss rauszufinden, von dem du anrufst?«

»Ich weiß.«

»Scheiße, Faris. So läuft das nicht!«

»Doch, Robert! Genau so läuft das. Weil Anisah meine Schwester ist. Vorerst bleibe ich hier und kümmere mich um meine Wunde. Allein!«

Im Hintergrund diskutierten mehrere Leute miteinander, aber Faris verstand nur Bruchstücke.

Tromsdorff fluchte. »Du bist so ein Arschloch, weißt du das?« Aber es war etwas an der Art, wie er das sagte, das Faris spüren ließ, dass er seiner Bitte nachkommen würde. Vorerst.

»Du musst auch noch an etwas anderes denken, Robert. Wenn du nicht weißt, wo ich bin, kann Geiger dir keinen Strick daraus drehen, dass du nicht hergekommen bist und mir den Kopf abgerissen hast.«

»Geiger.« Tromsdorff lachte grimmig. »Du kannst dir vorstellen, dass sie Gift und Galle gespuckt hat, als sie hörte, was passiert ist. Ich habe ihr gegenüber behauptet, dass wir es hier mit einer größeren Sache zu tun haben, dass der Kerl, der deine Eier in der Hand hat, das Gleiche auch mit anderen machen wird. So weit hergeholt ist der Gedanke ja nicht einmal.«

Faris nickte. Die Kampf-gegen-den-Terror-Karte. Sie war schon von ganz anderen Männern als seinem Chef gespielt worden. Vorsichtig sagte er: »Du weißt schon, dass Geiger *deine* Eier in der Hand hat, wenn hinter dieser Sache nur ein persönlicher Racheakt gegen mich steckt?«

»Geiger ist bald nicht mehr das Problem«, erwiderte Tromsdorff kryptisch. Faris fragte nicht nach, was er damit meinte. Wenn es darum ging, das Fortbestehen der SERV zu sichern, spielte sein Chef gern einmal im politischen Zirkus mit, und im Grunde wollte Faris gar nicht wissen, was da so hinter den Kulissen ablief. Außerdem hatte er im Moment wahrlich andere Probleme.

»Ich konnte Geiger also davon überzeugen, unsere kleine Scharade mitzuspielen, aber ich glaube auch, das ist mir nur gelungen, weil sie so eine Möglichkeit hat, dich zur Großfahndung rauszugeben. Ich glaube, als sie das gemacht hat, hat sie fast einen Orgasmus gekriegt.« Der Anflug von bitterem Humor verschwand aus Tromsdorffs Stimme. »Dir ist schon klar, dass davon einiges an dir hängen bleiben wird, oder? Dein Bild wird in allen Medien im Zusammenhang mit diesem *Mord* gezeigt.«

»Wenn es dazu dient, Anisah zu retten, ist mir das egal!« Faris dachte an seine eigenen Worte.

Für Anisah würde ich alles tun.

Die Couch war einladend weich. Er verspürte den dringenden Wunsch, sich hinzulegen, aber er verwehrte es sich. Sobald er in der Waagerechten lag, das ahnte er, würde er so schnell nicht wieder auf die Füße kommen.

»Wer weiß alles davon, dass Samir noch lebt?«, fragte er.

»Wir haben versucht, den Kreis klein zu halten, also nur das Team, das mit den Ermittlungen betraut ist. Ein paar Leute von der Abteilung 5, Meyer und Rühmann, dann die beiden Sanitäter, die die *Leiche* abtransportiert haben, und Geiger natürlich.«

»Die Sanitäter ...«

»Werden die Klappe halten, solange es notwendig ist.

Dafür habe ich gesorgt. Aber Geiger …« Tromsdorff zögerte. Als er weiterredete, klang er vorsichtig. »Geiger weiß zwar von dem vorgetäuschten Mord, Faris. Aber sie weiß nichts von dem Sprengstoff in deiner Tasche. Noch nicht.«

Faris ließ das eine Weile wirken. »Du weißt von dem Sprengstoff?« Er vermutete, dass Samir es ihm erzählt hatte, aber sein Chef belehrte ihn eines Besseren.

»Das war nicht so schwer zu erraten.« Er machte eine kurze Pause. »Was ist jetzt mit dem Zeug?«

Faris stand wieder auf, trat vor den Spiegel und warf einen langen Blick auf sein verschwommenes Bild. Das Einzige, was er erkennen konnte, war, dass er blass war. Seine Augen wirkten in dem hellen Oval seines Gesichtes wie schwarze Löcher. »Irgendjemand muss den Sprengstoff in dem Keller deponiert haben. Auf jeden Fall wusste unser Täter von seiner Existenz. Versucht rauszufinden, wo das Zeug herkommt, vielleicht bringt uns das weiter.«

Tromsdorff überlegte. »Kannst du sagen, was für ein Dreckszeug es ist?«

Faris wandte sich um. »Warte einen Moment.« Er ging ins Schlafzimmer zurück und hob die Tasche auf Iras Bett. Am Rand seines Blickfeldes tanzten dunkle Schatten, und der Schmerz in seiner Schulter verwandelte sich langsam in ein grelles, kaum erträgliches Glühen. Vorsichtig zog er den Reißverschluss auf und warf einen Blick auf die leicht klebrig aussehenden Päckchen. »Könnte Ammongelit sein. Aber ich bin da kein Fachmann.«

»Ich setze jemanden dran. Was hast du jetzt vor?«

»Zuerst mal muss ich mich um meine Schulter kümmern.«

»Gut. Werde nicht leichtsinnig. Nicht dass du irgendwo

in der Ecke liegst und verblutest, während wir darauf warten, dass du dich wieder meldest.«

Prüfend sah Faris auf die Wunde an seiner Schulter. »Keine Angst. So schlimm ist es nicht«, log er und wusste selbst nicht genau, warum er das tat. In ihm rührte sich etwas sehr Finsteres, und er war unfähig, den Blick darauf zu richten.

Er hatte sich kaum von Tromsdorff verabschiedet, als draußen auf dem Hausflur jemand einen Schlüssel ins Türschloss steckte und ihn umdrehte.

Eilig sah er sich nach einer Versteckmöglichkeit um. Auf den niedrigen Fensterbänken standen keinerlei Blumen. Wenn er also Glück hatte und es sich bei dem unverhofften Besucher nur um eine Nachbarin handelte, die nach dem Rechten sah, würde sie vielleicht wieder gehen, ohne ihn in diesem Zimmer entdeckt zu haben. Vorsichtshalber stellte er sich trotzdem hinter die Tür. Er musste sich an der Wand abstützen, weil ihm schwindelig war, und bemerkte erst danach, dass er lang gezogene rote Schmierflecken auf der hellen Tapete hinterließ.

Die Haustür wurde ins Schloss gezogen, und als Faris schon dachte, dass er wieder allein war, klirrte ein Schlüssel in einer Metallschale.

Schritte näherten sich der Wohnzimmertür.

Faris' Muskeln spannten sich. Die Tür wurde geöffnet, aber niemand kam herein, stattdessen wandte der Neuankömmling sich ab und ging in die Küche. Eine Weile kramte er dort herum. Geschirr klapperte, dann wurde der Wasserhahn an- und wieder abgestellt.

Faris atmete so flach wie möglich. Täuschte er sich, oder war der Geruch von Iras Parfüm plötzlich stärker als zuvor?

In seinem Kopf drehte sich alles.

Der Besucher verließ die Küche, und diesmal betrat er das Wohnzimmer. Faris handelte instinktiv. Er ließ das Handtuch fallen und packte die Gestalt von hinten.

Iras Herz blieb beinahe stehen, als sich ein kräftiger Männerarm um ihren Oberkörper legte. Ein spitzer Schrei entfuhr ihrer Kehle, aber sie reagierte, ohne lange nachzudenken. Mit einem wilden Ruck befreite sie sich und fuhr herum.

Sie erstarrte.

»Faris!«, rief sie.

Schwankend stand er da. Sein Gesicht war so bleich, dass sie aufkeuchte. Erst auf den zweiten Blick bemerkte sie das ganze Blut an seinen Händen und unter den Aufschlägen seiner offenen Lederjacke. Ihr Herz machte einen schmerzhaften Satz.

»Was tust du hier?«, stieß sie hervor.

Er konnte ihr nicht antworten. Bevor er es auch nur schaffte, den Mund aufzumachen, sackte er in sich zusammen. Es gelang ihr gerade noch, ihn aufzufangen und vor einem harten Sturz auf die Bodendielen zu bewahren. Glücklicherweise wurde er nicht vollständig ohnmächtig, denn sonst hätte sie es niemals geschafft, ihn zu ihrem Sofa zu bugsieren und ihn darauf abzulegen.

»Ich blute alles voll«, murmelte er und wollte sich dagegen wehren, dass sie seine Füße hochlegte.

»Scheißegal!«, sagte sie und zwang ihn in eine liegende Position.

Schmerzgepeinigt schrie er auf und fuhr ein Stück in die Höhe.

»Meine Schulter«, presste er zwischen zusammengebissenen Zähnen hervor. Dann sank er vorsichtig zurück.

Sie schob seine Lederjacke auseinander. Sein Hemd war bis hinunter zum Gürtel blutgetränkt. Sie begann, es aufzuknöpfen, um sich seine Verletzung genauer anzusehen.

»Sie haben es aber eilig, Frau Pastorin«, murmelte Faris und verzog die blassen Lippen zu einem schmerzerfüllten Grinsen.

Ira ignorierte seinen misslungenen Scherz. »Ich rufe einen Notarzt!«

Da hob er die Hand der unverletzten Seite und griff nach ihrem Unterarm. »Nein!«

Sie glaubte, ihren Ohren nicht zu trauen. Das Hemd klebte ihm an Brust und Bauch und zeichnete jeden einzelnen Muskel nach. Sie konnte den metallischen Geruch des Blutes hinten im Rachen schmecken, und obwohl sie in Rio etliche Schussverletzungen gesehen hatte, drehte sich ihr Magen um.

Es war etwas anderes, davon zu träumen, ihn angeschossen vor sich zu sehen, als es tatsächlich zu erleben. »Du blutest stark«, widersprach sie. »Wenn du …«

Er drückte ihren Arm fester. »Keinen Arzt!«, wiederholte er.

»Sind wir hier in einem schlechten Film, oder was?« Ira wollte sich losmachen, aber sie tat es nicht. Unter Faris' Berührung bekam sie eine Gänsehaut. Seine Finger waren eiskalt.

»Sie fahnden nach mir.« Er gab sich sichtlich Mühe, bei Bewusstsein zu bleiben. Seine Lider flatterten jedoch. »Ich erkläre dir alles später, aber erst mal musst du mir helfen.« Er ließ den Kopf nach hinten gegen die Armlehne des Sofas sinken. Sein Blick lag schwer auf ihr. »Bitte!«, schob er nach.

Sie entschied sich nachzugeben. Fürs Erste. »Gut«, sagte sie. »Aber ich muss dich ausziehen, wenn ich mir deine Verletzung genauer ansehen will.«

Er nickte matt. Sie glaubte, den Puls an seinem Hals klopfen zu sehen. Ein schnelles Flattern. Als sie die Lederjacke über seine verletzte Schulter streifte, schrie er vor Schmerz.

Ira grub ihre Zähne in die Oberlippe. In ihrem Kopf schwirrte es, und sie musste sich zusammennehmen, um sich an das zu erinnern, was sie in Südamerika über Schusswunden gelernt hatte. Erst mal diese verflixte Blutung stillen!

»Ich bin gleich wieder da«, sagte sie, rannte ins Bad und holte einen Stapel sauberer Handtücher und die Hausapotheke. »Was ist mit dir passiert?«, fragte sie, während sie sich an die Arbeit machte. Als Erstes zog sie Faris das Hemd aus. Die großflächige Brandnarbe, die seine rechte Brustseite und den halben Bizeps überzog, war in den vergangenen Monaten etwas verblasst, aber Ira konnte noch immer deutlich sehen, welche Verheerungen die Druckwelle der Explosion seinem Körper zugefügt hatte. Das Einschussloch in seiner linken Schulter wirkte dagegen beinahe harmlos, auch wenn daraus beständig neues Blut hervorquoll.

»Jemand hat Anisah entführt«, erklärte er. »Um sie zu befreien, musste ich …« Er hielt inne, als sie eines der Handtücher auf die blutende Wunde drückte. Kein Laut kam aus seinem Mund, doch seine Lippen wurden bleich vor Schmerz. »Es gab eine Schießerei«, fügte er hinzu, als er wieder in der Lage war zu sprechen. »Ich musste abhauen, um nicht verhaftet zu werden.«

»Verhaftet!« Ira schüttelte ungläubig den Kopf. Sie verstand nichts von dem, was er sagte, aber das war jetzt erst einmal egal. *Pragmatismus,* ermahnte sie sich. Das hatten die Ärzte in Rio immer zu ihr gesagt. *Kümmere dich um das Überlebensnotwendige, alles andere kommt später.*

Faris wunderte sich ein wenig darüber, wie gekonnt Ira seine Schusswunde versorgte, und er wunderte sich noch mehr darüber, dass sie wieder in Berlin war. Aber beides war jetzt eher nebensächlich, viel wichtiger schien ihm, dass er ihr alle nötigen Informationen gab, bevor er das Bewusstsein verlor. Sein Blick fiel auf das Festnetztelefon, das er bei Iras Ankunft neben die Ladestation auf den Tisch gelegt hatte.

»Es kann sein, dass der Entführer sich hier meldet«, erklärte er. »Sollte ich dann ohnmächtig sein, musst du ihm das sagen. Sag ihm, dass du mich verarztet hast und dass ich nicht in einem Krankenhaus bin, hast du mich verstanden? Es ist wichtig, dass er weiß, dass ich nicht … in einem Krankenhaus bin.« Er versuchte, Ira in die Augen zu sehen, aber sie hatte sich über seine Wunde gebeugt. Ihre Haare waren seinem Gesicht sehr nahe. Er konnte ihr Shampoo riechen. Es war ein anderes als vor ihrer Reise nach Rio, aber es roch gut. Es passte zu dem Duft, den ihre Haut verströmte.

Sie sah kurz auf. Unter ihrem Blick wurde ihm gleich noch einmal so schwindelig. »Achtung«, warnte sie leise. »Das tut jetzt bestimmt noch mal weh.« Und im selben Moment raste sengender Schmerz durch seine Schulter bis hinunter in seine Fingerspitzen und hinauf zu seiner Schädeldecke. Er warf den Kopf nach hinten und schrie.

Ira schluckte schwer.

»Kein Grund, mich zu misshandeln«, krächzte er.

Sie lächelte leicht, aber in ihren Augen schimmerte es verdächtig hell. »Ich würde dir ja Schmerztabletten geben, aber ich fürchte, ich habe nichts im Haus.«

Er nickte.

»Fertig«, sagte sie ein paar Minuten später. Sie hatte die Blutung erfolgreich gestillt und ihm einen Verband angelegt. Nun richtete sie sich auf, und er bedauerte es, dass sie von ihm abrückte. Ihr Blick fiel auf das Lederarmband an seinem Handgelenk. Sachte berührte sie es. »Sitzt das nicht ein bisschen zu eng?«

Er schüttelte den Kopf. »Es sitzt genau richtig.« Lauras Armband fiel ihm ein und die Tatsache, dass er Rühmann noch immer nichts davon erzählt hatte, dass es verschwunden war. Egal. Er hatte im Moment ganz andere Probleme.

Ira nickte. »Wenn du meinst. Du solltest zusehen, dass du in ein Krankenhaus kommst. Ich habe keine Ahnung, was die Kugel da drinnen alles angerichtet hat. Es wäre Irrsinn, das nicht von einem Arzt behandeln zu lassen!«

Er konnte nicht anders. Er musste lächeln, weil sie so besorgt klang. »Für Irrsinn hatte ich schon immer eine Schwäche«, sagte er. »Weißt du d…« Bevor er zu Ende sprechen konnte, wurde es schwarz um ihn.

18. Kapitel

Ira stand vor der Couch und blickte auf Faris hinab. Sein Gesicht war so blass, dass seine schwarzen Haare, seine Wimpern und Augenbrauen und auch der leichte Bartschatten wie lackiert aussahen. Die Schulterwunde war nicht die einzige Verletzung, die er hatte. Eine hässliche violette Prellung zog sich über seine gesamte linke Seite. Ira hatte keine Ahnung, wie viel Blut er verloren hatte, aber sie vermutete, dass die Kugel, die ihn getroffen hatte, in seinem Schulterblatt stecken geblieben war. Es gab keine Austrittswunde an seinem Rücken. Seine Lunge schien in Ordnung zu sein. Er konnte normal atmen, was ein gutes Zeichen war. *Ein Schultersteckschuss ist in der Regel nicht besonders gefährlich,* hörte sie die Stimme des Arztes aus Rio. *Man kann ihn leicht behandeln.*

Ja, dachte Ira. *Wenn man in einem Krankenhaus war.* Sie versuchte, sich daran zu erinnern, wo in einer menschlichen Schulter die Arterien verliefen. Was, wenn eine davon verletzt war und Faris nach innen weiterblutete? Was, wenn er ihr hier unter den Händen wegstarb?

Der Gedanke allein schnürte ihr die Luft ab.

Ihr Blick fiel auf das Hemd, das sie Faris ausgezogen und achtlos auf den Boden hatte fallen lassen. Beiläufig registrierte sie, dass nicht nur das Sofa blutverschmiert war, sondern auch der Teppich. Es war ihr egal. *Es gab eine Schießerei,* hatte er gesagt. Und: *Ich musste abhauen, um nicht verhaftet zu werden.*

Nun, das mit der Schießerei war offensichtlich angesichts seiner Verletzung. Aber warum nur war er vor seinen eigenen Kollegen auf der Flucht? Was hatte er getan? Seine Schwester war entführt worden, hatte er gesagt. Ira bückte sich und hob die Lederjacke auf. »Was hast du getan?«, flüsterte sie.

Völlige Finsternis umgab ihn, und der Schmerz wühlte in seiner Schulter, sodass er kaum wusste, wie er liegen sollte. Er hatte keine Ahnung, wie lange er ohnmächtig gewesen war. Er spürte glatte Laken unter sich. Warum lag er nicht mehr auf der Couch? Langsam wandte er den Kopf.

Jemand war bei ihm.

Er konnte hören, wie Kleidung raschelte und zu Boden fiel. Schneller Atem streifte seine Wange, und er schauderte. Er roch Iras Parfüm und wollte etwas sagen, aber seine Zunge gehorchte ihm nicht. Das Deckbett wurde hochgehoben, kühle Luft streifte seinen Bauch und seine Oberschenkel, und ein kurzer, vager Gedanke zuckte durch seinen Kopf.

Wo war seine Hose?

Ein warmer, schlanker Körper schob sich neben ihn unter die Decke, und nackte Haut schmiegte sich an ihn. Seine Schulter hätte unter der Berührung schmerzen müssen, aber das tat sie nicht. Er wunderte sich nicht darüber. Er drehte sich auf die Seite und zog Ira in seine Arme.

»Faris!« Ihre Stimme war nur ein Hauch, der seine Lider streifte. Er musste blinzeln.

Und plötzlich war Ira fort.

Er brauchte mehrere Sekunden, bis er begriff, dass er geträumt hatte. Die Schmerzen waren natürlich noch da ebenso wie seine Hose. Eine Weile starrte er in die Finsternis, bis sich einzelne Konturen daraus hervorschälten. Er lag nach wie vor auf der Couch im Wohnzimmer. Er konnte den Verkehr hören, der draußen auf der Straße vorbeirollte, und irgendwo im Haus klappte eine Tür.

Er wusste, dass er aufstehen und den Entführer anrufen musste. Oder hatte er das bereits getan? Er war nicht sicher. In seinem Kopf kreiste es. Wenn er es getan hatte, warum meldete sich der Entführer dann nicht?

Er hatte Durst.

Als er das nächste Mal einschlief, war der Traum weniger angenehm. Wie schon Hunderte Male zuvor sah er sich durch die enge Gasse gehen, aber diesmal war nicht Paul bei ihm, sondern Anisah. Er wagte es nicht, sie anzusehen, doch er wusste trotzdem, dass sie ihn betrachtete. In ihren Augen schimmerte ein stiller Vorwurf. In einiger Entfernung lag etwas vor ihm auf dem Boden. Er hielt darauf zu, aber es dauerte lange, bis der rote Gegenstand näher kam. »Du bist schuld«, hörte er Anisah sagen, und jetzt endlich wandte er doch den Kopf. Ihre Augen waren fort, und rot lackierte Fingernägel glänzten dort, wo normalerweise die Iris hätte sein müssen. Er sah zu, wie Anisah den Arm hob und auf den Gegenstand auf der Erde deutete. Ihr Zeigefinger war nur ein Stumpf, aus dem jedoch kein Blut rann, sondern roter Nagellack. »Gib sie mir wieder!«, verlangte sie, und sie hatte die Stimme ihres Entführers. Faris schloss die Augen, öffnete sie erneut, und Anisahs Gesicht war fort. Er blickte in Lauras Züge. »Gib sie mir wieder«, sagte Laura, noch immer mit der Stimme des Entführers. Faris fasste den Gegenstand auf der Erde ins Auge, und als er begriff, dass es nicht Anisahs Finger war, der dort lag, sondern eine rot lackierte Pistole, fuhr er mit einem panischen Schrei aus dem Schlaf auf.

Licht fiel durch einen Spalt in der Tür auf das Fußende der Couch. Iras Gesicht wurde von dem warmen Schein umflossen, und ihre hellen Haare schimmerten golden. »Alles in Ordnung?« Sie öffnete die Tür weiter und machte das Licht an. »Du hast geschrien.«

»Nur ein Albtraum«, murmelte er. »Tut mir leid, dass ich dich geweckt habe.«

Sie kam herein. »Ich habe nicht geschlafen.« Sie trug jetzt eine andere Bluse als vorhin. Zum ersten Mal, seit er ihre Wohnung betreten hatte, gelang es ihm, ihre Augen zu fokussieren. Sie hatten noch immer diesen fast hypnotischen Ausdruck. »Wie fühlst du dich?«

Er schob die Erinnerung an den Traum von sich. »Als wäre auf mich geschossen worden.«

Ira senkte den Blick bei diesem müden Scherz. Er sah, dass ihre Augen anfingen zu glitzern, und fühlte sich mies dabei.

»Wie spät ist es?«, fragte er.

»Halb vier.«

Diese Information erfüllte ihn mit nagender Unruhe. Er hatte mehrere Stunden geschlafen. Allmächtiger! »Hat er sich gemeldet?«, fragte er und wollte sich aufsetzen. Seine Schulter machte ihm klar, dass das keine gute Idee war. Mit einem Fluch sank er zurück gegen die Lehne.

»Nein«, sagte Ira. »Woher weiß der Kerl, dass du hier bei mir bist?«

»Ich habe ihm die Nummer gegeben. Ich dachte, du bist in Rio. Ich dachte, ich bin hier für eine Weile sicher.«

Sie kniff die Augen zusammen. Er hätte seinen rechten Arm dafür gegeben zu wissen, was in ihrem Kopf vorging. Sie war inzwischen bis an die Couch gekommen, und jetzt setzte sie sich vorsichtig auf die Kante nieder. Faris unterdrückte den Impuls, sie anzufassen. »Es tut mir leid, dass ich dich in diese Sache mit reingezogen habe«, sagte er.

Sie schien ihn nicht gehört zu haben. Statt etwas zu erwidern, nahm sie eine Packung Schmerzmittel aus der Hosentasche. »Das war das Stärkste, was sie mir in der Apotheke gegeben haben. Ich habe es geholt, als du geschlafen hast.« Sie drückte zwei Kapseln aus der Blisterpackung und reichte sie ihm zusammen mit einem Glas Wasser, das sie neben ihn auf den Couchtisch gestellt hatte.

Er spülte die Tabletten hinunter, und während sie ihm dabei zusah, murmelte sie: »Diese Tasche, die du mitgebracht hast ...«

Der Sprengstoff. Der Gedanke daran fühlte sich an wie ein Nadelstich in seinem Gehirn. »Wo ist sie?« Er gab Ira das Glas zurück, und sie stellte es auf den Tisch.

»Noch im Schlafzimmer, wo du sie stehen gelassen hast. Ich habe mich irgendwie nicht getraut, sie anzurühren.«

Zum Glück!

»Kannst du sie mir herholen und hinter die Couch schieben?«, fragte Faris.

Ira stand ohne Umschweife auf. Als sie mit der Tasche ins Wohnzimmer zurückkam, grinste sie schief. »Was ist darin? Hast du etwa eine Bank überfallen?«

Er schüttelte den Kopf. Ihr kläglicher Versuch, die Situation durch einen Scherz zu entkrampfen, gelang auch nicht besser als seiner eben. Ihre Worte versetzten ihm einen Hieb.

Sie sah so zartgliedrig aus, so zerbrechlich, und doch war ihre innere Stärke um so vieles größer als seine.

Sie blieb vor ihm stehen, und er glaubte schon, sie würde darauf bestehen zu erfahren, was in der Tasche war. Aber dann schob sie das Ding einfach hinter die Couch.

Faris hätte sie am liebsten geküsst. Er wusste, er musste sich um so viele Dinge kümmern. Er musste wach bleiben, für den Fall, dass der Entführer sich meldete. Er musste mit dem Team reden, und nicht zuletzt musste er hier weg, damit Ira nicht noch tiefer in diese Scheiße hineingezogen wurde. Er wusste, vorerst würde er nichts davon tun. Er war einfach nur müde. Seine Schulter fühlte sich an, als sei eine Handgranate in ihr explodiert. Und auch die fahlen Flecken vor seinen Augen waren wieder da.

»Ira?«, murmelte er, während er darauf wartete, dass das Schmerzmittel seine Arbeit tat.

»Ja?« Sie war ganz dicht bei ihm. Genau wie in seinem Traum streifte ihr Atem ihn an der Wange. Er spürte, wie ein Schauer über seinen Körper rann.

Er wollte etwas sagen, aber er hatte vergessen was. Er driftete davon in einen unruhigen, schmerzerfüllten Schlaf.

Der Duft von Kaffee zog Rühmann in die Nase, als er früh am nächsten Morgen die Tür zu seinem Büro öffnete und eintrat.

Nach Iskanders Verhaftung gestern und seiner spektakulären vorgetäuschten Flucht hatten Rühmann und Meyer noch eine Weile darüber diskutiert, wer Laura Zöllers Mörder sein konnte. Sie waren sich beide nicht sicher, in welche Richtung sie von diesem Moment an weiterermitteln sollten. Meyer hielt Iskander für schuldig, aber irgendwie fiel es Rühmann schwer, sich vorzustellen, wie Faris zu ihrem Opfer in das Hotelzimmer gegangen war, ruppigen Sex mit ihr gehabt und sie dann erdrosselt hatte. Nicht, dass er Iskander Gewalttätigkeit nicht zutraute – schließlich hatte der mehr als einmal bewiesen, dass er dazu sehr wohl in der Lage war. Aber sexuelle Gewalt und Mord?

Blöd nur, dass Rühmann beides dem Ehemann auch nicht so recht zutrauen wollte.

Meyer und er hatten also beschlossen, dass sie nichts weiter tun konnten, als auf das Ergebnis der DNA-Analyse zu warten. Meyer war schließlich nach Hause gegangen, aber Rühmann hatte es nicht fertiggebracht, Feierabend zu machen. Stundenlang hatte er an seinem Schreibtisch gehockt und gegrübelt – obwohl seine Frau und er eigentlich ihren wöchentlichen Romméabend mit Freunden gehabt hatten. Als er sich endlich aufgerafft hatte und nach Hause gefahren war, hatte seine Frau schon geschlafen, und sie hatte sich auch heute Morgen schlafend gestellt. Er hatte auf dem Einkaufszettelblock in der Küche eine kurze Nachricht hinterlassen, und hier war er nun wieder auf dem Revier: schlecht gelaunt, ungekämmt und das nur, um festzustellen, dass Meyer bereits an seinem Schreibtisch saß, Kaffee trank und offenbar irgendeinen neuen Eintrag in der Mordakte las. Seine rechte Hand lag auf der Maus neben seiner Tastatur, und sein Zeigefinger zuckte in unregelmäßigen Abständen.

Rühmann hängte seinen Mantel auf, dann ging er zur Fensterbank, goss sich eine Tasse von Meyers absolut tödlichem Gebräu ein und setzte sich damit auf seinen Platz.

»Neuigkeiten?«, fragte er und hob die Tasse an die Lippen.

Meyer nickte. Er sah nicht so aus, als gefalle ihm das, was er gerade las. »Die DNA-Analyse ist eben reingekommen.«

Rühmann stellte seine Tasse weg, ohne einen Schluck getrunken zu haben, und er wusste, dass das ein Fehler war. Immer, wenn er das tat, wurde der Kaffee kalt, ohne dass er ihn überhaupt angerührt hatte. Egal! »Und?«

»Sie haben keine brauchbare Menge an DNA von den Epithelzellen an Laura Zöllers Hals gewinnen können. Dafür ist die Analyse des Spermas fertig.« Meyer seufzte, und Rühmann wusste, was nun kommen würde. »Es gab keine Übereinstimmung mit der DAD und auch nicht über die SIS. Laura Zöllers Vergewaltiger ist uns offenbar bisher nicht über den Weg gelaufen.«

Rühmann lehnte sich zurück, sodass die Lehne seines Stuhles protestierend knirschte. »Was ist mit den Vergleichsproben, die die Geschäftsleute aus dem Hotel abgegeben haben?«

»Einige der Tests laufen noch, aber die, die bisher fertig geworden sind, sind alle negativ.« Meyer drehte seinen Stuhl so, dass er einen Blick auf Iskanders Foto an der Fallwand werfen konnte. Er hatte es gestern Abend noch ausgedruckt, nachdem Klaus Westermann Faris einwandfrei als den Mann identifiziert hatte, den Laura Zöller mit auf ihr Hotelzimmer genommen hatte. »Ach, Scheiße!«

Rühmann wunderte sich. Gestern Abend war Meyer noch so erpicht darauf gewesen, Iskander den Mord an Laura nachzuweisen. Jetzt, wo dazu nur noch ein paar Mausklicks nötig waren, zögerte er aber. Konnte es sein, dass er seine Meinung über Iskander im Laufe der Nacht geändert hatte? Vermutlich eher nicht. Vermutlich rang er einfach mit sich, weil es für Männer wie ihn einem persönlichen Angriff gleichkam, wenn ein Kollege zum Täter wurde.

Nachdenklich blies Rühmann die Wangen auf. Es sah

ganz so aus, als müsse er sich um diese Angelegenheit kümmern. Er drehte sich zu seinem Computer um und loggte sich ein. Mit wenigen Klicks hatte er die Dateien der KTI-Qualitätssicherung aufgerufen. In ihr wurden die DNA-Daten von sämtlichen Kollegen registriert, die häufig in den Labors ein und aus gingen. Rühmann startete den Abgleich.

Nur zwei Minuten später hatte er das Ergebnis.

»Tja«, murmelte er. Dann drehte er seinen Monitor so, dass sein Partner sehen konnte, was darauf stand.

Meyer nickte. »Was für eine beschissene Scheiße!«, sagte er.

Die DNA von der Spermaprobe und Iskanders in der Qualitätssicherung hinterlegte DNA stimmten überein.

Iskander war gestern Abend nicht nur mit Laura Zöller auf das Zimmer gegangen. Er hatte auch Sex mit ihr gehabt.

Was aber noch weitaus schlimmer war: Er hatte sie angelogen. Alle.

Als Rühmann den *War Room* betrat, um den Kollegen von der neuesten Entwicklung der Dinge zu berichten, herrschte dort große Aufregung.

»Ich fasse es einfach nicht, Robert!«, zischte Kriminaloberrätin Geiger. »Bist du jetzt von allen guten Geistern verlassen?« Sie stand in der Mitte des Raumes, hatte die Hände in die Hüften gestemmt und drehte sich langsam um ihre eigene Achse, um die einzelnen Mitglieder der SERV der Reihe nach anzustarren. Ihr Gesicht war rot vor Zorn.

Beim Anblick von Tromsdorffs Leuten stieg Rühmanns Verdrossenheit noch um ein ganzes Stück. Hatten diese Leute eigentlich überhaupt keinen Schlaf nötig? Shannon Starck, Marc Sommer und auch Ben Schneider trugen noch exakt die gleichen Klamotten wie am Vortag, und alle drei sahen reichlich zerknittert aus. Immerhin die Sekretärin war anscheinend zu Hause gewesen. Ihre gewöhnlich schreiend bunten Kleider waren heute eher in gedeckten Farben gehalten.

Geiger entdeckte ihn an der Tür und winkte ihn heran. »Das betrifft Sie auch!«, sagte sie.

Also trat er näher.

Tromsdorff hatte sich im Rahmen seiner Bürotür mit verschränkten Armen angelehnt. Rühmann wusste nicht genau, ob diese Haltung abwehrend oder lässig aussah. Ganz entgegen seiner sonst üblichen Gewohnheit, T-Shirts mit Sakko und Anzughose zu kombinieren, trug der Chef der SERV nur einen schlichten schwarzen Pullover zu einer einfachen Jeans. Rühmann erwartete, dass er etwas auf Geigers Angriff erwidern würde, aber Geiger redete schon weiter.

»Du willst mir allen Ernstes erzählen, dass du seit gestern weißt, dass Iskander mit einer Tasche voller Sprengstoff irgendwo dort draußen unterwegs ist? Und das nur Stunden, nachdem irgendein Irrer seine Schwester entführt und ihm gedroht hat, ihn zu einem Bombenattentat zu treiben?« Ihre Stimme kiekste bei dem Wort *Bombenattentat.*

Ben Schneider, dessen Sitzplatz bei der Tür und Rühmann damit am nächsten war, beugte sich zu ihm herüber. »Sie haben Sprengstoffhunde in den Keller der Moschee gebracht«, flüsterte er zur Erklärung. »Und die Viecher haben leider angeschlagen.«

»Sie wussten auch davon?« Geiger schoss einen Blick in Schneiders Richtung ab. So viel Gift lag darin, dass Rühmann das Bedürfnis verspürte, einen Schritt zurückzuweichen. Schneider jedoch zuckte nur gleichgültig die Achseln.

»Ammongelit«, sagte er. »Vermutlich handelt es sich darum.«

Geigers Gesicht wurde noch eine Spur röter. »Ich fasse es nicht!« Sie fuhr wieder zu Tromsdorff herum. »Iskander ist immer noch ein Mordverdächtiger, und er …«

»Faris hat niemanden erschossen«, unterbrach Tromsdorff sie jetzt mit scharfer Stimme.

Nein, dachte Rühmann. *Das nicht.* Aber er hatte vielleicht jemanden erdrosselt. Er schwieg, weil er das Gefühl hatte, den richtigen Zeitpunkt für diese Eröffnung abwarten zu müssen.

»Samir Chalids Tod ist vorgetäuscht, falls ich dich daran erinnern darf …«, redete Tromsdorff weiter.

»Komm mir nicht blöd!«, fauchte Geiger. »Du handelst gegen alle Vorschriften, wenn du diesen Mann dort draußen herumrennen lässt. Selbst wenn sich nicht bestätigt hätte, dass er im Besitz von Sprengstoff …«

»Ammongelit!«, warf Schneider trocken ein und brachte Geiger damit aus dem Konzept. Sie erdolchte ihn mit einem Blick, und als auch das nichts zu nützen schien, beschloss sie, ihn zu ignorieren.

»Selbst wenn du nicht daran glaubst, dass Iskander mordverdächtig ist«, sagte sie spitz, »hättest du in dem Moment handeln müssen, in dem du wusstest, dass der Entführer seiner Schwester ihm Sprengstoff gegeben hat!«

Tromsdorff zuckte die Achseln, und Rühmann staunte nicht zum ersten Mal darüber, wie gelassen er der Leiterin des LKA 1 gegenüber agierte. Immerhin konnte sie seine Abteilung jederzeit einfach auflösen. Es ging zwar immer wieder einmal das Gerücht, dass die SERV von höchster politischer Stelle protegiert wurde, und vielleicht stimmte das ja auch. Aber Rühmann hätte Tromsdorff dieses coole Verhalten selbst dann zugetraut, wenn es nicht der Fall gewesen wäre. Ganz ähnlich wie Iskander war er ein Typ, der gern in den Abgrund starrte.

»Weiß er wirklich, wo Iskander ist?«, fragte Rühmann flüsternd in Schneiders Richtung.

»Yep«, war die knappe Antwort.

Rühmann sah Schneider an, dann Tromsdorff. Er musste es ihnen unbedingt sagen. Schüchtern hüstelte er.

Die Augen aller Anwesenden richteten sich auf ihn. »Es gibt da etwas, das ihr wissen solltet«, murmelte er.

Tromsdorff glaubte, seinen Ohren nicht zu trauen, als er hörte, was Rühmann ihnen zu sagen hatte.

Faris war mit Laura im Bett gewesen? Er hatte sie angelogen deswegen?

Unmöglich! Das war Tromsdorffs erste Reaktion. »Er hat es verneint«, sagte er. »Wir haben ihn im Verhörraum direkt danach gefragt, ob er Sex mit ihr hatte, und er hat Nein gesagt.« Er spürte die Blicke seines gesamten Teams auf sich.

Marc und Shannon sahen betroffen aus. Betroffen und zornig, und er hätte gern gewusst, worauf sich ihr Zorn richtete. Auf Faris? Oder eher auf das Ergebnis der Laboranalyse?

Er selbst fühlte eine tiefe, irrationale Wut, eine Wut, die sich gegen die ganze Welt zu richten schien.

Ben drehte einen Kugelschreiber zwischen den Fingern. Sein Gesicht war ausdruckslos wie immer, wenn ihn etwas beschäftigte.

Gitta hatte ihren Schreibtischstuhl herumgedreht, als Rühmann ihnen allen von dem Ergebnis der DNA-Analyse erzählt hatte. Jetzt schüttelte sie den Kopf wieder und wieder. Es war eine ungläubige Geste.

Tromsdorff rieb sich die Lider. Also gut. Irgendeine Erklärung musste es für diese ganze Scheiße geben. Er dachte daran, wie er die halbe Nacht lang bei denen da oben gut Wetter gemacht hatte für Faris. Er hatte Storys erzählt von einer möglichen Terrorgefahr, die weit über diese eine Bombe hinausging, mit der sie es jetzt zu tun hatten. Er hatte behauptet, dass allein Faris die Gefahr abwenden konnte – wenn sie ihn machen ließen. Er hatte es für den Jungen getan – weil er wusste, dass er daran kaputtgehen würde, wenn es ihm nicht gelang, seine Schwester zu retten. Plötzlich musste Tromsdorff daran denken, wie Faris sich vor ein paar Monaten bis zur Selbstaufgabe an die Fersen des Kruzifix-Bombers geheftet hatte.

Ich kann nicht mehr, hatte Faris damals gesagt. *Ihr müsst euch den Mistkerl schnappen. Mich hat er am Boden.*

An diesem Tag war er kurz davor gewesen, sich eine Kugel in den Kopf zu schießen. Und trotzdem hatte er weitergemacht, hatte den Attentäter am Ende zur Strecke gebracht, auch wenn es ihn viel zu viel gekostet hatte …

All diese Erinnerungen flackerten jetzt durch Tromsdorffs Kopf und verstärkten noch das Gefühl, Faris etwas schuldig zu sein, und damit auch die Wut in ihm.

»Ich will das mit eigenen Augen sehen«, sagte er. Seine Stimme klang heiser.

Ben tippte ein paar Befehle in seine Tastatur, im nächsten Moment sprang der Beamer an und warf den Bericht des Labors an die Wand über seinem Kopf.

Tromsdorff starrte auf die Zahlenkolonnen, die ihm nicht das Geringste sagten.

»Ich habe es mit der KTI-Qualitätssicherung abgeglichen«, murmelte Rühmann.

Wieder tippte Ben, dann erschien Faris' DNA-Profil neben dem von Lauras Mörder an der Wand. Sie stimmten hundertprozentig überein.

»Fuck!«, hörte Tromsdorff Marc flüstern. »Fuck! Fuck!«

Und Gitta murmelte: »Er hat gelogen? Warum hat er gelogen?« Sie hatte die Hände an die Wangen gelegt und sah aus, als würde sie im nächsten Moment in Tränen ausbrechen.

Tromsdorff starrte auf das Bild an der Wand. Er verspürte den Reflex zu leugnen, was er sah. Es konnte nicht sein. Faris hatte ihn noch nie angelogen. Da musste ein Fehler vorliegen ... irgendein blöder Fehler ... Faris hatte ihn noch nie angelogen ...

Aber bisher war es auch noch nie um Laura gegangen.

Mit reiner Willenskraft stoppte Tromsdorff das Karussell seiner Gedanken. »Okay«, sagte er gepresst und wies auf die Analysen. »Das hier beweist ...«

»... dass Iskander Laura Zöller vergewaltigt und ermordet hat«, fiel Geiger ihm ins Wort. Sie sah aus, als habe Rühmann ihr soeben die Kronjuwelen auf einem Silbertablett gereicht.

»Nein«, sagte Rühmann kühl. »Es beweist, dass er Verkehr mit Laura Zöller hatte. Aber es beweist nicht, dass er sie auch ermordet hat.«

Tromsdorff nickte bei sich. Rühmann hatte recht. Es gab keinen Hinweis darauf, dass Faris Lauras Mörder war.

Doch. Die Tatsache, dass er mich angelogen hat.

Der Gedanke wand sich in seinem Gehirn wie etwas Lebendiges. Etwas Gefährliches.

»Was ist mit den DNA-Spuren von den Würgemalen an Laura Zöllers Hals?«, fragte Geiger. »Stimmen die mit der DNA des Spermas überein?«

Rühmann schüttelte den Kopf. »Der Anteil der nicht zum Opfer gehörenden Epithelzellen in der Probe war unter fünf Prozent. Wir haben keine brauchbare DNA von Lauras Hals für einen Abgleich.«

Womit einzig ein Geständnis Lauras Mörder überführen konnte.

Himmel, Faris!

Tromsdorff stieß sich vom Türrahmen ab, in dem er noch immer stand. Er zog sich Faris' Schreibtischstuhl heran und setzte sich.

Geiger drehte sich zu ihm um. »Du weißt, wo Iskander sich aufhält«, sagte sie nur.

Tromsdorff schloss die Augen. Die Gedanken in seinem Kopf überschlugen sich, aber er fand einfach keine vernünftige Erklärung für das Geschehen, keine Erklärung für Faris' Lüge.

Bis auf eine …

Er öffnete die Augen wieder, wandte sich an Ben. »Du hast die Nummer, von der Faris uns gestern angerufen hat«, sagte er. »Finde raus, von welchem Anschluss er telefoniert hat!«

19. Kapitel

Als Faris erwachte, hatte er furchtbaren Durst. Er blieb einen Moment mit geschlossenen Augen liegen und versuchte zu schlucken. Vergeblich. Sein Mund war so trocken, wie der Rand der Sahelzone. Er glaubte, Stimmen zu hören, aber das, was sie sagten, ergab keinen Sinn. Kurz darauf jedoch wich die Benommenheit, die er verspürte, und er verstand, was gesagt wurde.

»... gibt es einige erschreckende neue Erkenntnisse.«

Er öffnete die Augen. Es war dämmerig im Wohnzimmer. Von draußen fiel graues Tageslicht herein, das es ihm unmöglich machte zu schätzen, wie spät es war. Die Stimme, die er hörte, kam aus dem Fernseher. Ira hatte das Gerät eingeschaltet und stand davor – regungslos, die Arme um den Leib geschlungen, als sei ihr kalt. Sie hatte ihm den Rücken zugekehrt und schien nicht bemerkt zu haben, dass er wach war.

Faris konnte nur einen Teil des Bildschirms sehen, aber es reichte, um die Besitzerin des Fairtrade-Ladens zu erkennen, der er gestern das Leben gerettet hatte. Er hörte ihren giftigen Kommentar: »Er hat den Geiselnehmer gekannt. Eindeutig!« Es dauerte einen Moment, bis er begriff, dass sie über ihn sprach. Und über Önur. Das Bild wechselte und zeigte jetzt eine blonde Reporterin, die mit besorgter Miene in die Kamera sprach. »Und wenn sich jetzt auch noch der Verdacht erhärten sollte, dass Iskander auf der Flucht aus der Walid-Tamer-Moschee, wo er gestern einen Mann erschoss, eine Tasche mit Sprengstoff mitgenommen hat, dann besteht zumindest Grund zur Beunruhigung in Berlin.«

Mit einem Druck auf die Fernbedienung schaltete Ira den Ton aus. Ihre Schultern waren verkrampft, und sie rührte sich erst, als Faris sich hinsetzte.

Ihr Kopf hob sich. »Wie lange bist du schon wach?«

»Lange genug«, sagte er. Seine Schulter schmerzte noch immer, aber es war jetzt auszuhalten, obwohl er sich nicht vorstellen konnte, dass die Tabletten, die Ira für ihn geholt hatte, viel damit zu tun hatten. Vielleicht hatte er sich inzwischen einfach an den Schmerz gewöhnt.

Er fuhr sich mit der Zunge über die rissigen Lippen. Der Durst, eine Nebenwirkung des Blutverlusts, war unerträglich. Ira hatte eine Flasche Mineralwasser zu dem Glas gestellt, das sie ihm in der Nacht zusammen mit den Tabletten gegeben hatte. Er nahm beides, goss sich das Glas voll und trank es in einem Zug aus. Ira wartete, bis er auch ein zweites geleert hatte, dann erst drehte sie sich zu ihm um.

Ihre Augen waren schrecklich groß und vor allem schrecklich hell. Es war nicht zu übersehen, dass sie mit den Tränen kämpfte.

Er biss die Zähne zusammen.

Was hast du getan?

Die Worte sprachen so überdeutlich aus ihrem Blick, als habe sie sie ihm ins Gesicht geschrien.

Ihr Blick lag zentnerschwer auf ihm, dann wanderte er zu der Tasche hinter der Couch. »Ist da Sprengstoff drin, Faris?« Sie stellte die Frage, als wüsste sie die Antwort längst.

»Ja.« Er brauchte all seine Kraft, um ihr standzuhalten.

»Erklär mir das alles!«

Seine Kraft war zu Ende, und er senkte den Kopf. »Er hat meine Schwester. Und er will, dass ich die nächste Bombe hochgehen lasse. Er …« Faris war unfähig weiterzureden, weil die Erinnerung daran, wie der Drecksack Anisah gequält hatte, ihn überwältigte. Als er wieder sprechen konnte, brannten auch seine Augen. »Er hat ihr einen Finger abgeschnitten, um mir zu zeigen, dass er zu allem bereit ist.«

»Oh, Gott!«, flüsterte Ira.

»Sie verliert weitere, wenn ich nicht mache, was der Entführer will.«

Iras Hand hob sich wie in Zeitlupe zu ihrem Mund. Faris sah zu, wie sie um ihre Fassung rang. »Und jetzt?«

»Ich warte darauf, dass der Kerl mir neue Anweisungen gibt.«

»Und dann wirst du ihm gehorchen?«

Statt eine Antwort zu geben, schwang er die Beine von der Couch. Sein Kopf schmerzte vom Flüssigkeitsverlust. In seinen Ohren kreischte es, und er fragte sich, wie er es durchhalten sollte, von nun an in Bewegung zu bleiben.

»Was auch passiert«, murmelte Ira, »so kannst du auf keinen Fall da raus.« Zur Erklärung deutete sie auf seinen nackten Oberkörper, der nur zur Hälfte von dem Verband verdeckt wurde. Sie wandte sich um und ging in ihr Schlafzimmer. Faris konnte sie im Schrank herumkramen hören.

Er sah an sich hinab.

Der Verband wies eine kleine rote Stelle auf. Er war dabei, sie zu untersuchen, als Ira mit einem Kapuzensweatshirt in der Hand zu ihm zurückkehrte.

»Ich fürchte, meine Sachen passen dir nicht. Du musst

also mit dem hier vorliebnehmen.« Sie reichte ihm das Shirt. »Ich hoffe, es stört dich nicht: Es ist noch von Thomas.«

Thomas Rechenberg war der Exfreund von Ira, das hatte sie Faris einmal erzählt. Thomas hatte Ira nach einer kurzen, aber sehr intensiven Beziehung verlassen, weil er katholischer Priester war. Er hatte sich gegen Ira und für seinen Glauben entschieden. Ira hatte lange gebraucht, um darüber hinwegzukommen.

»Danke.« Faris nahm das Sweatshirt. Es war schwarz, und vorn auf der linken Brustseite war ein silbernes Kreuz eingestickt. »Schätze, ich sollte nicht allzu wählerisch sein, oder?«

»Wohl nicht, nein.«

Er streifte das Shirt über. Es bereitete ihm große Schmerzen, aber er schaffte es, ohne dass ein Laut über seine Lippen kam.

»Steht dir gut!« Ira lächelte ihn an. Wie alles an ihr wirkte auch ihr Lächeln durchscheinend.

Er schaute an sich herunter und zwang sich zu einem heiteren Tonfall, als er sagte: »Irgendwie bin ich froh, dass nicht *Unterwegs im Auftrag des Herrn* draufsteht.«

Samir Chalid marschierte voller Unruhe in der kleinen Wohnung hin und her, in die ihn die Polizei nach der Beinahekatastrophe im Keller der Moschee gebracht hatte. Der Schuss, den Faris abgegeben hatte, hallte noch immer in seinen Ohren nach. Er glaubte, auch den Querschläger an seiner Wange vorbeisirren zu spüren. Was natürlich Unsinn war. Faris war erfahren mit der Waffe. Er hatte so geschossen, dass für keinen von ihnen eine Gefahr bestanden hatte.

Mit beiden Händen fuhr sich Samir in die Haare und rang den Wunsch nieder, irgendetwas zu zertrümmern. Um die aufgestaute Anspannung loszuwerden, trat er gegen das Sofa. Es rutschte ein paar Zentimeter über den Parkettfußboden.

Das Geräusch, das es dabei machte, rief die Polizistin auf den Plan, die sie bei ihm gelassen hatten für den Fall, dass der Entführer sich wieder meldete. Bis eben hatte die Frau in der Küche gesessen, Zeitung gelesen und eine Tasse starken schwarzen Tee nach der anderen getrunken. Jetzt kam sie in das kleine Wohnzimmer und schaute Samir an.

»Nichts!«, fauchte er, obwohl sie keinen Ton gesagt hatte.

Sie zuckte die Achseln und verschwand wieder in der Küche. Ihr Hintern war zu dick. Sie sah in der dunkelblauen Uniformhose sehr unvorteilhaft aus.

Anisah hatte, auch nachdem sie ihre Kinder bekommen hatte, nicht ein Kilo zugenommen …

Samir ächzte leise beim Gedanken an seine Frau.

Faris würde dafür sorgen, dass sie zu ihm zurückkehrte! Daran musste er sich nur klammern. Anisah war für Faris der wichtigste Mensch auf Erden. Er würde alles tun, um sie zu retten.

Alles.

Samir spürte, wie seine Beine anfingen zu zittern. Er sank auf das Sofa, kauerte sich auf dessen Kante zusammen und umschlang seine Knie mit beiden Armen. Eine ganze Weile saß er so, bis er sich wieder einigermaßen im Griff hatte. Bis das Zittern aufhörte und der Pulsschlag, den er in seinen Ohren hören konnte, sich langsam beruhigte. Ein leises Summen ganz in seiner Nähe ließ ihn zusammenzucken. Sein Handy. Er hatte es vorhin auf lautlos gestellt, weil er sich fast zu Tode erschrocken hatte, als einer von Faris' Kollegen angerufen hatte. Jetzt vibrierte das Gerät in seiner Hosentasche. Samirs Herz begann schon wieder zu rasen.

Die Beamtin hatte gesehen, wie er den Klingelton abgestellt hatte. »Aber Sie informieren mich trotzdem sofort, wenn jemand anruft«, hatte sie verlangt, und er hatte nur gemurmelt: »Natürlich!«

Jetzt jedoch zögerte er. Er nahm das Telefon aus der Tasche und schaute auf das Display. Es war ein guter Freund, der mit ihm gemeinsam bei Pro Toleranz arbeitete. Samir seufzte. Er hatte Anweisung, auf keinen Fall ranzugehen, es sei denn, jemand aus Faris' Team oder aus seiner Familie rief an. Einer der wenigen Menschen also, die in ihr Täuschungsmanöver eingeweiht waren.

Das Handy vibrierte erneut. In Samir wurde der Wunsch übermächtig, mit jemandem zu reden. Mit jemandem, der ihn verstehen, der die richtigen Worte finden würde für diese beschissene Situation, in der er sich befand. Mit jemandem, der ein Freund war.

Sein Daumen schwebte bereits über dem Knopf, mit dem er den Anruf annehmen konnte, doch er zögerte noch. Anisahs Leben hing an einem seidenen Faden. Jeder noch so kleine Fehler konnte sie umbringen, und das durfte auf keinen Fall passieren.

Er würde sie nicht verlieren.

Niemals. Nicht jetzt. Nicht so.

Er biss die Zähne zusammen und bekämpfte den Wunsch zu reden. Mit einer energischen Geste drückte er auf den Knopf, der den Anruf abwies.

Mit weit aufgerissenen Augen starrte er sein Telefon an, aus dem ein schnelles, rhythmisches Tuten erklang. Die Gedanken hinter seiner Stirn fühlten sich an wie Feuerräder. Warum war er weggedrückt worden?

Und was noch viel wichtiger war: *Wer* hatte ihn weggedrückt?

Er legte auf. Dabei stellte er sich vor, wie Samir Chalids Leiche in einem der gekühlten Schubfächer in der Gerichtsmedizin lag und sein Handy in einem Karton mit Beweismaterial in der Asservatenkammer. *Es hätte die Mailbox drangehen müssen.* Ein anderes Bild schob sich vor sein inneres Auge.

Iskander, der mit der Waffe auf seinen Schwager zielte. Und vorbeischoss. Samir, der irgendwo in einem Versteck saß und auf sein klingelndes Handy starrte.

»Du verdammtes Arschloch!«, murmelte der Mann, der Vergeltung wollte. Er wandte sich zu Anisah um. Sie schaute ihn mit diesem abwesenden Ausdruck an, der von einem längst verabschiedeten Verstand sprach.

Dann wählte er die Nummer, die Iskander ihm gegeben hatte.

***

»Unterwegs im Auftrag Gottes. Das ist gut.« Ira lachte. Es klang erstickt, und Faris kam nicht dazu, etwas zu erwidern, denn in diesem Moment klingelte das Telefon.

Adrenalin rauschte durch seine Adern wie eine Droge.

Iras Augen weiteten sich.

Faris zwang sich durchzuatmen, dann griff er nach dem Telefon.

»Iskander!«, meldete er sich und hörte selbst, dass er erschrocken klang.

»Sie verdammtes Arschloch!« Die Stimme des Entführers war ein hasserfülltes Zischen, und unwillkürlich nahm Faris den Hörer ein Stück vom Ohr.

»Ich verstehe n…«

»Sie haben sich nicht an meinen Befehl gehalten! Samir ist am Leben!«

Die Worte ließen alles Adrenalin aus Faris' Adern weichen und hinterließen nichts als ein Gefühl von unendlicher Kälte. »Hören Sie …«, sagte er.

»Nein!« Jetzt brüllte der Entführer. »*Sie* hören *mir* zu! Ich habe eben bei Ihrem Schwager angerufen, und bin weggedrückt worden. Wer drückt einen bei einem Handy von einem Mann weg, der angeblich tot ist? Warum ist nicht einfach die Mailbox rangegangen? Wenn der Besitzer eines Handys tot ist, hat die Mailbox ranzugehen! Die Mailbox, haben Sie mich gehört? Warum haben Sie mich *hintergangen*?«

Das letzte Wort wurde von einem kleinen Schluchzer begleitet, der Faris aufhorchen ließ. Instinktiv wusste er, dass er an dieser Stelle nachhaken musste. »Ich habe Sie nicht hintergangen«, sagte er. »Ich bin hier …« Er verstummte abrupt, als Anisah im Hintergrund anfing zu schreien. »O Gott! Hören Sie … ich … es tut mir leid! Es tut mir leid!« Er stand mitten in Iras karg eingerichtetem Wohnzimmer, den Blick in den blinden Spiegel an der Wand gerichtet. Seine weit aufgerissenen Augen waren Löcher in seinem Gesicht.

Anisahs Schreien brach ab, ging in ein Wimmern über, das Faris noch viel schlimmer vorkam.

»Was haben Sie mit ihr gemacht?«, hauchte er. Er wandte sich zu Ira um. Sie war das Einzige, an dem er sich festklammern konnte, das Einzige, was ihn davor bewahrte, hier und jetzt vor die Hunde zu gehen. Er glaubte, sich in ihren riesigen Pupillen sehen zu können wie in dem blinden Spiegel. In seinem Kopf kreiste es.

»Was ich mit ihr gemacht habe?«, fragte der Entführer lauernd. »Nichts. Vorerst! Aber Sie werden jetzt etwas tun. Sie werden mir gehorchen, sonst werden Sie es mehr bereuen als irgendetwas sonst in ihrem so beschissen verlaufenden Leben, das können Sie mir glauben!«

»Ich mache alles, was Sie sagen, aber lassen Sie meine Schwester in Ruhe.«

Der Entführer schwieg einen Moment. Faris stellte sich vor, wie er sein Winseln genoss, und das Entsetzen in ihm ballte sich erneut zu kalter Wut zusammen.

»Sie fahren jetzt zum Ostbahnhof«, befahl der Entführer. »Die Schließfächer rechter Hand bei der Bäckerei. In der Nummer 27 befindet sich ein Paket für Sie, in dem Sie ein paar Dinge finden, die Sie als Nächstes brauchen. Der Code ist Anisahs Geburtsjahr. Hintergehen Sie mich wieder, muss nicht nur Ihre Schwester es büßen!«

»Ich hintergehe Sie nicht mehr!« Faris' Kehle zog sich zusammen, so sehr verabscheute er es, sich vor diesem Drecksack ducken zu müssen.

»Gut. Wie schnell können Sie da sein?«

Faris überschlug die Zeit, die er von hier bis zum Ostbahnhof brauchen würde. »Eine halbe Stunde, schätze ich.«

»In Ordnung. Besorgen Sie sich ein neues Handy. Ich erwarte Ihren Anruf um neun, dann bekommen Sie weitere Anweisungen.«

Faris warf einen Blick auf seine Armbanduhr. Es war kurz vor halb neun. Mit der freien Hand versuchte er, die Sporttasche hinter dem Sofa hervorzuzerren. Sie verhedderte sich an einer Ecke. Ira wollte hinzueilen, um ihm zu helfen, aber genau in diesem Moment ertönte draußen auf dem Flur eine Stimme.

»Polizei! Machen Sie auf!«

Er handelte instinktiv.

Mit wenigen Schritten war er im Schlafzimmer und schaute in den Hinterhof hinaus. Zwei uniformierte Beamte mit ihren Waffen im Anschlag.

Verdammt!

Er wirbelte herum.

»Was ist da los bei Ihnen?«, hörte er die Stimme des Entführers aus dem Telefon sagen.

Faris' Schrecken machte sich in einem fatalistischen Auflachen Luft. »Was los ist? Sie kommen, um mich zu verhaften!«

»Sie …« Der Anrufer stockte. »Sie werden sich nicht verhaften lassen!«

Faris trat zurück auf den Flur. Alles, was er empfinden konnte, war das Gefühl, mit rasender Geschwindigkeit auf den Abgrund zuzusteuern. »Sondern?«, fragte er, plötzlich ganz ruhig und kühl.

»Sehen Sie zu, dass Sie irgendwie von da verschwinden!«

Von draußen hämmerte eine Faust an die Wohnungstür. »Faris, ich bin es!« Tromsdorff. »Hör zu, wir müssen …«

Der Rest seiner Worte ging in dem schrillen Kreischen unter, das aus dem Telefon kam, das Faris immer noch in der Hand hielt. Anisahs Kreischen.

Vor Faris' Augen explodierte es blutig rot, diesmal winselte er nicht. Es würde ohnehin nichts nützen, er konnte sich noch so sehr erniedrigen, damit rettete er Anisah nicht. Es gab nur noch einen einzigen Weg, den er gehen konnte.

Ira stand in der Tür zwischen Wohnzimmer und Flur. Ihre Gestalt schwankte. Warum schwankte plötzlich alles ringsherum? Faris' Blick fiel auf den Autoschlüssel und Iras Geldbörse in der Metallschale auf dem Garderobentischchen.

»Ich tue mein Möglichstes«, sagte er ins Telefon. Er drängte sich an Ira vorbei, holte die Tasche mit dem Sprengstoff und griff sich Autoschlüssel und Börse genau in dem Moment, als die Wohnungstür unter dem wuchtigen Hieb einer Ramme erzitterte.

Wie schon gestern im Vernehmungszimmer bewegte sich auch jetzt die Realität in Sprüngen vorwärts. Er ging in das Wohnzimmer, wo Ira am Vorabend seine Waffe auf eines der Regale gelegt hatte. Die Wohnungstür erzitterte ein zweites Mal, und diesmal gab sie nach. Mit einem lauten Krachen flog sie auf. Faris warf das Telefon fort. Und presste Ira von hinten die Mündung seiner Pistole gegen die Rippen.

20. Kapitel

»Stopp!«

Es wäre nicht nötig gewesen, das zu rufen, denn die beiden Beamten, die mit gezogenen Waffen in der Wohnungstür standen, bewegten sich nicht. *Streifenpolizisten*, schoss es ihm durch den Kopf. *Normale Beamte, kein SEK*. Er hätte keine Chance auf Entkommen gehabt, wenn Geiger ein SEK geschickt hätte.

»Zurück!«, befahl er. »Oder ich erschieße sie.« Sein Herz hämmerte so heftig, dass jeder einzelne Schlag in seiner Wunde schmerzhaft widerhallte.

Er spürte Iras fassungsloses Stöhnen mehr, als dass er es hörte. Ihr Körper in seinen Armen war steif wie ein Brett, und er war heilfroh, dass er ihr Gesicht nicht sehen konnte, weil er hinter ihr in Deckung bleiben musste.

Verzeih mir!, dachte er, aber er wusste, dass dies ein frommer Wunsch war. Das hier würde sie ihm im Leben nicht verzeihen können. Er spürte, wie seine Hand zu zittern begann, wie er drauf und dran war, die Waffe sinken zu lassen, doch dann zwang er sich weiterzumachen. Für Anisah. Er tat all das hier für seine Schwester. Daran musste er sich klammern. Daran, und an den Glauben, dass das, was er Ira in diesem Moment antat, auch sein Gutes hatte. Auf diese Weise würde sie nicht in Verdacht geraten, ihm geholfen zu haben. Jetzt konnte sie sich als sein Opfer erklären und sich aus der Scheiße ziehen, in die er sie mit seinem Herkommen geritten hatte.

»Lass die Waffe fallen, Faris!«, sagte Tromsdorff hinter den beiden Uniformierten. »Ich bin extra mit hergekommen, um mit dir zu reden. Geiger wollte ein SEK schicken, aber das konnte ich verhindern.«

Als Antwort bohrte Faris die Mündung tiefer in Iras Seite. Sie schrie in einer Mischung aus Angst und Empörung.

Wenn du mit Ungeheuern kämpfst, dachte er.

Sein Sturz auf den Abgrund zu war schnell und endgültig.

»Waffe fallen lassen!« Die Stimme des einen Uniformierten bebte.

»Faris, bitte!«, sagte Tromsdorff. »Wir finden eine Lösung! Was immer mit Laura …«

»Halt's Maul!«, schnauzte Faris ihn an. Lauras Name hallte in seinem Kopf wider, aber er hatte jetzt keine Zeit, an sie zu denken. So tief wie er konnte, holte er Luft. »Es tut mir leid. Er zwingt mich, das hier zu tun.« Es waren fast die gleichen Worte, die Önur zu ihm gesagt hatte. Ihm war so kalt, so schlecht.

Ira hatte unter seinen Händen aufgehört zu zittern. Er hoffte inständig, dass sie nicht vor Entsetzen über ihn ohnmächtig werden würde.

»Heb die Tasche auf!«, sagte er zu ihr, und als sie sich zur Seite beugte, folgte er ihrer Bewegung. Seine Schulterwunde sandte einen brutalen Schmerz bis in seine Fingerspitzen.

»Wir gehen jetzt durch diese Tür raus, und keiner kommt uns nach!«

Niemand reagierte.

Die Sekunden dehnten sich zu Ewigkeiten.

Und dann, endlich, befahl Tromsdorff: »Lasst ihn gehen!«

»Verdammt!« Mit voller Wucht schlug Faris auf das Lenkrad von Iras dunkelblauem Kleinwagen. Es war ihm egal, dass die Kugel in seinem Schulterblatt dabei Schmerzwellen durch seinen Körper jagte, egal, dass ihm mehrere Sekunden schwarz vor Augen wurde. »Verdammt! Verdammt!«

Wie in einem Film auf Dauerschleife liefen die Ereignisse der letzten Minuten vor ihm ab. Ira in seiner Gewalt, ihr fliegender Puls unter seiner Haut. Das Tonnengewicht der Pistole in seiner Hand. Der Schmerz in seiner Schulter und der in seinem Innersten, als er Tromsdorffs Miene gesehen und begriffen hatte, dass er nun auch noch sein Vertrauen verspielt hatte. Er hatte Ira an den Kollegen vorbei zur Haustür bugsiert, und die Mündungen der Waffen, die dabei noch immer auf ihn gerichtet waren, hatten ihm den kalten Schweiß auf die Stirn getrieben. Als er außer Sichtweite gewesen war, hatte er Ira losgelassen. Er hatte dem unbändigen Bedürfnis, sie um Verzeihung zu bitten, nicht nachgegeben. Stattdessen hatte er sich umgewandt und war zu ihrem Auto gelaufen, das in einer Nebenstraße parkte.

Jetzt stand er an einer roten Ampel in der Skalitzer Straße und stellte sich vor, wie Ira von den Kollegen befragt wurde, wie sie ihnen Marke und Farbe ihres Wagens nannte. Anders als bei seiner Flucht aus der Moschee würde Tromsdorff diesmal nicht auf seiner Seite sein. Diesmal würden sie die Ringalarmfahndung nach ihm auslösen.

Iras fassungsloser Blick irrlichterte durch seinen Sinn, der zerbrochene Ausdruck, mit dem sie ihn angesehen hatte, kurz bevor er in ihren Wagen gestiegen war.

Was gab ihm das Recht, hier Amok zu laufen, genau wie diese Fanatiker in ihrem religiösen Wahn das taten? Was unterschied ihn eigentlich noch von ihnen?

Nur noch der Druck auf den Auslöser …

Ihm wurde kalt, und er spürte, wie sein Fuß vom Pedal glitt. Fluchend gab er wieder Gas. Er durfte jetzt auf keinen Fall schlappmachen, körperlich nicht, und psychisch schon mal gar nicht!

Er bog nach links in die Köpenicker Straße ab. Als er über die Spree fuhr, fiel sein Blick linker Hand auf den Fernsehturm. Anisahs Entführer hatte Önur dazu gebracht, sich an der Gedächtniskirche in die Luft zu sprengen. Würde er für die nächste Bombe einen ähnlich symbolträchtigen Ort wählen? Was, wenn es der Fernsehturm wäre?

Der Ostbahnhof war einer der Punkte, die bei einer Ringfahndung besonders beobachtet wurden, also musste er sich beeilen, das Schließfach auszuräumen, bevor die Kollegen die gesamte Anlage abgeriegelt hatten.

Er erreichte den großen Parkplatz und hielt vor der gläsernen Hauptfassade mit den neonblauen Buchstaben darauf. Ungeduldig wartete er, bis die beiden Wagen vor ihm durch die Schranke gefahren waren, dann zog er sich eine Parkkarte. Er suchte sich einen freien Platz irgendwo in der Mitte zwischen Bahnhofseingang und hinterer Mauer. Dort stellte er den Wagen ab und verschloss ihn. Um nicht so schnell erkannt oder gar von einer der Überwachungskameras erfasst zu werden, zog er sich die Kapuze des Sweatshirts tief in die Stirn. Mit gesenktem Kopf ging er auf den Haupteingang des Bahnhofs zu. Die Parkkarte warf er in einen Papierkorb. Er hatte nicht vor, zu Iras Wagen zurückzukehren.

Er betrat die Eingangshalle des Bahnhofs und blieb vor der großen Anzeigetafel mit den Ankunfts- und Abfahrtszeiten der Züge stehen, um sich zu orientieren. Rechter Hand befand sich der Backshop, den der Entführer ihm genannt hatte, und über dem Gang daneben zeigte ein Schild an, dass es dort zu den Schließfächern ging. An einer Säule hing ein Bildschirm, auf dem in Dauerschleife der Hauptstadtsender berlin2day lief und der die vorbeieilenden Reisenden mit Informationshäppchen versorgte.

Etwas in Faris zog sich zusammen, als er den Film sah, der gerade lief. Es war der mit der Besitzerin des Fairtrade-Ladens.

Er schloss die Augen. Dann riss er sich zusammen. Wenn er hier noch länger herumstand, war es nur eine Frage der Zeit, bis jemand auf ihn aufmerksam wurde. Er wandte sich von dem Monitor ab und den Schließfächern zu.

Die Anlage war brandneu – vor Kurzem erst hatte man die alte, für die man Schlüssel gebraucht hatte, gegen eine modernere mit Tastenfeldern ausgetauscht.

Schließfach Nummer 27 befand sich ziemlich weit hinten in der Reihe, direkt vor der Wand. Das Codefeld war genau auf Augenhöhe. Faris tippte Anisahs Geburtsjahr ein. Ein leises Piepsen ertönte, das kleine Lämpchen neben dem Tastenfeld sprang von Rot auf Grün. In dem Fach lag eine Plastiktüte. Sie enthielt ein verschnürtes Päckchen, ungefähr so groß wie eine Milchtüte, und ein Bündel schwarzen Stoffs, dessen Funktion auf den ersten Blick nicht zu erkennen war. Faris nahm die Tüte heraus und verstaute sie bei dem Sprengstoff in der Sporttasche.

»Entschuldigen Sie«, sagte eine männliche Stimme, genau in dem Moment, in dem er die Schließfachtür schloss.

Reflexartig zuckte seine Hand zu der Waffe an seiner Hüfte, doch dann erstarrte er. War er denn noch zu retten? Die Geschwindigkeit, mit der er jetzt in den Abgrund stürzte, setzte sämtliche seiner Nervenenden in Flammen. Langsam drehte er sich um.

Vor ihm stand ein junger Mann, vielleicht zwanzig Jahre alt und von eher schmächtiger Statur. Mit seiner stacheligen Punkfrisur wirkte er sonderbar aus der Zeit gefallen. »Haben Sie mal ’nen Euro für mich?«, nuschelte er.

Kein Kollege.

Vor Erleichterung sackte Faris in sich zusammen. »Verschwinde«, knurrte er mit gesenktem Kopf und hoffte, dass der unfreundliche Ton ausreichen würde, um den Kerl zu vertreiben. Dann jedoch fiel sein Blick auf die Hosentasche des Punks. War das ein Handy, das dort herausragte? Offenbar. Und offenbar war es geklaut. Es hatte eine teuer aussehende, mit Strasssteinen besetzte Hülle und einen kleinen Anhänger in Form eines silbernen Engels. Ein Frauenhandy.

Faris wies darauf. »Ich gebe dir ’nen Fuffziger dafür«, sagte er, noch immer, ohne den Kopf zu heben.

Der Punk zögerte. Seine Finger spielten nervös mit dem kleinen Silberanhänger. »Fünfzig Mäuse? Das Teil ist locker hundert wert.«

Eher fünfhundert, dachte Faris. Laut sagte er: »Ja, aber da du es abgezogen hast …« Er ließ den Rest des Satzes in der Luft hängen, und um ihm die nötige Wirkung zu verleihen, hob er jetzt doch den Kopf und starrte den Punk an.

Der schluckte. Seine Augen waren gerötet, die Pupillen so klein wie Stecknadelköpfe. »Also gut. Fünfzig.« Er fingerte das Handy hervor und gab es Faris.

Der nahm Iras Geldbörse aus der Hosentasche, wo er sie auf dem Weg zu ihrem Auto verstaut hatte, und zog einen Fünfzig-Euro-Schein hervor.

In diesem Moment glitt ein Ausdruck des Erkennens über das Gesicht des Punks. »He!«, rief er. »Sind Sie nicht dieser Kerl, den sie im Fern…« Weiter kam er nicht.

Mit der Schulter rammte Faris ihn und holte ihn dadurch von den Beinen. Der Schmerz, der von seiner Wunde ausstrahlte, war brutal, doch das Adrenalin war für den Moment stärker. Er rannte los.

»Scheiße«, brüllte der Punk hinter ihm her. »Was soll das denn?« Und dann – Faris war bereits halb auf dem Weg zu den S-Bahnsteigen –: »Der Bombenleger!«

Das Glück war auf seiner Seite. Genau in dem Moment, in dem er den Bahnsteig erreichte, fuhr ein Zug ein. Faris mischte sich unter eine möglichst große Menge Menschen und ließ sich von ihr ins Innere eines Abteils schieben. Als sich die Türen schlossen und der Zug anfuhr, ohne dass irgendwelche Verfolger auf den Bahnsteig gerannt kamen, entspannte er sich ein wenig. Schwer atmend sank er auf einen Sitz.

Vor seinen Augen wallten blutige Schleier, und der Schmerz wühlte mit solcher Kraft in seiner malträtierten Schulter, dass er nicht nachsehen musste, um zu wissen, dass die Rempelei mit dem Punk seine Wunde wieder aufgerissen hatte.

Er legte die linke Hand auf den Verband und glaubte, die

Hitze, die von der Verletzung ausstrahlte, unter seinen Fingerspitzen zu spüren.

Vorsichtig ließ er die Tasche von der Schulter gleiten und stellte sie zwischen seine Füße ab. Dann nahm er das Handy des Punks und wählte Anisahs Nummer.

Der Entführer war innerhalb von zwei Sekunden am Apparat. »Gerade noch rechtzeitig«, sagte er.

Faris starrte auf seine Armbanduhr. Es war zwei Minuten vor neun. Er verzichtete auf eine Antwort. »Was jetzt?«, fragte er.

»Suchen Sie sich einen sicheren Ort. Einen, an dem Sie unbeobachtet sind und das Paket in der Tüte auspacken können. Wenn Sie sehen, was darin ist, werden Sie wissen, was Sie ... damit zu tun haben.«

»Sie haben versprochen, dass ich mit Anisah reden darf«, sagte Faris schnell, bevor der Kerl auflegen konnte.

»Stimmt.« Es dauerte ein paar Sekunden, dann war Anisah dran.

»Faris?« Sie klang müde und noch immer so, als stünde sie unter dem Einfluss von starken Drogen.

»Jetzt dauert es nicht mehr lange«, versprach Faris ihr. »Dann hole ich dich da raus.«

»Wie ...« Die Worte wurden ihr von den Lippen gerissen, als der Entführer ihr das Telefon wegnahm.

»Zufrieden?«

»Was, wenn nicht?« Die S-Bahn fuhr in den Bahnhof Warschauer Straße ein.

»Wissen Sie was, Iskander? Ich fasse es einfach nicht, wie renitent Sie sind. Wenn Sie das nicht abstellen, fürchte ich, muss ich Ihre Schwester ...«

»Schon gut, schon gut!« Etwas in Faris' Kopf hakte bei

den Worten des Entführers ein. Plötzlich war das Gefühl, seine Stimme schon einmal gehört zu haben, wieder stark und unfassbar irritierend. Faris schloss die Augen und konzentrierte sich. »Ja, ich bin zufrieden. Wenn ich Ihr Päckchen ausgepackt habe: Wie geht es dann weiter?«

»Durch Ihre unglückliche Verletzung haben wir viel Zeit vertrödelt, fürchte ich. Ich muss also langsam einmal ein bisschen mehr Druck machen. Zwölf Uhr. Bis dahin sollten Sie einsatzfähig sein.« Die Verbindung wurde unterbrochen.

Zwölf Uhr.

Auch dabei klingelte etwas in Faris' Hinterkopf. Warum? Wieder regte sich die verschüttete Erinnerung, aber noch immer bekam er sie nicht zu fassen. Er sah auf die Armbanduhr.

Er hatte noch zweieinhalb Stunden.

Ira saß auf einem der beiden Wohnzimmersessel und hielt das kitschige Kissen mit dem religiösen Spruch vor die Brust gepresst, als könne es sie beschützen. Sie versuchte, nicht andauernd auf Faris' Blut zu starren, das sich irgendwie überall zu befinden schien: auf der Couch, auf dem Teppich, an der Wand neben der Tür. Ihr war übel, und sie wusste nicht, ob das von dem überstandenen Schrecken und der Erschütterung über Faris' Verrat kam, oder von der Art, wie die Polizisten sie in die Mangel nahmen.

Sie spürte noch immer den Druck der Pistolenmündung an ihren Rippen. Gott im Himmel!

Sie krallte die Hände fester in den Stoff des Kissens. Der Reihe nach sah sie die Anwesenden an, erst jenen, der als Letzter reingekommen war – nach Kommissar Tromsdorff und nach den anderen Beamten, die Faris mit der Waffe nicht hatten aufhalten können. Er hatte sich ihr als Kommissar Rühmann vorgestellt und saß nun auf dem anderen Sessel. Ein Kommissar namens Meyer stand mit verschränkten Armen neben der Tür an die Wand gelehnt und sorgte auf diese Weise dafür, dass sie das Blut dort nicht vergaß. Kommissar Tromsdorff hatte sich einen Stuhl aus der Küche geholt und darauf Platz genommen. Die uniformierten Beamten waren wieder abgerückt, nachdem sie die Wohnung durchsucht und anschließend konstatiert hatten, dass hier kein Sprengstoff zu finden war.

»Sie leugnen also nicht, dass Herr Iskander bereits gestern Abend zu Ihnen kam und dass Sie ihm die ganze Nacht über Obdach gewährten, ohne die Polizei zu rufen«, fasste Meyer das bisher Gesagte zusammen.

Ira nickte. Das Kissen war aus billigem Garn gemacht, dessen hoher Polyesteranteil ihre Hände schwitzen ließ.

Meyer verhehlte seine Skepsis nicht. »Warum haben Sie nicht heimlich 110 angerufen? Er muss zwischenzeitlich doch immer wieder ohnmächtig gewesen sein, dem Blutverlust nach zu urteilen.«

Ira schüttelte den Kopf. Sie dachte daran, wie Faris bewusstlos auf ihrer Couch gelegen hatte. Sie hatte tatsächlich mit dem Gedanken gerungen, einen Anruf zu tätigen, aber nicht bei der Polizei, sondern bei der Rettungsleitstelle. Die Wahrheit war: Sie hatte nicht einmal daran gedacht, die Polizei zu informieren. Warum nicht?

Die Antwort war einfach.

Weil sie ihm vertraut hatte.

Sie schluckte schwer. »Er war nicht ohnmächtig«, log sie.

»Schwachsinn!«, schnaubte Meyer »Kann es sein, dass Sie ihn decken?« Er trat nach dem Stapel blutiger Handtücher auf dem Teppich. Es war eine verblüffend zornige Geste, für die er einen tadelnden Blick von Rühmann erhielt.

Ira spürte Wut in sich und gleichzeitig eine tiefe Verunsicherung. »Er hat mir gerade eine geladene Waffe an die Seite gehalten!«, sagte sie. Ihre Stimme klang gereizt und ungläubig. Vermutlich hatte sie sich noch nie in ihrem Leben so hilflos gefühlt.

Gott ist barmherzig, dachte sie und legte das Kissen fort. Als Schutzschild war es völlig nutzlos.

»Wohin könnte er geflohen sein?«, fragte jetzt Rühmann. »Konnten Sie mit anhören, wie er mit dem Entführer telefoniert hat? Wissen Sie irgendwas, das uns helfen kann, ihn zu finden?« Er war der Freundlichere von beiden. Aus seiner Miene sprach Mitgefühl, und Ira hätte gern gewusst, wie viel davon gespielt war. Die Verunsicherung sickerte Stück für Stück tiefer in ihr Herz und brachte es zum Stolpern.

»Nein«, antwortete sie.

Kriminaloberrat Tromsdorff seufzte leise.

»Sie lügen doch!«, sagte Meyer. »Sie hatten bis vor Kurzem ein Verhältnis mit Iskander, stimmt's?«

Ira legte die Handflächen zusammen und steckte die Hände zwischen ihre Knie. »Ich habe ihn gestern seit Wochen zum ersten Mal wiedergesehen, Herrgott! Tun Sie also gefälligst nicht so, als sei ich der Staatsfeind Nummer eins!«

Meyer schien von diesem unfreundlichen Ausbruch ebenso überrascht zu sein wie sie selbst. »Nun«, sagte er. Mehr nicht.

Ira drückte die Knie fester zusammen. Das Blut wurde aus ihren Handflächen gepresst, und ihre Fingerspitzen begannen zu kribbeln. Am liebsten wäre sie aufgestanden und hätte mit dem Kopf gegen die Wand geschlagen. Sie rührte sich nicht. Ihr Herz vibrierte wie unter den tiefsten Klängen einer alten Kirchenorgel. »Sind wir dann endlich fertig?«, fragte sie. »Ich würde gern ins Bad gehen und mich übergeben.«

Rühmann erhob sich als Erster. »Für den Moment, ja. Sind Sie sicher, dass Sie keinen Beistand brauchen?« Noch bevor sie mit der Befragung begonnen hatten, hatte er ihr angeboten, einen Polizeipsychologen holen zu lassen. Sie hatte abgelehnt.

Auch jetzt schüttelte sie den Kopf. »Ich komme klar.«

»Gut.« Er wies auf die blutigen Handtücher auf dem Boden. »Die Spurensicherung ist auf dem Weg hierher. Wir bleiben bei Ihnen, bis sie da ist.«

Um darauf aufzupassen, dass ich keine Beweise vernichte, dachte Ira grimmig. *Schon klar.*

Keine Minute später klingelte es an der Tür, und Rühmann ging, um zu öffnen. Drei Frauen in weißen Ganzkörperanzügen und mit Koffern in den Händen betraten die Wohnung. Rühmann führte sie ins Wohnzimmer und gab ihnen ein paar Anweisungen, während Tromsdorff Ira schweigend ansah.

Sie hielt seinem Blick stand, aber es kostete sie so viel Kraft, dass sie anfing zu schluchzen, als die Beamten schließlich ihre Wohnung verlassen hatten.

Der Verkehr auf der Skalitzer Straße rauschte an Tromsdorff vorbei. Mit der flachen Hand schlug er auf das Lenkrad seines Wagens, einmal, zweimal, dreimal.

»Fuck!«, schrie er. »Fuck, Fuck, Fuck!«

Es war ein Fluch, den er sich niemals in Gegenwart von anderen erlaubte, weil sein Vater ihn ihm mit einem Kochlöffel ausgetrieben hatte, als er ihn als Zehnjähriger einmal beim Abendessen ausprobiert hatte.

Er stand an der Taxihaltestelle, an der er angehalten hatte, nachdem er sich vor Ira Jenssens Haustür von Rühmann und Meyer getrennt hatte.

»Faris, du Scheißkerl!«, murmelte er durch zusammengebissene Zähne und versuchte, zornig zu sein. Vergeblich. Alles, was er empfinden konnte, war Fassungslosigkeit.

Er nahm sein Smartphone hervor und rief im *War Room* an. Marc meldete sich.

»Faris ist flüchtig«, sagte Tromsdorff knapp.

»Wie bitte?« Marc stieß ein leises Ächzen aus. »Sag das noch mal!«

»Faris ist auf der Flucht«, wiederholte Tromsdorff. Er berichtete, was geschehen war und dass Rühmann und Meyer mit leeren Händen zurück aufs Revier kommen würden.

»Hast du Kontakt zu ihm?«, erkundigte sich Marc, und Tromsdorff konnte seine Verunsicherung durch die Leitung hindurch fühlen. Genau wie er selbst wollte, nein konnte Marc nicht glauben, dass Faris all diese Dinge getan hatte.

Im Hintergrund konnte Tromsdorff die typischen Geräusche des *War Rooms* hören. Stimmen. Das Brummen von auf der Keithstraße vorbeifahrenden Autos, das durch ein offen stehendes Fenster hereindrang. Ein Anflug von Verzweiflung überfiel ihn, der so stark war, dass er den Kopf gegen die Nackenstütze stieß. »Im Moment nicht. Aber ich hoffe, dass er sich bei mir meldet, sobald er kann.«

»Wenn das passiert«, murmelte Marc, »was tust du dann?«

Ja, was?

Tromsdorff schwieg.

Auch Marc schien nicht zu wissen, was er sagen sollte. Irgendwann meinte er: »Geiger hält ihn für einen Komplizen des Attentäters.«

»Bullshit!«, schnaubte Tromsdorff. Wenigstens das würde er niemals – niemals! – im Leben glauben! Er sah Faris vor sich stehen, im Flur von Iras Wohnung. Blass. Und mit aufgeworfenen Lippen.

Es tut mir leid!, hatte er gesagt. *Er zwingt mich, das hier zu tun.* Und Tromsdorff hatte den Schrecken in seinen Augen leuchten sehen. Den Schrecken und die flehentliche Bitte, die er nicht laut hatte aussprechen können.

Hilf mir!

»Wir sind hier an mehreren Spuren dran«, drang Marcs Stimme in sein Bewusstsein. »Ben hat die Hundeführer angerufen und erfahren, dass der Sprengstoff, den Faris dabeihat, tatsächlich Ammongelit ist. Es wird im Bergbau verwendet. Ist nicht mehr neuester Stand der Technik, aber es gibt noch Firmen, die es auf Lager haben. Wir suchen gerade nach gemeldeten Diebstählen. Shannon befragt die Leute von Pro Toleranz. Irgendwer muss gewusst haben, dass der Sprengstoff dort unten lag.«

Tromsdorff nickte matt. »Findet den Kerl!«, murmelte er. »Bevor Faris irgendeine Dummheit macht!«

Marc ließ erneut ein paar Sekunden verstreichen, bevor er fragte: »Und du? Was machst du jetzt?«

»Ich versuche, Faris zu helfen. Ich fahre zurück zu der Stelle, an der sich seine Spur verloren hat.«

Er legte auf, dann fuhr er los. An der nächsten Kreuzung wendete er und kehrte zu Ira Jenssen zurück.

21. Kapitel

Die drei Frauen von der Spurensicherung arbeiteten schnell und effektiv. Sie sammelten die blutigen Handtücher ein und verstauten sie einzeln in großen Papiertüten. Dann machten sie eine Reihe von Fotos von den Blutflecken auf Couch, Teppich und Wand und auch von den Einbruchspuren, die Faris an der Terrassentür hinterlassen hatte.

Obwohl sie sich völlig selbstverständlich in jedem Raum bewegten, hatten sie sich alle drei nicht vorgestellt. Ira kämpfte gegen das Gefühl an, missbraucht zu werden. »Es tut mir leid, aber ich muss auch fotografieren, was er … mit Ihnen …« Die Forensikerin stockte und zeigte auf Iras Seite.

Ira zog ungläubig die Augenbrauen zusammen. »Mir fehlt nichts!«

Doch die Beamtin blieb hartnäckig. »Trotzdem. Mir wurde gesagt, er hat Ihnen eine Waffe in die Seite gedrückt. Darf ich Sie bitten, Ihre Bluse anzuheben, damit ich mir das ansehen kann?«

Was ist, wenn ich mich weigere, dachte Ira, aber dann fehlte ihr die Kraft dazu, es laut zu sagen. Seufzend hob sie die Bluse an und zeigte die gerötete Stelle, die Faris' Waffe verursacht hatte.

»Das wird ein hübsches Hämatom geben.« Die Forensikerin machte mehrere Fotos.

Ira kämpfte gegen die Tränen, die ihr in die Augen schießen wollten. Eine Welle von Selbstmitleid rollte über sie hinweg, aber auch dieses Gefühl rang sie nieder.

Dumme Kuh!, dachte sie und wusste nicht, ob sie die Beamtin oder sich selbst meinte.

Die drei Frauen beendeten ihre Arbeit. »Sie können das jetzt wegputzen«, sagte eine von ihnen mit Blick auf Faris' Blut.

Ira nickte, doch am liebsten hätte sie die Frau angeschrien. Sie begleitete die drei zur Tür, und als sie endlich weg waren, schloss sie hinter ihnen ab. Sie schob auch die Sicherheitskette vor, dann legte sie die Stirn gegen das Holz.

»Herr im Himmel!«, murmelte sie.

Die Schritte der Beamtinnen verklangen im Treppenhaus. Draußen wurde ein Auto angelassen und fuhr weg. In Ira hallte die Stille nach.

Sie drehte sich um, rutschte an der Tür nach unten, zerrte die Ärmel ihrer Strickjacke über die Hände und umklammerte die Beine vor der Brust. Und jetzt endlich ließ sie den Tränen freien Lauf.

Geraume Zeit saß sie einfach so da, auf dem kalten Fußboden, den Kopf auf den Knien, und lauschte, wie draußen das Leben seinen gewohnten Gang ging. Irgendwo im Haus wurde eine Toilettenspülung betätigt. Die beiden Kinder aus dem zweiten Stock kamen mit dem üblichen Getöse die Treppe heruntergerannt. Die Haustür krachte gegen die Wand und fiel dann leise ins Schloss zurück.

Gleich darauf klingelte es an der Wohnungstür.

Ira zuckte zusammen. Sie rappelte sich hoch, rieb sich über die nassen Wangen und warf einen Blick durch den Türspion.

Draußen stand Kommissar Tromsdorff. Er lächelte, als wüsste er, dass sie ihn anstarrte. »Frau Jenssen? Bitte lassen Sie mich rein. Ich muss dringend mit Ihnen reden.«

Sie spielte mit dem Gedanken, ihn einfach dort draußen stehen zu lassen, aber dann begriff sie, dass das nichts nützen würde. Wenn er in offizieller Mission kam, würde sie früher oder später sowieso mit ihm sprechen müssen.

Sie löste die Sicherheitskette und öffnete die Tür. »Kommen Sie rein.«

Er betrat ihre Wohnung. Zwischen seinen Augenbrauen erschien eine steile Falte, als er ihr verweintes Gesicht sah. »Sie haben zwar darauf bestanden, dass Sie keinen psychologischen Beistand brauchen, aber …« Er unterbrach sich.

Ira bedeutete ihm mit einer Geste, in die Küche zu kommen. Sie schob die Strickjackenärmel hoch und verschränkte die Arme vor der Brust. »Was wollen Sie noch?«

»Er hatte einen Grund für das, was er Ihnen angetan hat«, sagte Tromsdorff.

Mechanisch nickte sie. »Ich weiß. Er versucht, seine Schwester zu retten.« Sie wollte Faris das zu seinen Gunsten auslegen, wollte nichts sehnlicher, als dass sie sein Verhalten verstehen – nein verzeihen – konnte. Sie wusste nicht, ob es ihr jemals gelingen würde.

Tromsdorffs Blicke wanderten eine ganze Weile lang forschend in ihrem Gesicht umher. »Hat er Ihnen gesagt, was der Drecksack noch getan hat?«

Sie schüttelte den Kopf, angespannt. Sie wollte nicht hören, was er zu sagen hatte.

Er sagte es trotzdem. »Er hat Laura ermordet.« Er räusperte sich. »Mit großer Wahrscheinlichkeit jedenfalls.«

Sie rührte sich nicht. Sehr lange stand sie nur da und drehte ihr linkes Handgelenk in den Fingern der rechten Hand. Plötzlich musste sie an das Lederarmband denken. Darum also hatte Faris es wieder umgelegt. Darum hatte er es so eng gezogen, dass es in sein Fleisch schnitt. »Was bedeutet ›mit großer Wahrscheinlichkeit‹?«

Tromsdorff überlegte. Er machte einen unsicheren, verwirrten Eindruck. Obwohl er sich den Anschein gab, schien auch er nicht zu wissen, was er von Faris' Taten halten sollte. Er stieß ein Seufzen aus. Und dann erzählte er Ira von Lauras Leiche in dem Hotelzimmer und davon, dass Faris am Abend vor dem Mord mit Laura in der Bar gesehen worden war.

Etwas lag in seiner Stimme, das Ira schaudern ließ. *Mit großer Wahrscheinlichkeit,* hatte Tromsdorff gesagt. Ira sah ihm in die Augen. »Es ist also auch möglich, dass Faris Laura … getötet hat?« Sie konnte einfach nicht *ermordet* sagen. Ihr wurde schon wieder schlecht.

Tromsdorff schüttelte den Kopf. »Ich kann und will das nicht glauben. Was ich glaube, ist, dass Anisahs Entführer alles inszeniert hat. Er will, dass wir Faris für schuldig halten …« Er räusperte sich erneut. Etwas würde jetzt noch kommen, das spürte Ira. »Allerdings …«

Sie wartete.

»Allerdings konnten wir nachweisen, dass Faris mit Laura nicht nur in der Bar war.«

Sie wartete weiter.

»Er ist mit ihr hoch auf das Hotelzimmer.«

Stille breitete sich im Raum aus.

»Er hat mit Laura geschlafen«, sagte Ira schließlich.

Tromsdorff nickte. Unter seinem Auge zuckte ein Muskel.

»Warum erzählen Sie mir das?«, fragte Ira.

»Vielleicht weil ich hoffe, dass Sie mir helfen können, ihn zu verstehen.« Er lachte verbittert. »Vielleicht weil ich hoffe, dass es Ihnen – und mir – ach, Scheiße, ich weiß es doch auch nicht!«

Ira schloss die Augen. Die Stelle an ihrer Seite, wo die Mündung der Pistole gewesen war, schmerzte leicht.

Tromsdorff straffte die Schultern. »Vor allem jedoch weil ich hoffe, dass Sie mir erzählen können, wo er hin ist.«

Sie hatte das Bedürfnis, schon wieder die Ärmel über ihre Hände zu ziehen. Die Strickjacke war bereits ganz ausgeleiert, aber das war egal. »Glauben Sie, dass er es überleben wird? Dass er einen Weg findet, sich nicht in die Luft zu …« Auf einmal brach ihre Selbstbeherrschung in sich zusammen wie ein Kartenhaus. Ein Schluchzen bildete sich hinten in ihrer Kehle, und sie musste die Faust auf die Lippen pressen, um es nicht herauszulassen. »Entschuldigen Sie«, flüsterte sie und wischte sich hastig mit dem Ärmelsaum über die feuchten Wangen. Und dann konnte sie nicht mehr. Sie spürte, wie alles in ihr nachzugeben drohte, wie ihre Knie weich wurden, wie sie einfach nur noch zu Boden sinken und sich krümmen wollte. Mit letzter Kraft klammerte sie sich an der Kante der Arbeitsplatte fest. Das Schluchzen, das sie eben noch zurück in ihren Hals gestopft hatte, drängte jetzt ungehindert hervor.

»Kommen Sie.« Behutsam nahm Tromsdorff ihren Ellenbogen und bugsierte sie auf einen Küchenstuhl. »Beruhigen Sie sich erst mal.«

Faris wusste, dass ganz in der Nähe von der Haltestelle Ostkreuz die Revaler Straße lag, wo es eine Handvoll leer stehender ehemaliger Nachtclubs gab. Einer davon hätte ihm eine ideale Versteckmöglichkeit bieten können – wäre da nicht ein kleiner Haken an der Sache gewesen. Der gute Kilometer, den er bis zur Revaler Straße laufen musste, lag vor ihm wie eine kaum zu bewältigende Hürde. In seinen Ohren hatte es wieder angefangen zu kreischen, und sein Herz mühte sich verzweifelt, den neuerlichen Blutverlust auszugleichen, den ihm die Rempelei mit dem Punk eingehandelt hatte. Inzwischen schlug es so heftig in seiner Brust, dass er kaum noch Luft bekam.

Er fuhr sich mit der Zunge über die spröden Lippen und schluckte vergeblich gegen den Staub in seinem Mund an.

Dann gaben seine Beine unter ihm nach. Er musste sich an einem mit Plakaten beklebten, hölzernen Bauzaun abstützen, der irgendwo zwischen Simplonstraße und Revaler Straße lag. Tief in seinem Innersten fing etwas an zu zittern, und er bekam es mit der Angst zu tun, als ihm klar wurde, dass es sein Herz war.

Bis zu den Clubs würde er es im Leben nicht schaffen, aber ungefähr zwanzig Meter weiter befand sich eine Lücke in dem Bauzaun. Das Grundstück dahinter schien schon länger unbebaut zu sein, denn über dem Zaun ragten Büsche und sogar kleine Bäume empor. Faris wartete, bis die Erde unter seinen Füßen aufgehört hatte zu bocken, dann zwängte er sich durch die Lücke.

Dorniges, blattloses Gestrüpp und fast hüfthohes braunes Gras empfingen ihn. Sein Blick fiel auf einen alten Bauwagen. Die Fensterscheiben waren von innen mit Fingerfarbe bemalt, und auf der einen Stufe, die zu der Tür emporführte, stand ein ebenfalls angemalter, leerer Blumentopf.

Faris wankte auf den Wagen zu. Muffiger Geruch schlug ihm entgegen, als er ihn betrat, und zeigte ihm, dass hier schon seit Längerem niemand mehr gewesen war. Das wenige Licht, das durch die bemalten Scheiben fiel, reichte gerade aus, um ein paar Decken, eine Apfelsinenkiste und mehrere ausgeblichene Playmobilfiguren zu erkennen.

Mit einem lang gezogenen Stöhnen ließ Faris die Sporttasche von der Schulter gleiten und sank auf die alten, schimmelig riechenden Decken. Jetzt, da er saß, ließ das Zittern in seiner Brust nach. Dafür wurde ihm schwarz vor Augen.

»Faris?« Eine vertraute Stimme.

»Laura«, murmelte er.

»Faris!«, wisperte die Stimme wieder. Diesmal gehörte sie Ira.

Mit einem Ruck fuhr er in die Höhe. Weder Laura noch Ira waren hier. Er war allein.

Ein Gedanke taumelte durch seinen Geist. Wie spät war es? Ein Blick auf die Uhr zeigte ihm, dass er nur ein paar Minuten lang weg gewesen war. Erleichterung durchflutete ihn. Noch war es nicht zwölf.

Zwölf Uhr.

Innere Unruhe erfüllte ihn. Was war um zwölf? Etwas Wichtiges würde geschehen.

Er sank auf die Decken zurück. Schloss die Augen. »Was machst du denn hier?«, sagte Laura entgeistert. Bei seinem Anblick war sie weiß geworden, so weiß wie das Kleid, das sie trug, und dessen Anblick sich anfühlte wie eine Ohrfeige. »Faris, ich heirate um zwölf!«

Er wollte etwas sagen, aber in diesem Moment trat ihr Bräutigam aus dem Haus, auch er bereits in Schale geworfen für die Hochzeitszeremonie, die gleich stattfinden würde. Als er Faris sah, lachte er ungläubig. »Ich zähle bis drei«, sagte er, »und dann sind Sie verschwunden.« Er klang selbstsicher und arrogant. Als Faris nicht sofort reagierte, fügte er hinzu: »Kapieren Sie endlich: Sie werden sie mir nicht wieder wegnehmen. Sie hat sich für mich entschieden!«

Die Worte hallten in ihm nach und rissen ihn zum zweiten Mal in die Höhe.

Sie werden sie mir nicht wieder wegnehmen … Ich heirate um zwölf.

Faris' Magen drehte sich um, als er begriff. Als ihm endlich klar wurde, woher er die Stimme des Entführers kannte. Mit zitternden Händen tastete er nach dem Handy.

DER ANDERE

Bald würde der Tanz vorbei sein.

Der Mann, der Vergeltung wollte, stand am Fenster und schaute hinaus in den Hinterhof des Hauses, in dem gerade eine junge Frau ein Fahrrad an einen Eisenpfahl kettete.

Sicherheit, dachte er. Menschen waren so sehr um Sicherheit bemüht. Sie wollten bewahren, was ihnen gehörte, und doch gab es immer wieder andere, die es ihnen wegnahmen.

Er knetete seine Hände. Ein bisschen von Anisahs Blut klebte noch unter seinen Fingernägeln, obwohl er sich nach der Amputation ihres Fingers gründlich gewaschen hatte. Genau wie vor einer Operation hatte er sich gereinigt, mit Desinfektionsmittel und einer Bürste. Das Ritual gab ihm Halt, wenn sein Verstand wieder zu taumeln anfing.

Er summte ein paar Takte des arabischen Wiegenliedes, aber er konnte die Bilder jetzt nicht mehr abwehren, die in immer schnellerer Folge auf ihn einströmten …

Das Schwein, das sich von seiner Mutter herunterrollt und dann zu der Tür gestürzt kommt, hinter der er steht. »Elender Spanner! Macht es dich geil zuzusehen, ja?« Dann wird er gepackt und ins Schlafzimmer gezerrt. Mit einem harten Ruck stößt das Schwein ihn auf das Bett.

»Nicht, Papa!«, wimmert er.

Aber sein Vater ignoriert sein Weinen. »Nenn mich nicht Papa!«, donnert er und fährt zu seiner Mutter herum. »Na los!«, brüllt er sie an. »Lass es dir von ihm besorgen, so wie du es dir von diesem anderen Kerl …«

»Konrad.« Die Stimme seiner Mutter ist ganz ruhig und fest, und das bringt seinen Vater dazu innezuhalten. An seiner Stirn pocht eine Ader, die Röte in seinem Gesicht ist so dunkel, dass es aussieht, als würde gleich sein Schädel explodieren.

»Lass Christian in Ruhe!«, sagt seine Mutter. »Lass wenigstens Christian in Ruhe!«

Mit einem lang gezogenen Ächzen vertrieb Zöller die Bilder aus seinem Kopf. Er musste sich an der Wand abstützen, um nicht zu taumeln. Licht fiel von draußen herein und streifte Anisah auf ihrer Couch.

Sein Magen zog sich krampfhaft zusammen, und er würgte. Es wurde Zeit, dass er all dem hier ein Ende machte. Er umrundete die Couch, auf der Anisah lag. Mit einem verzerrten Lächeln blickte er auf das Deckenbündel nieder, das er hier abgelegt hatte, bevor er Önur zur Gedächtniskirche geschickt hatte. Ein Zipfel der Decke war ein wenig verrutscht und enthüllte einen Schopf blonder Mädchenhaare.

* * *

Ira saß an ihrem Küchentisch, umklammerte mit beiden Händen eine Tasse und konzentrierte sich auf die Wärme, die davon ausstrahlte. Sie musste ruhig atmen. Ein. Aus. Wieder ein. Einen Atemzug nach dem anderen, dann würde es ihr schließlich wieder besser gehen, dann würde irgendwann das Entsetzen nachlassen, und sie würde wieder wissen, was sie denken, was sie empfinden sollte.

Tromsdorff saß bei ihr, schweigend, obwohl sie wusste, dass er darauf brannte, sie zu befragen. Er wollte unbedingt herausbekommen, wo Faris sein könnte. Aber sie wusste es nicht. Sie öffnete den Mund, um genau das zu sagen, aber das Klingeln seines Handys kam ihr zuvor.

»Ja?«, bellte er in den Hörer. Gleich darauf fuhr er erschrocken in die Höhe. »Faris! Gott sei Dank! Wie geht es dir, wo bist du?«

Iras Hände fingen an zu zittern, und sie brauchte einen Moment, bis sie begriff, dass es vor Erleichterung war. Sie deutete auf Tromsdorffs Handy und dann auf ihr Ohr, um zu signalisieren, dass sie mithören wollte. Er verstand und schaltete den Lautsprecher ein.

Faris' Stimme klang wie ein Hauch. »... jetzt, wer Anisahs Entführer ist«, sagte er gerade. »Christian Zöller ... Lauras Mann.« Die Pause vor den letzten zwei Worten kam Ira unendlich lang vor, die Worte selbst waren schmerzerfüllt.

»Zöller!«, rief Tromsdorff. Er fragte nicht nach, woher Faris das wusste. »Sicher?«

»Ja«, wisperte Faris. »Sag Shann...« Diesmal brach er mitten im Wort ab. Ein dumpfes Poltern war zu hören.

»Faris? Faris!« Tromsdorff schüttelte das Handy, als könne es kaputt sein.

Ira wollte ebenfalls aufstehen, aber sie war unfähig, sich

zu rühren. Vor ihrem geistigen Auge sah sie Faris vor sich. Faris, der ihr unter den Händen verblutete, genau wie in ihrem Traum.

Tromsdorff ließ das Smartphone sinken. »Verdammt!«, fluchte er, dann wählte er mit fliegenden Fingern eine Nummer. »Marc! Faris hat gerade angerufen«, erklärte er. »Und ich glaube, dass er ohnmächtig geworden ist. Er konnte mir nicht sagen, wo er ist. Er klang furchtbar. Ben soll so schnell wie möglich diese Nummer orten!«

Ira hörte zu, wie er Marc die Nummer durchgab, von der aus Faris ihn angerufen hatte. Sie wusste nicht, was sie empfinden sollte. Warum war sie so schrecklich erleichtert gewesen, von Faris zu hören? Warum konnte sie nicht einfach wütend auf ihn sein, ihn hassen für das, was er ihr angetan hatte? Das Chaos in ihrem Innersten war so groß, dass sie am liebsten geschrien hätte.

Sie schloss die Augen, riss sie wieder auf.

»Faris weiß jetzt, wer der Anrufer ist«, sagte Tromsdorff, während er unruhig in der Küche auf und ab ging. »Christian Zöller ... ja. Ich weiß nicht, warum, aber er ist sicher. Fahrt auf der Stelle zu Zöllers Haus und ...« Er lauschte kurz. »Komm mir nicht so! – Okay. – Scheiß auf einen Durchsuchungsbeschluss. Wir berufen uns auf Gefahr im Verzug. Bringt mir irgendeinen Hinweis darauf, wo Zöller Anisah hat! Beeilt euch!« Noch einmal hörte er zu, was Marc sagte. »Gut«, meinte er dann. »Viel Glück!«

Nachdem er aufgelegt hatte, blieb er stehen und sah Ira an. In seinem Blick lagen Unruhe und Angst, aber auch so etwas wie neu erwachte Hoffnung. »Meine Leute sind gut«, versicherte er. »Sie finden Zöller.« Er kam zu ihr. »Und sie finden auch Faris.« Sein Handy klingelte erneut. »Ben? –

Gut! Danke! – Das war einer meiner Männer«, erklärte er Ira. »Er hat Faris' Handy geortet. Er hat schon einen Rettungswagen hingeschickt.« Er rieb sich den Nacken.

Sie konnte sich noch immer nicht bewegen.

»Ira!« Sanft berührte er sie am Ellenbogen. »Faris wird das hier überleben, das verspreche ich Ihnen!«

Sie nickte zum wahrscheinlich hundertsten Mal an diesem Tag. »Ja«, flüsterte sie und wurde sich bewusst, dass es das war, was sie sich am meisten wünschte.

22. Kapitel

Ihr Entführer summte leise vor sich hin. Er wechselte dabei zwischen der Melodie des arabischen Wiegenliedes und der von »Weißt du wie viel Sternlein stehen« hin und her. Anisah versuchte, den dumpfen Druck in ihrem Kopf auszublenden, der sich irgendwann im Laufe der letzten Minuten gebildet hatte und der langsam begann, das Entsetzen zu überlagern. Ihre ganz persönliche Hölle war erfüllt von den Klängen alter Kinderlieder.

Sie hätte angefangen zu lachen, wenn sie dazu fähig gewesen wäre. Samir. Womöglich hatte er doch recht gehabt, als er behauptet hatte, Allah werde zornig auf sie sein, weil sie in einem christlichen Kindergarten arbeitete. Samir. Durch den Schleier, der über ihrem Verstand lag, hatte Anisah nur undeutlich verstanden, was ihr Entführer Faris entgegengebrüllt hatte. Alles, was sie begriffen hatte, war, dass Samir möglicherweise noch lebte. Dieses Wissen erfüllte sie mit Hoffnung und gleichzeitig mit abgrundtiefer Verzweiflung.

Faris!, flehte sie lautlos. *Wo bleibst du?*

Ihr Entführer verstummte. Vor ein paar Minuten hatte er etwas hinter der Couch hervorgezogen, das dort offenbar die ganze Zeit gelegen hatte. Irgendein Bündel, das er seitdem auf dem Arm hin und her trug und wiegte wie ein schlafendes Kleinkind. Jetzt hielt er inne.

Er nahm sein Telefon, wählte eine Nummer. Wartete.

»Ich bin's«, sagte er, als abgenommen wurde. »Christian.« Danach lauschte er eine Weile.

»Ich weiß«, hörte Anisah ihn schließlich murmeln. Er klang verlegen, fast ein bisschen schuldbewusst. »Ich weiß, dass ich unseren Plan zu früh gestartet habe, aber ich hatte meine Gründe.« Der Entführer drehte sich um, als könne er Anisahs Blicke auf sich spüren. Einige Sekunden lang starrten sie sich an. Die Wirkung der Droge, die Anisah erhalten hatte, ließ jetzt immer mehr nach. Die Nebel vor ihren Augen hoben sich immer öfter.

Braun. Die Augen ihres Entführers waren braun, fast wie die von Faris.

Christian.

Ein so normaler Name, dachte sie. Wieder glaubte sie, lachen zu müssen. Der Wahnsinn lauerte dahinter, darum kämpfte sie dagegen an.

»Du hast vorhin versprochen, dass du mir helfen wirst«, sagte der Entführer. »Jetzt brauche ich dich hier.« Er nannte eine Adresse irgendwo in Kreuzberg. Anisah kannte die Straße, weil eines der Kinder aus ihrem Kindergarten dort wohnte. Sie befand sich also noch immer in Berlin. Es war surreal zu begreifen, wie nahe sie ihrem wahren Leben war – und trotzdem unerreichbar weit davon entfernt.

Ihr Entführer verabschiedete sich von der Person am Telefon und legte auf. Christian, korrigierte Anisah sich, sie musste ihn Christian nennen, dann würde er vielleicht einen Teil seines Schreckens verlieren. Sie sah ihn an.

Ihr Entführer – Christian – hatte seinen Bart abrasiert, seine Wangen waren jetzt glatt und leicht rosig. Er schenkte Anisah ein Lächeln, das ihr den Magen umdrehte. Dann begann er wieder, das Bündel auf seinem Arm zu wiegen.

Ein leises Wimmern drang daraus hervor.

Ein Kind.

Anisah schloss die Augen.

DER ANDERE

Er wiegte das Kind auf dem Arm.

Das Kind.

Lilly, verbesserte er sich selbst, aber es war ihm unmöglich, diesen Namen auch nur zu denken. Das Kind.

Es war das Kind.

Lauras Kind …

Er stöhnte auf.

Das! Kind! So und nicht anders musste er die Kleine nennen, wenn er es schaffen wollte, diesen Tanz bis ganz zu Ende zu tanzen. Er betrachtete das runde Gesicht der Kleinen, die zu ihm aufschaute. Tränen glitzerten in ihren braunen Augen, die so gar nicht zu ihrem blonden Haar passen wollten. Um zu verhindern, dass das Kind wieder anfing zu jammern, begann er erneut, im Raum auf und ab zu laufen. Bis es endlich an der Wohnungstür klopfte.

Erleichtert seufzte er. Dann ging er öffnen.

* * *

Faris tauchte aus der Ohnmacht auf wie aus den Tiefen eines kalten Sees. Er fror, wie er noch nie in seinem Leben gefroren hatte. Stimmen umgaben ihn, eine davon glaubte er zu kennen, eine andere, eine männliche, hatte er noch nie zuvor gehört.

Mühsam hob er die Lider.

Im ersten Moment sah er unscharf, aber dann klärte sich sein Blick. Ein Mann beugte sich über ihn.

Er fuhr in die Höhe.

»Schon gut! Es ist alles in Ordnung. Ich kümmere mich um Sie.« Eine kräftige Hand packte ihn und drückte ihn zurück in eine liegende Position. Seine Schulter pochte, doch es war jetzt kein greller Schmerz mehr, sondern eher ein dumpfer Druck. *Es ist alles in Ordnung!* Die Stimme und die Hand: Sie gehörten zu einem Rettungsarzt. Das begriff Faris, als er sah, wie der Mann einen Beutel mit Blutersatzmittel über ihn hielt. Ein Schlauch führte in eine Vene an seinem Arm. *Alles in Ordnung.* Er war in Sicherheit. Graues Tageslicht fiel durch einen Spalt in der Tür und die wenigen freien Stellen der bemalten Fenster. Der Anblick holte Faris abrupt zurück in die Realität.

Nichts war in Ordnung!

Er befand sich immer noch in dem Bauwagen.

Es war noch nicht vorbei.

»Wie spät ist es?«, murmelte er.

»Kurz nach halb elf.« Tromsdorff kam in sein Sichtfeld.

»Robert!«, murmelte Faris. Vor Erleichterung seinen Chef zu sehen schloss er die Augen. »Gott sei Dank! Ich muss … bis um zwölf …«

Tromsdorff trat näher heran. Wie ein Berg ragte er über Faris auf, doch gleich darauf kniete er sich neben ihn auf den Boden. »Ganz ruhig. Wir kümmern uns um dich.«

»Nein, Robert!« Faris wehrte die Versuche des Rettungsarztes ab, ihn am Hinsetzen zu hindern. Mühsam stemmte er sich auf den Ellenbogen seines gesunden Armes. »Der Entführer hat verlangt, dass ich bis um zwölf einsatzfähig ...«

»Sie müssen ruhig liegen bleiben«, wandte der Arzt ein. Er wollte etwas hinzufügen, aber Tromsdorff brachte ihn mit einer knappen Geste zum Schweigen.

»Du wirst einsatzfähig sein!«, versprach er und warf dem Rettungsarzt einen warnenden Blick zu.

Faris ließ sich zurücksinken. Er begriff, dass sie Zöller noch nicht hatten, dass Anisah sich nach wie vor in seiner Gewalt befand. Andernfalls wäre er längst in einem Krankenhaus.

»Zöller?«, murmelte er.

»Shannon und Marc sind in seiner Wohnung und versuchen rauszufinden, wo er deine Schwester haben könnte. Ben tut das Gleiche mit seinen Mitteln.« Tromsdorff musste ein Stück zurückweichen, weil der Arzt einen neuen Beutel an dem Schlauch in Faris' Vene befestigte. Mit jedem Tropfen der durchsichtigen Lösung, der in seinen Körper floss, fühlte Faris sich ein wenig besser, auch wenn er wusste, dass es sich nur um ein Provisorium handelte. Die durchsichtige Lösung bekämpfte die Symptome, die durch den Volumenverlust in seinen Adern entstanden. Sie war kein wirklicher Ersatz für die Blutkonserven, die er vermutlich dringend brauchte und die er nur in einem Krankenhaus erhalten würde.

»Warum Zöller?«, fragte Tromsdorff. »Was ist sein Motiv?«

Faris setzte zu einem Kopfschütteln an. »Kann ich dir beim besten Willen nicht sagen.« Das war zumindest eine halbe Lüge, denn in ihm formte sich langsam eine Vorstellung davon, was geschehen war, nachdem er Laura in ihrem Hotelzimmer allein gelassen hatte.

Sie werden sie mir nicht wieder wegnehmen.

Das hatte Zöller damals bei seiner Hochzeit zu ihm gesagt.

»Ich vermute, er hat auch Laura ermordet«, murmelte Faris. »Habt ihr inzwischen die Spuren aus dem Hotelzimmer ausgewertet?«

»Haben wir.« Ein Schatten flog über Tromsdorffs Gesicht, der Faris sagte, dass etwas ganz und gar nicht stimmte.

Alarmiert sah er seinen Chef an. »Was ist?«

Der räusperte sich. »Wir ...« Er musste sich sichtlich zwingen weiterzureden. Ernst sah er Faris in die Augen. »Die Analyse des Spermas, das in Lauras Körper gefunden wurde, hat ergeben, dass es ... von dir stammt.«

»Unmöglich!« Erneut stemmte Faris sich auf den Ellenbogen hoch.

»Zum Henker«, schnauzte der Rettungsarzt. »Ich habe gesagt, Sie sollen liegen bleiben!«

Faris achtete nicht einmal auf ihn.

Tromsdorff wiegte den Kopf hin und her. »Es gibt eine DNA-Analyse.«

Einige Augenblicke wurde es still in dem Bauwagen. In Faris' Kopf rotierten die Gedanken. »Es kann nicht sein«, sagte er dann. Er versuchte, den Gesichtsausdruck seines Chefs zu deuten, aber vergeblich.

Tromsdorffs Miene war undurchdringlich.

Faris sank zurück. »Ich habe euch nicht angelogen. Ich war mit Laura oben in ihrem Zimmer, ja. Sie hat versucht, mich anzumachen, und sie hätte es auch fast geschafft. Aber ich bin gegangen, Robert. Ich habe nicht mit ihr geschlafen.« Er hielt inne. Holte Luft. »Und ich habe sie auch nicht ermordet. Als ich weggegangen bin, hat sie noch gelebt.«

»Ich habe die Auswertung der DNA gesehen.« Es war eine Feststellung der Tatsachen, ruhig und sachlich vorgebracht. Tromsdorff schaute Faris an dabei. Er wollte es glauben, das konnte Faris in seinem Blick lesen.

»Zöller hat Anisah entführt«, entgegnete er. »Er wollte mich zwingen, Samir umzubringen. Er ist in Besitz von Sprengstoff! Es kann doch sein, dass er irgendwie auch eine DNA-Analyse gefälscht hat.«

»Ich habe nur deine Aussage.« Tromsdorff rieb sich mit den Fingerspitzen über die Stirn. »Eine Aussage, gegen die unsere Laborwerte stehen, Faris. Und gegen die außerdem spricht, dass du einer Frau eine Waffe an den Leib gehalten hast, um dich dem polizeilichem Zugriff zu entziehen.«

Faris schluckte. Er wartete. Als Tromsdorff nicht weitersprach, meinte er: »Ich verspreche dir, dass ich mich stelle, sobald Anisah frei ist. Wenn ich sie aus den Händen dieses ... Monsters geholt habe, kannst du mir Handschellen anlegen, wenn du willst. Aber bitte lass mich vorher erst meine Schwester ...«

Tromsdorff schnitt ihm das Wort ab. »Schon gut.« Dann seufzte er und hielt das weiße Handy mit dem silbernen Engelanhänger hoch. »Hierüber wird er wieder Kontakt mit dir aufnehmen, vermute ich?«

Faris bejahte. Erleichterung und Dankbarkeit machten ihn beinahe schwindelig, und er achtete einen Moment lang nicht darauf, was Tromsdorff sagte.

»... und während du ohnmächtig warst, habe ich Ben gebeten, die Anrufe zurückzuverfolgen, die du mit dem Kerl geführt hast. Vergeblich. Ben sagt, die Zeit ist zu kurz, um die Sicherheitsmaßnahmen zu umgehen, die Zöller getroffen hat.«

Die Zeit …

Zwölf Uhr.

»Um zwölf«, murmelte Faris. »Da wird er es zu Ende bringen.« Lauras Trauung war um zwölf gewesen. Wieder dachte er an sein Gespräch mit Zöller kurz vor der Hochzeit. Es war das einzige Mal gewesen, dass er persönlich mit Christian Zöller gesprochen hatte, und natürlich war das der Grund dafür, dass er seine Stimme zwar erkannt, aber so lange gebraucht hatte, um sie richtig zuzuordnen.

»Das hier …« Er stockte, weil die Erkenntnis, dass alles nur seine Schuld war, ihm den Atem nahm. »Es ist ein Racheakt. Vermutlich …«

Tromsdorff legte ihm die Hand auf die gesunde Schulter. »Darüber sprechen wir später. Jetzt ist es wichtiger, dass du mir erzählst, was geschehen ist, seitdem du bei Ira weg bist.«

»Ira«, murmelte Faris und verlor für einen Moment den Faden. »Wie geht es ihr?« Er sah Tromsdorff an und wartete auf die Antwort auf seine Frage.

»Körperlich fehlt ihr nichts«, sagte Tromsdorff endlich.

Das war mehr, als er hatte erwarten dürfen. Faris rutschte ein Stück höher, sodass er sich mit dem Rücken gegen die Wand des Bauwagens lehnen konnte.

Der Arzt hatte es aufgegeben, ihn zurechtzuweisen. Er schaute nur noch grimmig, aber das kümmerte Faris nicht im Geringsten. Etwas in ihm verkrampfte sich, als ihm aufging, dass er Ira heute wahrscheinlich zum letzten Mal in seinem Leben gesehen hatte.

Tromsdorff wartete geraume Zeit darauf, dass Faris anfing zu berichten. Als er es nicht tat, seufzte er. »Okay. Ich hatte eigentlich nicht vor, es hierzu kommen zu lassen, aber offenbar ist es nötig.« Er erklärte nicht, was er damit meinte, sondern stand auf und ging zur Tür des Bauwagens. »Kommen Sie rein«, sagte er. Dann trat er einen Schritt zur Seite. »Ich habe sie gebeten mitzukommen, weil ich mir dachte, dass du ihren Beistand brauchst.«

Faris lehnte den Kopf gegen die Wand. »Ira«, flüsterte er.

»Okay, Arschloch!« Marc stand in der Mitte eines teuer eingerichteten Büros mit Perserteppichen auf dem Fußboden und Gemälden von Segelbooten an den Wänden. Er zog die Einweghandschuhe höher, die er, genauso wie Shannon, vor dem Betreten der Wohnung angelegt hatte. »Jetzt wollen wir doch mal sehen, wie wir dich an den Eiern kriegen!«

»Ganz einfach!« Shannon war in der Zwischenzeit schon an den wuchtigen Schreibtisch getreten. Mehrere Stapel Akten und Papiere lagen darauf – Zeitungsausschnitte, Briefe, Ausdrucke von Websites. Und Fotos. Sie nahm eines davon von dem größten Stapel und drehte es so, dass Marc es sehen konnte. »Das ist doch Faris' Schwester, oder?«

Das Bild zeigte eine dunkelhaarige Frau mit ausdrucksstarken braunen Augen. Sie hatte große Ähnlichkeit mit Faris.

Marc nickte. Dann trat er neben Shannon und überflog die Papiere und Aktenordner mit einem Blick. Er tippte auf einen der Zeitungsausschnitte, auf dem Faris' Gesicht mit einem dicken roten Filzstift umrandet worden war. »Sieht ganz so aus, als hätte Zöller die ganze Aktion von sehr langer Hand geplant.«

Shannon überlegte. »Geht so was ganz allein?«, fragte

sie, aber sie sprach mehr zu sich selbst. Dann gab sie sich einen Ruck. »Here we go.« Sie hob einen Umschlag in die Höhe, auf dem ein blaues Logo mit einem Reagenzglas abgebildet war. Sie betrachtete den Absender, legte den Brief dann aber zur Seite. »Zeig uns, wo du Faris' Schwester gefangen hältst!«, murmelte sie und begann, die Papierstapel zu durchsuchen.

DER ANDERE

Es wurde Zeit, ein Ende zu machen.

Der Tanz hatte jetzt schon sehr viel länger gedauert, als geplant gewesen war.

Zöller hatte den Laptop auf den Knien, auf dem er gestern noch Iskanders Therapieaufnahmen angehört hatte. Der Bildschirm zeigte nun eine Website. Das blaue Logo verschwamm vor Zöllers Augen. Sein Verstand driftete jetzt immer häufiger in die Vergangenheit ab, zurück in jene Zeit, in der er noch ein Kind gewesen war. In der *das Schwein* noch gelebt hatte.

Ein Lächeln glitt über seine Züge.

Das Schwein war elendiglich gestorben. Er erinnerte sich noch gut an das panische Röcheln, den weit aufgerissenen Mund, die Augen, in denen die Erkenntnis erschien, dass er sterben würde …

Als das Schwein endlich erschlafft und still liegt, dreht sich seine Mutter mit einem Lächeln zu ihm um. Die Perlenkette, die das Schwein ihr geschenkt hat, schimmert sanft, genau wie die leere Spritze, die sie in der Hand hält.

»Was ist mit Papa?«, fragt er.

Seine Mutter lächelt noch immer. Zufrieden sieht sie aus. Glücklich. »Er ist nicht dein Papa.« Sie kommt auf ihn zu, nimmt ihn auf den Arm. »Und er lässt uns jetzt endlich in Ruhe.« Dann gibt sie ihm einen sanften Kuss …

Zöller blinzelte gegen den Schleier an, der sich über seine Augen gelegt hatte. Es war mühsam, den Zorn aufrechtzuerhalten. Seine Kraft ging langsam zu Ende. Ja, es war wirklich Zeit. Er warf einen letzten Blick auf die Website mit dem blauen Logo, die er aufgerufen hatte. Es war nicht nötig, sich die Einträge noch einmal anzusehen. Alles lief jetzt schnell auf das Finale zu.

Der Tanz war fast vorbei.

Er griff nach dem Kulturbeutel mit den Medikamenten.

* * *

»Was machst du hier?« Faris hörte, dass er flach und atemlos klang, und er begriff in diesem Moment, dass Tromsdorff ihm die Antwort auf diese Frage schon längst gegeben hatte.

Ira war hier, um zu garantieren, dass er funktionierte. Deswegen. Nur deswegen.

Er setzte sich aufrechter hin. Die Schmerzmittel, die er erhalten hatte, hatten das dumpfe Brennen in seiner Schulter fast vollständig unterdrückt. Der Rettungsarzt stand noch immer neben ihm und hielt die Infusion, die inzwischen durchgelaufen war. Ihm war anzusehen, dass er sich meilenweit wegwünschte.

»Was *ist* das?«, flüsterte Ira. Ihre Stimme bebte, und sie wies auf die Dinge, die Tromsdorff soeben aus der Sporttasche nahm. Den Sprengstoff. Die Kabel. Den schwarzen Stoff, der sich als eine Art Gürtel mit mehreren Schlaufen entpuppte, in die der Sprengstoff gesteckt werden konnte.

»Alles, was man braucht, um ein beschissenes Selbstmordattentat durchzuführen«, antwortete Tromsdorff.

»Herr im Himmel!« Ira umschlang sich selbst so fest mit den Armen, dass die Knöchel ihrer Finger weiß hervortraten. »Was willst du nun tun?«, flüsterte sie.

Ja was? Aufgeben und Anisah sterben lassen? Tun, was der Entführer sagte und für den Tod von weiteren Menschen verantwortlich sein? Die Ausweglosigkeit seiner Situation zerriss Faris. Ihm war schon längst klar geworden, dass es auf ein Selbstmordattentat hinauslaufen würde, und es quälte ihn zuzusehen, wie Ira versuchte, damit klarzukommen. Wie sie daran scheiterte.

Sein Blick huschte zu der Waffe, die der Rettungsarzt von seinem Gürtel abgemacht und in eine Ecke gelegt hatte. Er verspürte das Bedürfnis, sie zu nehmen und sich eine Kugel in den Kopf zu jagen.

Tromsdorff las seine Gedanken. »Denk nicht mal dran!«, mahnte er.

Faris resignierte vor der Endzeitstimmung in seinem Innersten. »Wir sollten das positiv sehen«, sagte er. »Wenn er die Bombe irgendwo platziert hätte und ich nur den Auslöser hätte drücken müssen, wäre es etwas anderes, aber so habe ich vielleicht die Kontrolle darüber. So kann ich dafür sorgen, dass nur mir …« Die letzten Worte wurden ihm von den Lippen gerissen, als Ira auf ihn zufuhr und ihm eine Ohrfeige gab. »Au!«, sagte er. Dann nichts mehr. Nach einigen Sekunden, in denen sie sich schweigend anstarrten, murmelte sie:

»Entschuldige!« Sie überlegte. »Was willst du nun tun?«

Er fuhr sich mit der Hand in die Haare. »Ich weiß es nicht, verdammt!«

Mit einem angestrengten Keuchen quälte sich Erwin Albers die drei Stufen zur Haustür hinauf. Seine Hände zitterten. Und sein Herzschlag raste auch schon wieder so sehr, dass sich ihm der gesamte Brustkorb zusammenzog. Verflixt! Es wurde wirklich Zeit, dass er zu einem Spezialisten ging. Sein Hausarzt hatte ihm schon vor Monaten dazu geraten. Aber der Idiot hatte auch gesagt, dass Albers das Rauchen aufgeben musste und das fettige Essen. Albers hatte bisher keinen dieser Ratschläge befolgt.

Vielleicht war das ein schlimmer Fehler.

Er holte tief Luft, versuchte, seine Hand ruhig zu halten, damit er den Schlüssel ins Schlüsselloch bekam. Es gelang beim vierten Anlauf.

Albers schloss die Tür auf und betrat den muffig riechenden Hausflur. Nur an drei der zwölf Briefkästen, die links an der Wand angebracht waren, befanden sich Namensschilder, aber das hatte irgend so einen Prospektausträger nicht gekümmert. Er hatte in jeden Briefschlitz einen schreiend bunten Prospekt gesteckt, der für einen neuen Pizzaservice warb. Albers fluchte, weil die Entsorgung dieses ganzen Papiermülls jetzt wieder an ihm hängen bleiben würde. Er beschloss, sich spater darum zu kümmern.

Die Treppe in den ersten Stock ragte wie die Eigernordwand vor ihm auf. Missmutig starrte er in das Dämmerlicht an ihrem oberen Ende. Die Flurfenster hätten auch mal wieder geputzt werden müssen. Aber wer sollte das machen? Seit seine Frau Monika vor etwas über einem Jahr gestorben war, gab es niemanden mehr, der sich um solche Sachen kümmerte. Und von den beiden anderen Mietern des Hauses brauchte man ja gar nicht zu reden. Da war diese Familie mit den drei kleinen Kindern im dritten Stock, die sich einfach weigerte, die Treppenwoche einzuhalten. Die frechen Blagen streckten Albers sogar noch die Zunge raus, wenn er sie ermahnte, nicht mit dreckigen Füßen durch das Treppenhaus zu laufen. Zum Glück war die Familie für eine Woche weggefahren. So hatte Albers wenigstens ein bisschen Ruhe.

Der neue Mieter im zweiten Stock hingegen ließ sich nur selten blicken, und Albers war nicht böse darüber. Wer wusste schon, was das für ein Typ war? Als der Kerl den Mietvertrag unterschrieben hatte, war er höflich gewesen. Gelächelt hatte er. Aber seine teuren Markenklamotten und vor allem der dicke Schlitten, mit dem er vorgefahren war, hatten Albers misstrauisch gemacht. *Wahrscheinlich ist der Kerl ein Zuhälter,* dachte er. Wer sonst besaß einen Audi A8 und mietete trotzdem eine Wohnung in diesem fast abbruchreifen Haus, in dem die Tapeten und Fußbodenbeläge noch aus den Siebzigern stammten?

Mit einem tiefen Stöhnen nahm Albers die Treppe in Angriff. Er war fast oben, als er Schritte hörte. Er legte den Kopf in den Nacken und blinzelte in das Dämmerlicht.

Der neue Mieter kam ihm entgegen. Bei ihm war eine dunkelhaarige, sehr hübsche, aber ein bisschen weggetreten aussehende Frau. Sie wirkte wie mit harten Drogen vollgepumpt. Um ihre Hand lag ein Verband. Im ersten Moment hielt Albers sie für eine Nutte, aber irgendwie sah sie völlig anders aus als die Flittchen in der Kurfürstenstraße. Genau wie der Mieter war sie gut angezogen, allerdings kam ihm ihre Kleidung ziemlich zerknittert vor.

Wahrscheinlich hatte der Kerl die Wohnung gemietet, um

hier in aller Ruhe ein paar amouröse Abenteuer zu erleben. Albers musste ein Kopfschütteln unterdrücken. Weit gekommen war es mit diesem alten Haus.

Im Vorbeigehen nickte er dem Mann zu, dann blieb er auf der vorletzten Treppenstufe stehen, um Luft zu schnappen. Sein Herz fühlte sich an wie von einer Faust zerquetscht. Er hörte, wie unten die Haustür geöffnet wurde und dann wieder ins Schloss fiel. Der Mann und die Frau hatten das Haus verlassen.

Er tastete schon nach dem Wohnungsschlüssel, als die Tür der Wohnung direkt über ihm geöffnet wurde. Überrascht hob er den Kopf. Der neue Mieter war doch eben an ihm vorbeigegangen. Wer konnte jetzt noch da oben sein?

»Hallo?«, rief er und wartete. »Ist da jemand?«

Er erhielt keine Antwort, aber er glaubte, ein kleines Kind wimmern zu hören.

Na wunderbar!

Jetzt konnte er sich darum auch noch kümmern.

Er steckte den Schlüsselbund in die Hosentasche. Dann wandte er sich der nächsten Treppe zu und begann, sie zu erklimmen.

Er brauchte ein paar Minuten, bis er oben war und noch eine weitere, bis er wieder Luft bekam. Die Wohnungstür des neuen Mieters stand einen Spaltbreit offen. Albers streckte die Hand danach aus und schob sie ein Stück weiter auf. »Hallo?«, rief er erneut. »Ist da jemand?«

Wieder erhielt er keine Antwort, und auch das Kind wimmerte jetzt nicht mehr. Er war schon drauf und dran, zurück nach unten zu gehen, als ihn die Neugier packte. Schließlich bekam er nicht jeden Tag die Gelegenheit zu sehen, wie der neue Mieter wohnte.

Vorsichtig betrat er die Wohnung, die genauso geschnitten war wie seine eigene. Die alten Tapeten und auch der schmutzige Linoleumfußboden waren nicht ausgetauscht worden. Es roch dumpf, wie in lange nicht gelüfteten Räumen. Zögernd ging Albers den langen Flur entlang bis zum Wohnzimmer.

Es war leer.

Leer bis auf ein sonderbar fehl am Platz wirkendes Sofa in der Mitte. Albers stockte, als sein Blick darauf fiel. Was war das für ein großer dunkler Fleck auf den Polstern?

Ein länglicher heller Gegenstand mit roter Farbe an der Spitze lag auf der Lehne des Sofas. Albers konnte nicht erkennen, was es war. Er trat näher, um sich das Ganze genauer anzusehen, aber bevor er dazu kam, wimmerte hinter ihm schon wieder das Kind.

Im gleichen Moment erkannte er, was da vor ihm auf der Sofalehne lag.

»Ach du Scheiße!«, ächzte er. Und dann setzte sein Herz einfach aus. Er spürte noch, wie er vornüberfiel, gegen das Sofa prallte und es verschob. Eine leise Stimme sagte: »Ruhig Lilly! Du wirst ja bald wieder bei deiner Mama sein!« Albers erkannte, dass jemand bei ihm war. Jemand, der ein Kind auf dem Arm hielt. Er streckte die Hand aus.

Helfen Sie mir!, wollte er rufen, aber es gelang ihm nicht mehr. Der Schmerz in seiner Brust war unbeschreiblich. Noch einmal bäumte er sich auf, wehrte sich gegen das, was geschah. Dann wurde es schwarz um ihn.

Dass seine Hand direkt neben einem abgetrennten Frauenfinger mit einem schmalen Silberring und einem rot lackierten Nagel zu liegen kam, merkte er nicht mehr.

Mit einem leisen Summen auf den Lippen trat Zöller zu dem Audi A8 am Straßenrand, den er sich erst kürzlich gekauft hatte. Laura hatte ihm eine ganz schöne Szene gemacht wegen des Wagens. Wenn er die Augen schloss, konnte er noch immer ihr Gezeter hören, das ihm in den Ohren gegellt hatte wie das schmerzerfüllte Kreischen seiner Mutter, als er noch ein Kind gewesen war. Es war das erste Mal gewesen, dass er Laura hatte schlagen wollen. Er hatte es natürlich nicht getan. Er war schließlich nicht so ein beschissenes Arschloch wie sein Vater. Nein, Laura hatte von ihm niemals etwas zu befürchten gehabt. Bis gestern.

Er unterbrach sein Summen, kicherte leise und erschrak vor dem Geräusch. Hastig sah er sich um. Da war niemand.

»Kommen Sie, meine Liebe!« Er drehte sich zu Anisah um und nahm sie am Arm. Sie litt unter den Nachwirkungen des Medikaments, das er ihr gespritzt hatte, um ihre Lähmung zu bekämpfen. Sie zitterte, aber das war nicht wild. Sie würde bis auf Weiteres nicht zusammenklappen. Und sie machte, was immer er ihr sagte. Das war alles, was er brauchte.

Mit der freien Hand angelte er nach dem Schlüssel in seiner Hosentasche. Ein Druck auf den Knopf und die Zentralverriegelung sprang mit einem melodischen Piepsen auf. Kurz überlegte er, ob er seine Spuren in der Wohnung hätte verwischen sollen. Aber er hatte es in Lauras Hotelzimmer auch nicht getan. Weil es unwichtig war, ob sie ihn des Mordes an ihr überführen würden oder nicht. Wenn das passierte, würde er längst an einem besseren Ort sein. Bei Laura. Dort, wo Iskander sie ihm nicht ein zweites Mal wegnehmen konnte.

Er öffnete die Tür der Beifahrerseite mit einer formvollendeten Verbeugung in Anisahs Richtung. »Steigen Sie ein, meine Liebe!«

Sie tat, was er sagte. Ihr Blick war verschleiert, ihre Bewegungen ein bisschen eckig, aber dort, wo er mit ihr hinwollte, würde es im Getümmel nicht besonders auffallen.

Er schloss die Beifahrertür, umrundete den Wagen und glitt hinter das Steuer. Der Audi erwachte mit einem leisen Schnurren zum Leben.

Als der Mann, der Vergeltung wollte, den Wagen aus der Parklücke lenkte, lächelte er.

* * *

Leute, um Himmes willen! Beeilt euch!

Tromsdorff sandte ein Stoßgebet gen Himmel, das seinem Team galt. Wenn sie nicht bald etwas Konkretes hatten, dann würde das hier in einer Katastrophe enden – so oder so. Er wappnete sich für die Konfrontation, die ihm nun bevorstand. »Auf keinen Fall lasse ich dich mit einem Bombengürtel am Leib da raus!«, sagte er und wies in Richtung Bauwagentür.

An der Art, wie Faris den Kopf senkte, erkannte er, dass der Junge das hatte kommen sehen. Er erwartete einen Wutausbruch, doch er täuschte sich.

Faris blieb ruhig. »Wenn ich nicht mache, was der Kerl sagt, dann wird er Anisah töten.«

Tromsdorff wusste, dass er ihn für das Kommende hassen würde, aber er zwang sich, es trotzdem zu sagen. »Sie. Oder du. Und mit dir vielleicht noch Dutzende andere, Faris! Du kannst nicht ernsthaft darüber nachdenken!«

Faris hatte den Mund schon für eine scharfe Erwiderung geöffnet, doch er schloss ihn wieder. »Du kannst sicher sein«, murmelte er, »dass ich nicht vorhabe, andere Menschen als mich zu gefährden.« Mit angehaltenem Atem stemmte er sich an der Bauwagenwand in die Höhe.

»He!«, protestierte der Arzt. »Was wird *das* jetzt?«

Faris wandte ihm den Kopf zu. »Sie müssen mich für die nächsten zwei, drei Stunden fit kriegen«, sagte er.

»Faris!«, wandte Tromsdorff ein, aber der Arzt kam ihm zuvor.

»Wie stellen Sie sich das vor! Sie haben ein Loch in der Schulter, durch das das Blut in derselben Geschwindigkeit rausläuft, wie ich es oben in Sie reinkippe!« Er zeigte auf den inzwischen leeren Infusionsbeutel.

»Dann sorgen Sie dafür, dass es für ein paar Stunden nicht mehr rausläuft!«, schnauzte Faris ihn an.

Jetzt jedoch hatte der Arzt genug. Sein Kopf färbte sich dunkelrot vor Ärger. »Ich werde auf keinen Fall dafür sorgen, dass Sie fit genug sind, um irgendwo in dieser Stadt eine Bombe in die Luft zu jagen!«

Faris blinzelte, dann legte er tief durchatmend den Kopf in den Nacken. Bevor er etwas sagen konnte, zerriss das Klingeln von Tromsdorffs Handy die Spannung. Marc war dran.

Bevor Tromsdorff ranging, stellte er den Lautsprecher an.

»Robert, wir wissen, wo Zöller Anisah gefangen gehalten hat.« Mit hastigen Worten erzählte Marc etwas von einem Mietvertrag, den sie in Zöllers Wohnung gefunden hatten. Der Mann hatte in einem abbruchreifen Mehrfamilienhaus in Kreuzberg erst kürzlich eine Wohnung gemietet. »Der Mietvertrag läuft nur auf ein halbes Jahr. Wir haben sofort ein paar Leute hingeschickt.«

»Da muss sie sein!«, stieß Faris hervor.

Marc schwieg eine Sekunde lang. Faris' Blick richtete sich auf Tromsdorff, und es lag so viel Hoffnung in seinen Augen, dass Tromsdorff am liebsten geschrien hätte.

»Ich melde mich sofort, wenn die Kollegen da sind«, antwortete Marc. »Wir wissen inzwischen auch, dass Zöller einen dunkelblauen Audi A8 fährt. Die Fahndung danach läuft auf Hochtouren.« Er hielt inne. »Faris?«, fragte er dann.

Faris schluckte. »Ja?«

»Es tut mir alles so leid, Partner!«

Faris schwieg. In seinen Augen flackerte es.

»Danke, Marc«, sagte Tromsdorff an seiner Stelle. »Haltet uns auf dem Laufenden.«

»Was habt ihr jetzt ...«

Die mechanische Bewegung, mit der Tromsdorff auflegte, schnitt den Rest von Marcs Frage ab. Tromsdorff ließ das Handy sinken. Dann wandte er sich zu Faris um. »Okay, Junge«, sagte er grimmig.

23. Kapitel

Faris starrte auf die Einzelteile der Bombe und spürte den Abgrund in seinem Innersten dabei.

In Tromsdorffs Gesicht arbeitete es. Mit einer bedächtigen Geste steckte er das Handy weg.

»Was nun?«, fragte Ira. Sie stand neben der Tür des Bauwagens und hatte die Schultern hochgezogen. Mit den Fingernägeln der rechten Hand zupfte und kratzte sie nervös an ihrem Oberschenkel herum.

Tromsdorff gab ihr die Antwort. »Während die Kollegen auf dem Weg zu dieser Wohnung sind, versuchen wir, uns vorzubereiten.«

»Das bedeutet, du machst die Bombe …«

»Stopp!« Faris riss die Hand hoch und brachte Ira so zum Schweigen. Dann ließ er den Blick von der Bombe zu ihr wandern. »Du musst jetzt gehen«, sagte er.

Ira schüttelte den Kopf. Es war eine mechanische Bewegung, ihr Schädel schwang hin und her wie ein Metronom, so, als könne sie niemals in ihrem Leben mehr etwas anderes tun als Nein zu sagen. Nein. Nein.

Nein!

Tromsdorff trat vor sie hin und drehte sie in Richtung Tür.

»Faris!« Ira wandte sich wieder zu ihm um.

»Bitte, Ira!« Er schluckte schwer. Was sollte er ihr sagen?

Ich möchte nicht, dass du es mit ansehen musst, falls das hier schiefgeht?

»Fahr nach Hause!«, bat er.

Sie lachte schrill. »Das kannst du nicht im Ernst meinen!«

Er schaffte es nicht mal zu nicken. Ihm fiel etwas ein. Er langte nach Iras Geldbörse, die er in ihrer Wohnung an sich genommen hatte. Kurz wog er sie in der Hand, dann reichte er sie Ira. »Es tut mir so leid«, sagte er.

Ihre Hand zitterte, als sie die Börse an sich nahm.

»Kommen Sie!« Tromsdorff fasste Ira am Oberarm. Er führte sie hinaus aus dem Bauwagen, hin zu der Lücke im Zaun und hindurch.

Faris atmete auf, und gleichzeitig regte sich etwas in ihm, etwas, das tief unten in seinem Abgrund gelauert und von dem er bisher nichts gewusst hatte. Es fühlte sich an, als erwache etwas zum Leben, etwas Tiefdunkles, das er lieber nicht genauer betrachten wollte. Es gab ihm die Kraft, die er brauchte.

Während Tromsdorff Ira aus der Schusslinie brachte, begann er, die Zündkapseln in die Sprengstoffstangen zu stecken.

Ira wollte sich wehren, wollte Tromsdorff anschreien, sie loszulassen. Sie wollte Faris anschreien, jeden Menschen in dieser gottverdammten Stadt, wollte gleichzeitig zu ihm zurücklaufen und bis ans Ende der Welt flüchten.

Draußen auf dem Gehweg blieb Tromsdorff stehen. Seine eine Hand lag um Iras Arm wie eine Klammer, mit der anderen holte er sein Telefon hervor und rief ein Taxi. Es dauerte nur wenige Minuten, bis der Wagen kam, und als er neben ihnen am Rinnstein hielt, bugsierte Tromsdorff Ira mit der

Routine eines Polizisten, der Hunderte von Menschen verhaftet hatte, auf den Beifahrersitz.

»Lübbener Straße«, wies er den Fahrer an.

Der Mann, ein junger Inder mit kajalumrandeten Augen, nickte und fuhr los.

Ira lehnte den Kopf gegen die Nackenstütze. Wenn ihre Augen doch nur nicht so brennen würden!

Der Fahrer musterte sie aus dem Augenwinkel. Er fuhr um eine Ecke, und da fasste Ira einen Entschluss. »Halten Sie bitte an«, sagte sie.

Faris verbannte jeden Gedanken an Ira aus seinem Kopf. Mit zusammengepressten Lippen starrte er die Bestandteile der Bombe auf der Apfelsinenkiste an.

Er hatte sämtliche Kabel mit den Zündkapseln verbunden. Alles, was er jetzt noch tun musste, war, diese Kabel mit dem Auslöser zu verbinden.

Der Auslöser.

Faris nahm das Ding in die Hand. Es war ein anderes Modell als das, was Önur verwendet hatte. Bei diesem hier musste man keinen Hebel gedrückt halten und dann loslassen, um die Bombe zum Explodieren zu bringen. Ein Druck auf einen roten Knopf, der am Ende eines joystickartig aussehenden Griffes lag, reichte, und dann *gute Nacht, Berlin.*

Faris versuchte, sich vorzustellen, wie es sein würde, auf diesen Knopf zu drücken. Er konnte es nicht.

Zwei-, dreimal atmete er tief durch.

Mit der Rechten strich er sich die Haare aus dem Gesicht, aber sie fielen sofort zurück in seine Stirn. Dann gab er sich einen Ruck. Vorsichtig nahm er die erste der Sprengstoffstangen und schob sie in eine der dafür vorgesehenen

Taschen an dem Gürtel. Bevor er nach der zweiten greifen konnte, kehrte Tromsdorff wieder und blieb im Türrahmen stehen.

»Auf keinen Fall, Junge!«, stieß er hervor.

Faris begegnete seinem entschlossenen Blick. »Ira?«, fragte er, ohne auf seine Worte einzugehen.

»In Sicherheit. Ich habe sie in ein Taxi gesetzt und gewartet, bis sie weg war.«

Tromsdorffs Handy klingelte. Er ging ran, lauschte ein paar Sekunden lang. »Danke«, sagte er ruhig und legte wieder auf. »Das war Marc.«

»Anisah?«, entfuhr es Faris. Er wusste bereits, was jetzt kommen würde.

Tromsdorff schüttelte den Kopf. »Sie war nicht in der Wohnung. Nicht mehr. Die Kollegen haben ihren Finger gefunden und eine männliche Leiche. Offenbar ein Hausmeister oder so. Die Gerichtsmedizin vermutet, er ist an einem Herzinfarkt gestorben, als er den Finger gefunden hat.«

Die einzelnen Informationen rauschten an Faris vorbei, ohne ihn zu erreichen. Das Einzige, was sich in seinem Kopf festsetzte, war das eine: Anisah war nicht gefunden worden.

Sie befand sich noch immer in Zöllers Gewalt.

Faris steckte die restlichen Stangen an ihren Platz. »Also dann.« Er hob den Gürtel hoch und wog ihn in der Hand.

Tromsdorff trat näher. »Das hier wird nicht geschehen, Faris!« Er machte Anstalten, Faris den Gürtel wegzunehmen, doch Faris ließ es nicht zu.

»Ich werde dir nicht noch einmal sagen, dass Anisah stirbt, wenn ich …« Er unterbrach sich. Das hatte so keinen Sinn. Selbst wenn er Tromsdorff irgendwie davon überzeugen konnte, dass er einen Weg finden würde, nur sich allein in die Luft zu sprengen, wäre es für seinen Chef noch immer eine Frage der Abwägung. Sein Leben oder das seiner Schwester. Tromsdorff würde sich ohne zu zögern für seines entscheiden.

Im Gegensatz zu ihm selbst.

Kurz spielte Faris mit dem Gedanken, nach seiner Waffe zu greifen, aber dazu reichte seine Kraft jetzt nicht mehr. Er hatte Ira damit bedroht und ihr Vertrauen für immer verspielt. Er würde das nicht auch noch mit Tromsdorff machen.

»Überleg doch mal!«, sagte er also beschwörend. »Warum hat Zöller Anisah weggebracht? In meinen Augen kann das nur einen Grund haben: Er ist mit ihr auf dem Weg zu unserem Treffpunkt.« Er dachte daran, wie Zöller ihn in Iras Wohnung angebrüllt hatte, als er herausgefunden hatte, dass Samir noch am Leben war. In wenigen Sätzen erzählte er Tromsdorff davon. »Er weiß, dass er mich nicht ohne massiven Druck dazu bringen kann, tatsächlich auf den Auslöser zu drücken. Er weiß, dass er den Druck entsprechend erhöhen muss. Er muss Anisah in meine Nähe schaffen, und wenn er das tut, haben wir ihn. Ich muss nicht auf den Auslöser drücken, aber ich muss so tun, als ob ich dazu bereit bin. Damit ihr Gelegenheit habt, Anisah zu befreien.«

Sollte es dich tatsächlich geben, Allah, dachte er, *dann mach, dass ich richtigliege!*

Tromsdorff sah nicht glücklich aus, aber zu Faris' grenzenloser Erleichterung nickte er, als habe er das alles längst selbst durchdacht und sei zu dem gleichen unerwünschten Schluss gekommen. »Also gut«, seufzte er. »Wir ziehen das durch. Aber nach meinen Regeln, hast du mich verstanden?«

Faris spielte unruhig mit dem Handy und wartete darauf, dass Tromsdorff das kleine Gefecht mit dem Rettungsarzt gewann, das er soeben begonnen hatte.

»Ich sage es Ihnen nicht noch mal: Ich werde nicht dazu beitragen, dass dieser Mann mit einer Bombe durch Berlin läuft!«, zischte der Arzt.

Tromsdorff schüttelte resignierend den Kopf. »Und ich sagte Ihnen bereits mehrfach, dass wir die Bombe nicht scharf machen werden.« Er holte seinen Ausweis heraus und hielt ihn dem Arzt vor die Nase. »Wir arbeiten beide für das Landeskriminalamt. Abteilung 5. Terrorabwehr. Wenn dieser Mann nicht fit gemacht wird, um die nächsten paar Stunden zu überstehen, dann kann es sein, dass nicht nur diese Bombe hier in die Luft fliegt.«

Abteilung 5? Verwundert musterte Faris seinen Chef. Die Terrorkarte wirkte auch diesmal wieder. Der Arzt jedenfalls schien zu schwanken.

»Ich weiß nicht«, murmelte er.

Tromsdorff warf Faris einen langen Blick zu.

»Abteilung 5?«, fragte Faris leise. Noch gehörten sie zur Abteilung 1.

Tromsdorff grinste finster. »Ich habe dir doch schon ein paarmal gesagt, dass ich ein Ass im Ärmel habe, was Geiger und die SERV angeht. Aber jetzt muss dieser Idiot hier erst mal …«

Der Arzt riss beide Hände in die Höhe. »Schon gut, schon gut! – Setzen Sie sich hin!«, befahl er, und während Faris gehorchte, kramte er in seiner Ausrüstungstasche herum und nahm dann zwei in Folie verpackte Rollen Verbandmull heraus. Wie um ihm damit zu drohen, hielt er sie Faris vor die Nase. »Das wird jetzt wehtun!«

Faris nickte nur.

Der Arzt bedeckte seine Wunde mit einem mehrfach gefalteten Stück Mull, dann legte er die beiden noch verpackten Binden darauf. Und drückte zu.

Es fühlte sich an, als ramme er einen Fleischerhaken tief in Faris' Schulter. Faris biss die Zähne zusammen und warf den Kopf gegen die Wand hinter sich.

»Ich hab Sie gewarnt«, murmelte der Arzt und begann nicht besonders vorsichtig, die Binden mit einem strammen Verband zu fixieren. »Sie wollten, dass ich die Blutung stille.« Er zog den Verband noch einmal fester. Dann trat er zurück. »Bitte schön.«

Faris bedankte sich durch zusammengebissene Zähne hindurch. Das Zifferblatt seiner Uhr war beschlagen, und seltsam fahler Nebel wallte plötzlich in dem alten Bauwagen. Faris blinzelte, doch es wurde nicht besser. Er wollte etwas sagen, aber da klingelte das Smartphone in seiner Hand.

Mit einem eisigen Gefühl im Magen nahm er ab.

»Haben Sie die Bombe zusammengebaut?«, fragte Zöller.

Faris blickte auf das Gewirr der Kabel auf der Apfelsinenkiste.

»Ja.«

»Gut. Gibt es da, wo Sie sind, irgendwo ein Auto, das Sie an sich bringen können?«

Der Wagen, mit dem Tromsdorff und Ira gekommen sein mussten. »Ja«, sagte Faris wieder.

»Steigen Sie ein und fahren Sie los. Ich rufe Sie in Kürze wieder an und sage Ihnen, wohin die Reise geht.«

Die Verbindung wurde unterbrochen. Langsam ließ Faris das Handy in den Schoß sinken. Er verspürte den Wunsch, das Ding zu zerschmettern, aber er kämpfte dagegen an. Es war seine einzige Verbindung zu Anisah.

Tromsdorffs Blick lag auf ihm.

Faris räusperte sich. »Es geht los«, sagte er.

Tromsdorff half ihm, den Gürtel und all die Kabel, die daran hingen, unter dem schwarzen Blouson zu verstauen, den er selbst angehabt hatte, als er gekommen war. Dann hielt er Faris den Auslöser hin. »Er ist nicht mit dem Sprengstoff verbunden. Wenn du also gezwungen sein wirst, darauf zu drücken, kann nichts passieren, hörst du mich?«

Faris nickte. Das Ding in die Hand zu nehmen fühlte sich trotzdem gruselig an. *Du wirst auf den Auslöser drücken.* Er widerstand dem Impuls, probehalber auf den roten Knopf zu drücken. Dann steckte er den Auslöser in die Innentasche des Blousons und zog den Reißverschluss bis unter das Kinn zu.

Prüfend musterte Tromsdorff ihn. »Gut. Man sieht nicht, was du darunter hast.« Er nötigte sich ein schmales Grinsen ab. »Du siehst einfach nur ein bisschen aus dem Leim gegangen aus.«

Faris hob seine Pistole auf, prüfte das Magazin und steckte die Waffe dann in das Holster an seiner Hüfte. Anschließend folgte er Tromsdorff zu dem zivilen Einsatzwagen, mit dem sein Chef gekommen war, und stieg auf der Beifahrerseite ein. Im Handschuhfach befand sich eine kleine Schachtel mit In-Ear-Hörern. Faris nahm eines der fingernagelgroßen Geräte und steckte es sich ins Ohr. »Hört ihr mich?«

»Laut und deutlich«, meldete sich Ben aus dem *War Room.* »Marc ist noch bei Zöller. Ich habe ihm Bescheid gesagt. Er und Shannon sind ebenfalls auf Empfang.«

»Sind wir, Partner«, bestätigte Marc. »Und ich bin bereit, hinzukommen, wo immer ich gebraucht werde.« Den Hintergrundgeräuschen nach zu urteilen war er nicht mehr bei Zöller, sondern saß in einem Wagen.

Faris massierte sich die Nasenwurzel mit Daumen und Zeigefinger. Wie schon so oft, seit er für die SERV arbeitete, verspürte er ein tiefes Gefühl von Verbundenheit zu dem Team. Zum ersten Mal galt dieses nun auch Marc. »Danke, Partner«, sagte er. Und nach einem kurzen Zögern fügte er hinzu: »Wenn das hier vorbei ist, gehen wir einen saufen, okay?«

Marc lachte, es klang ein wenig belegt. »Du bist Muslim«, erwiderte er.

»Macht nichts. Ich bezahle.«

»Okay. Ihr habt es gehört, Leute! Ich nagele dich drauf fest, Kumpel!«

Ben räusperte sich. »Schluss mit dem Geturtel! Reißen wir dem Drecksack den Arsch auf!« Mit diesen derben Worten schaffte er es, jeden Anflug von Rührseligkeit so gründlich zu vertreiben, als hätte er Faris mit einem Hammer auf den Hinterkopf geschlagen. Tromsdorff, der in der Zwischenzeit den Wagen gestartet hatte, grinste.

Während sie in Richtung Berlin Mitte fuhren, tauchte zwischen den Häusern immer wieder der Fernsehturm auf. Faris fixierte das hoch aufragende Gebäude mit den Blicken, dabei lauschte er auf das Rauschen des Blutes in seinen Ohren. Lauras Lederarmband spannte um sein Handgelenk, und er drehte es so, dass er die Namen darauf nicht lesen konnte. Das Tiefdunkle in seinem Innersten regte sich. Er musste an seine Therapeutin Andrea denken. Hatte sie ihm nicht gesagt, dass ihn diese Sache hier wieder zurück an seinen Abgrund führen würde? Sie hatte ihn davor gewarnt.

Eine Gänsehaut lief ihm über den Rücken, als er daran dachte, dass er nur noch ein einziges Kabel mit dem Sprengstoff verbinden musste, um eine scharfe Bombe am Leib zu tragen.

Wie weit würde er gehen? Für Laura. Für Anisah?

»Hast du in der letzten Zeit mal ferngesehen?«, hörte er sich fragen.

»Warum?« Tromsdorff ließ den Blick nicht von der Straße. Er fuhr ein paar Stundenkilometer über der erlaubten Höchstgeschwindigkeit, und Faris ertappte sich dabei, dass er sich wünschte, sie würden einen Unfall bauen.

»Es gab da neulich so eine Sendung. Mit einem Soziologen, der sich mit islamistischen Attentaten beschäftigt. Von Kerner hieß er, glaube ich. Andrea hat mich darauf aufmerksam gemacht. Der Mann behauptet, dass jeder Mensch gedreht werden kann.«

Jetzt wandte Tromsdorff den Kopf in seine Richtung. »Was soll der Scheiß?«

Sie rollten auf eine Ampel zu, und während das vordere Auto schnell näher kam, starrte Tromsdorff Faris einfach nur an.

Eines der anderen SERV-Mitglieder – Faris konnte nicht erkennen, ob es Ben, Marc oder Shannon war – grunzte leise wie zur Bestätigung der Frage.

Statt etwas zu sagen, wies Faris nach vorn. Sie waren inzwischen nur noch wenige Meter von der Stoßstange des voranfahrenden Autos entfernt.

Tromsdorff bremste so hart, dass sie in die Gurte geschleudert wurden und eine Schmerzwelle den Schutzschild des Betäubungsmittels durchschlug. Faris knirschte mit den Zähnen und wartete, bis der Nebel vor seinen Augen wieder etwas nachgelassen hatte. »Warum vertraust du mir?«, fragte er.

Tromsdorff schnaubte. »Lass das bloß nicht Geiger hören.« Er machte eine kurze Pause. Überlegte. Faris fürchtete die Antwort. »Einer muss es ja tun«, grummelte Tromsdorff dann. Die Ampel sprang auf Grün, und er fuhr wieder an.

Sie waren irgendwo auf der Karl-Marx-Allee, als Faris' Handy eine eingehende SMS signalisierte. Sie enthielt nur ein paar Sätze: *Pariser Platz. Rufen Sie mich an, wenn Sie da sind! Und seien Sie pünktlich!*

Er drehte das Telefon so, dass auch Tromsdorff es lesen konnte.

Dessen Lippen wurden blass. »Der Entführer hat sich gemeldet«, erklärte er für das Team im *War Room.* »Wir sollen zum Pariser Platz kommen.«

Ein leises Ächzen drang aus dem In-Ear in Faris' Ohr. Dann sagte Ben trocken: »War irgendwie klar, dass er sich ein großes Ziel aussucht, oder?«

Faris rückte den Hörer zurecht. Er konnte Ben nur beipflichten.

Der Pariser Platz. Das Brandenburger Tor.

»Leute …« Shannon ließ das Wort in der Luft hängen, doch dann besann sie sich. »Ihr wisst schon, dass das, was ihr vorhabt, eine ziemliche Scheißidee ist, oder? Direkt am Brandenburger Tor ist die Botschaft meines Landes. Selbst wenn du nicht vorhast, die Bombe zu zünden, Faris: Wenn du auf dem Platz auftauchst und die den Sprengstoffgürtel sehen, bist du schneller tot, als du piep sagen kannst. Die haben da überall Scharfschützen!«

Tromsdorff bog nach links in die Karl-Liebknecht-Straße ein. Faris betrachtete sein Gesicht, um herauszufinden, was er von der Entwicklung der Dinge hielt. Dass er nicht begeistert war, war klar, aber wie würde er reagieren, jetzt, da sie sicher wussten, dass Zöller mit seinem irrsinnigen Plan mitten ins Herz des politischen und touristischen Berlins zielte?

Der einzig richtige Weg wäre gewesen, sofort die offiziellen Stellen zu benachrichtigen und sie von der erhöhten Gefahrensituation zu unterrichten. Was jedoch mit an Sicherheit grenzender Wahrscheinlichkeit Anisahs Tod zur Folge gehabt hätte.

Tromsdorff starrte geradeaus und schwieg.

»Halt an!«, bat Faris ihn.

Er warf ihm einen überraschten Seitenblick zu.

»Halt an!« Faris nahm den In-Ear aus seinem Ohr. »Wenn rauskommt, dass du mich zu diesem Einsatz gefahren hast, bist du deinen Job los – und die SERV gleich mit.«

»Gesetzt den Fall, ich halte wirklich an, was willst du dann tun?«

Auf diese Frage hatte Faris nur unzulängliche Antworten. »Ich nehme mir ein Taxi und dann ...«

»Dann fährst du auf den Platz und lässt dich erschießen in der Hoffnung, dass Zöller deine Schwester danach freilässt? Was ist, wenn er sie auch tötet? Du kannst sie nicht allein retten.«

Faris wusste all das. Er wusste, dass er mit dem Rücken zur Wand stand. Er lauschte in sich hinein. Dann sagte er:

»Wenn wir den Kollegen Bescheid geben, riegeln die da alles ab. Dann ist Anisah auf jeden Fall tot!«

»Das kannst du nicht …«

»… nicht wissen? Doch, Robert! Ich weiß es. Ich habe jetzt lange genug mit Zöller diesen Tango getanzt. Er wird es um zwölf Uhr enden lassen, so oder so.«

Statt darauf zu reagieren, gab Tromsdorff Faris mit einem Kopfnicken zu verstehen, er solle den In-Ear wieder reinstecken.

Faris tat es, während Tromsdorff den Wagen am Straßenrand anhielt und einen Anruf tätigte.

»Jippi jah jeh, Schweinebacke!« Auf dem kleinen Bildschirm des Fernsehers nahm Bruce Willis sein Feuerzeug und drückte den Knopf, der die Flamme schuf. Dann ließ er es auf die Spur aus Kerosin fallen, die aus dem offenen Tank des startenden Flugzeugs lief.

»Ja!« Willie stieß die Faust in die Luft, als erst das Triebwerk und schließlich das ganze Flugzeug in einem Feuerball explodierte. Er liebte diesen Film! Es war wahrscheinlich schon das zwanzigste Mal, dass er ihn sich ansah, aber das war egal. Je häufiger er ihn guckte, umso mehr fühlte er sich selbst wie John McClane.

Er nahm die Füße von dem kleinen Tisch und stand auf, um sich noch eine Cola zu holen. Den Schreibtisch neben dem alten Kühlschrank ignorierte er geflissentlich. Zwar hatte sein Boss ihm gesagt, dass er heute die Buchführung machen musste. Aber wer hatte schon Lust dazu, langweilige Zahlen in Tabellen einzutragen, wenn er stattdessen die Welt retten konnte?

Willie starrte durch die mit Fliegendreck verschmierten

Fenster hinaus auf den weitläufigen Schrottplatz. Eine ganze Reihe Wagen stand da und wartete darauf, ausgeschlachtet zu werden. Aber dazu hatte er ebenso wenig Lust wie auf die Buchführung.

Er seufzte.

Wenn das Leben doch nicht immer aus so viel Arbeit bestehen würde!

Kurz spielte er mit dem Gedanken, sich doch um den alten Ford zu kümmern, der als Nächstes dran war, aber dann wanderte sein Blick zum Fernseher zurück, wo Bruce Willis sich gerade irre lachend im Schnee wälzte. Neben dem Bildschirm lag die DVD von Stirb langsam 3. Wenn Willie gleich damit anfing, würde er ihn genau zum Feierabend durchhaben.

Er fuhr sich mit der flachen Hand über sein kurzrasiertes blondes Haar und grinste. Dann öffnete er die Kühlschranktür, nahm sich eine Dose Cola und riss sie auf. Er wusste, dass seine Kehle sich schmerzhaft zusammenziehen würde, weil die Flüssigkeit so kalt war. Aber egal. Er stellte sich vor, die Cola wäre Säure und ein finsterer Schurke würde ihn zwingen, sie zu trinken. Voller Todesverachtung wollte er die Dose gerade an den Mund setzen, als draußen vor dem Gebäude jemand hupte.

Seufzend stellte Willie die Dose auf den Couchtisch und ging nach draußen. Immer diese blöde Arbeit!

Als er sah, wer draußen auf ihn wartete, besserte sich seine Laune jedoch schlagartig. Das war ja eine geile Schnitte, die da neben einem rostigen und völlig verbeulten Golf 2 stand. Ihre langen Beine steckten in Nylons, ihr Rock reichte ihr genau bis zur Mitte der Knie. Willie hatte mal gehört, dass diese Rocklänge für Geschäftsfrauen der Kompromiss war zwischen sexy und seriös. Die Tusse hier sah tatsächlich scharf aus. Ihre Haare hatte sie unter einem locker um den Kopf geschlungenen Seidentuch verborgen und ihre Augen hinter einer verspiegelten Sonnenbrille.

»Kann ich bei Ihnen diesen ... Schrottwagen loswerden?«, fragte sie und wies auf den Golf, mit dem sie offenbar gekommen war.

Willie nickte. »Klar.« Sein Gehirn war kurz davor, heiß zu laufen. Vielleicht sollte er den Rest des Tages lieber irgendeinen sexy Streifen gucken statt Bruce Willis. Er fuhr sich mit der Zunge in den Mundwinkel. »Kostet nur 'ne Kleinigkeit.«

»Kein Problem.« Die Frau beugte sich ins Innere des Wagens und bot Willie dabei einen perfekten Blick auf ihren Hintern.

Er spürte, wie es in seiner Hose eng wurde.

Als die Frau sich wieder zu ihm umdrehte, spielte ein sanftes Lächeln um ihre rot angemalten Lippen. Sie hatte eine Geldbörse in der Hand. »Wie viel?«

»Hundert Mäuse.« Seine Stimme klang plötzlich tiefer als sonst.

Die Frau zog zwei Fünfziger hervor und reichte sie Willie. »Wohin soll ich den Wagen fahren?«

Er wies auf eine freie Stelle ganz hinten auf dem Schrottplatz. »Darf ich Sie was fragen?«, murmelte er zu seinen Füßen hin.

Sie nickte. »Selbstverständlich.«

»Wie kommt eine ... hm, Lady wie Sie an so eine Schrottkarre?«

Der Golf sah wirklich erbärmlich aus. Vorne links fehlte eine Radkappe, die Kotflügel waren durchgerostet und eine der B-Säulen hatte einen deutlich sichtbaren Knick.

Die Frau lächelte erneut, dann fuhr sie sich mit der Zungenspitze über die Unterlippe.

Alter Falter!

Willies Blick zuckte zu seiner Jeans. Hoffentlich sah die Schnecke nicht, was da unten gerade vor sich ging! Aber sie schien ahnungslos. »Ich bin dabei, mein Elternhaus leer zu räumen«, erklärte sie. »Mein Vater hatte diesen Wagen in seiner Garage stehen.«

»Ihr Vater …« Willie verstummte. Selbst ihm war klar, was es zu bedeuten hatte, dass sie ihr Elternhaus ausräumte. Ihr Vater musste kürzlich verstorben sein. Willie überlegte, ob er der Frau sein Beileid aussprechen sollte, aber er wusste nicht, wie. Unsicher trat er von einem Bein auf das andere.

»Ich fahre den Wagen dann mal nach dort hinten«, sagte die Frau.

Willie nickte. Er sah zu, wie sie wieder einstieg. Sie hatte großartige Waden. Offenbar joggte sie ziemlich viel. Sie ließ den Motor an, der ein hässliches Husten von sich gab. Dann fuhr sie den Wagen in die Lücke, die er ihr gezeigt hatte.

Als sie zu Willie zurückkam, hatte er sich keinen Millimeter von der Stelle gerührt. »Danke«, sagte sie.

»Ähm …« Er räusperte sich. »Wie kommen Sie jetzt nach Hause?«

Ihr Blick lag schwer auf ihm. »Ich dachte, ich rufe mir ein Taxi.«

»Wenn Sie wollen, kann ich Sie …«

Sie schüttelte so schnell den Kopf, dass er sich vorkam wie ein Idiot. »Danke«, sagte sie erneut. »Das wird nicht nötig sein.« Dann verabschiedete sie sich und ging.

Willie starrte ihr nach, bis sie um eine Ecke verschwunden war. Seufzend wanderte sein Blick über den alten Ford, den er ausschlachten sollte. Dann kehrte er zu seinem Fernseher zurück, wo wenigstens Bruce Willis auf ihn wartete.

In Zöllers Wohnung starrte Shannon auf den Brief mit dem blauen Reagenzglas im Logo. Sie hatte ihn vorhin schon einmal in der Hand gehabt, aber wieder weggelegt. Jetzt jedoch las sie ihn bereits zum dritten Mal.

»Durchführung eines Vaterschaftstests«, stand darin, und darunter nur ein paar spröde Zeilen: »Der von Ihnen in Auftrag gegebene Test wurde durchgeführt. Die Ergebnisse können Sie auf unserem gesicherten Server abrufen …« Dann folgte eine Serveradresse und der Zusatz: »Die Zugangsdaten werden Ihnen aus Sicherheitsgründen mit separater Post zugeschickt.«

Während draußen in der Stadt Faris und die anderen diskutierten, was nun geschehen sollte, lehnte Shannon sich vor und begann, den zweiten Brief mit den Zugangsdaten zu suchen.

24. Kapitel

Tromsdorff wartete, dass sein Anruf durchgestellt wurde. Faris hatte keine Ahnung, wen er sprechen wollte.

Schließlich wurde am anderen Ende der Leitung abgenommen.

»Gerlach?«, fragte Tromsdorff, und Faris ballte die Fäuste. Kriminaloberkommissar Friedrich Gerlach gehörte zur Abteilung 5 des LKA, der Abteilung für polizeilichen Staatsschutz. In dieser Funktion war er auch gestern Morgen an der Gedächtniskirche gewesen. »Hör zu«, sagte Tromsdorff zu ihm. »Wir haben Grund zu der Annahme, dass es zu einem Bombenattentat auf dem Pariser Platz kommen wird.« Er musste innehalten, weil Gerlach mehrere Fragen auf ihn abschoss. »Ja. Und nein. Ich bin mit ein paar meiner Leute unterwegs dorthin. Wir brauchen eure Unterstützung. Der Attentäter ist ein schlanker rotblonder Mann. Ben Schneider vom KTI schickt euch gleich Bilder von ihm. Wir wissen, dass er eine Geisel in seiner Gewalt hat. Auch von ihr bekommt ihr Bilder.« Er lauschte, dann sagte er: »Ja. Aber was wir unbedingt benötigen, ist ein verdeckter Einsatz von euch. Wir glauben, dass der Attentäter sich und seine Geisel in die Luft sprengen wird, sobald er bemerkt, dass wir vor Ort sind.« Wieder schwieg er, weil Gerlach redete. Als er bemerkte, dass

Faris ihn gespannt musterte, schaltete er den Lautsprecher an.

»... schicken eine Sondereinheit«, sagte Gerlach. »Was ist mit Iskander?«

»Er ist hier bei mir. Ich brauche ihn vor Ort. Er kann den Mann identifizieren.«

»Ich dachte, ihr haltet ihn für mordverdächtig?«

Tromsdorffs Blick bohrte sich in den von Faris. Faris hielt ihm stand.

»Ich erkläre euch das alles später«, sagte Tromsdorff. »Im Moment nur so viel: Faris ist undercover. Hast du mich gehört, Friedrich? *Undercover.* Also erschießt ihn mir bitte nicht!«

Gerlach wandte sich vom Telefon ab, und man konnte ihn mehrere Befehle bellen hören. Währenddessen starrte Tromsdorff Faris ins Gesicht.

Faris verspürte einen schmerzhaften Stich in der Brust. Dankbar sah er Tromsdorff an. Der nickte nur.

»Gut«, meinte Gerlach, endlich zurück am Hörer. »Ich habe entsprechende Anweisungen gegeben.«

»Okay«, sagte Tromsdorff. »Bitte beeilt euch.« Er legte auf. »Ben?«

»Hab dich gehört. Fotos sind bereits raus.«

Tromsdorff lehnte sich im Fahrersitz zurück.

»Danke«, murmelte Faris.

Tromsdorff reagierte nicht darauf. Mit zusammengezogenen Augenbrauen musterte er Faris' schwarzen Blouson, unter dem sich der Bombengürtel nur undeutlich abzeichnete. »Die Frage ist jetzt, wie verpassen wir dir eine schusssichere Weste, ohne dass Zöller es merkt?«

Faris zwang sich, die Fäuste zu öffnen. Angespannt rieb

er mit den Handflächen über seine Oberschenkel. »Gar nicht.«

»Wie, gar nicht?«

Faris wies auf die Straße vor ihrem Wagen. »Gar nicht. Fahr los! Wir haben nicht mehr viel Zeit!«

Tromsdorff fuhr tatsächlich los, aber er schien nicht bereit, Faris' Entscheidung einfach so hinzunehmen. »Du glaubst ja wohl nicht, dass ich dich ohne Schutzweste auf den Platz lasse – wenn es da gleich von Kollegen im Alarmzustand nur so wimmelt!«

Faris zuckte die Achseln. »Ich ziehe keine Weste an! Wenn Zöller das sieht, weiß er doch sofort, dass ich ein faules Spiel spiele!« Er lauschte in sich hinein, um zu ergründen, was der wahre Grund dafür war, eine Weste zu verweigern. Das Tiefdunkle in seinem Innersten regte sich erneut, und er schaffte es nicht, sich ihm zu stellen. *Schaust du in den Abgrund …*, dachte er grimmig.

Er wartete darauf, dass Tromsdorff anfangen würde mit ihm zu streiten, aber nach einem langen Blick in seine Augen, seufzte sein Chef. Dann schnaubte er. »Wer spielt hier das faule Spiel?« Er wechselte die Spur und gab Gas.

Der Taxifahrer war begeistert, James Bond spielen zu können. Gleich nachdem Tromsdorff Ira weggeschickt hatte, hatte sie den Mann gebeten, am Straßenrand anzuhalten. Sie hatte überlegt, was sie nun tun sollte. Der Fahrer hatte geduldig gewartet, ob er neue Anweisungen erhalten würde. Das Taxameter war die ganze Zeit über weitergelaufen. Als dann Tromsdorffs dunkler BMW, mit ihm und Faris darin vorbeigefahren war, hatte Ira einen spontanen Entschluss gefasst. »Folgen Sie den Männern«, hatte sie gesagt, und der Fahrer hatte sie ungläubig angesehen.

Dann jedoch hatte er getan, was sie wollte.

Er war Tromsdorff und Faris hinterhergefahren, hatte in sicherem Abstand gewartet, als die beiden für eine Weile am Straßenrand geparkt und offenbar ein Telefonat geführt hatten. Und als sie nun weiterfuhren, fädelte auch der Taxifahrer sich wieder in den Verkehr ein.

Mit vor Vergnügen leuchtenden Augen saß er am Steuer, die Hände um das Lenkrad gekrallt, das Kinn vorgereckt, als könne er so das vorausfahrende Auto besser im Blick behalten.

Sie fuhren Unter den Linden entlang. Als der dunkle BMW an der Ecke Wilhelmstraße anhielt und Tromsdorff und Faris ausstiegen, parkte der Taxifahrer routiniert wie ein Geheimagent rund hundert Meter hinter ihnen. »Welcher von beiden ist der Typ, den Sie verfolgen?«, fragte er.

Der Schwarze, dachte Ira. Laut sagte sie: »Der Jüngere.« Sie bedankte sich bei dem Fahrer, bezahlte und gab ihm ein fürstliches Trinkgeld.

Faris stand an der Wilhelmstraße neben dem BMW auf dem Gehweg und rief Zöller an. »Ich bin jetzt da«, sagte er.

»Gut.«

Zöllers Stimme entzündete ein düsteres Feuer hinter seinen Augen. Er rang das Tiefschwarze in seinem Innersten nieder.

»Gehen Sie in die Mitte des Platzes. Dorthin, wo die Verkleideten stehen, die mit den Touristen Fotos machen.«

Die Verbindung wurde unterbrochen, und Faris ließ das Handy sinken. Tromsdorff war inzwischen auf der anderen

Seite des Wagens ebenfalls ausgestiegen. Faris sah ihm in die Augen und erkannte in ihnen Zweifel, ob das, was sie hier taten, richtig war. Er wünschte sich, er hätte Zuversicht signalisieren können.

»Egal, was mit mir passiert«, sagte er, »finde Anisah.«

Tromsdorff rang mit sich, aber er nickte. »Das werde ich.« Mit der Rechten öffnete er den Riegel seines Holsters. »Mach du keine Dummheiten, hörst du?«

Faris straffte die Schultern.

»Ich bin gleich bei euch«, hörte er Marc in seinem In-Ear. »Wir kümmern uns um Anisah. Kümmere du dich um den Entführer.«

Faris bestätigte das.

Dann ging er los.

Er überquerte die Wilhelmstraße und ging am Starbucks vorbei auf den Platz. Wegen des Nieselregens waren kaum Touristen unterwegs. *Wenigstens etwas.* Musik setzte ein. Sie dröhnte Faris in den Ohren, weil das Adrenalin all seine Sinne bis aufs Äußerste geschärft hatte. Seine Fingerspitzen kribbelten, die Haut in seinem Genick ebenso. Die Musiker – vier dickliche Männer in roten Galauniformen – hatten sich vor dem Max-Liebermann-Haus aufgebaut, und vielleicht zwanzig, fünfundzwanzig Menschen standen um sie herum und klatschten mehr oder weniger fröhlich mit.

Faris ließ seine Blicke umherschweifen.

Lass mich richtigliegen!, dachte er. *Lass ihn mit meiner Schwester hier sein!*

Wenn er falschlag, wenn es Zöller reichte, die Bombenexplosion im Fernsehen zu sehen, dann war es das. Bei diesem

Gedanken brach Faris der kalte Schweiß aus. Er murmelte einen unterdrückten Fluch.

»Er wird da sein«, beschwor Shannon ihn. »Bleib ruhig! Er kommt. Ich bin sicher.«

»Er ist hier irgendwo, Partner«, sagte Marc.

Vorsichtig suchte Faris nach ihm, aber er konnte ihn auf Anhieb nicht entdecken.

»Ich bin beim Tor, links davon, in der Nähe der Touristeninformation.«

Faris blickte in die angegebene Richtung. Marc stand am äußersten der Pfeiler, die das Brandenburger Tor bildeten. Er hatte eine Hand in der Tasche seiner Jacke, und Faris wusste, dass er eine Waffe verborgen hielt.

»Er wird kommen«, versicherte Marc ihm.

Faris ließ ihn und Shannon an seiner Stelle zuversichtlich sein. Vorsichtig bewegte er die Muskeln in seinem Rücken, um die Verkrampfung dort zu lösen. Die Kugel in seiner Schulter hatte sich in Eis verwandelt. Die Kälte, die von ihr ausging, überlagerte den langsam zurückkehrenden dumpfen Schmerz vollkommen.

Das Gewicht des Bombengürtels zerrte an seinen Hüften. Er unterdrückte den Drang, sich den Sprengstoff vom Leib zu reißen, die Beine in die Hand zu nehmen und zu laufen.

Tief atmete er durch.

»Die Kavallerie ist jetzt da«, hörte er Tromsdorff sagen. »Gerlach hat ein Sondereinsatzteam geschickt. Hoffen wir, dass er sie gut gebrieft hat.«

»Scheiße«, wisperte jemand in dem In-Ear. Es war Ben. »Das geht schief, Leute!«

»Konzentrier dich auf deinen Job!«, knurrte Marc.

Langsam ging Faris quer über den Platz bis zu dem Bordstein in der Mitte, auf dem sich trotz des schlechten Wetters ungefähr ein Dutzend Verkleidete tummelten. Er sah einen Clown mit geschminktem Gesicht und einem Bündel roter Luftballons in der Hand. Er sah einen Eisbären und drei russische Soldaten, die ihre Uniformen und Gesichter silbern angemalt hatten.

Langsam drehte er sich um die eigene Achse. Sein Blick streifte das Brandenburger Tor, die Touristeninformation daneben, dann die amerikanische Botschaft. Die beiden Uniformierten davor wirkten relativ entspannt, und Faris konnte nicht anders: Er stellte sich vor, wie der Sprengstoff an seinem Gürtel tatsächlich in die Luft fliegen und was dann geschehen würde. Es würde zu diplomatischen Verwicklungen kommen. Vermutlich würde man ihn als islamistischen Einzeltäter darstellen, als verwirrten Spinner, der in seiner Todessehnsucht und seinem religiösen Wahn bereit gewesen war, alles für die absurde Idee eines Gottesstaates zu opfern.

Was für eine Ironie!

Die Bombe ist nicht scharf.

Er musste sich diese Tatsache regelrecht ins Hirn hämmern.

Einer der beiden Wachsoldaten heftete den Blick auf ihn, und ihm wurde bewusst, dass er nicht zu lange hier stehen bleiben durfte, wenn er nicht auffallen wollte. Er musste in Bewegung bleiben.

Der Schweiß rann ihm zwischen den Schulterblättern hinunter und tränkte seinen Verband, der angefangen hatte, unangenehm auf seiner Haut zu reiben.

Einer der als russische Soldaten verkleideten Schausteller umarmte eine dicke kichernde Frau, gab ihr einen Schmatzer auf die Wange und wartete darauf, dass der ebenso dicke Ehemann auf den Auslöser einer Kamera drückte. Die Kapelle beendete eine Version von »Mit 'nem kleenen Stückchen Glück« aus *My Fair Lady* und setzte zu einer pompösen Interpretation des *Phantoms der Oper* an.

Faris war einmal mit Anisah in diesem Musical gewesen. Sie hatte es geliebt.

Während er den Blick auf den fetten Eisbären heftete, der reichlich unbeholfen zwischen den Touristen umhertapste, vibrierte sein Handy. Er hatte eine SMS erhalten. Er brauchte einige Sekunden, bevor er es wagte, sie zu öffnen, und seine Hand zitterte dabei so sehr, dass er das Telefon beinahe fallen gelassen hätte.

Zöller hatte ihm ein Bild gesendet. Ein Bild von Anisah in einem unförmigen schwarzen Mantel, den sie mit beiden Händen vor dem Leib geöffnet hielt. Unter dem Mantel befand sich ein ganz ähnlicher Bombengürtel wie der, den Faris trug. Mit einem Unterschied. Wo sich bei ihm nur vier Sprengstoffpäckchen befanden, waren es bei ihr sechs.

»Du Drecksack!«, flüsterte Faris. Das Klingeln seines Handys riss ihm weitere Beschimpfungen von den Lippen. Er ging ran.

»Sehen Sie nach rechts!«, befahl Zöller ihm.

Faris wandte sich um. Rechts neben dem Brandenburger Tor, auf einer Bank, die zum Max-Liebermann-Haus gehörte, saß seine Schwester. Vor Erleichterung sackte Faris ein Stück in sich zusammen, dann straffte er sich wieder. Aus dem Augenwinkel sah er, dass auch Marc sie entdeckt hatte. Beinahe unmerklich nickte er Faris zu.

Anisah wirkte weggetreten, aber körperlich schien es ihr

gut zu gehen. Sie war in den schwarzen Mantel gehüllt, der vor ihrem Leib sorgsam zugeknöpft war. Nach der Fülle ihrer Gestalt zu schließen, befand sich der Bombengürtel darunter.

»Du Drecksack!«, knurrte Faris erneut. Diesmal sagte er es ins Telefon.

Zöller lachte auf. »Oh! Offenbar sind wir neuerdings befreundet.«

»Lass Anisah frei. Ich bin jetzt hier.«

»Angesichts der Tatsache, dass sich auch deine Kollegen hier befinden, gehe ich davon aus, dass die Bombe, die du trägst, nicht scharf gemacht ist.« Zöller sprach mit emotionsloser Stimme.

Etwas in Faris senkte sich vor Entsetzen.

»Scheiße!«, murmelte Ben. »Ist der gut!«

»Aber wir sind besser«, beschwor Marc. »Konzentriert euch, Leute! Er ist definitiv hier. Irgendwo. Jetzt kriegen wir ihn auch!«

Faris zwang sich, seine Zuversicht zu teilen. Er entdeckte Tromsdorff, der mit einem hochgewachsenen grauhaarigen Mann redete.

Gerlach.

Faris sah den Kollegen von der Fünften nicken. Dann hörte er dessen Stimme aus dem In-Ear: »Trägt Ihre Schwester den Mantel aus dem Grund, den ich befürchte, Iskander?«

Da Faris noch immer das Handy am Ohr hatte, bestätigte er das nur mit einem unbestimmten Brummen. Fieberhaft suchte er die Menschenmenge ab, aber er konnte nirgends einen schlanken rotblonden Mann entdecken, der Christian Zöller auch nur entfernt ähnlich sah. Er presste das Handy fester ans Ohr. »Wo bist du, Arschloch? Warum zeigst du dich nicht, dann regeln wir das unter uns?«

»Nervös, Faris?« Zöller kicherte. Es war ein irres Geräusch, eines, das von Wahnsinn zeugte. »Du hast allen Grund dazu, würde ich meinen.«

»Er klingt paranoid«, befürchtete Shannon. »Pass auf, was du sagst, Faris. Nicht dass du ihn zu einer Kurzschlussreaktion treibst.«

Faris biss die Zähne zusammen. »Wie geht es jetzt weiter?«, fragte er ins Telefon.

»Nun«, meinte Zöller. Seine Stimme vibrierte. In Faris wurde alles empfindungslos. »Zuerst mal will ich, dass du die Bombe jetzt scharf machst.«

»Faris, nicht!« Marcs Stimme war nur ein Hauch.

Faris schwankte.

»Was macht er?«, hörte er Ben fragen.

»Er überlegt«, informierte Tromsdorff ihn. »Gehorch ihm nicht, Faris!«

Faris steckte das Handy fort, ohne aufgelegt zu haben. Dann hob er den Blick und schaute zu Anisah. Sie hatte das Gesicht zum Himmel erhoben, als könne sie durch die tief hängende Wolkendecke die Sonne sehen. Ein leichter Wind spielte mit ihren Haaren. Sie sah aus wie eine Touristin, die nach einer langen Tour durch Berlin einen Moment der Ruhe genoss. Der weiße Verband um ihre Hand hätte harmlos gewirkt, wenn Faris nicht gewusst hätte, warum sie ihn trug.

Er hörte die anderen über den In-Ear miteinander reden. Das aufgeregte Gewirr ihrer Stimmen lenkte ihn ab.

»Faris!«, mahnte Tromsdorff noch einmal.

Faris' Blick irrte zu seiner Schwester. Langsam hob er die

Hand und zog den In-Ear heraus. Er konnte die Geräusche seines Teams jetzt nicht mehr gebrauchen, er musste sich auf das konzentrieren, was zu tun war. Kurz starrte er auf das kleine elektronische Gerät, dann steckte er es in einen Blumenkübel.

Täuschte er sich, oder wurden die Schmerzen in seiner Schulter nun wieder stärker?

Egal.

Er zog den Reißverschluss seiner Jacke ein Stück weit auf. Die Kabel, die Zündkapsel und Auslöser miteinander verbinden sollten, hingen lose herab. Er nahm sie.

Und zwirbelte sie zusammen.

»Scheiße«, hörte Shannon Tromsdorff hauchen.

»Was ist?«, drängte sie, während ihre Finger über die Tastatur von Zöllers PC rasten. Sie hatte endlich den zweiten Brief mit den Zugangsdaten zur Website des Genetiklabors gefunden. »Komm schon, Boss, rede mit uns!«

Tromsdorff brauchte einige Sekunden, bevor er seine Fassung wiedergefunden hatte. »Er hat die Bombe scharf gemacht«, sagte er dann tonlos.

»Fuck!«, murmelte Shannon.

Vor ihren Augen baute sich die Website auf. Shannon gab die Zugangskennung ein, und als sie sah, was jetzt auf dem Monitor erschien, weiteten sich ihre Augen. In ihrem Magen bildete sich ein Feuerball, so grell und heiß, dass sie eine Hand auf ihren Leib presste.

»Fuck!«, stieß sie erneut hervor, und diesmal galt es den Informationen, die vor ihren Augen zu flimmern begannen. Als sie begriff, was sie sah, drückte sie ihren In-Ear tiefer ins Ohr. »Faris, hör zu …«

»Er kann dich nicht hören«, unterbrach Tromsdorff sie. »Er hat seinen In-Ear rausgenommen.«

Nachdem Faris den Reißverschluss sorgsam wieder hochgezogen hatte, holte er das Handy hervor und hob es zurück ans Ohr. Zöller war noch dran.

Faris war jetzt völlig ruhig. Das Tiefschwarze in ihm hatte endlich Ruhe gegeben. »Bevor ich mich in die Luft sprenge«, sagte er, »beantworte mir eine Frage: Warum das Ganze?«

»Oh, du musst dich nicht in die Luft sprengen.«

Das kam so überraschend, dass Faris' Knie weich wurden.

»Ehrlich gesagt«, fuhr Zöller fort, »weiß ich nicht mal, ob das Zeug, das du da am Leib hast, überhaupt noch funktioniert. Anisahs jedenfalls ist nicht scharf gemacht.«

»Was soll dann das Theater hier?«, fragte Faris verwirrt.

Zöller reagierte mit einer Gegenfrage. »Was, glaubst du, wird geschehen, wenn ich Anisah befehle, diesen Mantel auszuziehen? Sieh mal auf das Dach der Botschaft.«

Wie an Fäden gezogen drehte Faris den Kopf nach links. Er hatte freien Blick auf die amerikanische Botschaft.

»Sie werden sie erschießen!«, murmelte er.

Auf dem Dach waren in diesem Moment mehrere Scharfschützen aufgetaucht.

»Du kannst verhindern, dass sie stirbt«, sagte Zöller. »Du weißt, wie!«

Aus dem Augenwinkel sah Faris etwas Rotes, das ganz am Rande seines Blickfeldes umhergaukelte. Die Luftballons des Clowns.

Die Realität fror ein. Er sah die Ballons in die Luft steigen. Gleichzeitig sah er, wie Anisah nach dem obersten Knopf ihres Mantels tastete, und er begriff, dass die Ballons das Zeichen für sie waren. Das Zeichen, den Mantel zu öffnen. Seine Hand zuckte zum Ohr, bevor ihm bewusst wurde, dass er den In-Ear ja rausgenommen hatte. Ohne Not hatte er sich von seinem Team abgeschnitten. Und als ihm das klar wurde, wusste er, dass er verloren hatte. Er öffnete den Reißverschluss seiner Jacke und nahm den Auslöser heraus.

»Es ist der Clown!« Marcs Stimme hallte über den Platz.

Er riss die Waffe aus der Jackentasche und legte an, aber er hatte keine freie Schussbahn. Eine dicke Frau und ihr ebenso dicker Mann rannten ihm direkt vor die Mündung. »Machen Sie Platz!«, schrie Marc. »Polizei!«

Die Frau kreischte, als sie die Waffe sah.

Marcs Kopf ruckte herum.

»Scheiße!«, ächzte Tromsdorff, dann gellte eine elektronisch verstärkte Stimme über den Platz.

»Lassen Sie fallen, was Sie da in der Hand haben!«

Und gleichzeitig erschienen auf Faris' Körper zwei rote Leuchtpunkte. Zitternd pendelten sie sich auf seiner Stirn ein.

»Nein!«, flüsterte Marc. Dann rannte er los.

Der Bombengürtel um seine Hüften schien Tonnen zu wiegen. Faris krampfte die Finger um den Auslöser. Sein Herz weigerte sich, weiterzuschlagen. Kalt lag es in seiner Brust.

»Lassen Sie fallen, was Sie da in der Hand haben!« Die Worte erreichten ihn nur noch durch einen Schleier. Einer der beiden Laserstrahlen, die über seinen Körper tanzten, blendete ihn, und er musste die Augen schließen. Er ließ sie geschlossen.

Ein Lächeln trat auf sein Gesicht.

Seine Schulter schmerzte jetzt überhaupt nicht mehr. Auf einmal fühlte er sich leicht.

Er zog den Reißverschluss seiner Jacke nach unten, sodass der Bombengürtel sichtbar wurde.

Und nur eine Sekunde später schlug eine Kugel in seinem Körper ein.

25. Kapitel

Als Faris die Jacke öffnete, machte Ira unbewusst mehrere Schritte vorwärts. Es kümmerte sie nicht, dass sie mit draufgehen würde, sollte die Bombe an seinem Körper tatsächlich explodieren.

Es war egal, so egal …

Sie konnte den Blick nicht von ihm lassen, und irrationalerweise bedauerte sie in diesem Moment am meisten, dass sie seine Augen nicht sehen konnte. Sie wusste um den Ausdruck, der darin stand, dieser schreckliche, leere Ausdruck, mit dem er in die Finsternis seiner Seele schaute.

Ein Schluchzen kroch in ihrer Kehle hoch, zerriss ihr fast die Brust. Noch einen Schritt ging sie vorwärts, aber jemand war bei ihr, hielt sie fest, umklammerte sie mit beiden Armen, sodass sie nicht weiterkonnte.

»Lassen Sie mich!« Sie wehrte sich, aber es nützte nichts. Der andere war zu stark.

»Spinnen Sie? Nein!«

Undeutlich nur sah sie das Gesicht eines ihr unbekannten Mannes, eines Polizisten vielleicht.

Sie sah Faris den Auslöser heben, sah die roten Laserstrahlen zweier Scharfschützengewehre, die im leichten Nieselregen glommen. Dann sah sie Faris die Augen schließen, als die Punkte auf seiner Stirn erschienen.

Sie sah ihn lächeln, und sie wusste, dass er sterben würde. Gleich darauf hörte sie ein hustendes, völlig fremdartig klingendes Geräusch, dann ein zweites. Erst einen Sekundenbruchteil später begriff sie, dass es Schüsse gewesen waren.

Sie sah, wie Faris nach hinten gerissen wurde.

Gott ist barmherzig, dachte sie und brach in den Armen des Polizisten zusammen.

Gott ist barmherzig.

Was für eine Lüge!

Faris fiel. Alle Luft wurde aus seinen Lungen gepresst, als die Schockwellen des Schusses durch seinen Körper fegten. Er verspürte keinerlei Schmerz, nur Kälte. Sein Sichtfeld engte sich schlagartig ein, aber er verlor nicht das Bewusstsein. Im Gegenteil: Plötzlich war alles so klar wie noch nie zuvor in seinem Leben.

Jemand war bei ihm, beugte sich über ihn. Ein weißes Gesicht, ein breiter, lachender Mund. Orange Haare. Der Clown.

Er reagierte instinktiv. Seine Hand tastete nach der Waffe an seiner Hüfte, er zog sie mit einem Aufschrei, der sich sonderbar gurgelnd anhörte.

Zöllers Gesicht war jetzt ganz dicht vor seinem, und es bereitete Faris ein unendlich finsteres Vergnügen zuzusehen, wie sich seine Augen weiteten, als er ihm die Mündung der Waffe in die Seite rammte.

»Und?«, keuchte er. Das Atmen fiel ihm so schwer, als habe sich die Luft plötzlich in Wasser verwandelt. »Du wolltest doch, dass ich … den Auslöser drücke. Gilt das … immer noch?«

Angst flackerte in Zöllers Augen auf und wurde dann ersetzt durch etwas anderes. War es Genugtuung?

Faris hustete. Sein Herz schlug Kapriolen, und er spürte, wie das Leben mit rasender Geschwindigkeit aus ihm herausrann.

»Ich habe dir gesagt, du wirst abdrücken!«, wisperte Zöller. »Tu es!«

Faris' Finger zuckte.

DER ANDERE

Die Zeit blieb stehen, dann raste sie in einem einzigen Sekundenbruchteil rückwärts – bis zu dem Moment im Hotelzimmer.

Laura steht vor ihm, in diesem verflucht verführerisch aussehenden BH, den sie erst kürzlich gekauft hat. »Du bist ... zurück?«, haucht sie. Sie sieht zu ihm auf, berührt sein Gesicht. Den Bart, den er sich hat stehen lassen, weil ihm die Kraft zum Rasieren fehlte. Sie streichelt seine Wange, sein Kinn. Dann fällt sie ihm um den Hals, schluchzend, und er – versteht es völlig falsch. Er denkt, dass sie es bereut, von ihm fortgegangen zu sein. Sie packt ihn, zerrt ihn zum Bett und zieht ihn auf sich. Der Sex, den sie haben, ist hart und gierig, und er kann sein Glück kaum fassen.

Bis zu dem Augenblick, als Laura in der größten Ekstase diesen Namen ausstößt.

Faris.

Er prallt zurück. »Was?«, keucht er. Seine Erektion verflüchtigt sich.

Laura weiß, dass sie einen Fehler gemacht hat, aber sie ist nicht bereit dazu, Scham zu zeigen. In ihrer Stimme liegen plötzlich nur noch Spott und Hohn. »Ja. Faris.« Sie versucht, ihre Blöße zu bedecken, indem sie ihren Slip wieder anzieht.

Er taumelt auf die Füße. Mechanisch ergreift er die Hose, die auf dem Boden liegt, und tastet nach dem Blatt Papier in der Tasche. Es ist ein Ausdruck von dem Ergebnis des Vaterschaftstests.

Lauras Blick fällt darauf. »Oh«, macht sie. Und in ihrem Gesicht kann er lesen, was sie denkt: Dann weißt du es also jetzt!

In diesem Moment zerreißt etwas in seinem Innersten. »Du hast es gewusst?«, flüstert er. »Die ganze Zeit?«

Laura nickt. Tief unten in ihm keimt der Hass.

»Du hast mich hintergangen. Du …« Er ist unfähig weiterzusprechen. In seinem Kopf hallt die Stimme seines Vaters wider.

Vergeltung. Vergeltung dafür, dass du mich hintergangen hast.

Er hört seine Mutter wimmern. Das arabische Wiegenlied und die Bilder des Vergewaltigungsvideos überlagern seine eigenen Erinnerungen. Er spürt, wie Jetzt und Damals, Realität und Fantasie verschwimmen, wie er nicht mehr weiß, was er tun, was er denken soll.

Vor seinen Augen erscheint ein blutroter Schleier. Er holt aus und wischt Laura dieses Lächeln vom Gesicht.

Mit einem Ausdruck von Erstaunen taumelt sie rückwärts. Ihr Hinterkopf prallt gegen den Nachttisch. Blut netzt den Boden, und die Stimme seines Vater kreischt: Vergeltung! Er dreht sich um, sieht die weit aufgerissenen Au-

gen dieses elenden Schweins, seinen im Todeskampf verzerrten Mund.

»Vergeltung«, flüstert er.

Und dann stürzt er sich auf Laura, wirft sie auf das Bett, nagelt sie darauf fest mit seinem Körper, mit seinen Händen. Ihr Slip zerreißt, und für einen kurzen Moment lässt ihn dieser Anblick innehalten, seine Erektion kehrt zurück, und in dieser Sekunde will er Laura nehmen, mit aller Gewalt, so wie sein Vater seine Mutter immer genommen hat. Aber er beherrscht sich jetzt. Stattdessen legt er Laura die Hände um den Hals und drückt zu, drückt zu, bis sie sich nicht mehr wehrt, bis sie sich endlich nicht mehr wehrt …

Mit einem Keuchen tauchte er aus seinen Erinnerungen auf.

Die Mündung der Waffe, die Faris in seine Seite presste, fühlte sich an wie eine Liebkosung. Es lief nicht so, wie er es geplant hatte, aber egal. Iskander starb, das war in seinen dunklen Augen zu erkennen, diesen Augen, die Laura so geliebt hatte. Aber bevor das Dreckschwein sterben durfte, würde er noch das Letzte zerstören, das ihm geblieben war.

Lilly.

Das Kind.

»Schieß!«, keuchte der Mann, der Vergeltung bekam. »Schieß!«

Und töte damit auch sie, dachte er.

* * *

Tromsdorffs Waffenarm sank nach unten. Sein Schuss gellte ihm in den Ohren, und der Geruch des Schießpulvers war scharf und unerträglich. Wie in Zeitlupe sah er Faris fallen, sah Gerlachs Leute auf Anisah zuspringen und ihr den Sprengstoffgürtel vom Leib reißen, sah die beiden Scharfschützen die Gewehre senken. Sah den Clown sich über Faris beugen.

Sah all das Blut.

»Was war das?«, schrie Shannon in seinem In-Ear so laut, dass es ihm fast das Trommelfell zerriss. Sie und Ben redeten aufgeregt durcheinander. Marc jedoch blieb stumm.

»Waren das Schüsse?«

»Wer ist getroffen?«

»Faris«, murmelte Tromsdorff und steckte die Waffe weg. Er hatte keine Wahl gehabt, hatte den Jungen zu Boden bekommen müssen, bevor die beiden Scharfschützen abgedrückt hätten. Aber so hatte es nicht enden sollen. So hatte es auf keinen Fall enden sollen ... Er flüsterte: »Ruft einen Rettungswagen, schnell!«

Shannons Finger rasten in fieberhafter Eile über die Tasten ihres Telefons. *Jesus!*, war alles, was sie denken konnte. Nur immer wieder: *Jesus! Oh Jesus!*

»Schussverletzung auf dem Pariser Platz«, meldete sie atemlos, noch bevor der Mann am anderen Ende der Leitung das Wort »Notrufzentrale« halb über die Lippen gebracht hatte. »Ein Polizist wurde angeschossen!«

Und während dort draußen die Maschinerie anlief, hörte sie in ihrem In-Ear Tromsdorff entsetzt aufstöhnen.

»Was ist jetzt?« Sie presste ihren eigenen Hörer fester ins Ohr. Ihre Augäpfel fühlten sich an wie aus Glas.

»Faris«, keuchte Tromsdorff. »Er bedroht Zöller mit der Waffe!«

Holy God! Shannon konnte den Blick nicht von der Website des Genetiklabors lassen.

»Er darf nicht schießen!«, schrie sie. »Sag ihm, dass er nicht schießen darf. Ich glaube, dass Zöller Lilly in seiner Gewalt hat, Robert. Faris darf ihn auf keinen Fall ...« Die Stimme versagte ihr.

Der Mann in der Notrufzentrale war noch immer dran. Sie legte einfach auf. »Hindere ihn daran zu schießen!«, flüsterte sie. Die Internetseite verschwamm vor ihren Augen, und sie blinzelte.

»Vaterschaftstest für Lilly Zöller«, las sie zum wiederholten Mal. »Vaterschaft bestätigt für DNA-Probe 2: Faris Iskander.«

In dem Moment, als Zöller ihm befahl, ihn zu erschießen, kreischte das Tiefschwarze in Faris vor Begeisterung. Oh ja, er wollte es. Er wollte das Dreckschwein töten für all das, was er Anisah angetan hatte. Er rang um Atem. Vergeblich. Fahle Flecken tanzten vor seinen Augen.

Tu es!

Wenn du es jetzt nicht tust, wird er davonkommen!

Sein Oberkörper bäumte sich auf.

Dann – übergangslos – war es vorbei. Er wurde ganz ruhig. Und stieß Zöller von sich fort.

Das Ungeheuer hat heute Pause, wollte er sagen. *Du kriegst mich nicht dazu, auf den Auslöser zu drücken.* Aber dazu hatte er keine Kraft mehr.

Durch blutige Schleier hindurch sah er, wie Zöller gepackt und von ihm fortgezerrt wurde.

»Gott, wo bleibt denn der Rettungswagen?«, hörte er jemanden brüllen. Tromsdorff.

Ihm war so kalt.

Waren das Hände auf seinem Gesicht, seinem Hals, seiner Brust? Wo war er getroffen worden? Es war ihm völlig gleichgültig. Er war müde.

»Faris!«, schluchzte eine vertraute Stimme und holte ihn noch einmal zurück. »Oh bitte!«

Ira!

Er wollte den Arm heben, wollte sie berühren, aber in diesem Augenblick zerriss endgültig etwas in seinem Brustkorb. Sein Mund und seine Nase füllten sich mit Blut.

Dann stürzte die Dunkelheit auf ihn ein.

26. Kapitel

Die Dunkelheit hielt ihn lange in ihren Klauen gefangen.

Er träumte intensive Träume, in denen Flammen vorkamen und abgerissene Gliedmaßen, aber auch Ira und Tromsdorff und all die anderen.

Das stetige rhythmische Piepsen der lebenserhaltenden Geräte katapultierte ihn wieder und wieder in vergangene Zeiten zurück, ließ ihn dem Kruzifix-Bomber gegenüberstehen, quälte ihn mit düsteren Erinnerungsfetzen, denen er nicht entgehen konnte.

Einmal erwachte er und glaubte, Paul auf dem Stuhl neben seinem Krankenbett sitzen zu sehen. Ein anderes Mal dann war Marc bei ihm. Auch er schwieg, ganz anders als Lilly. Sie küsste ihn auf die Wange und nannte ihn Papa.

Als er endlich tatsächlich aus der Dunkelheit emporstieg, waren Samir und sein Vater bei ihm. Mit betretenen und verwirrten Mienen standen sie rechts und links von ihm, und jedes Wort, das gewechselt werden musste, fühlte sich in Faris' Kehle an wie eine Klinge.

»Wie geht es Anisah?«, fragte er als Erstes. Er wollte sich bewegen, aber es ging nicht. Sein gesamter Brustkorb war in einen Verband gehüllt. Er war mit mehreren medizinischen Geräten verkabelt. Der Schlauch, über den sie ihm Sauerstoff zuführten, drückte an seiner Wange.

Samirs Blick war ausdruckslos. »Sie ist in psychiatrischer Behandlung. Die Hand heilt gut.«

Faris fragte nicht, ob oder wann er sie sehen konnte. Im Blick seines Schwagers spiegelte sich ein stummer Vorwurf. Er war schuld an dem, was Anisah widerfahren war. Sie hatte ihn und seinen Entschluss, Polizist zu werden, stets gegen den Rest der Familie verteidigt, und nun war ausgerechnet sie ein Opfer der Finsternis geworden, mit der er tagtäglich zu tun hatte. Er kannte Anisah. Er war sicher, dass sie ihm das niemals verzeihen würde.

Weil er Samirs Blick nicht mehr aushielt, drehte er den Kopf zur anderen Seite, wo sein Vater stand.

Es fühlte sich an wie eine Ohrfeige, als er die Tränen in dessen Augen sah. Er wollte die Hand nach ihm ausstrecken, aber glühend heißer Schmerz zuckte durch seinen Brustkorb. Zu seiner grenzenlosen Erleichterung griff sein Vater nach seinen Fingern und hielt sie fest.

»*Rabina yishfik, yabni*«, flüsterte er. »Das ist das Einzige, was sich deine Mutter wünscht.«

Faris schloss die Augen.

Rabina yishfik, yabni.

Werde gesund, mein Junge.

Er wusste nicht, ob ihm das jemals gelingen würde.

Ein paar Tage später kam Tromsdorff ihn besuchen. Inzwischen ging es ihm etwas besser, der Schlauch für die Sauerstoffzufuhr war fort. An diesem Morgen hatte die Schwester auch das Kopfteil seines Bettes ein Stück hochgestellt, und es fühlte sich gut an, nicht mehr ganz flach liegen zu müssen. Bewegen konnte er sich noch immer nicht richtig. Ein Arzt hatte ihm erzählt, dass er zwei Schussverletzungen hatte. Eine in der Schulter, aus der sie eine Kugel hatten herausoperieren müssen, und eine zweite auf der rechten Brustseite, die ihm zwei Rippen gebrochen und seine Lunge durchstoßen hatte.

»Faris!« Ein Lächeln glitt über Tromsdorffs Züge, als er hereinkam und sah, dass er wach war. In der Hand hielt er einen dicken Blumenstrauß, der so kitschig bunt war, dass er nur von Gitta stammen konnte. Er legte ihn auf den Nachttisch und umrundete Faris' Bett. »Hey! Wie geht es dir?«

Als Ira ihn das gefragt hatte – wie lange war das her? – hatte er einen Scherz gemacht. Diesmal verzichtete er darauf.

»Besser.« Faris schaute zur Tür, aber sein Chef war allein gekommen.

»Ich soll dich grüßen.« Tromsdorff zog sich einen Stuhl ans Bett und setzte sich. »Von Gitta und Shannon. Und von Ben.« Plötzlich wirkte er extrem ernst. Tiefe Falten gruben sich in seine Haut zwischen Mund und Nase. Das Lächeln war von seinem Gesicht geglitten, als habe es nie existiert.

»Was ist, Robert?«, fragte Faris. Ihm ging auf, dass sein Chef Marc nicht erwähnt hatte. Etwas in ihm spannte sich. »Marc?«, flüsterte er. Das Piepsen des Überwachungsmonitors hinter ihm beschleunigte sich.

»Es gibt etwas, das ich dir sagen muss.« Tromsdorff wich seinem Blick aus. »Marc«, setzte er an und verstummte wieder. Endlich hob er den Kopf und schaute Faris direkt in die Augen. »Er ist tot, Junge.«

Die Worte fielen wie Steine in die Finsternis in Faris' Innerem, und sie verursachten dort nicht die geringste Wirkung. »Tot«, echote er. Warum empfand er nichts?

Tromsdorff nickte. »Er hat versucht, zu dir zu kommen,

als die Scharfschützen auf dem Pariser Platz dich im Visier hatten. Einer der beiden hat geschossen. Er hat Marc getroffen.«

Eine Sekunde verging. Zwei.

Dann kam der Schmerz. Er rammte mit voller Wucht in Faris wie ein Schmiedehammer, der ihn traf, ihn zerquetschte und in seine einzelnen Atome zermalmte. Faris legte den Kopf zurück. Er wollte die Augen schließen, aber er konnte es nicht. Blicklos starrte er gegen die Wand, bis alles verschwamm.

Tromsdorff wartete schweigend, bis er sich wieder rühren konnte.

»Er hat die Kugel gefangen, die für mich …« Faris brach ab. *Wie soll ich jemals damit klarkommen?* Er dachte daran, wie rüde er Marc behandelt hatte, wie oft er ihm gezeigt hatte, dass er ihn für einen schlechten Ersatz für Paul hielt. Er hatte Marc nie wirklich als seinen Partner gesehen. Partner hielten den Kopf füreinander hin, Partner fingen Kugeln …

Ihm wurde schwindelig. Hinter ihm begann ein weiteres Gerät hektisch zu piepsen, und gleich darauf kam eine Schwester hereingestürzt.

»Du liebe Güte, was haben Sie ihm denn erzählt?«, rief sie und machte sich an der Infusion zu schaffen, die in Faris' rechten Arm lief. Die Welt zog sich zu einem Punkt zusammen, wurde ganz klein und unbedeutend. Alle Stimmen verwandelten sich in ein unverständliches Rauschen.

»Raus!«, war das Letzte, was Faris verstehen konnte. »Lassen Sie ihn sich ausruhen!«

Und dann hüllte die vertraute Finsternis ihn ein. Er begrüßte sie wie einen Freund.

Die nächsten Tage war er froh, dass sie ihn mit starken Medikamenten vollpumpten. Er kam sich vor wie in eine dicke Schicht Watte eingehüllt, die ihn von der Außenwelt abschirmte. Auch seine Gefühle waren wie von ihm abgetrennt. Er wusste, dass er sich früher oder später den Ereignissen auf dem Pariser Platz stellen musste. Aber noch war er dazu weder fähig noch bereit.

»Ihre Freundin war gestern wieder da«, sagte ihm eine Schwester eines Morgens, als sie ihm das Frühstück brachte.

»Freundin?« Faris hatte keine Ahnung, wovon sie redete.

Die Schwester hob den Deckel von seinem Tablett. »Frau Jenssen.«

Ira!

»Seit Sie hier eingeliefert worden sind, kommt sie regelmäßig und fragt nach, wie es Ihnen geht.« Die Schwester lächelte. »Es kümmert sie nicht, dass wir ihr jedes Mal sagen, dass wir ihr keine Auskunft geben dürfen. Warum besucht sie Sie nicht einfach?«

»Keine Ahnung.« Der Duft des Kaffees stieg Faris in die Nase, als die Schwester ihm den Becher vollgoss.

»*Ist* sie Ihre Freundin?«, fragte sie.

Langsam schüttelte Faris den Kopf. Die Tatsache, dass Ira sich um ihn sorgte, durchdrang den Schutzschild, den er um sich errichtet hatte. Plötzlich empfand er etwas, aber er hätte beim besten Willen nicht sagen können, was es war. Nur dass es schmerzhaft war, das spürte er. Es kam ihm vor, als würde ihm die Haut ganz langsam vom Leib gezogen. Er schreckte zurück vor dem Gefühl.

»Was sollen wir ihr sagen, wenn sie das nächste Mal da ist?«, erkundigte sich die Schwester. »Sollen wir sie zu Ihnen reinschicken?«

Faris schüttelte den Kopf. »Sagen Sie ihr, dass ich auf dem Weg der Besserung bin«, bat er.

Wiederum ein paar Tage später kam dann Tromsdorff ihn erneut besuchen, und diesmal brachte er Andrea mit.

»Ich werde nicht mit dir über Marc reden«, war das Erste, was Faris zu ihr sagte, kaum dass sie den Raum betreten hatte.

Sie lächelte nur. »Schon klar. Eigentlich sind wir auch hier, weil wir dir sagen wollen, dass der Staatsanwalt Anklage gegen Zöller erhoben hat.«

»Die Ermittlungen sind weitgehend abgeschlossen«, fügte Tromsdorff hinzu. »Wir können beweisen, dass er Laura getötet hat, und er ist auch geständig. Er wird für ziemlich lange Zeit weggesperrt werden, Faris. Allerdings vermutlich in den Maßregelvollzug. Ein Gutachter hat ihm paranoide Wahnvorstellungen attestiert.«

Faris nickte. Inzwischen konnte er sich aus eigener Kraft aufrecht hinsetzen. Die meisten Kabel und Überwachungsgeräte waren verschwunden. Die Infusion mit den Schmerzmitteln hatte man durch eine andere ersetzt, bei der er selbst entscheiden konnte, ob er eine Dosis brauchte oder nicht. Er hatte den Knopf bisher nicht ein einziges Mal betätigt. »Was mich beschäftigt, ist die Frage, warum ich eigentlich noch lebe.« *Während Marc tot ist,* fügte er in Gedanken hinzu. »Ich meine: Die Scharfschützen der Amerikaner sind extrem gut ausgebildet. Warum haben sie mir in die Brust geschossen und nicht in den Kopf?« Er dachte an die beiden Laserpunkte, die auf seiner Stirn getanzt hatten.

Tromsdorffs Kehlkopf ruckte. »Sie haben dich gar nicht getroffen«, murmelte er. »Sie haben nur einen Schuss abgegeben. Er hat … Marc getroffen.« Er ächzte, bevor er Marcs Namen aussprach.

Faris verstand nicht. Mit dem Daumen wies er auf die Schusswunde in seiner Brust. »Aber ich bin getroffen worden.«

Da verzog Tromsdorff das Gesicht. »Ja. Von mir.«

Wie bitte?

»Du hast auf mich geschossen?«

»Ich musste dich irgendwie aus der Schusslinie kriegen, aber ich war zu weit weg, um dich zu Boden zu werfen.« Tromsdorff sah Faris in die Augen. »Du standst ungünstig. Ich konnte nicht auf deinen Oberschenkel zielen. Und ich hatte nur Sekundenbruchteile für eine Entscheidung. Da dachte ich mir, ein Schuss in die Brust überlebt sich leichter als einer in den Kopf.«

Faris setzte sich anders hin. »Risikoabwägung«, murmelte er. Er selbst hatte bei Einsätzen schon ähnliche Entscheidungen treffen müssen, allerdings niemals eine mit solcher Tragweite. Bisher war er niemals gezwungen gewesen, auf jemanden zu schießen, an dem ihm etwas lag. Bisher waren seine Partner immer gestorben, ohne dass er … Er unterbrach diesen Gedanken mit aller Macht. Danach brauchte er eine Weile, bis er sich vorstellen konnte, wie verzweifelt Tromsdorff gewesen sein musste, um zu so einem drastischen Mittel zu greifen. Wie nahe am Abgrund musste er gestanden haben?

Faris dachte daran, wie er selbst Zöller den Lauf der Waffe in die Rippen gerammt hatte, und kurz flackerte Bedauern darüber auf, dass er nicht doch abgedrückt hatte.

»Was denkst du?«, fragte Andrea.

Er sagte es ihr.

Ihr Gesicht wurde blank. »Wenn du geschossen hättest, hätte er gewonnen, das ist dir doch klar, oder? Außerdem hättest du auch Lilly getötet.«

»Lilly«, sagte Faris, und kurz geisterte die Erinnerung an seinen Traum durch seinen Kopf. Lilly. Lauras Tochter. *Zöllers Tochter.* Er biss die Zähne zusammen.

Tromsdorff warf Andrea einen langen Blick zu, den er nicht zu deuten wusste. »Zöllers Tat war ein Amoklauf«, erklärte er. »Er hatte einkalkuliert, dabei draufzugehen, und er hatte vor, Lilly ebenfalls zu töten.«

Faris sah Andrea an. »Seine eigene Tochter.«

Ihre Zunge fuhr über ihre Unterlippe. »Zöllers Handlungen waren nur teilweise rational. Ursprünglich plante er wohl, bei der Explosion deiner Bombe mit dir zusammen draufzugehen. Dann stellte sich heraus, dass der Sprengstoff, den er sich über seine Kontakte beschafft hatte, nichts taugte. Also entschied er sich dafür, dich von den Amerikanern auf dem Pariser Platz erschießen zu lassen. Und als du ihm dann die Waffe an den Leib gehalten hast, da kehrte er spontan zu seinem ursprünglichen Plan zurück. Es muss ihm Genugtuung bereitet haben, dir in die Augen zu sehen. Er wollte dich zum Abdrücken treiben, weil er wusste, dass sein Tod auch den von Lilly nach sich ziehen würde. Wir hatten keine Ahnung, wo er sie versteckt hatte.«

Tromsdorff übernahm jetzt wieder das Reden. »Er hat te sie auf einem Schrottplatz im Kofferraum eines alten Golfs abgeladen. Und er hatte sie mit starken Medikamenten vollgepumpt. Sie wäre vermutlich gestorben, wenn es Andrea nicht gelungen wäre, Zöller dazu zu bringen, uns ihren Aufenthaltsort zu verraten. Nur durch Andreas Eingreifen konnten wir den Wagen finden und rechtzeitig bei

Lilly sein. Die Ärzte haben sie zurückgeholt. Es geht ihr gut.«

Abgesehen davon, dass ihre Mutter tot und ihr Vater ein Mörder ist, dachte Faris. Die Finsternis in seinem Innersten war allumfassend. »Warum das alles?«

»Zöller hat ein sehr ambivalentes Verhältnis zu Frauen«, sagte Andrea. »Offenbar ist er mehrfach hintergangen worden, bevor er Laura kennenlernte und sie geheiratet haben.« Sie beobachtete Faris sehr genau, während sie von Laura sprach.

Er bedeutete ihr weiterzureden.

»Laura ist offenbar nie richtig von dir losgekommen. In einer Vernehmung hat Zöller angegeben, dass sie schon kurz nach der Hochzeit angefangen hat, immer wieder von dir zu reden. Als du im vergangenen Jahr so oft in den Medien warst, muss ihr klar geworden sein, dass sie nach wie vor Gefühle für dich hegt. In einer Vernehmung hat Zöller von einem Lederarmband gesprochen, das er bei Laura gefunden hat. Es hat ihm wohl gezeigt, was Sache war.«

Das Lederarmband.

Faris langte zu seinem Nachttisch, auf dem inzwischen der dritte oder vierte von Gittas bunten Blumensträußen stand und einen leicht muffigen Geruch verbreitete. Er zog die Schublade auf und nahm sein eigenes Lederarmband heraus. Man hatte es ihm vor der Notoperation abgenommen und anschließend wiedergegeben. Seitdem lag es in dem Schränkchen. Bisher hatte er es noch nicht wieder in den Händen gehabt. Jetzt drehte er es zwischen den Fingern hin und her und betrachtete die verblasste arabische Schrift darauf.

Laura und Faris.

»Sie hatte auch so eines«, erklärte er. »Mit ›Faris und

Laura‹ darauf.« Dann fiel ihm etwas ein. Er sah Tromsdorff an. »Ich habe seitdem nicht mehr daran gedacht, aber als ich bei ihr im Hotel war, hat sie es umgehabt. An ihrer Leiche hat es dann gefehlt.«

Tromsdorff zuckte die Achseln. »Wahrscheinlich hat Zöller es ihr abgemacht und weggeworfen.«

Faris nickte. »Möglich.« Er machte Anstalten, das Armband umzumachen, doch mit einer sanften und gleichzeitig sehr nachdrücklichen Geste nahm Andrea es ihm weg und steckte es in die Tasche ihres Blazers. Als er protestieren wollte, lächelte sie nur und sprach dann weiter.

»Jedenfalls: Als Zöller herausfand, dass Laura dieses Armband die ganze Zeit über aufgehoben hat, fing er an, ihr nachzuspionieren. Er hat sogar einen Vaterschaftstest in Auftrag gegeben, weil er wissen wollte, ob Lilly wirklich sein Kind ist.« An dieser Stelle stockte sie kurz. »Er muss sich in dieser Zeit immer tiefer in seine Wahnvorstellungen hineingesteigert haben, und irgendwann hat er sie auf dich projiziert.«

»Auf mich.«

Andrea nickte. »In seiner Vorstellung hast du dich zur alles umfassenden Bedrohung gewandelt. Der Feind. Der Satan, sozusagen. Ich vermute, das liegt auch in der Tatsache begründet, dass er für diese Organisation arbeitete, die dein Schwager leitet, dieses Pro Toleranz. Er hatte immer wieder mit verblendeten Jugendlichen zu tun, die ihren gesamten Hass auf den Westen mit dieser Rhetorik begründen. Der Ausspruch ›Sie nehmen uns unsere Frauen weg‹ wurde für ihn zu einer Art Mantra, das er auf dich übertragen hat, denn in seinen Augen hast du genau das getan.«

Faris unterdrückte ein verbittertes Lachen. War es nicht

genau umgekehrt gewesen? Hatte Zöller Laura nicht ihm weggenommen? *Wahngebilde* … Er rieb sich das Genick und hörte Andrea weiter zu.

»Der Sprengstoff muss übrigens genau zu der Zeit bei Pro Toleranz aufgetaucht sein, als du der Held warst, der den Kruzifix-Bomber zur Strecke gebracht hat. Laura hat in dieser Zeit wohl viel von dir geredet, und Zöller in seiner zunehmenden Paranoia fasste den fatalen Entschluss, dich vollständig zu vernichten.«

»Von diesem Moment an nahmen die Ereignisse Fahrt auf«, führte Tromsdorff weiter aus. »Er besorgte sich eine illegale Rohypnolvariante aus Militärbeständen. Mit ihrer Hilfe können Menschen bewegungsunfähig und absolut gefügig gemacht werden. Die Amerikaner benutzen das Zeug in Guantanamo, glaube ich. Jedenfalls: Zöller wählte Önur für seinen Plan aus und fing an, ihn zu manipulieren, ihm genau jene Angst einzujagen, die es brauchte, damit er auf den Auslöser drückte. Nach dem Vorbild dieses Jungen, der in Frankfurt die beiden GIs erschossen hat, nutzte er dafür eines dieser im Internet kursierenden Videos, auf denen amerikanische Soldaten angeblich muslimische Frauen vergewaltigen. Wir wissen, dass islamistische Extremisten diese Videos gezielt einsetzen, um junge Männer zu solchem Hass auf Amerika zu treiben, dass sie freiwillig auf den Auslöser drücken. Bei Önur musste Zöller allerdings ein wenig mehr tun. Er hat ihm gedroht, dass seiner Mutter genau das Gleiche passiert wie der Frau auf dem Video, wenn er nicht macht, was von ihm verlangt wird.«

Faris dachte an das Standbild des Videos, in das das Gesicht von Önurs Mutter kopiert worden war. Die Melodie des arabischen Wiegenliedes hallte in seinem Kopf wider.

»Der Anblick dieses Videos hat seinen Wahn noch verstärkt«, sagte Andrea. »Wir gehen davon aus, dass er als Kind oft mitgekriegt hat, wie sein Vater seine Mutter vergewaltigt hat.«

»Wir wissen, dass Zöller einen gewalttätigen Vater hatte. Er hat uns erzählt, dass sein Vater die wiederkehrende Vergewaltigung seiner Mutter als Bestrafung verstand – und zwar dafür, dass seine Frau ihn mit einem anderen Mann betrogen und dessen Kind als seins ausgegeben hatte.«

»Zöller war ein Kuckuckskind?«, fragte Faris.

Andrea biss sich kurz auf die Unterlippe, dann nickte sie. »Sein Vater bezeichnete die Vergewaltigungen der Mutter als Vergeltung dafür, dass sie ihn so hintergangen hatte. Zöller muss von seinem Vater ab einem gewissen Zeitpunkt gezwungen worden sein, bei diesen Vergewaltigungen zuzusehen. Er scheint in seiner Kindheit durch die Hölle gegangen zu sein.«

Durch die Hölle gegangen.

Gahannam, dachte Faris. Den Rest der Geschichte konnte er sich inzwischen selbst zusammenreimen. »Als er rausgekriegt hat, dass Laura ins Hotel gezogen ist, ist er hinter ihr her, oder?«

Tromsdorff nickte. »Ja. Er hat sie zur Rede gestellt, kurz nachdem du von dort weg bist. Wir haben nicht jedes Detail aus ihm rausbekommen, aber so viel wissen wir: Er hat mit ihr geschlafen und dabei hat sie deinen Namen gestöhnt.« Er lächelte verlegen.

»Er hat mit ihr geschlafen? Dann stammt das Sperma, das ihr in Lauras Leiche gefunden habt, von ihm?«

»Offenbar. Wir konnten inzwischen klären, wie es dazu kam, dass deine DNA auf dem Laborbericht aufgetaucht ist. Zöller muss den zuständigen Labortechniker erpresst haben. Der Mann hat dann deine Daten in den Bericht eingetragen. Er hat sich vor ein paar Tagen umgebracht. Die Feuerwehr hat ihn aus dem Wrack seines Wagens geschnitten, mit dem er gegen einen Brückenpfeiler gerast ist. Auf dem Beifahrersitz lag ein Abschiedsbrief, aus dem hervorgeht, dass er gezwungen wurde, dich reinzureiten. Wir konnten bisher nicht ermitteln, womit Zöller ihn erpresst hat, aber das ist vermutlich auch nebensächlich.«

Sie zwingen mich, das zu tun …

Faris hörte Önur diese Worte hervorstoßen. Etwas von dem, was Tromsdorff und Andrea ihm hier erzählten, passte nicht zusammen, aber er bekam es nicht zu fassen. »All dieser Aufwand«, murmelte er. »Nur um sich an mir zu rächen? Warum hat er nicht einfach eine Waffe genommen und versucht, mir eine Kugel in den Kopf zu jagen?«

Wieder sahen sich Tromsdorff und Andrea an, und er hatte plötzlich das Gefühl, dass sie ihm nicht alles erzählten. Bevor er jedoch danach fragen konnte, was sie ihm verschwiegen, sprach Tromsdorff bereits weiter.

»Jedenfalls: Lauras Verhalten hat Zöller in dem Hotelzimmer ausrasten lassen. Er ohrfeigt sie, sie fällt und schlägt sich den Kopf an dem Nachttisch auf. Und der Anblick des Blutes lässt ihn völlig die Kontrolle verlieren. In einem Anfall von Raserei vergewaltigt und erwürgt er Laura. Und als er wieder zur Besinnung kommt, ist er so neben der Spur, dass er anfängt, seinen Racheplan an dir in die Tat umzusetzen. Er ruft Önur an, entführt Anisah. Den Rest kennst du.«

Faris schloss die Augen. Den Rest kannte er.

Nachdem er all diese Informationen erhalten hatte, waren Faris' Kräfte restlos aufgebraucht, das konnte Tromsdorff deutlich sehen. Das Gesicht des Jungen war grau geworden, die Schatten unter seinen Augen wirkten jetzt wie Prellungen.

»Wir sollten gehen«, sagte Tromsdorff und stand auf.

Faris nickte nur.

»Ruh dich aus!« Andrea erhob sich ebenfalls. Sie gab Faris einen sanften Kuss auf die Stirn, und Tromsdorff wunderte sich über diese vertrauliche Geste. Schließlich war Andrea Faris' Therapeutin und sonst sehr auf Distanz bedacht. Er kommentierte das jedoch nicht. Sie alle waren bei dieser Sache von innen nach außen gekehrt worden. Verdammt, er selbst verspürte ja auch das Bedürfnis, Faris zu umarmen.

Er hielt Andrea die Tür auf, und gemeinsam traten sie auf den Flur hinaus. Eines allerdings ging ihm nicht aus dem Kopf.

»Er ist nicht blöd, Andrea«, sagte er leise, während er die Tür hinter sich ins Schloss zog. »Er wird über kurz oder lang darauf kommen, dass unsere Geschichte ein Loch hat. Er wird erkennen, dass Zöller diese Dinge nicht allein geplant haben kann. Und er wird ausrasten, wenn er erfährt, dass wir ihm etwas verschwiegen haben.«

»Mag sein«, erwiderte Andrea. »Aber solange wir nicht den geringsten Anhaltspunkt haben, wer diese anderen Täter sind, würde ich das gern von Faris fernhalten. Er hat genug, über das er nachgrübeln muss. Ich will nicht, dass er sich in die Idee verrennt, diese anderen Kerle suchen zu müssen.« Sie seufzte. »Wenigstens noch nicht. Er braucht Ruhe. Er muss gesund werden.«

Seite an Seite gingen sie den Krankenhausflur entlang. Tromsdorff dachte an die Details, die sie Faris verschwiegen hatten. *All dieser Aufwand, nur um sich an mir zu rächen?*, hatte der Junge gefragt, und sie waren ihm ausgewichen. Sie hatten Faris nicht erzählt, dass der Grund für Zöllers Plan ursprünglich gar nicht Eifersucht gewesen war, sondern dass er aus einem ganz anderen Motiv heraus gehandelt hatte.

Tromsdorffs Gedanken wanderten zu dem Verhör zurück, in dem dieser Drecksack ihnen verraten hatte, was wirklich hinter all dem steckte. Er selbst hatte die Befragung durchgeführt. Alfons Rühmann hatte ihm dabei geholfen, und gemeinsam hatten sie einem ruhig und gefasst wirkenden Christian Zöller gegenübergesessen. Zöller hatte die Hände auf dem Tisch verschränkt. Seine Fingernägel waren noch immer gepflegt, aber in den Tagen der Untersuchungshaft zu lang geworden. Er schien sich dieser Tatsache bewusst zu sein, denn er kratzte mit dem Daumennagel immer wieder an dem des Zeigefingers herum.

»Sie behaupten also, alles, was Sie Kommissar Iskander angetan haben, diente einem höheren Zweck?«, fragte Rühmann. Zöller hatte zuvor mehrfach diesen höheren Zweck erwähnt.

Jetzt nickte er.

»Was ist das für ein Zweck?«, erkundigte sich Rühmann.

Er erhielt keine Antwort, sondern bekam eine Gegenfrage gestellt. »Kennen Sie Professor Richard von Kerner?«

»Erzählen Sie uns von ihm!«, verlangte Rühmann.

»Von Kerner behauptet, unter den richtigen Voraussetzungen kann jeder Muslim zu einem Attentäter gemacht werden«, sagte Zöller.

Tromsdorff erinnerte sich daran, dass Faris auf dem Weg zum Brandenburger Tor von eben diesem Mann gesprochen hatte. Er sah zu, wie Zöller die Hände vom Tisch nahm und sie in seinen Schoß legte. Der Mann wirkte zufrieden. Zufrieden und gleichzeitig völlig durchgeknallt. Tromsdorff war sich der Tatsache bewusst, dass Andrea hinter dem Einwegspiegel zu seiner Linken saß. Vermutlich war Zöller ein überaus lohnendes Studienobjekt für sie.

»Dieser Professor gibt Interviews und mahnt und mahnt, aber niemand hört auf ihn. Was wir wollten, war zu beweisen, dass er mit seinen Thesen recht hat.«

Tromsdorff war nicht entgangen, dass er von *wir* sprach. Er ließ es unkommentiert. Vorerst. »Und darum planten Sie eine Art Fanal«, sagte er. »Sie wollten Professor von Kerner Gehör verschaffen?«

Zöller nickte.

»Sie wollten jemanden dazu bringen, sich auf einem öffentlichen Platz in die Luft zu sprengen, um die Welt aufzurütteln? Jemanden, der zuvor über jeden Verdacht, ein Islamist zu sein, erhaben war?«

»So ungefähr.«

Am liebsten hätte Tromsdorff Zöller das selbstgerechte Grinsen aus dem Gesicht gewischt. Aber er beherrschte den Aufruhr in seinem Innersten. »Warum Kommissar Iskander?«

»Nun. Wie Sie bereits sagten: Es ging darum, einen Mann zu finden, der über jeden Verdacht erhaben war. Iskander schien uns das lohnendste Subjekt zu sein. Nachdem er den Kruzifix-Bomber zur Strecke gebracht hatte, hielt ihn alle Welt für einen Helden. Es erschien uns klug, uns auf ihn zu konzentrieren.« Das Lächeln fiel von Zöllers Gesicht, als habe jemand eine Maske zerschlagen. »Außerdem war meine Frau verrückt nach ihm. Ich konnte also das Angenehme mit dem Nützlichen verbinden.«

Tromsdorff knirschte mit den Zähnen. Er spürte Rühmanns Blicke auf sich. *Cool bleiben!* »Also haben Sie sich Sprengstoff besorgt und die Droge, die Sie Anisah Chalid gegeben haben. Sie haben Önur manipuliert, damit er in den Turm der Gedächtniskirche geht und die Bombe …«

»Oh«, fiel Zöller ihm ins Wort. »Das war einfach. Da hatten ja diese salafistischen Wirrköpfe, denen er verfallen war, gute Vorarbeit geleistet. Alles, was wir tun mussten, war, die Ängste, die sie in ihm geschürt hatten, weiter zu befeuern.«

Wir.

»Wer ist *wir*?«, fragte Tromsdorff scharf.

Doch Zöller schüttelte den Kopf. »Sie werden von mir alles erfahren, was Sie wissen wollen. Aber diese Frage werde ich Ihnen nicht beantworten.«

Tromsdorff beschloss, es vorerst dabei zu belassen. »Aber als Sie Önur in Bewegung setzten, da handelten Sie allein, vermute ich. Sie haben den in Ihrer Gruppe sorgsam ausgeklügelten Plan vorschnell in die Tat umgesetzt.«

»Sagen wir, der tragische Tod meiner Frau hat mich ein bisschen aus der Bahn geworfen.«

Tromsdorff drehte sich der Magen um, als er hörte, wie Zöller den Mord an Laura beschrieb. Er ballte die Hände zu Fäusten. »Sie haben den Plan allein in Gang gesetzt. Ihre Mitstreiter müssen doch wütend gewesen sein?«

Zöller hatte damals im Verhörraum nur genickt. Und egal, was auch immer sie seitdem versucht hatten: Er hatte mit keiner Silbe verraten, wer seine Mitstreiter waren.

Tromsdorff tauchte aus seinen Erinnerungen auf. Mitten

auf dem Krankenhausflur blieb er stehen und starrte an die mit Milchglas versehene Stationstür.

Andrea schob ihm eine Hand unter den Ellenbogen. »Über kurz oder lang werden wir die Kerle identifizieren«, versprach sie. »Und dann erzählen wir Faris, was genau passiert ist.«

Tromsdorff seufzte und betätigte den Schalter an der Wand, der die automatische Tür öffnete. »Und wann willst du ihm das mit Lilly sagen?«

Andrea zuckte die Achseln. »Vorerst auch noch nicht. Dass er Vater einer Tochter ist …« Sie unterbrach sich, weil sie beinahe mit einer Frau zusammengestoßen wären.

Ira blieb vor der Tür stehen, die zu der Intensivstation führte, auf der Faris lag.

Was trieb sie eigentlich schon wieder hierher? Was war es, das sie einfach nicht von diesem Mann loskommen ließ, obwohl sie genau wusste, dass er ihr alles andere als guttat?

Tief sog sie den typischen Krankenhausgeruch ein. Irgendwo hinter ihr ging eine Schwester mit quietschenden Sohlen den mit PCV ausgelegten Flur entlang.

Iras Blick fiel auf das Kreuz über der Stationstür, und es kam ihr wie pure Ironie vor, dass man Faris ausgerechnet in ein von der katholischen Kirche geführtes Krankenhaus gebracht hatte. Sie war froh, dass es sich bei dem Kreuz um ein schlichtes aus Holz handelte und dass keine Jesusfigur daran hing. Diesen Anblick auszuhalten wäre ihr schwergefallen.

Gott ist barmherzig, dachte sie.

In diesem Moment öffnete sich die Stationstür, und beinahe wären zwei Personen in sie hineingerannt.

»… willst du ihm das mit Lilly sagen?«, hörte sie eine vertraute Stimme. Robert Tromsdorff. Eine elegant aussehende Frau mit dicken blonden Locken war bei ihm.

»Vorerst auch noch nicht«, antwortete sie. »Dass er Vater einer Tochter ist …« Sie bemerkte Ira und unterbrach sich mitten im Wort.

»Ira!« Ein Lächeln glitt über Tromsdorffs Gesicht.

Ira versuchte, es zu erwidern, aber sie wusste nicht, ob es gelang. Sie hatte neuerdings keine Kontrolle mehr über ihre Gesichtszüge und noch weniger über ihre Emotionen. »Wie geht es Faris?«, fragte sie ein wenig atemlos.

»Sie sind Ira Jenssen?« Die Frau reichte ihr eine warme Hand zur Begrüßung und stellte sich als Dr. Andrea Roth vor. Faris' Therapeutin. »Warum gehen Sie nicht zu ihm und finden es selbst heraus?«

Ira verspürte den dringenden Wunsch zu behaupten, sie sei nur zufällig hier, sie habe jemand anderen besuchen wollen. Doch dann kam ihr das albern vor. Mechanisch nickte sie. »Ja. Vielleicht tue ich das.«

Die Schwester mit den quietschenden Schuhen kam zurück.

Dr. Roth wartete, bis sie vorbeigegangen war, dann fragte sie: »Darf ich unter vier Augen mit Ihnen sprechen?«

Ira kämpfte gegen den Impuls, nein zu sagen, doch Kommissar Tromsdorff verabschiedete sich bereits, und gleich darauf war Ira mit der Psychiaterin allein. Sie gingen zu einer Sitzecke, die am Ende des Ganges lag, und setzten sich.

»Sie sollten ein paar Dinge wissen, bevor Sie zu ihm gehen«, sagte Dr. Roth. Und dann erzählte sie Ira eine sehr lange Geschichte, in der die Rede war von Faris' Partner Marc Sommer und dessen Tod – und von Lilly Zöller.

Während die Therapeutin sprach, zog Ira die Ärmel ihres Pullovers bis über die Fingerspitzen. Gott, sie musste sich diese kindische Geste endlich einmal abgewöhnen! »Lilly ist Faris' Tochter?«, flüsterte sie. Es war das Einzige, was sie wirklich hatte erfassen können.

Dr. Roth nickte ernst. »Er weiß nichts davon, und wir glauben, dass es besser ist, wenn das noch so bleibt.«

»Natürlich.« In Iras Kopf wirbelte all das eben Gehörte umher, und sie bekam nur einzelne Gedankenfetzen zu fassen. »Dieser Marc Sommer ...«

»Er ist erschossen worden, als er versucht hat, Faris zu helfen.«

Ira ließ ihre Ärmel los und umfasste dafür ihre Kehle mit einer Hand. »O Gott, wie soll er sich das jemals verzeihen?«

Dr. Roth schwieg eine Weile. »Vielleicht braucht er Menschen, die das für ihn tun.«

Ira sah ihr in die Augen, um zu ergründen, warum sie das sagte. »Sie sind seine Therapeutin«, hörte sie sich sagen.

Dr. Roth lächelte matt. »Stimmt. Aber glauben Sie mir: Sie sind besser dafür geeignet als ich.«

Ira stieß Luft durch die Nase. Ihr Blick huschte über Dr. Roths Schulter und blieb an einem weiteren Kreuz hängen, das die Sitzecke zierte. An diesem hing eine Jesusfigur. Sie betrachtete das schmerzverzerrte Gesicht der nur fingerlangen Gestalt.

Dr. Roth bemerkte, dass sie abgelenkt war, und wandte sich um. Kurz musterte auch sie das Kruzifix. Dann stand sie auf. »Auf Wiedersehen, Frau Jenssen.«

Ira schüttelte ihr erneut die Hand. Diesmal waren Dr. Roths Finger kalt.

Sie sah der Therapeutin hinterher, wie sie den Gang entlangging und in einem der Aufzüge verschwand.

Geraume Zeit später öffneten sich die Aufzugtüren wieder. Zwei Krankenpfleger fuhren einen alten Mann in einem Bett heraus und auf Faris' Station.

Ira erhob sich.

Sie warf einen letzten Blick auf das Kruzifix.

Dann folgte sie den beiden Pflegern und ihrem Patienten. Die einzelnen Krankenzimmer waren mit kleinen Namensschildern versehen, auf denen jemand mit grünem Permanentstift und in reichlich unsauberer Handschrift die Patientennamen vermerkt hatte.

Faris' Name war falsch geschrieben. Ira streckte die Hand nach der Tür aus und zögerte eine weitere Minute. Dann endlich fasste sie sich ein Herz.

Und klopfte an.

Die Aufzugtür öffnete sich vor Andrea, und sie betrat die kleine Kabine. In den großen Spiegeln, die rechts und links angebracht waren, wurde ihre Gestalt vervielfacht. Sie betrachtete die lange Reihe ihrer Körper und fühlte sich großartig. Es war so einfach, Menschen dazu zu bringen, das zu glauben, was man wollte.

Und vom Glauben war es dann nur noch ein kleiner Schritt zum Handeln.

Sie griff in die Tasche ihres Blazers und zog das Lederarmband hervor, das sie Faris eben weggenommen hatte. Einige Sekunden lang betrachtete sie die arabischen Schriftzeichen darauf. Sie wusste, was sie bedeuteten.

Laura und Faris.

Dann griff sie erneut in die Tasche, und als sie die Hand

diesmal hervornahm, lag ein zweites Armband darin. Auf ihm befanden sich dieselben arabischen Schriftzeichen wie auf dem ersten, jedoch in umgekehrter Reihenfolge.

Faris und Laura.

Christian hatte sich weigern wollen, es ihr zu überlassen, aber sie hatte es als Preis dafür gefordert, dass sie ihm mit Lilly geholfen hatte. Christian! Er hatte in seinem Wahn ihren ganzen, wohldurchdachten Plan zunichtegemacht. Sie ärgerte sich darüber, dass sie es nicht hatte kommen sehen, aber im Grunde war es auch nicht weiter schlimm. Andrea dachte an Ira und daran, dass sie jetzt bei Faris war.

Sie lächelte.

Der Tanz war noch nicht vorbei.

Danksagung

Das Schreiben eines Buches ist zu großen Teilen ein ziemlich einsamer Prozess. Trotzdem gibt es natürlich auch diesmal wieder Menschen, ohne die das alles hier nicht möglich gewesen wäre und denen mein Dank gilt.

Zuallererst ist da Nils Landmark zu nennen, dem überhaupt nicht klar ist, wie wichtig sein kritischer Blick und seine Meinung zu Dramaturgie und Glaubwürdigkeit der Geschichte in den letzten Monaten für mich geworden sind. Danke, mein Lieber, für Deine Geduld mit dieser zunächst halb garen Story und für die Ausführlichkeit, mit der Du mit mir meine sonderbaren Gedankenblasen durchdacht hast! Dir ist schon bewusst, dass Faris Dich für die Idee, die Du mit mir für die kommenden Bände ausgebrütet hast, hassen wird, oder?

Als Nächstes waren Sandra Thoms und Jannis Radeleff ein unschätzbarer Rückhalt in der Zeit, in der ich an der Story und vor allem an mir selbst gezweifelt habe. Ihr seid die Vorbilder für die Leute, die Faris den Rücken frei halten, wenn es eng wird, Ihr beiden! Ich danke Euch für Eure wunderbare Freundschaft.

Dann muss ich Alicja Hubbe danken für ihre treffenden psychologischen Analysen meiner Figuren und für sämtliche

Ratschläge und die langen Telefonate, in denen sie mir Plotideen um die Ohren gehauen und diese danach geduldig mit ihrem Fachwissen neu – und besser – wieder zusammengesetzt hat. Wenn Du nicht wärest, Alicja, wären die seelischen Wunden, die Faris trägt, nur halb so glaubwürdig. Und seine Gegner wären nur halb so finster …

Des Weiteren danke ich:

Volker Wortmann für seine oftmals minutenschnelle Beantwortung aller Fragen, die sich um Polizei- und SEK-Einsätze drehten. Dein mehrfaches »Sag mal, was du brauchst?« war eine wunderbare Hilfe, Volker!

Olaf Schilgen, wie immer, für alles Wissen technischer Art, das er mit mir so freimütig teilt. Ich hoffe, ich habe das mit den Handys jetzt endlich mal kapiert, mein Lieber!

Dem Universum (und der International Thrillerwriters Org.) dafür, dass sie mich mit Monika und Essam Mansour zusammengeführt haben, die mir wertvolle Tipps zu Faris' ägyptischem Arabisch gegeben haben. Danke, Monika und Essam!

Carsten Hohoff vom Institut für forensische Genetik in Münster für die Zeit, die er mir für meine Recherchen zur Gewinnung von Fingerabdrücken auf Leichenhaut gewidmet hat.

Birgit Rentz für ihre Anmerkungen und Korrekturhilfen in allerletzter Minute.

Petra Samani, Kerstin und Monika Stutzke sowie Christiane Reiff und Jens Kleine dafür, dass sie mit mir Berlin erwandert haben. Wenn Ihr nicht gewesen wärt, wäre die erste Bombe in diesem Buch an der völlig falschen Stelle explodiert.

Und dann danke ich natürlich dem Team vom Blanvalet Verlag und meiner Agentin Petra Hermanns: für die Begeisterung für meine Stoffe, für das prompte »Wie kann ich helfen?«, wenn es schwierig wurde, für die Freude am Büchermachen, die ihr ausstrahlt. Wenn es Euch nicht gäbe, würde Faris nicht existieren!

Zu guter Letzt muss ich allen Menschen aus meinem realen Leben danken. Dafür, dass sie es ausgehalten haben, dass ich mich monatelang mit Faris in Berlin verkrochen habe und zeitweise überhaupt nicht mehr ansprechbar war. Mein besonderer Dank geht an Stefanie Kropp-Heindorf und Petra Engwicht. Ich mach's wieder gut, Ihr Lieben! Und natürlich, wie immer last but not least: einen besonders herzlichen Dank an meinen Mann Stefan und meine Familie für ihre nimmermüde Unterstützung und Liebe.

Kathrin Lange
Juli 2014